KB142000

일러두기

• 연도는 알아보기 쉽게 서력으로 표시했다.

• 본문에 필요상 원음을 그대로 표기한 곳이 있다.

• 일왕(日王)을 어상(御上)과 천황으로 표기한 것은 통례에 따른 것이다. 오해 없기 바란다.

• 사실과 허구의 재창작이다. 부분적으로 역사적 사실이 인용되었으며 작중 인물의 실명을 그대로 쓴 곳이
  있다. 명예를 실추하기 위함이 아님을 밝혀둔다.

백금남 장편 소설

천황 살해 사건

마음
서재

서장

　도쿄도 사이타마현 대정목에 준스케라는 사람이 살고 있었다. 그는 막부의 신임을 받지 못한 사람이었다. 개화 운동의 선각자였던 스승의 영향 때문이기도 했다. 그는 이곳저곳 떠돌며 세상을 바꿀 꿈을 꾸었다.

　그러다가 신문물을 접하기 위해 영국으로 들어간 그는 그곳에서 존왕양이 이론을 공부하고 개국론자가 되어 돌아왔다. 그는 자신의 꿈을 실현시키기 위해 황실의 실질적인 세력자 이와쿠라 토모미의 도움을 받아 황실로 들어갔다. 황실의 녹을 먹으며 새로운 천황을 옹립할 기회를 엿보았다.

　스오국 구마게군 타부세 마을에 미나모토 오무로 가문이 살고 있었다. 그 집에 오무로 토라노스케라는 소년이 자라고 있었다. 뻐드렁니에 원숭이 상의 곰보였다.

드디어 때가 오자 준스케는 자신이 모시고 있던 천황과 황
태자를 시해했다. 그는 고양이 발톱 같은 야산 기슭에 황태자
만 몰래 묻었다.

1868년 9월 12일 오무로 토라노스케 소년의 나이 17세. 준스
케는 오무로 가문의 그 소년을 황태자와 교체 등극시켰다. 새
로운 천황을 등극시키고 자신은 신정부의 요직을 맡았다.

그때 그는 일지 못했다. 자신이 연 세계가 어떻게 변모해 갈
지를.

차례

2부

금관의 금서

3부

수변청석상오동

1부

황궁의
비밀

1장

살기1

1

어상(御上, 메이지 천황)은 꿈을 꾸었다. 어둠을 밝힐 악기를 든 여인이 빛줄기를 따라 가장 높은 곳으로 올랐다. 그녀의 손에 들린 것은 분명 일현금이었다. 시위 한 줄이 달린 활. 그 활은 이내 현이 열두 줄이나 되는 12현금으로 바뀌었다. 그녀가 천상의 한가운데 자리하고 탄금하기 시작했을 때 빛살이 세상을 향해 쏟아졌다. 그것은 분명 화살이었다. 그러나 분명한 것은 12현에서 일어나는 음이었다. 분명 화살이 아니라 음살(音矢)이었다.

이마를 짚고 잠시 졸던 어상은 눈을 번쩍 떴다. 꿈이었다. 아, 무슨 꿈이 이러한가. 아직도 취기가 가시지 않았기 때문일까. 두통이 일면서 구역질이 올라챘다. 그때 시종의 음성이 들려왔다.

"전하, 고토코가 들었사옵니다."

어상의 기억 속으로 한 여인의 얼굴이 그림처럼 지나갔다. 아하, 그랬지. 고토코를 불렀었지.

"들라 해라."

문이 열리고 하늘거리는 천의를 걸친 여인이 잠자리 날개 같은 얇은 천으로 얼굴을 가리고 어상 앞으로 와 예를 올렸다. 여인이 든 고토를 보며 어상은 악기가 좀 낯설다고 생각했다. 고토를 닮긴 하였는데 몸통이 좀 달라보였다. 현의 수도 좀 적어 보였다. 그가 알기로 고토의 현은 13~17개였다.

음의 화신 야스하시 켄교가 죽기 전에는 그의 음을 자주 들었다. 그는 눈먼 장님이었다. 그의 제자도 맹인이었다. 보지 못하기에 그들은 천부적으로 음에 밝았다. 미야기 미치오가 그의 제자였다. 미치오가 처음으로 전통 고토 음악과 서부 음악의 조합을 시도하자 악기의 대중화가 이루어졌다. 분명 그녀가 가지고 들어온 눈앞의 악기는 고토가 아니었다.

"어서 오라, 고토코."

예를 차리고 앉는 그녀에게 어상은 미소를 지으며 말했다.

"부르셨사옵니까?"

여인이 조심스럽게 물었다.

"그랬느니라. 날이 궂어 소린주를 해서인지 오늘 따라 너의 음이 생각나 불렀느니라."

소린주라면 작은 물고기의 비늘로 만든 술이다. 독주 중의 독주다. 본시 그 술을 좋아한다는 걸 알고 있었지만 하필······.
그녀는 그런 생각을 하면서 약간 미소를 머금었다. 내색하지는
않았으나 실망한 빛이 눈가에 어른거렸다.

어상은 좀 전에 꾼 꿈의 실마리를 떠올렸지만 꿈이다, 하고
입을 다물었다. 취기 때문이다. 맞아······.

그런 생각이 들자 꿈자리는 사라져버리고 마음이 편안해지
면서 상냥한 여인의 음성이 귓속으로 흘러들어왔다.

"황공하옵니다."

"하하하, 이제 아주 말을 잘하는구나."

어상은 갑자기 취기가 올라채 상대가 깜짝 놀랄 정도로 소
리 나게 웃었다. 왜 이러나 갑자기?

모를 일이었다. 시도 때도 없이 일어나는 이놈의 욕정. 왜 이
리 살 욕심이 많은지 모를 일이었다. 여인의 작고 영롱한 눈망
울. 입술은 촉촉이 젖었으리라.

그 눈빛과 대비되는 눈빛의 소유자를 알고 있었다. 바로 회
랑 건너에 있을 황후였다. 이제 나이가 들어 그녀의 눈은 잔주
름에 둘러싸여 있었다. 그나마 색기스럽던 눈빛도 그 빛을 잃
었다. 그럼에도 어젯밤 여관과의 정사를 그녀는 용서하지 못하
고 있는 것이다. 준스케가 조심한다고 했지만 시종을 통해 그
사실을 알았을 것이었다. 그놈의 메마른 눈을 새초롬하게 내려
뜨고 요시히토(훗날 다이쇼 천황) 황태자와 대화를 나누고 있다고
하였다. 그 허약한 놈을 어디에 쓸 거라고 제 새끼도 아니면서

싸돌고 있었다.

쩝. 혀를 차는데 여인이 시선을 들어 어상을 올려다보았다. 그녀의 눈과 취기에 붉어진 어상의 눈이 한순간 허공에서 뒤엉키었다. 잠자리 날개 같은 천 자락이 턱밑에서 나불거렸다. 어상은 그녀가 약간 긴장하여 숨을 거칠게 내쉬고 있다고 생각했다. 보면 볼수록 아름다운 여인이었다. 그녀는 얇은 천으로 눈 아래를 가리고 있었지만 어상은 그녀의 눈길을 느낄 수 있었다.

문이 열리고 여관이 들어와 어탁에다 향기로운 차를 올리고 읍한 다음 물러갔다. 어상은 김이 솟아오르는 차를 무심히 내려다보았다. 차를 마시는 동안 들려올 소리에 벌써부터 마음이 훈훈해지는 느낌이었다.

"오늘은 악기가 좀 달라 보이는구나."

"성상(聖上) 전하, 이것은 가얏고이옵니다."

"가얏고?"

"조선국의 악기이옵지요."

"조선?"

되묻는 어상의 음성이 튀었다.

"늘상 듣는 고토의 음과는 또 다른 맛을 느낄 수 있기에 준비한 것이옵니다."

어상은 고개를 갸웃했다. 조선의 악기라는 게 우선 마음에 들지 않았다. 바다 건너 조선만 생각하면 가슴 밑바닥이 서늘

하게 얼어붙는 요즘이었다. 그런데 조선의 악기라니? 그렇잖아
도 골치가 아파 술을 한 김에 음악이나 들으며 좀 잊으려고 했
더니 하필이면 조선이었다.

"너는 조선인이 아니지 않느냐?"

잠시 생각하다가 어상은 심기가 뒤틀려 퉁명스런 어조로 물
었다.

"물론이옵니다."

그녀의 대답은 분명했다.

"그런데?"

어떻게 해서 조선의 악기를 들고 나타났느냐는 말이었다.

"전하를 위해서이옵니다."

대답은 분명했다. 조금도 주저함이 느껴지지 않았다.

"그래? 너는 천음관 미야기 미치오의 제자가 아니었더냐."

자신에게 고토코를 천거했던 미치오의 얼굴을 떠올리며 어
상은 그렇게 물었다.

"스승께서 전하를 위해 특별히 조선의 악공을 들여 배우게
했나이다."

"무엇이?"

"조선국에는 고토와 비슷한 두 종류의 악기가 있다고 하셨
사옵니다. 하나는 거문고란 악기온데 이와 같이 생기긴 하였으
나 우리의 고토에 비해 그 음이 장중하고 남성스러웠나이다.
그에 비해 이 악기의 음은 가늘고 세세했나이다. 그래서 여성

스러웠는데 우리의 고토보다는 한 음이 낮았나이다."

"한 음이 낮다는 건 무슨 뜻인가?"

"음이란 그때그때의 상황에 따라 달리 들리는 것이라 생각하옵니다. 마음이 번잡할 때는 조금 더 낮은 음이 도움이 될 때가 있사옵지요."

"꼭 짐의 마음속에 들어앉은 것처럼 말하고 있지 않은가."

"전하, 음이란 세상만물과의 조화요, 궁합이라고 생각하옵니다. 천기를 볼 줄 모른다면 어떻게 제대로 된 음을 이룰 수 있겠나이까. 아침과 저녁의 공기가 다르듯이, 그 바람결이 다르고 세상만물의 기운이 조화롭지 않다면 제대로 된 음을 이룰 수 없는 것이옵니다."

"과연 천음관의 제자답구나."

2

어느덧 음이 부드럽게 주위를 감아 안았다. 취기가 갈 때가 되었는데 오히려 가슴이 더 울렁거리고 전신이 달아올랐다. 여인의 눈빛을 닮은 모(耗) 없는 여자를 알고 있었다. 처음으로 살내음을 맡았던 여인이었다. 그녀의 자태. 그녀의 눈빛. 헤치면 헤칠수록 가슴 가득 괴어오르던 욕정. 이러지 마시어요. 이러지 마시어요. 아직 체모도 일어나지 않은 그녀가 밀어내면 밀어낼수록 폭풍처럼 일어나던 욕정. 저 여인이 분명 그 여인을 닮았다는 생각이 들었다.

어상은 눈을 감았다. 다시는 그녀를 만날 수 없다는 생각이 들자 가슴 한쪽이 아련히 아려왔다. 가끔씩 들려오던 새소리도 들려오지 않았다. 새들도 음에 귀 기울이는지 모를 일이었다.

문득 여인의 이름을 묻던 순간이 떠올랐다. 처음 봤을 때 이름을 듣고, 고토코? 악사라서 그런가? 그런 생각을 했었다. 일본의 전통악기인 고토가 들어간 이름이었다. 환상적이고 독특한 음을 내는 악기가 고토였다. 그 악기의 이름이 들어간 만큼 다양한 매력을 지닌 사람이 되었으면, 하는 마음으로 아버지가 붙여준 이름이라고 했다. 그날 들어본 그녀의 음은 이름처럼 환상적이고 독특했다.

어상은 그녀가 일으키는 음 속으로 순식간에 빠져 들었다. 마음이 번잡할 때마다 시의에게 약을 달라고 하자 시의가 그랬다.

"전하, 혹여 음이 도움이 될지 모르옵니다. 고토를 잘 다루는 음의 명인이 있사온데 한번 들어보시옵소서. 번잡한 마음을 달래는 데는 음 이상이 없사옵니다."

"그래요? 도움이 되겠소?"

"손가락 한 마디씩이 없는 조막손이온데 그 음이 기가 막히옵니다."

처음에는 이해가 되지 않았다.

"아니 성한 손으로도 고토를 켜기 어려울 터인데 어찌 조막손으로……?"

그렇지 않다고 하였다. 비록 조막손이기는 하지만 어릴 때부터 고토를 배워 그 실력이 명인급에 들 정도로 뛰어나다는 것이었다. 초음(初音)은 아버지에게 배웠고 나중에 천음관의 문하에 들어 일가를 이루었다고 했다. 고토 하나를 메고 천지를 돌며 탄금하는데 한번 시작하면 울지 않는 사람이 없을 정도로 혼을 쏙 빼놓는다고 하였다. 더욱이 정신이 이상한 사람들이 그녀를 찾아 소리를 듣는다고 하였다. 그러면 정신이 온전해진다는 것이었다. 악한 사람은 선해지고 선한 사람은 악해지기도 한다고 했다. 도대체 얼마나 고토를 잘 타기에 그러느냐고 했더니 들어보지 않고는 말할 수 없다고 하였다.

어전으로 그녀가 들어오는데 가만 보니 심상치 않았다. 얼굴을 잠자리 날개 같은 천으로 가리고 눈만 내어놓았다. 그녀가 부복하여 인사를 올린 다음 책상다리를 하고 앉았다. 그녀의 손이 시선을 사로잡았다. 정말 조막손이었다. 엄지만 정상일 뿐 여덟 손가락 모두가 한 마디씩 없었다.

"네 손을 보아하니 잘리지 않았느냐? 어찌 그런 손으로 고토를 탈 수 있단 말이냐? 어쩌다 그렇게 되었느냐?"

어상은 어좌에 몸을 기대며 물었다.

"풀을 베다가……."

"두 손 다?"

"처음에는 왼손을 베었사옵고, 뒤이어 오른손을 베었나이다."

"그런데도 고토를 배웠다?"

"그러하옵니다."

"그럼 어디 들어보자꾸나."

기대에 찬 표정을 지으며 어상은 어좌에 몸을 더욱 기댔다. 고토코가 고토를 연주하는 사이 어상과 어전내관은 음에 깊이 빠져들었다. 음은 부드러웠다. 결코 격하거나 강하지 않았다. 주위를 쓰다듬듯 퍼져나갔다.

어상은 그 후 날이라도 궂으면 그녀를 불렀다. 이상하게 그녀가 켜는 고토의 음이 생각났기 때문이다. 그런데 오늘은 조선의 가야금이란 악기를 들고 들어왔단다. 조선에 대한 기억이 좋지 않았지만 우선은 들어보기로 했다.

그녀는 가야금이라고 하는 악기의 용두를 오른쪽 무릎 위에 올리고, 양이두를 왼쪽 무릎에 비스듬히 놓았다. 그리고는 쯔메도 끼지 않은 맨손으로 현을 퉁겼다. 용두에 올린 오른손가락이 막 현침 너머의 줄을 찾고 있었는데 왼손이 안족(雁足)에서 양이두 쪽으로 옮겨졌다. 오른손이 내준 소리를 장식하기 위해서인 것 같았다. 그래야 농현(弄絃, 줄을 흔들어줌)과 퇴성(退聲, 소리를 흘려 내려줌) 그리고 전성(轉聲, 줄을 굴려줌)을 할 수 있을 것이었다.

어상도 그 정도는 알 수 있을 것 같았는데 자신도 모르게 눈이 스르르 감기었다. 그러다 정신을 차려보니 어느새 찻잔을 들고 있었다.

고토코가 켜는 가야금 소리는 계속해서 어상을 쓰다듬듯 안고 돌았다. 가시지 않은 취기가 더욱 도도해졌다.

"좋구나."

어상은 음에 취해 신음처럼 내뱉었다. 그 순간 그녀의 눈에 살기가 돌았다. 손가락이 현 위에서 곤추서다가 잠시 후 제풀에 넘겨졌다.

3

고토코를 내보내고 침전으로 돌아왔을 때까지도 어상은 도도해지던 이상한 느낌에 사로잡혀 있었다. 가시지 않은 취기 때문이라고 생각하면서도 자꾸 이상하다는 생각이 들었다. 그녀의 가야금 음이 가슴 속으로 흘러들어와 곳곳에 박힌 느낌이었다.

"참으로 용안이 편안해 보이시옵니다."

어상의 표정이 밝자 황후가 한마디 했다. 어젯밤 일로 느물거리는 것이 아닐까 했지만 어상은 애써 그 느낌을 지워버렸다. 마주앉아 있던 나루코 비가 환하게 웃었다. 야나기와라 나루코 비는 어상의 제1후궁이었다. 아들이 없는 황후가 양육하는 요시히토 황태자의 생모였다. 인물이 아름다워 어상이 가장 아끼는 여자였다.

어상은 고개를 주억거렸다. 황후를 돌아보는 어상의 얼굴에 따뜻한 미소가 감돌았다. 지난밤의 무질서한 여관들과의 향락을 이해하라는 뜻임을 모르지 않을 황후였다.

"소린주를 한 잔하고 조선의 가야금 소리를 듣지 않았겠소. 조선에 그런 음을 내는 악기가 있었다니……. 정말 마음이 가라앉더이다. 한번 들어보시구려. 그 어떤 악기로도 흉내 낼 수 없는 음이 마음을 달랠 줄 것이니."

"가야금이라니요? 무슨 악기이기에……. 조선이라면 펄쩍 뛰시면서."

그녀는 자신의 속마음을 숨기고 침착한 어조로 물었다.

"고토를 닮았는데……. 그런 악기가 있습디다. 한번 들어나 보시구려."

"그렇게 아름다웠단 말이옵니까?"

이제 그녀의 음성에서 색기까지 느껴졌다.

"이르다 뿐이겠소. 꺼져가던 취흥이 도도해지면서 내 세상에 그렇게 아름다운 음을 들어본 적이 없다오."

"그래요? 저도 한번 들어보고 싶사옵니다."

"그러시구려."

그렇게 대답하면서 어상은 황후의 속마음이 손에 잡히는 것 같아 입꼬리를 비틀고 미소를 물었다.

2장

살기2

1

황후와 나루코 후궁을 내보내고 어상은 불을 껐다. 황침을 베고 눈을 감자 고토코의 모습이 떠올랐다. 그녀를 닮은 여인. 그녀가 내 첫 마음이었던가.

꽃이 핀 들녘을 그녀와 걸었다. 흰 구름이 목화송이처럼 하늘을 수놓고 있었다. 그저 평범한 복장이었다. 그녀의 한 겹 유카타에서 일어나는 향내, 붉게 수놓아진 꽃, 붉디붉은 석양…… 그녀가 숲속으로 들어가 커다란 나무 밑에 누워 말없이 올려다보았다. 그 눈이 수정처럼 맑았다.

눈을 떴다. 꿈이었다.

오늘은 식탁에 뭐가 올라오려나?

수라간 대선료로 들며 어상은 잠시 생각했다. 생각은 그렇게 했지만 그의 명령 없이 함부로 음식이 장만되는 것은 아니었다. 전날 저녁식사 때 다음 날의 음식을 정해주는 것이 상례였다. 그러면서도 대선료를 향할 때면 막연한 기대감 같은 것이 생기는 것은 무엇 때문인지 몰랐다.

조식은 홀로 하게 되어 있었다. 어상의 일상이 그랬다. 황후를 만날 수 있는 시간은 아침 문안인사 때와 점심시간 이후 잠시였다. 잠도 홀로 자야 했고 아침도 홀로 먹어야 했다.

수라여관들에 의해 상이 들여졌다. 장시와 권장시가 허리를 굽히고 있다가 종종걸음으로 다가와 공손히 꿇어앉고는 밥주발의 뚜껑을 열었다.

"전하, 어서 드시옵소서."

하나같이 권전시들에 의해 독을 검사한 음식들이었다. 얼마 전까지만 해도 그가 대선료로 들기 전에 음식을 차려두었으나 잠시만 지체해도 국 등이 식어버렸으므로 다시 데워 내오고 그게 싫었다. 그래서 대선료로 든 다음 상을 들이라 일렀다.

그는 먼저 따뜻한 차로 속을 데웠다. 간단하게 식사를 끝낸 다음 그제야 황후와 후궁들의 문안 인사를 받았다. 어상은 황후를 쳐다보며 어젯밤에도 담배께나 피워대었군, 하고 생각했다. 그녀는 골초였다. 그래서 담배냄새를 없애느라 불란서 향수를 구해 쓰곤 하였는데 그 냄새가 그 냄새였다.

"평안하시옵니까?"

아침이면 반신욕을 즐기는 황후는 매우 정갈한 모습이었다.

어젯밤에도 동장사 도지승을 불러들였을 것이었다. 그 자를 불러들인 다음 날이면 그녀는 간밤의 색기를 털어버리듯 일찍 목욕을 하고 정갈하게 머리에 쪽을 쪘다.

"그대도 평안하시오?"

"그러하옵니다."

그녀는 여전히 속을 숨기고 있었다.

"시의의 말을 들으니 심기가 편치 않다고 들었소."

황후는 시선을 떨구었다. 이상하게 늦게 본 황태자는 제 아비를 두려워하였다. 냉정하기 만한 아버지. 언제나 지적만 해대는 아버지. 그런 그가 어떻게 천황 자리를 이을까 황후는 그게 걱정스러웠다. 게다가 시의들에 의하면 어상은 소갈증이 깊어져가고 있다고 했다. 소갈증이라면 당뇨병이다. 성인병 중에서도 가장 무섭다고 하는 병. 그래 심기가 편치 않은 마당인데 어상이 그렇게 묻고 있었다.

"마음이 산란할 때는 음악이 도움이 되더구려. 그래, 조선의 가얏고 소리는 들어보았소?"

"그렇잖아도 오늘 들어볼 참이옵니다."

"그러시구려."

그 길로 황후는 권전시에게 물었다.

"궁으로 가얏고를 가지고 들어온 여인이 있다면서?"

"전하를 보필하는 여관에게 들었사옵니다."

"그 여관을 부르라."

여관이 들어와 황후 앞에 읍하자 황후가 물었다.

"조막손으로 가얏고를 켜는 여인을 그대가 어상에게 데려갔다고?"

"그러하옵니다."

"그 이름이 고토코인가?"

"그렇게 알고 있사옵니다."

"그녀를 데려오라. 내 그녀의 음을 들어봐야겠으니."

고토코가 황후 앞에 나타났다.

"네가 고토코인가?"

황후가 잠시 여인의 자태를 살피다가 물었다. 그녀의 눈이 어느새 고토코의 조막손을 더듬었다. 어상의 말이 맞았다. 그녀의 눈길이 닿은 곳에 손마디가 없는 고토코의 조막손이 드러났다.

"그러합니다."

고토코가 대답했다.

"전하께서 네 음을 들어보고는 꼭 한번 들어보라고 하여 불렀느니라. 날 위해 한 곡 들려줄 수 있겠느냐?"

고토코가 시선을 떨어뜨렸다. 그녀는 잠시 생각하다가 시선을 들어 황후를 똑바로 올려다보았다.

"음이란 듣는 이의 것이옵지요. 듣는 이의 마음에 따라 변화무쌍하게 변하는 것이 바로 음이옵니다."

황후가 무슨 말인지 알아듣고는 미소 지었다.

"내 입장대로 너의 음을 소화할 수 있다는 말로 이해해도 되겠는가?"

"그렇사옵니다."

"그러니까 더 듣고 싶어지는구나. 그나저나 이상하게 음성이 낯익은데 왜 얼굴은 가리고 있느냐?"

"탄금하는 이가 얼굴을 내놓으면 듣는 이가 음색을 따라가는 탄금자의 표정에 신경이 쓰여 제대로 음을 감상하지 못하기 때문이옵니다. 이것은 우리 음가(音家)의 전통이오니 부디 말리지 말아주시옵소서."

"몰랐구나. 언제나 얼굴을 가리고 다닌다고 해서 궁내에서는 가면녀라고 소문이 났다기에 해본 말이다. 그럼 어디 시작해보라."

고토코가 정좌했다. 오른쪽 무릎에 가야금의 머리를 놓고 왼쪽 다리에 몸체를 놓았다. 그리고는 잠시 황후를 바라보았다. 그 순간 눈에 갑자기 살기가 모아졌다.

황후가 미소 지었다. 그녀의 아름다운 얼굴에서 살기보다는 긴장을 보았기 때문이었다.

고토코가 드디어 두 조막손을 현 위로 가져갔다. 그녀는 현을 손가락으로 튕기듯이 퉁기기 시작했다. 갑자기 주위에 살기가 돌았다. 분명 어제 어상 앞에서 연주하던 것과는 달랐다. 음이 익어갈수록 그녀의 조막손이 현 위에서 곤추섰다. 가야금 줄이 시퍼렇게 날을 세웠다. 흘러드는 햇살에 현이 번뜩였다.

그녀의 가야금은 자단조였다. 붉은 기운이 예사롭지 않았다.

어제와 달리 그녀가 노래를 부르기 시작했다. 참으로 아름다우면서도 섬뜩한 음색이었다.

그들이 잠든 묘지 위로 그들만큼의 매화비가 내렸도다.

매매별패람반패람비묘(梅梅別孛藍般孛藍卑墓).

고주우욘. 햐쿠하치. 욘햐쿠산주우니. 센나나햐쿠니주우하치

(54. 108. 432. 1728).

'호오, 참으로 이상한 음률이로다.' 그렇게 생각하며 황후가
물었다.

"무슨 노래냐? 참으로 의미심장하구나."

그녀가 노래를 멈추고 시선을 들었다. 눈이 반짝 빛났다.

"세상사의 모진 수수께끼지요. 나와 네가 하나가 되는 세계
를 읊은 노래이옵니다. 이 음 속에 자연의 이치가 숨어 있다고
하옵지요. 이 속에 만고의 진리가 숨어 있다고 하옵니다."

"그래? 노래의 제목이 무엇이냐?"

"〈금강승의 길〉이옵니다."

"금강승이라…… 흔들리지 않는 세계를 말하는 것인가?"

"그 세계를 추앙하는 노래이옵지요."

"좋구나."

그렇게 말하고 황후는 눈을 감고 음에 빠져들었다.

고토코가 다시 노래를 하기 시작했다. 좀 전보다 약간 쉿기가 느껴지는 음색이었다.

가야금의 음과 노래를 음미하던 황후는 어느 한순간 가야금에서 일어나 앉는 아이의 모습을 보았다. 저주스런 눈길이 황후를 향해 달려왔다. 아이의 눈에서 피가 흐르고 손가락 마디마디에서 피가 흘러내렸다. 아이가 눈을 치뜨더니 피를 내뱉으며 히물히물 웃었다.

황후는 자신도 모르게 손으로 목을 감싸 안았다. 점차 숨이 가빠져왔다. 신열이 올라채 열기를 주체할 수가 없었다. 그녀는 목을 안고 뒹굴다가 탄금이 끝날 때쯤 대전을 뛰쳐나갔다. 대전 좌우에 시위해 있던 여관들이 "마마!" 하고 부르며 따라나갔다.

황후가 급박하게 계단을 뛰어내렸다. 뒤따르던 여관 하나가 갑자기 목을 안고 넘어졌다. 그녀는 버둥거리다가 눈을 뒤집었다. 앞서 달려가던 여관이 뒤돌아보니 피를 토하며 숨이 끊어지고 있었다. 그녀는 다급하게 황후를 바라보았다. 황후는 꼭 미친 사람처럼 날고 뛰다가 가까운 연못으로 풍덩 뛰어들었다. "마마!" 하고 불렀는데, 연못에 뛰어들어 허우적거리는 황후를 바라보다가 그녀도 연못가에 털퍼덕 주저앉으며 입에서 피를 토했다.

2

"이게 무슨 일인가?"

내관과 여관들이 허겁지겁 몰려들었다. 넉넉하던 공간이 갑자기 부산스러워지면서 저자 바닥처럼 소란스러워졌다. 연못으로 뛰어든 황후를 업고 호위관이 달려 들어왔다.

"시의를 부르라!"

호위관이 보료 위로 황후를 조심스럽게 부리며 소리쳤다.

시의가 달려왔다. 사태를 파악한 시의가 부들부들 떨며 죽은 듯이 누운 황후를 진맥했다. 맥을 짚고 동태를 살피는 시의의 표정이 점점 굳어갔다.

"중상입니다."

시의가 잠시 후에야 결심한 듯 말했다.

"그게 뭔가?"

소식을 받고 달려와 시의를 지켜보던 어상이 다급하게 물었다.

"기가 위로 올라채 각 장기에 침입하여 그 증후가 나타난 것이옵니다."

"아니 멀쩡하던 사람이 갑자기 왜?"

"음식물로 인해 그럴 수도 있사옵니다. 낮에 무엇을 드셨는지요?"

도저히 음으로 인해 황후가 그렇게 되었다고는 생각지 못한 시의가 내관을 돌아보며 그렇게 물었다.

"여봐라, 수라여관을 부르라."

내관이 대답을 못하고 멈칫거리자 어상이 명령했다. 이내 수라여관이 달려왔다.

"낮에 황후에게 무엇을 올렸느냐?"

수라여관이 사색이 되어 읍하자 어상이 물었다.

"평상시대로 올렸나이다. 날이 궂어 그런가, 반주를 한 잔 올리시라기에……."

"그래 반주를 올렸단 말이냐?"

시의가 물었다.

"점심상에 가끔 올리던 술이었나이다."

"그 술이 무슨 술이냐?"

"송엽주이옵니다."

"얼마나 드셨느냐?"

"딱 한 잔이옵니다."

"한 잔? 겨우 송엽주 한 잔?"

어상이 되뇌는데 곁에 있던 시의가 나섰다.

"전하, 그 술이 독주라고 한다면 한 잔이 아니라 반 잔이라도 아니 되옵니다."

그렇게 말하고 시의가 수라여관을 돌아보았다.

"그 술, 어디에 있느냐?"

"대선료에 있사옵니다."

"가자."

시의가 침전을 나와 대선료로 향했다. 내무대신 가와바다 이나미가 따라나섰다. 그 뒤로 시위들과 여관들이 따랐다. 그 모습을 보며 어상이 발을 구르다가 황후에게 달려들어 손을 잡고 흔들었다.

"황후, 갑자기 왜 이러시오. 황후!"

어상의 부름에도 황후는 여전히 눈을 감은 채 꼼짝하지 않았다.

대선료로 시의가 들어섰다. 대선료 여관들이 새파랗게 질려 물러나자 시의가 뒤따라온 수라여관에게 일렀다.

"어디 있느냐, 그 술."

수라여관이 술 항아리를 가리켰다. 대선료 구석에 놓인 백자 항아리가 모습을 나타냈다. 시의가 직접 항아리를 향해 다가갔다. 항아리 뚜껑을 벗겨들자 맑은 술이 보이고 주위로 향기가 퍼졌다. 수라여관이 사기잔과 쪽을 가져가자 시의가 받아 술을 떴다. 그것을 잔에다 부어 맛을 보다가 고개를 갸웃하고는 수라여관을 쳐다보았다.

"은수저를 가져오너라."

수라여관이 은수저를 가져다주자 수저를 술에 담가보고는 유심히 그 변화를 살폈다. 은수저에 변화가 없자 시의는 고개를 갸웃하였다.

"거 정말 이상하구나. 오늘 수라 당번이 누구냐?"

시의가 물었다.

"시의원에서 나온 이노미 료마입니다."

"그를 부르라."

무수리 하나가 급히 달려 나갔다. 곧 이노미 료마가 여관을 따라 대선료로 달려 들어왔다.

"네가 수라 당번이었느냐?"

대선료로 들어와 읍하는 그를 향해 시의가 물었다.

"그러합니다."

"마마께 수라를 올리기 전에 식검(食撿)을 철저히 했으렷다?"

"어제 마마의 채변을 조사해 맛을 본즉, 산 기운이 강하여 위산을 중화시키기 위해 제산제로 쓰이는 계피(달걀 껍데기)가루를 신맛 나는 쓰게 모노에 넣었사옵니다. 극히 소량이옵고 다른 음식에는 쓰지 않았습니다."

시의가 눈을 감았다. 황후가 특히 신 쓰게 모노를 좋아한다는 것은 익히 알고 있었다. 주로 오이나 순무, 가지 등의 채소를 넣어 2~3일 묵혀야 제 맛이 난다며 갓 담은 쓰게 모노를 수라상에 올리지 못하게 하는 사람이었다. 황후의 채변에서 산 기운이 느껴지자 수라 당번이 산을 중화시키기 위해 계피를 가미한 모양이었다.

본시 유별나기는 했었다. 매일 반신욕을 하는데 탕에 있는 물그릇 하나도 섣불리 하는 법이 없었다. 더욱이 한 달에 한 번씩 대중 온천탕을 이용하는데 사용하기 한 달 전에 여탕에 있는 물그릇들은 꼭 파란색을 쓰게 하였다. 남탕에 있는 물그릇은 분홍색이었다. 그래 놓고는 한 달에 한 번씩 휴일을 이용해 남탕과 여탕을 바꾸어 썼다. 그러니까 황후가 여탕을 이용하지 않고 남탕을 이용하는 것이었다.

하루는 이를 이상히 여긴 어상이 물었다. 그러자 황후는 이렇게 대답했다.

"전하, 음양의 이치 때문이옵니다."

"음양?"

"음양의 조화 때문이옵지요. 남탕과 여탕에 절어 있는 기운이 보충되기 때문이옵니다. 홀아비의 방에 여자가 드는 것과 같은 이치옵지요. 모자란 음기가 채워지는 것이옵니다. 그럼 여자와 남자는 하나가 되지요."

어상은 그때 이 여자가 절에 열심이더니 그 영향을 많이 받았구나, 하고 생각했었다. 더욱이 그녀가 외경하는 절의 고승은 밀법(密法)에 통달한 진언승(眞言乘)이었다. 이 나라의 불교가 대부분 밀교의 영향을 받기는 했지만 황후는 천축에서 들어온 밀법에 좀 깊이 빠져 있는 것 같았다.

시의가 말이 없자 내무대신 가와바다 이나미가 나섰다.

"왜 말이 없소?"

"독기가 느껴지지 않는데 말입니다."

무슨 말이 나올까 잔뜩 기대하고 있던 내무대신이 에이, 하며 돌아섰다. 그는 내각총리대신 구로다 기요타카의 수족 이와다미르가 궁내청 대선료 기숙사 사주장이라는 걸 알고 있었다.

사주장이 그의 수족이고 보면 이참에 그를 제거할 빌미가 생기는가 했는데 독기가 느껴지지 않다니. 사주장 아래 밥 짓는 반공부터 술을 담그는 주색까지 그의 무리들을 일거에 소탕할 수 있었는데 그게 아니다 싶자 그는 시의 앞으로 돌아섰다.

"그럼 어떻게 설명할 것이오. 아무 독기도 없다는 그 술을 마시고 이 나라의 국모가 미쳐서 날뛰고 대령여관이 죽지 않았는가."

"대령여관도 그럼 이 술을 마셨단 말입니까?"

시의의 질문에 그제야 자신의 물음이 잘못되었다는 것을 안 내무대신이 입을 다물고 멍하니 시의를 쳐다보았다. 시의가 대선료 여관들을 돌아보았다.

"수라를 보기 전에 대령여관이 이 술을 마셨느냐?"

하나같이 머리를 내젓자 그것 보라는 듯 시의가 내무대신을 쳐다보았다.

"마마의 병세는 이로써 음식이나 술에 있지 않은 것 같습니다."

"그럼 무엇 때문이란 말이오."

"가서 자세히 진맥해보면 나오겠지요."

그들은 다시 황후의 침전으로 돌아와 병세를 살폈지만 그 원인을 찾아낼 수 없었다. 시의는 임시방편으로 황후의 올라채는 기를 잡기 위해 약방문을 내리고 침을 시술했다.

3

검은 구름장이 빠르게 황거를 덮었다. 샛바람이 더욱 거칠어졌다. 갑작스런 날씨 변화에 황거 내가 수런거렸다.

어상이 용상을 쳤다.

"무슨 일인가, 무슨 일이야! 황후가 소리를 듣다가 넋을 놓다니!"

두 대령여관 중 하나는 죽고 하나는 황후처럼 의식불명이라는 사실이 어상은 이해되지 않았다. 어떻게 이런 일이!

황후가 차도를 보이지 않자 궁내청 친위대 검시감 노기 에이스가 떴다. 그의 본 이름은 이치반이었다. 그는 어디서나 일인자가 되어야 한다는 생각에 자신의 이름을 버리고 제일인자를 뜻하는 에이스를 이름으로 썼다. 그렇게 노기 이치반에서 노기 에이스가 되었다.

삼십 대의 잘생긴 사내였다. 도쿄 태생으로 34세에 경호부 검시로 있다가 경시청이 들어서자 그곳 순사부장을 지냈고, 이후 황거 내에서 일어난 불미스런 사건을 해결함으로써 천황의 눈에 들어 궁내청 친위대 검시감을 맡고 있었다.

그가 황후와 의식불명인 대령여관의 상태를 살펴본 뒤 형옥 사체실로 가 죽은 대령여관을 살펴보니 별다른 이상이 발견되지 않았다. 심장마비사가 분명했다. 독살도 아니었고 도상사(刀傷死)도 아니었다. 그렇다고 목이 졸려 죽은 것도 아니었다. 시신은 멀쩡했다.

"어떻게 된 것이냐. 사인이 무엇이야?"

어상은 한시가 멀다 하고 에이스를 재촉해댔다.

"친위대에서 면밀히 조사하고 있사옵니다."

에이스가 그렇게 아뢰었지만 어상은 도저히 납득이 되지 않는다는 표정이었다.

"검안서를 빨리 올리라. 자세하게 기록해 빨리 올리라."

사안이 사안이라 2차 검안까지 마치고 복검안을 작성해 올렸는데 어상은 계속 고개를 갸웃거렸다.

해가 중천에 떴을 무렵 복검서에 미흑한 점이 보인다며 경호부에서 장화사(張和思)가 나왔다. 장화사 곁에 궁내청의 약정(藥正) 한 사람이 서 있었다. 약정이라고 하면 율려(律呂)를 책임지는 사람이다. 음을 듣다가 죽은 시신. 그 시신에 대한 검시의 초안이 아무래도 이상하다고 했다. 죽은 대령여관의 오른쪽 귀에 피가 맺혀 있고 심장이 파열된 것이 예사롭지 않다는 것이었다.

그것은 에이스가 발견하여 복검안에 기록한 것이었다. 남들이 보지 않는 사이 혹 귀로 독을 집어넣어 죽였는가 하여 놋젓가락을 귀에 넣어보았으나 아무 이상이 없었다. 심장마비가 오면서 그 충격으로 귀가 터진 것이라고 볼 수밖에 없었다. 보고 또한 어상에게 그렇게 했다. 그런데 그것이 이상하다며 약정을 데리고 장화사가 나온 것이었다.

얼음을 채운다고 채웠으나 이미 시체는 썩어가고 있었다. 약정이 시체의 귀를 살펴보고 심장을 살펴보다가 고개를 주억거렸다.

"분명한 것 같소?"

장화사가 시체를 살피고 있는 약정에게 물었다.

"맞습니다."

에이스는 그들의 대화를 이해할 수 없었다. 뭐가 맞다는 거야?

"그 악사, 어디에 있습니까?"

약정이 에이스에게 물었다. 그렇게 묻는 약정의 머리를 보았더니 대머리였다.

"악사?"

에이스는 그렇게 되뇌고 멍하니 약정을 쳐다보았다.

"왜 그러오?"

"그러고 보니 악기는 있는데 그녀가 보이지 않는군요."

"뭐라고요?"

"정신이 없는 사이 그녀를 의식하지 못했습니다."

"뭐요?"

에이스가 그제야 정신이 든 사람처럼 밖으로 뛰쳐나갔다. 약정이 뒤따라 뛰어나갔다. 에이스가 그녀를 찾는 사이 약정은 그녀가 탄금하다 놓고 간 가야금을 찾아내어 자세히 살펴보기 시작했다.

4

검은 구름장을 벗어난 햇살에 용상이 붉게 물들었다. 창으로 멍석만큼 흘러든 낙조가 붉었다. 그래서인지 어전의 마룻바닥이 더 낡아보였다. 가야금을 살펴본 약정의 말을 들은 어상은 그저 황당하다는 표정이었다.

"아무래도 그 악사가 이상하다니, 그게 무슨 말인가. 어떻게 음으로 사람을 상하게 할 수가 있어. 말 같은 소리를 하라."

"아니옵니다, 전하. 음으로 사람을 살상하는 방법이 있다는 걸 중국에서 들은 바 있사옵니다."

어상이 그를 멀거니 쏘아보았다.

"중국에서 들었다?"

"음이 살이 되어 사람을 죽일 수 있다는 것이옵니다."

어상이 무슨 소리냐는 낯빛으로 고개를 갸웃했다. 그때 친위장이 들어와 읍했다.

"찾았느냐?"

어상이 그를 내려다보며 물었다.

"그녀의 집을 샅샅이 수색했으나 종적이 묘연하옵니다."

"어허, 그거 이상하긴 이상하구나."

어상의 시선이 약정에게로 옮겨졌다. 약정의 얼굴에 시선을 붙박은 채 어상이 친위장에게 명했다.

"그녀를 찾아오라. 찾아오면 모든 것이 밝혀지지 않겠는가."

친위장이 읍하고 바람같이 달려나갔다.

잠시 후 친위장이 다시 어전에 들었다. 그의 뒤에 사라졌던 악사 고토코가 들어서고 있었다. 모두의 시선이 그녀에게로 쏠렸다. 그녀가 어상 앞에 엎드렸다.

"전하, 저도 잠시 정신이 혼미하여 밖으로 뛰어나가 돌아치다가 이제 돌아오는 길이옵니다."

그것 보라는 듯 어상이 약정을 내려다보았다. 약정이 눈을 사납게 치뜨고 고토코 앞으로 다가왔다.

"고개를 들라!"

약정의 명령에 고토코가 가까스로 고개를 들었다.

"얼굴을 보여라!"

그녀가 눈을 감았다.

"면포를 벗어라!"

그녀는 눈을 뜨고 약정을 쏘아보았다.

"꼭 보셔야 하겠습니까?"

"어허, 이년 말이 많구나!"

그녀가 눈을 감았다가 뜨며 천천히 면포를 벗었다. 약정의 시선이 날카롭게 고토코의 얼굴을 더듬었다. 점차 그의 얼굴이 일그러지기 시작했다.

"쿠와무라 타카시?"

약정의 뇌까림에 그녀가 부르르 떨며 눈을 치떴다. 그리고는 무섭게 약정을 노려보았다. 흠칫하던 약정의 눈이 점점 붉어졌다. 그의 시선이 이윽고 확인하듯 고토코의 손에 머물렀다. 조막손임을 확인한 약정이 고개를 홰홰 내저었다. 잠시 후 그는 어금니를 지그시 씹고 돌아섰다.

"전하, 제가 판단을 잘못한 것 같나이다."

어상 앞으로 나아간 약정이 읍하고 아뢰었다.

'그래?' 하는 표정으로 어상이 약정을 내려다보았다.

"중국에 있을 때 음으로 사람을 죽일 수 있다는 말을 들었사오나 탄금자의 손을 보니 조막손이나이다. 어찌 조막손으로 사람을 죽일 수 있겠나이까. 제가 잘못 생각한 듯하나이다."

어상이 고개를 주억거렸다. 그럼 그렇지, 하는 표정이었다.

3장
단산 봉황이 갈 곳 잃어

1

"기상!"

권전시가 숙직실을 나오며 소리쳤다. 이내 어상의 잠자리를 보필하는 여관이 그 말을 받아 "기사앙!" 하고 소리쳤다. 그 소리는 여관들에 의해 계속해서 퍼져나갔다.

황실이 기지개를 켜며 일어났다. 침전 밖에서 허리를 굽히고 있던 장시가 침전문 앞으로 돌아서며 소란스러운 주위를 정리하듯 안을 향해 나지막이 고했다.

"전하, 아뢰옵니다. 일어나실 시간이옵니다."

장시의 소리에 어상은 여느 때처럼 눈을 떴다. 햇살이 보이지 않았다. 이곳으로 옮겨오기 전에는 눈을 뜨면 늘 아침 햇살을 보았었다.

시종여관의 부주의로 도쿄성이 불타버리는 바람에 아카사

카의 임시 처소에서 살다가 이곳으로 옮겨온 지 오랜 세월이 흘렀는데도 아직도 그곳이 잊히지 않는 건 그래서인지 몰랐다. 이곳은 숲에 둘러싸여 있어서 햇살이 그렇게 밝은 곳이 아니었다. 너무 전통 양식에 치우쳐 침전이 궁의 한가운데 위치해 있었다. 방과 방 사이를 긴 회랑이 가로지르고 있었다. 전통 양식에 치우쳐 있기도 했지만 사실은 경호상의 문제도 있었다.

그곳의 햇살, 새소리, 문을 열면 흘러들어오던 안개, 그 바람결……. 어상은 기지개를 켜고 일어나다가 문득 시종장의 음성을 들었다.

"전하, 기침하셨사오면 들어가겠사옵니다."

"들라."

시종장이 읍한 자세로 침전으로 들었다. 보통 시의가 다녀가고 세수가 끝나야 일과를 고하게 마련인데 일찍 든 것을 보니 아뢸 것이 있는 게 분명했다.

"무슨 일인가?"

"전하, 오늘이 모후의 기일이옵기에……."

'그런가?' 하고 어상은 잠시 생각했다. 매해 이날이면 언제나 시종장이 잊지 말라는 듯 주지시키는 것이었다. 그럴 때마다 이맛살을 찌푸렸지만 시종장은 한결같았다. 무엇인가 알고 있는 것이었다. 한때 그가 모셨던 전 황태자 무쓰히토의 존재를……

그는 키가 작고 아주 마른 체격이었다고 알고 있다. 그러나 시종장이 지금 모시고 있는 천황은 칠척장신에다 씨름으로 달련된 거대한 몸을 흔드는 사람이다. 거기다 뻐드렁니가 아닌가. 그렇다고 시종장이 의심의 눈초리를 치뜬 적은 한 번도 없었다. 사람이 바뀌었다는 것을 모르지 않을 텐데 무쓰히토를 대하듯 자연스럽게 대했다. 그리고 모후의 기일이 되면 아들의 도리를 다해야 한다는 듯 아침이 되면 고했다. 스스로 모후의 기일을 챙김으로서 아들로서 그 본분을 다하라는 것이었다. 그것은 곧 남의 눈에 띄지 말라는 암시였다.

"알겠다."

"모든 제례는 궁내청에서 준비될 것이옵니다. 참석하시면 되옵니다."

"알았다고 하지 않는가!"

시종장을 내보내기가 무섭게 이번에는 내무대신의 음성이 들려왔다. 아직 시의도 들지 않은 아침시간. 이 자는 또 왜일까?

"전하, 기침하셨사옵니까? 내무대신이옵니다."

어상은 아침부터 왜들 이러나 하면서 시선을 들었다. 이 아침에 그가 온 것을 보면 역시 예삿일이 아닌 게 분명했다.

"들라."

문이 열리고 내무대신이 들어섰다. 새파랗게 질린 모습이었다.

"전하, 용서하시옵소서. 시간이 촉박하여 이렇게 달려왔나이다.”

어상이 일어나 앉으며 그를 내려다보았다.

“무슨 일이오?”

“조선으로 나간 고와바다 야스이에게서 연락이 왔나이다.”

“그래?”

“지금 조선천지는 꼭 섶에 불을 질러놓은 것처럼 일어나고 있다고 하옵니다.”

무슨 말이냐는 표정을 지으며 어상은 그를 향해 똑바로 돌아앉았다.

“일이 틀어진 모양이옵니다.”

“틀어지다니?”

“지난 6일에 실행에 옮긴 모양인데, 주도했던 인물이 망명했다고 하지 않사옵니까.”

“그가 누군가? 주모자는 대원군이 아닌가.”

“그렇긴 하옵니다만, 개혁파 박영효라고…….”

어상이 혀를 찼다.

“무슨 일들을 그리 하는가! 청나라와 시모노세키 조약이 그년으로 인해 깨어졌음을 모르는가. 어떻게 요망한 여우 하나를 제거하지 못해!”

“조선 정부가 벌컥 뒤집어지고 백성들의 원성이 이만저만이 아니라고 하옵니다.”

“무서운 년이로다. 시아비를 상대로 무엇을 어쩌자는 것인지."

"그로 인해 총리대신을 새로 앉히고 연립내각을 구성하는 한편, 의정부의 명칭도 바꾸었다는 전갈이옵니다."

"에이, 지금 그것이 문젠가. 문제는 그년이 아닌가. 그것 하나를 요리 못해 미수에 그쳐? 그놈의 러시아가 문제야. 그년과 한통속이 되어 독일, 프랑스를 끌어들인 게 아닌가. 도대체 이토는 무얼 하는 것이야!"

"설마 했는데 일이 그렇게 되고 보니……."

"더 자세히 말해보라."

그의 말을 듣고 난 어상이 눈알을 부라렸다.

"가서 이토를 들라 해라!"

2

이토가 급하게 어전으로 들었다.

"걱정 말라고 하던 사람이 준스케 그대가 아니던가?"

흰 수염을 날리며 들어선 이토 히로부미에게 어상이 눈을 가늘게 뜨고 느물거렸다. 준스케는 이토의 호였다. 기분이 좋지 않을 때면 기분 나쁘게 어상은 꼭 그의 호를 불렀다. 네가 뭐 잘난 것이 있다고 호를 달고 다니느냐는 듯이.

그러고 보면 어상은 생기기는 원숭이를 닮았으나 그 성격이 담백한 사람이었다. 수식을 좋아하지 않고 직설적인 사람이었다. 마음이 허랑방탕하지 않아 가식을 좋아하지 않았다. 그래서 사람들이 자기 가식에 젖어 호를 짓고 나대는 것을 노골적으로 싫어하였다.

이토가 허리를 굽혔다.

"전하, 그래서 미우라 고로를 내보냈사옵니다. 다시 시도하도록 하고 있사옵니다."

"미우라 고로?"

내가 왜 몰랐느냐는 듯이 어상이 뜬금없다는 표정으로 그를 쳐다보았다.

"전하, 잊으셨사옵니까. 일전에 아뢰지 않았사옵니까. 경이 알아서 처리하라 하시기에 그리 하였나이다. 정식으로 결재 서류를 올릴 것이옵니다. 그동안 여름휴가 중이지 않으셨습니까."

그랬군, 하는 표정으로 어상은 고개를 끄덕였다.

"미우라 고로. 그는 한다면 하는 사람이지. 문제는 러시아야. 만약 이번에도 실패한다면 어떻게 될 것인가. 요동반도 문제로 국제여론이 등을 돌렸는데 이제 한 나라의 국모를 시해하려 했다고 해보아."

"만전을 기할 터이니 염려 놓으소서."

"듣자 하니 정세를 탐지한 그년이 러시아를 통해 일본을 몰아내려 하고 있다는데 그게 말이 되는가. 도대체 왜 대원군은 힘을 못 쓰고 있는 것이야!"

"1894년 1차 갑오개혁 때 만든 군국기무처에서 고종을 견제하고 있나이다. 이제 임금은 어떤 일도 단독으로 결정할 수 없을 것이옵니다."

"그년이 이미 군권을 회복했다면서? 그걸 노리고 러시아와 결탁한 것이 아닌가. 그년을 빨리 제거해야 할 것이야. 늦어진다면 조선의 우리 세력이 존속치 못하게 될 것이 아니겠는가. 러시아의 세력을 확실하게 끌어들일 테니까."

이토 히로부미는 눈을 감았다. 어상을 처음 보던 날이 떠올랐다. 원숭이 상에 곰보에다 뻐드렁니의 무지렁이 소년. 그 소년이 천황이 되어 눈앞에 있었다. 보기와는 다르게 우직하고 과단성이 있었다. 천성적으로 군왕의 기질을 타고난 사람이었다. 보기와는 다르게 판단이 예리하고 어떤 장애에 부딪쳐도 망설이는 법이 없었다.

어상의 말이 떨어지기가 무섭게 이토는 더욱 허리를 굽히고 아뢰었다.

"곧 시행하겠사오니 염려 놓으시옵소서."

고개를 끄덕이다가 어상은 적이 눈을 치뜨고 이토를 쳐다보았다,

"내 오늘 향라목으로 나갈까 하네."

이토가 어상의 말을 되뇌다가 뜨악한 표정으로 어상을 올려다보았다. 눈치는 채고 있었지만 '향라목에…….' 하는 생각이 들었다. 향라목은 그가 조선으로 나갔을 때 데리고 들어온 초

향이 거주하는 곳이었다. 이토는 자신도 모르게 어상을 향라목으로 모셨을 때를 떠올렸다. 그날 초향을 쳐다보던 어상의 눈빛! 그렇구나 싶었다. 그 애에게 마음이 동한 것이었다.

3

가야금을 어깨에 메고 달빛 속을 걷는 고토코의 발걸음이 설었다. 눈물이 자꾸만 앞을 가려서 가끔 돌부리에 채이는 바람에 비틀거렸다. 멀리서 개가 짖었다. 그녀의 눈가에 개 짖는 소리가 들리던 시골 장터거리가 스치고 지나갔다.

"아버지!"

목이 메었다. 어룽지는 눈 속으로 가야금 하나를 메고 장터거리를 떠돌던 아버지의 모습이 내내 사라지지 않았다. 고토코는 그 모습을 잃어버릴세라 눈을 감았다.

약정 도쿠다가와 이노치. 그는 지금쯤 심의관 하기와라 사사키를 향해 달려가고 있으리라. 찾아다니던 쿠와무라 타카시의 딸이 다른 곳도 아닌 궁 안에 숨어 있었다고 그에게 고해바칠 것이다. 그럼 이제 하기와라 사사키가 달려오리라.

"어머니!"

목에서 단내가 울컥 올라챘다. 그녀의 눈이 어룽졌다.

4

오사카 서문 밖 칸다이목에 쿠와무라 쥰이라는 촌부가 살았다. 그가 쿠와무라 가문의 중시조였다. 쓰시마에 살던 쿠와무라 로이치가 어느 날 칸다이목에 자리 잡은 쿠와무라 쥰을 찾아와 살림을 부렸다. 쿠와무라 로이치는 칸다이목에서 7대를 내리 살며 가문을 일구었다.

사실 뭐, 가문이랄 것도 없었다. 종가는 조선의 것이었다. 왜국의 본가. 더욱이 벼슬아치가 나오지 않았으니 힘이 없었다.

쿠와무라 아리노리 대에 와 비로소 천황의 은혜를 입는 자손이 나왔다. 조선인이라는 신분을 속인 결과였다. 그는 조선의 사신을 맞는 수석통역관이었다. 조선말과 왜국말이 유창했으므로 맡겨진 임무였다. 당시에는 왜국 국왕이 대군(大郡)으로 불릴 때였다. 조선의 사신단이 도착하면 왕사는 도두에게 말하지 않고 수석통역관인 그에게 말하였다. 그는 왕사의 말을 통역하여 도두에게 말하였다.

족리(足利) 씨가 장군으로 통치할 때는 모든 일에 명나라의 허락이 있어야 했다. 명나라의 책봉을 받아야 대외적으로 무슨 일이든 할 수 있었다. 국왕의 칭호도 마찬가지였다.

덕천 시대(도쿠가와 시대)에는 그나마 대군이란 호칭도 사용하지 못하였다. 가강이었다. 일본국원가강. 덕천가강. 제30대 장군 가광이란 자가 그에 불만을 품고 일어나 다시 대군 칭호를 되찾았다. 그러나 그것도 문제가 있었다. 그 당시 국서를 주고 받는 나라가 조선이었는데 조선에서는 국왕의 아들을 대군이라고 했다. 오가는 문서에 한쪽은 국왕이고 한쪽은 대군이다. 그럼 아비와 아들 간이다.

이 사실을 알고 일본 내에서 불평이 쏟아졌다. 숙종 때 조태억이 사신으로 가 저들도 국왕이라고 하겠다고 나서자 그 고집을 꺾지 못하였다. 그가 가져온 국서를 보고 숙종은 대노했다. 아들이 아비를 능멸한다 하여 이후로 사신단을 보내지 않았다. 하는 수 없이 일본이 대군의 명의로 국서를 보냈다. 그제야 숙종이 노여움을 풀고 통신사 홍치중을 보내 축하했다.

이후 메이지 천황이 들어설 때까지 대군을 벗어나지 못했다. 조선에서 왕사가 오면 버선발로 뛰어나가 받들어 모셔야 했고, 국왕의 칙서는 높이 올려 절을 올려야 했다. 그 사실을 안 메이지는 분개했다. 그들이 국왕이면 우리는 천황이었다. 하늘을 다스리는 사람. 이후 모든 역사에서 대군이나 국왕이 지워져버렸다.

쿠와무라 아리노리를 끝으로 한동안 그의 가문에서는 벼슬아치가 나오지 않았다. 쿠와바라 미치노 대에 이르러서야 비로소 천황의 은혜를 입은 자손이 또 하나 나왔다. 그는 언어학에 조예가 깊었다. 그가 궁으로 들 때의 이름은 아베 오타카시였다. 누구도 그가 조선인이라는 것을 몰랐다. 그는 그 이름으로 외무성에 들어가 통역관으로 일했다.

그러나 자신이 조선인이라는 사실을 결국 벗어나지 못했다.

조선인들의 서러운 삶을 보면서 양심의 가책을 느꼈기 때문이다. 그는 고메이 천황이 시해당하고, 황태자 무쓰히토가 살해당해 묻혔다는 말을 들으면서 조선의 앞날이 크게 뒤바뀔 것이라고 내다보았다.

그는 지금의 메이지 천황 무리들의 밀행을 기록해 문서로 남기기로 했다. 황태자 무쓰히토의 아버지 고메이 천황이 어떻게 암살되었으며 무쓰히토가 어떻게 죽어 메이지 천황과 바꿔치기 되었는지를 소상히 기록하기로 한 것이다. 이 사실이 조금씩 흘러나오자 메이지 천황은 분노하지 않을 수 없었다.

자신의 죽음을 미리 꿰뚫어본 그는 아들에게 자신이 기록했던 금서가 숨겨진 지도와 주술적 암호를 건네고 결국 천황에게 목숨을 주었다. 아들은 아버지로부터 그것을 받기는 하였으나 주술적 암호를 풀 수가 없었다. 그것을 찾아낸다고 해도 아버지처럼 싸울 용기도 없었다. 또 그러고 싶지도 않았다. 그는 농사꾼이 되고 싶었다. 그러나 몇 평 되지 않는 땅은 강가라 모래땅이었다. 작물이 잘 될 리 없었다. 결국 근근이 비황작물이나 심어 연명하다가 절로 들어가 중이 되기로 결심했다.

그가 들어간 곳은 당시 홍법대사가 중국에서 얻은 밀법으로 교세를 확장하던 동장사였다. 그는 밀법을 공부하면서 밀의를 닦았다. 그러나 밀법의 본의인 진언에 몰두하기보다는 천기에 비상한 능력을 보였다. 어릴 때부터 천기를 보는 데 비상한 능력을 가지고 있었다. 내일 비가 오겠다, 그러면 비가 왔다. 그래서 마을 어른들은 그의 머릿속에 늙은이 하나가 들어앉아 있다고들 하였다.

그의 이름은 쿠와무라 타카시였다.

수행이 익어갈수록 천기를 보는 눈이 신기할 정도였다. 궁내청에서 그를 찾을 정도로 신통을 얻은 그는 황거를 관장하는 궁내청 문화부 장전직(葬典職) 관리가 되었다. 물론 그때까지도 천황은 그가 자신이 죽인 외무성 통역관 쿠와무라 미치노의 자식이라는 것을 모르고 있었다. 쿠와무라 미치노는 외무성 벼슬자리를 얻기 위해 아베 오타카시라는 이름을 썼고, 그는 쿠와무라 타카시란 자신의 이름을 그대로 쓰고 있었기 때문이다. 문화부의 소관은 문화의 진흥 및 국제문화교류의 진흥, 종교에 관한 행정사무 등이었다. 그는 그곳에서 궁내의 제사나 대소사, 풍수, 길흉화복, 관혼상제에 대한 일을 맡아보았다. 그의 위로 대신, 부대신, 심의관, 부심의관 급들이 있었다.

어렵게 궁내청에 들어가기는 하였으나 장전직 이상의 벼슬은 할 수 없었다. 그의 위로 포진하고 있는 심의관과 부심의관이 대놓고 그의 앞길을 막았기 때문이었다. 천황을 직접 알현할 일이 생겨도 그가 이룬 성과를 가로채버리고는 하였다.

그에게는 딸이 있었다. 절에서 나와 결혼한 아내에게서 얻은 자식이었다. 그가 궁내청에 들어갈 당시 딸은 열다섯 살이었다. 딸은 포부가 컸다. 화려한 것을 좋아했으며 자유분방했다. 그가 궁내청에서 심의관에게 시달릴 무렵 딸은 궁내청 여관으로 들어가 쇼켄 황후의 몸종이 되었다.

어느 날 천황이 황후의 어린 몸종을 보니 참으로 순박해 보이고 아름다웠다. 천황은 그녀를 취했고, 이 사실을 황후가 알게 되었다. 황후는 은밀히 시종장을 시켜 그녀를 지하 감옥으로 보내 죽여버렸다.

딸을 찾아다니던 그는 지하 감옥에서 실려 나오는 딸을 발견하고 상심 끝에 아내를 데리고 산으로 들어갔다. 깊은 산속에 산막을 짓고 그곳에 살면서 약초를 캐 내다팔며 살았다. 그러다 어느 날부터 물가만 찾아다니기 시작했다.

"왜 그렇게 물가만 찾아다니시오?"

보다 못한 아내가 물었다. 타카시가 빙글빙글 웃었다. 그리고는 이렇게 말했다.

"이놈의 세상사를 바로잡으려 한다네."

"무슨 말이오?"

"세상이 조화롭지 못해 불평등하다, 그 말일세."

아내가 보기에 남편은 미쳐 있었다.

"아직도 세상사에 연연하고 있소?"

"솔직히 내가 왜 궁내청에서 나왔겠는가?"

"도대체 찾는 게 무엇이오?"

그러자 남편은 말이 없었다.

물가를 헤맨 지 얼마나 되었을까. 어느 날 남편은 시퍼런 청석(靑石) 사이에서 오랜 세월을 견딘 오동나무를 도끼로 찍어 가져왔다. 오동나무는 본시 여물지 못하고 무른 나무다. 손톱자국이 날 정도로 무르다. 하지만 황 성분이 가득해 해충이 나무에 접근하지 못한다. 그래서 선조들은 썩지 않는 오동나무로 가야금을 만들었다.

아내가 보니 남편이 고토를 만들고 있었다. 고토를 만들기 위해 그토록 오랫동안 물가를 헤맸느냐고 했더니 남편은 이상한 말을 했다.

"생각해보시게. 청석 사이에 끼여 평생을 자란 오동의 한만큼 깊을 수 있겠는가. 어떤 한도 그보다 깊을 수는 없을 것일세. 석상오동이 아닐세. 돌 틈에서 자라다 말라죽은 오동이 아니야. 시퍼렇게 살아 천년을 견딘 오동일세.

"그래서요?"

"두고 보시게. 이 나무는 이제 자오동이 되어 자오금(紫梧琴)으로 일어설 것이니."

"이해를 못하겠네요. 도대체 무슨 말인지 모르겠소."

그럴 만한 뜻이 있을 것 같긴 했지만 아내는 여전히 못마땅해 그렇게 말했다.

"아무래도 좋지 않아. 나와 그대의 운세가 요즘 들어 변하고 있어."

"그게 무슨 말이래요?"

아내가 그게 무슨 말이냐는 표정으로 물었다.

"사람들은 받아 나온 사주대로 운세가 결정되어 있다고 알고 있지만 때로 변하기도 한다네. 요즘 들어 그대와 나의 운세가 좋지 않아."

"말을 알아듣게 하시오."

아내가 일어나 앉으며 물었다.

"우리 앞날이 얼마 보이지 않는다는 말이오. 우리의 운세 속으로 목(木) 자 성을 가진 흉살이 숨어들고 있어."

"목 자 성?"

아내가 되물었다.

"목 자 성. 그럼 누구겠나? 심의관이지. 궁내청 심의관 하기와라 사사키. 궁내청으로 들어가 그 자의 사주를 본 후 그때 알았네. 그자와 나의 궁합이 상극이라는 걸."

"아니, 하필이면 왜 그 사람이 우리 속으로?"

"알고 봤더니 우리와의 인연이 이 시대뿐만이 아니었소."

"그게 무슨 말이오?"

"그날 알았지. 그와의 질긴 인연을."

타카시는 그날 처음으로 아내에게 이런 말을 했다.

5

바다 건너 조선이라는 나라가 있었다. 예로부터 그 나라에서는 거문고, 가야금, 비파, 그 셋을 삼현으로 꼽았다. 가야금을 만든 이는 가야국의 우륵이었다. 그는 가야금의 신이었다.

신라의 진흥왕이 가야국으로 쳐들어 와 나라를 빼앗자 가야 금의 신 우륵은 나라 잃은 슬픔을 탄식하며 가야금을 탄주하 고는 신라에 투항하였다. 그는 신라로 잡혀갔지만 가야를 잊지 못했다. 신라 진흥왕의 부탁으로 몇 명의 제자를 기르기는 했 으나 그의 마지막은 한스런 것이었다. 자신이 이룬 음을 탄금 하다 죽은 것이다. 사람들은 가야금의 신이 마지막으로 눈물 흘리며 탄금하던 곳을 탄금대라 불렀다.

그가 죽은 후 그의 아들이 뒤를 이었다.

어느 날 임금이 그를 불렀다. 어지러운 마음을 달랠 심사에 서였다. 그러나 그의 솜씨는 아비 우륵만큼 깊지 않았다. 왕은 실망하여 다시는 그를 부르지 않았다. 그러자 돌아간 아들은 아버지의 영정 앞에 눈물을 흘리며 이렇게 한탄했다.

"이제야 아버지의 한을 알겠습니다. 어찌 나라를 잃고 그 나 라의 임금 앞에서 아름다운 음을 연주하오리까."

그렇게 말하고는 자진하여 죽었다.

그 후 우륵의 자손들은 초야에 묻혀 결코 세상 밖으로 나오 지 않았다. 결코 이 나라를 위해 탄금하지 말라는 선조의 부탁 을 지킨 것이다. 후손들은 오랜 세월 대를 이어 가야금이나 만 들며 살았다.

아주 오랜 세월이 흘러 조선 초 한 임금이 우륵의 자손이 만 든 가야금을 접하게 되었다. 그 솜씨가 예사롭지 않아 그는 우 륵의 자손을 불렀다.

"볼수록 가얏고가 예사롭지 않구나."

"전하, 수변청석상오동(水邊靑石相梧桐)이옵니다."

"그게 무슨 말이냐?"

"세상만물을 다스리는 진정한 소리는 한이 익어 내는 소리이옵니다."

"무슨 말인지 모르겠구나. 쉽게 말하라."

"평생을 물가 청석 바위 사이에 끼여 사는 오동나무를 생각해보옵소서. 그 한이 오죽하겠사옵니까. 그 나무를 채취하여 가야금을 만들었다는 말이옵니다. 그러니 어찌 그 소리가 한스럽지 않겠사옵니까."

"오호라, 그럼 한 곡 들려줄 수 있겠느냐?"

"전하, 가얏고를 만들 수는 있어도 탄금할 줄은 모르옵니다."

"그래도 가얏고를 만들다 보면 그 경지가 일정하지 않겠느냐."

"그럼 한 곡만 타오리이다."

그가 가야금을 앞에 하고 정좌했다. 손을 현 위에 놓고 막 탄금하려고 하는데 난데없이 줄이 타앙, 하고 울며 끊어져버렸다. 어떻게 해서 줄을 잇고 곡을 마쳤지만 탄금한 사람이나 임금이나 마음이 편치 않았다.

마침 그날 세자가 숨을 거두었다. 누군가에 의해 정궁의 왕자가 독살된 것이었다. 임금은 제정신이 아니었다.

"여봐라, 내 알아보았느니라. 그놈의 줄이 끊어질 때부터 이상했느니라. 당장 그놈을 잡아오라!"

임금은 길길이 뛰며 액을 끌어들인 우륵의 자손부터 잡아들였다.

"네 이놈, 네놈의 죄를 네가 알렸다?"

"죽여주시옵소서."

사태를 짐작한 우륵의 후손이 목을 내밀었다. 임금은 단칼에 그의 목을 베었다.

그때 그 악사에게는 아내와 두 딸이 있었다. 일족을 몰살하라는 명이 떨어지자 그의 아내는 두 딸을 데리고 무작정 산속으로 들어갔다.

세월이 흘러 그들은 살길을 찾아 유랑민으로 떠돌다가 도래인으로 왜국에 들어왔다. 말도 잃고 성과 이름마저 왜국식으로 바꿔 살다가 후손들에 의해 두 성받이로 갈렸다. 동생은 하기와라 가문에 시집가 자손을 번창했고, 언니는 쿠와무라 가문으로 출가해 자손을 낳았기 때문이다.

타카시의 아버지 쿠와무라 미치노는 언어학을 공부해 외무성 관리가 되었다. 그는 도래인 후손들의 참상을 보다 못해 천황이 뒤바뀌었다는 주장을 하다가 목이 베었다. 그의 아들 타카시는 밀승이 되었다가 일신의 영달을 위해 궁내청 장전직 관리로 들어갔다. 그러나 아버지를 죽인 원수의 품속에서 살고 있다는 사실이 못내 자책이 되어 그를 괴롭혔다.

그런 와중 타카시는 어느 날 광속에서 이상한 서책 하나를 발견했다. 그것은 그의 조상 중 누군가가 남긴 것이었다. 먼지를 털어내고 보니 소리의 궁합에 관한 것이었다. 비로소 조상들이 율려의 주역들이었다는 사실을 알게 된 타카시는 자신이 보던 궁합이 결국 음기(音氣)의 파동이라는 사실을 깨닫게 되었다.

"그러니까 뭐예요, 심의관이 남이 아니라는 말이에요?"

뭔가 이상하다는 생각이 들어 아내가 타카시에게 물었다.

"눈치를 챘구면."

아내가 눈을 크게 떴다.

"맞소."

"네에? 그러니까 심의관의 조상들 역시 소리꾼들이었고 당신 가문 역시 소리꾼 가문이었다, 그 말이요?"

타카시는 침통한 얼굴로 고개를 끄덕였다.

"그 심의관이라는 작자만 모를 뿐이지 그게 사실이었던 모양이오."

"세상에!"

아내가 설마 하다가 눈을 뒤집으며 손으로 입을 막았다.

"그 서책에 보니 어느 해에 중시조 되시는 분이 임금 앞에서 가야금 산조를 하다 줄이 끊어져 목숨을 잃었고, 그 후손들이 이 나라에 왔는데 이번에는 고토의 명인이 된 하기와라 가문의 중시조에게 또 그런 일이 있었다고 하오. 어상 앞에서 탄금을 하다가 줄이 끊어진 것이오. 그래 하기와라 중시조를 이곳 어상이 고신하고 죽인 모양이오. 그러자 후손은 살기 위해 쿠와무라 성받이에게 고토를 배웠다고 해버린 거요. 그래 쿠와무라 성받이 소리꾼이 잡혀갔으나 진실이 밝혀져 하기와라 일족이 오히려 참형을 당했고 그 원이 지금까지 내려오고 있다는 것이오."

"그러니까 그 하기와라 성받이 후손이 심의관이다?"

"맞소."

"세상에 어떻게 이런 인연이……."

"문제는 그런 과거의 업보에 의해 본능적으로 갖고 있는 적대감이오. 얼마 가지 않아 심의관이 우리들에게 다시 해를 입힐 것 같으니 이 일을 어찌 해야 좋을지 모르겠소."

"아니, 당신이 아무리 앞날을 잘 내다본다고 하나 어찌 그가 우리를 다시 헤칠 거라고 장담하시오?"

"그와의 궁합이 그걸 말해주고 있기 때문이오."

"그럼 어떡해야 하는 것이오?"

"역지사지요. 그 원이 과거의 업보에 의한 것이라면 빠져나갈 구멍이 없소. 미리 그 원에 대비하는 수밖에."

"어떻게 말이오?"

타카시는 대답하지 않았다.

그는 그 길로 청석 사이에 끼여 자라고 있는 오동나무만 찾아다녔다. 시퍼렇게 천년을 견딘 오동을 찾아낸 그는 그것을 산막으로 가져와 무려 일곱 달이 걸려 고토 하나를 만들었다. 아니, 고토가 아니었다. 12현이 달린 조선 악기 가야금이었다.

그는 그때까지 들고 다니던 고토를 버리고 조선의 가야금을 만든 것이다.

가야금이 완성되던 날 아내가 산통으로 쓰러졌다. 애가 나올 조짐을 보였다. 양수가 터지고 아내는 그날 애를 낳았다. 핏덩이를 씻기고 안으니 잘생긴 계집아이였다.

핏덩이가 두 해 나던 해, 사흘을 굶겼다. 아이가 배가 고파 울다가 죽어가고 있었다. 핏덩이에게 젖을 물리지 않아 아내의 젖무덤은 탱탱하게 불어 있었다.

그는 딸을 안고 신령스런 산천을 향해 절했다. 그의 눈에 핏발이 섰다. 미리 준비한 질소반을 당겨 아내의 젖무덤 밑에 놓았다. 그의 손끝이 떨렸다. 아내의 젖무덤을 천천히 어루만졌다. 젖이 잘 나오게 하기 위해서였다.

굳어 있던 젖살이 서서히 풀리기 시작했다. 검은 젖꼭지에 젖방울이 맺혔다. 그제야 그는 질소반에다 젖을 짰다. 희디흰 액체가 질소반 위로 굴러 떨어졌다. 아내의 눈에 눈물이 맺혔다.

그는 받은 젖을 호로병에다 넣었다. 그리고는 밤사이 갈아 놓은 칼을 들고 아이 곁으로 다가갔다. 아이의 손 아래 질소반을 놓고 젖이 담긴 병 입구를 아이의 코앞으로 들이밀었다. 젖 냄새를 맡은 아이가 전신의 힘을 모아 병을 잡으려고 허우적거렸다.

아이의 모든 힘이 손가락에 집중되는 순간, 그는 때를 놓치지 않고 고사리 같은 아이의 손을 낚아챘다. 아이는 그 손이 어미의 젖인 줄 알고 있는 힘을 다해 잡아당겼다. 그 순간을 놓치지 않고 그는 칼로 사정없이 아이의 손가락 마디를 잘랐다. 칼날에 손가락 마디들이 질소반 위로 고욤처럼 떨어져 구르며 펄쩍거렸다.

그렇게 여덟 개의 손가락 마디들이 한 마디씩 잘렸다. 성한 손가락은 엄지손가락뿐이었다. 아이가 눈을 뒤집고 혼절하자 그는 침착하게 아이의 손가락에다 진통 효과가 있는 약초를 도포해 헝겊으로 싸매고 어미의 젖을 물렸다. 아이는 울면서 게걸스럽게 어미의 젖꼭지가 떨어져나갈 정도로 빨았다.

아내가 아이에게 젖을 먹이는 사이 그는 질소반을 들고 일어났다. 그리고는 자신이 만들어놓은 가야금 앞으로 다가갔다. 아이의 피를 가야금 앞에 놓았다. 기는 자연의 원초적 힘이다. 젖먹이의 기는 세상 어느 기보다도 순수하다. 그 순수한 기가 가장 충만할 때가 텅 빔 상태이다. 그 무엇도 이입될 수 없는 본능적인 순수한 기. 그 기가 텅 빔 상태 속에 충만해 있다.

그는 그 피를 가야금에 먹였다. 혈기를 먹은 현은 그냥 현이 아니었다. 생명선이 되었다. 명주실이 혈기에 의해 혼령과 하나가 되어 조직적으로 생명력을 얻었다. 자연의 원초적 기로 이루어진 피가 물가의 청석 사이에 끼여 자란 오동과 그렇게 하나가 되었다. 피를 먹은 오동나무가 자오동이 되어 가야금으로 일어섰다. 비로소 기아살(飢餓殺)이 상대를 만나 상충살(相衝殺)이 형성된 것이다. 혈기를 먹고 그의 한과 하나가 되어 살성을 일군 가야금은 그냥 가야금이 아니었다. 자오금이었다. 혈기를 먹은 현은 서슬 푸른 모습으로 언제나 팽팽한 긴장감을 유지했다. 손끝만 닿아도 귀기가 소스라치게 일어나 앉으며 칼날을 세웠다.

6

그날의 딸 고토코는 열세 살이 날 때까지 물이나 길어 나르고 나무나 하고 때가 되면 밥이나 했다. 그녀의 아비 타카시는 시뻘건 자오금을 눕히고 현을 뜯고는 하였다. 산이나 타는 아버지의 몸에서 어떻게 그런 음이 만들어질 수 있는지 고토코는 이해할 수가 없었다.

현을 뜯은 날이면 아비는 제정신이 아니었다. 괜히 밥상에 고기가 없다며 상을 뒤집어 엎었다.

"이년들아, 왜 고기가 없는 것이야?"

"산을 내려가지 못해 고기를 사질 못했소."

아내가 그렇게 말하면 그의 눈에서 불이 터졌다.

"잘됐구나."

그렇게 말하고는 활과 전동을 멘 뒤 딸을 데리고 산으로 올랐다. 산중턱에 정자가 하나 지어져 있었다. 그는 그 정자에 오르면서 딸 고토코에게 활과 전동을 주었다.

"가서 무엇이든 잡아 오너라."

"사냥을 해본 적이 없잖아요."

"가거라. 무엇이든 잡아오너라."

고토코는 산속으로 깊숙이 들어갔다. 사냥감이 눈에 띄지 않았다. 이리 뛰고 저리 뛰어보았지만 사냥감은 모두 어디로 가버린 것인지 보이지 않았다. 한참을 헤매서야 노루 한 마리를 발견했다. 노루는 열매를 따먹다가 활을 겨눈 고토코를 멍하니 바라보았다. 그 눈망울이 얼마나 맑은지 도저히 살을 놓을 수가 없었다.

터덜터덜 정자로 돌아오는데 가야금 소리가 들려왔다. 산에 올 때 가야금을 가져오는 것 같았지만 힘겹게 사냥을 시켜놓고는 가야금이나 켜고 있는 모양이었다. 어린 고토코가 다가가 보니 아버지는 정자에 앉아 가야금 현을 뜯고 있었다. 아무것도 잡지 못하고 고토코가 나타나자 아버지가 눈을 싸늘하게 치떴다.

"토끼 한 마리도 잡지 못했단 말이냐?"

"도저히 보여야지요."

"십 년 공부 나무아미타불이로다. 토끼 한 마리 잡지 못한다면 그 재주 어디에다 쓸 것인가."

그 말을 듣자 고토코는 울화가 치밀었다.

"내가 너 만한 나이 때는 활을 메고 나서면 산돼지 두어 마리쯤은 눈 감고도 잡았다."

그가 가야금의 현을 뜯었다. 탄금 소리가 주위로 퍼져나갔

다. 송림을 뒤흔드는 바람 소리. 그 바람 소리에 실려 탄금 소리
는 주위를 감싸 안았다.

그때였다. 조금 전에 고토코가 쏘지 못한 노루가 어슬렁어슬
렁 송림 사이로 나타났다. 노루를 발견한 타카시가 소리쳤다.

"쏘아라. 나타나지 않았느냐!"

고토코가 활을 들고 선 채 어쩔 줄을 모르는데 노루가 갑자
기 등을 돌렸다. 눈치를 챈 것이었다.

"사냥감을 불러줘도 쏘지를 못한다? 바보 같은 년!"

노루가 한길이나 솟아올라 도약할 무렵이었다. 타카시의 손
가락이 가야금의 현을 모질게 뜯었다. 그 순간 고토코는 활을
던지고 풀썩 꼬꾸라졌다. 동시에 솟아올랐던 노루가 땅위로 떨
어졌다. 나중에야 알았다. 금탄시살지법(琴彈矢殺指法). 현의 한
음도 화살이 될 수 있다는 것을.

그날 노루를 어떻게 가져왔는지 몰랐다. 고토코는 그 노루
고기를 다 먹을 때까지도 아버지가 어떻게 하여 음으로 노루를
죽일 수 있었는지 이해가 되지 않았다.

노루 고기를 다 먹고 타카시는 다시 정자로 고토코를 데려
갔다. 고토코가 빈 활을 들고 살자리로 나섰다. 그리고는 너무
이상하여 물었다.

"시위가 비었잖아요."

"너에게는 시위이고, 내게는 현이지."

"시위가 현이라니요?"

말도 안 된다는 얼굴로 고토코가 되물었다. 아버지 타카시의 대답은 간단했다.

"고정관념이지."

활(弓)이 금(琴)이다?

도저히 이해할 수 없는 상황 앞에서 고토코는 서성거렸다.

어느 날 아버지가 그녀 앞에 추를 하나 가져와 흔들었다.

"추를 보아라. 보되 눈동자가 흔들려서는 안 된다. 마음이 바로잡히고 정신통일이 돼 있다면 결코 눈동자가 흔들리지 않을 것이다."

처음엔 눈동자가 흔들리지 않았다. 시간이 지나자 집중력이 떨어지면서 어느새 눈동자가 추를 따라 흔들리기 시작했다. 그러면 어김없이 타카시의 회초리가 머리로 날아왔다.

"정신 차려!"

그렇게 정신을 집중하는 법부터 배웠다. 땀이 나고 오금이 저리고 눈에 핏발이 서고, 그러다 파리라도 날아 와 콧등에라도 앉았다 하면 미칠 지경이었다.

눈동자가 추를 따라 흔들리지 않을 정도가 되자 이번에는 실에다 콩을 매달고 그것이 저 하늘의 해만해질 때까지 쳐다보라고 했다. 말도 안 된다고 생각했다. 어떻게 콩이 둥근 해만해질까.

때때로 아버지는 그런 딸에게 가야금을 가르치기도 했다.

"어찌 음이 그 모양이란 말이냐. 딩이 아니고 팅. 장이 아니고 그보다 더 높은 쨩! 그래, 길게 더 길게! 이년, 현 뜯는 손가락 좀 봐라. 아구지에 밥 퍼 넣을 적에는 힘차기만 하더니 현을 뜯는 손이 바람에 흔들리는 허수아비 손 같네이."

고토코는 아버지가 시키는 대로 현을 뜯으면서 꿈을 꾸었다. 언젠가는 이 소리의 주인이 될 것이라고. 반드시 그렇게 될 거라고.

"왜 흔드냐. 감정을 잡고 흔드는 것만큼 추한 것도 없다는 걸 몰라? 또 잊은 것이냐? 네년이 감정을 안다면 어찌 흔들 수 있다더냐. 남은 웃지도 울지도 않는데 네가 먼저 웃고 울고 지랄을 하니 기가 막혀 말이 나오지 않는다. 잘라내야 하는 거다. 감정의 절제. 절제할 줄 모르는 탄금쟁이가 무슨 소용이냐. 네 감정에 네 감정이 감기면 그것으로 볼 장 다 본 것이다. 벌써 종 쳤다, 그 말이다. 이년아, 거덜 났다 그 말이다. 네년이 명인이 되려면 불필요한 가락을 잘라낼 줄 알아야지. 그렇지 않고는 모호함 속에서 평생을 허우적거리다 인생을 종칠 것이다. 모호함 속에 명료함이 있다는 걸 모르고서야 어떻게 명인이 될 것이냐."

모호함 속의 명료함. 그 말이 가슴에 와 박혔다. 하지만 왜 안개 속에 서 있는 느낌이 드는지 모를 일이었다. 그 안개 속을 벗어나야겠다며 현을 통기면 아버지의 고함소리가 다시 터졌다.

"이년아, 몇 번을 말해야 알겠느냐. 우수법에는 정악과 산조의 법이 있고 뜯는 수법이 다르다고 하지 않았느냐. 정악에서는 줄을 미는 듯이 하여 뜯는 게 특징이다."

"그렇게 했잖아요!"

"이년, 그럼 다냐? 그런 뒤 어떡해야 된다고 하더냐? 급박하게 내질렀다면 어떡해야 된다더냐?"

"……."

"정지 아니냐. 한순간에 멈춘다, 그거 아니냐. 그럼 따라오던 숨길이 어떻게 되느냐? 그대로 헉 하고 멎는다, 그 말 아니냐."

"하지만 산조에서는 줄을 잡아당겨 뜯을 뿐 옆줄에 가서 닿지 않잖아요."

"그래서 줄을 퉁길 때는 주로 식지를 사용해라, 그 말이다. 하지만 한번 뜯은 줄을 반복해 퉁기는 것이다. 그렇기에 정악에서는 소지와 명지와 장지와 식지 네 손가락을 껴 쥐고 순차적으로 연퉁겨야 하는 것이다. 그리고 산조에서는 장지와 식지를 급속히 연퉁겨야 한다, 그 말이다. 자, 보아라."

아버지 타카시가 가야금을 당겨 현을 뜯으면 희한했다. 우수법에서 좌수법으로 넘어가면 금방 그 양상이 달라졌다. 식지와 장지를 모으기 때문이라는 걸 나중에야 알았다. 모아서 그 끝으로 줄을 떨고 누르고 들고 하여 음을 꾸며주기 때문이었다. 정악보다 산조에서 농현이 훨씬 다양하고 풍부하게 사용되고 있었다. 어디에서도 볼 수 없는 아버지만의 특별한 연주법이었다.

그때 고토코는 모르고 있었다. 그 연주법에 의해 자칫 잘못하면 죽을 수도 있다는 것을. 감정을 절제하지 못하면 음의 칼날에 의해 심장이 터져버릴 수 있다는 것을.

어느 날 며칠 누워 있던 타카시가 고토코를 불렀다. 그리고 처음으로 따뜻하게 한마디 했다.

"아가, 이리 와 한 곡조 뜯어봐라."

고토코는 그동안 아버지에게 배운 모든 것을 쏟아 부었다. 탄주가 끝나자 아버지가 희미하게 웃었다.

"제법일세. 그래, 이제 알겠느냐? 탄금쟁이는 무엇보다 자신의 감정에 엉기면 안 되는 것이다. 그럼 세상과 합을 맞출 수가 없으니까. 모호함 속의 명료함. 알지?"

그렇게 말하고 타카시는 비로소 자신이 지나온 과거를 찬찬히 딸에게 들려주었다. 모든 것을 알고 난 고토코는 울었다. 타카시가 딸을 안고 울다가 소리를 하기 시작했다.

단산 봉황이 갈 곳 잃어
만첩청산 찾아갈 제
호르릉 호르릉
쌍거쌍애 비둘기 꾹 꿍 꿍 꿍 으흥 거려
이 궁 저 궁 다 버리고
어디로 갈 것인가
……

다음 날 아침 고토코가 문을 열어보았더니 어머니 옆 아버지 자리가 비어 있었다. 고토코가 아버지를 다시 본 것은 것은 다음 해였다. 아버지는 어디 갔다 왔다는 말을 하지 않았다. 그저 다시 세상으로 나가자며 그들을 데리고 산을 내려갔다.

사람들이 산을 내려온 그들을 이상히 보았다. 예전의 모습이 아니었기 때문이다. 더욱이 타카시의 어깨에는 산에서 만든 악기 하나가 메어져 있었다. 사람들이 웬 고토냐고 하자 타카시는 산속으로 들어가 고토 공부를 했다고 하였다.

그런데 고토가 좀 이상했다. 현이 열세 줄이 아니었다. 열두 줄이었다. 열두 줄의 현은 기러기발이라고 하는 안족 위에 얹어져 있었다. 손가락에 쯔메도 끼지 않았다. 그냥 맨손이었다. 골무를 끼고 왼손을 이용해 현의 장력에 변화를 주지도 않았다. 줄을 몸통 쪽으로 미는 오시데 주법도 쓰지 않았다. 반대쪽으로 당기는 히끼이로 주법도 쓰지 않았다.

악기는 고토에 가까웠다. 그 누구도 그것이 조선의 가야금이라고 하는 사람은 없었다. 꼭 가야금의 모습도 아니었기 때문이다. 그가 산속에서 천년 묵은 오동으로 만들었다는 악기는 그렇게 독특했다.

그의 악기 소리를 들어보고 사람들은 하나같이 놀랐다. 그 소리가 심상치 않았다. 그가 탄금하기 시작하자 현 위에서 자연의 소리가 그대로 일어났다. 뜰을 쓰는 싸리비 소리가, 골짜기의 물 흐르는 소리가 그대로 일어났다. 어떤 음에도 빛깔과 감정이 깔려 있었다. 희한한 일이었다. 그가 현에 손을 얹으면 밭 메는 촌로의 소리를 들을 수 있었고, 멀리서 불어오는 솔바람 소리를 들을 수 있었다. 대밭에 후드득거리는 빗소리를 들을 수 있었다. 대나무 서걱이는 소리를 들을 수 있었다. 속이 타 없어져버린 대나무의 한 서린 한숨 소리를 들을 수 있었다.

그는 소리의 그림쟁이었다. 저 낡은 추녀의 낙숫물 소리를 현으로 그렸고, 먼 산에서 피 터지게 우는 소쩍새의 울음을 현 위에서 그렸다. 임 찾아 우는 그 한을 현으로 그렸다. 달그림자 속으로 속삭이는 귀뚜리 소리를 현으로 그렸다.

하지만 그를 기다리고 있던 일가붙이들도 살기 위해 흩어져버린 뒤였다. 사람들이 살아야 할 것이 아니냐고 했다. 예전에 잘 보던 역(易)이라도 보라고 했다. 그러면 그의 대답이 걸작이었다.

"바로 이 소리가 궁합이라오."

사람들이 그를 미쳤다고 했다.

예전에 궁내청에서 실력을 인정받던 사람이 하루아침에 고토의 명인이 되었다고 하자 하루는 궁내청 관리 중 관혼상제를 관장하는 부대신이 이상히 생각하여 불렀다.

"그대는 예전에 이 나라의 밀승이었다가 궁내청에서 천문을 살피는 장전직이 아니었던가. 밀법을 통해 역이 깊었다는 것은 이해할 수 있으나 어떻게 소리쟁이가 되었는가?"

"역의 본질은 인(因)과 과(果)에 있습니다. 거기서 역이 출발하지요. 종교도 마찬가지입니다. 인과 과의 소산이지요. 모든 것은 만남에서 이루어지고 그 화합에 있으며 결과가 그리하여 정해집니다. 그것이 바로 운명의 결과이지요. 세상의 궁합이 바로 종교요, 밀법입니다."

"세상의 궁합을 노래한다?"

"세상만물과 하나가 되는 진언이지요. 밀법의 핵심입니다. 너와 내가 없는 조화의 세계. 궁합의 뼈대 납음오행(納音五行)이 무엇이겠습니까. 사주에서 생년간지가 소속하는 오음(五音)이 납음이지요. 우리의 음계 오음(五音)이 곧 오행(五行)의 이름이지요. 십간(十干)이 그로부터 왔고 십이지(十二支)가 만들어졌으며 지(支)를 겹쳐서 육십간지(六十干支)가 되었지요."

"오호, 모든 게 음의 소산이다?"

그러자 그는 음 한 소절을 바쳤다. 그때 목청을 일구어 소리를 함께 했는데 그 음이 절창이었다.

　　가득한 비움
　　저 눈부신 이동
　　우주의 심상 속으로
　　……

그의 음과 소리를 들어본 부대신은 무릎을 쳤다.

"과연!"

그날 밤 부대신의 아내가 남편에게 물었다.

"도대체 무슨 소리래요?"

"내 세상에나, 궁합의 이치를 그렇게 밀어올린 사람은 처음 보았네. 그렇지. 궁합은 기의 파동이지. 그 파동은 곧 소리라는 말이렷다. 내가 너 속으로 들어가고 네가 나 속으로 들어온다. 궁합의 살(煞)이 무엇이던가. 인간의 만남에서 오는 것이 아니던가. 그것이 궁합이 아니던가."

"뭔 소린지 원."

"인간관계의 궁합은 살로 이루어진다, 그 말이구나. 공방살이 그렇고. 원진살이 그렇고, 허허허……. 셀 수도 없이 그물망처럼 얽히어 존재하는 살이 그렇다는 말이구나."

"그깟 궁합이 뭐라고……."

아내가 비웃었지만 그는 홀린 듯이 중얼거렸다.

"인간관계는 그 살로 이루어지는 것이로다! 그래, 이 세상에 살 없는 사람이 어디 있겠는가. 아하! 부끄럽구나. 그 평범한 진리를 몰랐으니……."

"정말 정신 나간 사람처럼 왜 그래요?"

"모르면 가만이나 있으시게."

"나 처자일 때 궁합을 보았는데 그럽디다. 당신한데 공방살이 끼였다고."

그제야 그는 아내를 쳐다보았다.

"허허허, 그래서 당신을 만나지 않았는가."

"맞아요. 내가 당신 구했지요. 그때만 해도 백면서생이었으니."

"그래, 울었지. 그놈의 공방살에. 이제 보니 그게 소리야."

"무슨 말이래요?"

"내 신음소리. 공방살이 무엇이던가. 방이 비었다는 말이로다. 짝이 없다는 말이지 않은가. 그래 끙끙 앓는다. 그 신음소리가 신음살(呻吟殺)이 된다. 이때 살(煞)은 살(殺)로 변한다. 죽는다는 말이 아닌가. 맞아! 그때 죽지 못해 살았지. 당신이 그 신음소릴 듣고 내게 와주지 않았는가. 허허허, 참. 그놈의 고토 소리를 듣는데 당신을 찾아 헤매던 세월이 꿈결 같은 것이야. 꼭 첫날 밤 당신의 품속에 든 것 같았으니 말일세. 그때 알았다네. 본시 음에는 살을 녹이는 힘이 있다는 걸."

그랬다. 살에는 그 살을 확장시키는 힘이 있었다. 음은 사람의 마음을 다스리기도 하고 거역하기도 하는 것이라는 생각이 그때 들었다. 그것이 가장 극명하게 드러나는 데가 바로 궁합이었다.

비로소 궁합이란 부정의 세계를 거쳐 긍정의 세계에 이르는 것과 같다는 생각을 그때 했다. 살은 부정의 산물이지만, 가장 이상적인 상대를 만날 때 진정한 조화를 얻을 수 있다는 생각을 그때 했다.

비로소 궁합의 본질이 음의 파동이라는 것을 깨달은 그는 "대단해, 대단해." 하는 말을 연발하다가 다음 날 궁내청으로 나가서는 타카시를 데려오라고 심의관에게 명령했다. 심의관 하기와라 사사키가 아랫사람들을 데리고 가보니 예전에 자신이 시기하던 타카시였다. 놀랍고 비위가 상했지만 상관의 명이라 그를 궁내청으로 모시듯 데려왔다.

타카시는 그 길로 궁내청 부심의관 관직을 얻었다. 관직을 얻고서도 궁내청에는 나가지 않고 고토나 퉁겨대었다. 그러니 자연히 눈 밖에 날 수밖에 없었다. 타카시의 상관 심의관의 비위가 있는 대로 상했다.

"제까짓 것이 뭐라고 느닷없이 나타나 부대신의 환심을 샀단 말인가. 사주쟁이면 사주쟁이답게 굴어야지, 고토나 끼고 앉아 거드름을 피워?"

그에게 시기심을 느끼고 있던 심의관은 노골적으로 불만을 나타내었다.

어느 날 황거를 관리하는 대신이 심의관을 불렀다. 부대신의 추천으로 타카시를 다시 넣기는 하였으나 그 역시 고토나 끼고 다니는 것이 못마땅해 타카시를 배제하고 심의관에게 손녀의 궁합을 보게 하기 위해서였다. 대신은 심의관에게 손녀와 손녀 사위의 사주를 내밀었다. 궁내청 심의관이라고 하면 사주, 궁합, 관상 잘 보기로 세상이 다 아는 사람이었다.

천황의 정비 쇼켄 황후는 이치죠 타다카와 측실 신하타 타미코의 3녀로 태어난 여자였다. 이름은 마사코였다. 이치죠 가문은 유서 깊은 명문 귀족이었다.

이치죠 가의 딸들 중 마사코가 황실 신부감으로 간택되기 전 한 술사가 아랫것에게 오늘 귀인이 찾아올 것이니 청소를 깨끗이 하고 기다리라 하였다. 한낮이 되자 늙은 사내 하나가 집으로 들어섰다. 하인이 보아하니 그리 귀하지 않은 사람 같아 제대로 대접을 하지 않았다.

늙은 사내가 두 사람의 사주를 술사에게 내놓았다. 하나는 고메이 천황의 유일한 아들 무쓰히토 황태자의 것이었고 하나는 마사코의 것이었다. 사주를 본 술사가 일어나 그 늙은 사내에게 큰절을 올렸다.

"왕기가 서렸으니 감축하옵니다."

"오호!"

"보아하니 따님은 이 나라의 황후가 되실 것입니다."

"그런가?"

"다만 이 나라의 황후가 되려면 나이가 걸립니다."

지금도 그렇지만 당시에도 세 살 연상은 불길하다고 보았다.

"그럼 어떡해야 하겠는가?"

"보자. 무쓰히토 황태자가 따님보다 세 살 아래이니 아무래도 두 살 연상인 것으로 고쳐야겠습니다. 즉 1850년생으로 고쳐야 할 것입니다."

서류상으로 고치기가 무섭게 정말 얼마 후 늙은 사내의 딸이 간택되었다.

1867년 1월 무쓰히토 황태자의 부왕 고메이 천황이 두창(천연두)으로 죽었다. 이듬해 9월 12일 무쓰히토 황태자가 메이지 천황으로 즉위했다. 마사코는 뇨고(女御)로 정해졌다. 이름이 마사코에서 하루코로 바뀌었다. 하루코는 1869년 정식으로 입궁해 황후가 되었다. 쇼켄 황후가 바로 그녀였다. 쇼켄 황후가 자신의 앞날을 정확히 맞춘 술사를 아끼지 않을 리 없었다. 술사가 황거를 관장하는 궁내청 관리 심의관이 된 것도 그녀의 입김이 작용했기 때문이었다.

그러나 이상하게도 슬하에 자식이 없었다. 천황의 자식을 낳은 것은 후궁 나루코였다. 그녀가 황자를 낳은 것이다. 황자는 낳기가 무섭게 황후가 양육했다. 황후의 아들이 된 것이다. 어느 날 심의관은 나루코 비에게 후궁 중에서 뇨고가 될 것이라고 예언했다. 뇨고는 후궁들 사이에서 신분이 제일 높은 축에 속하는 자리였다. 높은 신분의 딸만이 뇨고가 될 수 있었다. 그러자 나루코 비도 궁내청 관리 심의관을 믿지 않을 수 없었다.

"이번에 손녀를 치우려고 하는데 궁합을 좀 봐주게."

대신의 부탁에 심의관이 사주를 보니 찰떡궁합이었다. 날까지 정해주었다. 혼인날을 얼마 앞두고 그 사실을 부대신이 알았다.

"부심의관 타카시에게 부탁을 하지 왜 그러셨습니까?"

대신이 고개를 내저었다.

"나도 그의 고토 소리를 들어보았네. 그러나 이 나라에서 궁합이야 심의관을 넘을 사람이 있겠는가. 나는 모르겠더이, 그의 고토 음을. 고토의 생김새도 그렇고."

"그래도 한번 보게 하지요. 이왕이면 좋은 날을 잡아야 할 터이니."

대신이 생각해보니 그것도 그렇다 싶었다.

"타카시를 불러보게."

타카시가 왔다. 대신이 사주를 내밀자 타카시가 고개를 내저었다.

"왜 그러는가?"

대신이 뭔가 불길해 물었다.

"궁합이 좋지 않습니다."

"뭐라?"

"눈 먼 장님이 개울 건너는 궁합입니다."

"이 사람, 지금 무슨 소릴 하는 게야! 그 궁합은 이 나라 당대 최고라고 하는 심의관 하기와라 사사키가 본 것이네. 바로 그대의 상관 아닌가."

"누가 보았든 궁합이 맞지 않습니다. 기운을 보면 겉궁합은 그럴 듯해 보이나 속으로 들어가 보면 물(水)과 불(火)이 만나 상충하는 형태입니다. 그러므로 천기가 부족합니다."

"부족해?"

"그렇습니다."

"속이라고 말하는 것은 속궁합을 말하는 것인가?"

그 정도는 알고 있었지만 확인하듯 그렇게 물었다.

"그렇습니다. 남녀인연법에서 가장 주요한 기법이 속궁합이 지 않습니까. 사랑의 대명사인 끈끈한 정이 들어 있으니 말입니다. 불이 물을 못 이기고, 물이 흙(土)을 이길 수 없다는 것은 만고의 진리입니다. 그러므로 세월이 흐를수록 사랑과 정이 떨어져 이별할 것입니다. 상충살 외에도 두 분의 인생여로에 지장을 주는 흉한 악살이 산재해 있습니다. 그중에서도 가장 흉악스러운 것은 후손에 대한 것입니다. 두 사람의 궁합으로 볼 때 결코 정상아를 분만할 수 없습니다."

"어허, 이 무슨 소린가! 정상아를 분만할 수 없다니?"

대신이 깜짝 놀라 소리쳤다. 방 안으로 기어들어와 웃고 있던 햇살이 갑자기 모습을 감추어버렸다. 해를 삼킨 검은 구름장이 서녘으로 흘렀다.

"입태란 임신 시점을 말하는 것입니다. 정자와 난자의 결합, 영혼이 깃드는 최초의 물방울입니다. 그러므로 가장 신성한 순간입니다. 두 사람의 궁합으로 보아 입태 시기가 맞지 않습니다."

이 사실은 이내 심의관에게 전해졌다. 심의관이 펄쩍 뛰었다.

"이놈이 기어이 내 뒤통수를 치는구나!"

심의관이 달려왔다.

"이놈, 내 너를 그리 보지 않았거늘. 불이 어떻고 물이 어떻고 어찌 그런 초보적 수준으로 날 욕보일 수 있단 말이더냐!"

"심의관 나리. 심의관 나리를 일부러 욕보이려 한 것이 아니

라 사실을 아뢰었을 뿐이올시다. 그리고 꼭 어렵게 궁합을 본
다고 해서 그 궁합이 좋을 리 없다는 것을 알고 계시지 않습니
까. 그분 손녀의 입태 시기는 내년 6월이 맞습니다. 수(水) 기운
이 강해 물오를 때인 것입니다. 하지만 손녀사위 될 사람의 사
주는 12월입니다. 12월은 가장 추울 때입니다. 거기에다 일주
가 14일입니다. 달과 날을 보아 화 기운의 사람이므로 입태 시
기도 12월 14일 이후가 좋은 것입니다. 이럴 경우 대부분 임신
이 되지 않거나 두 사람의 기운이 상충할 때를 기다려 대우주
는 소우주를 내려보내기 마련입니다. 그것을 우리는 태원(胎元)
이라 하지 않습니까. 언제나 물기운과 불기운이 싸우고 있어
화합이 되지 않으니 말입니다. 그러니 입태가 이루어질 리 없
지요. 이루어진다 하더라도 태일부터 찌그러져 옳은 물방울이
맺히지 않는 것입니다. 자연히 태아의 건강이 좋을 리 없지요.
그래서 병치레를 자주하는 태아가 태어나거나 출산 도중 실패
하는 것입니다."

"그럼 그날이 언제란 말이냐?"

"허허허, 하나는 알고 둘은 모르시는 것 같습니다. 출생사주
를 입태사주로 전환할 때 일주의 육합이 입태일주가 된다는 사
실을. 내 풀어드리지요."

그가 풀어내는 말을 들으며 심의관은 입을 딱 벌렸다. 그로
서는 상상할 수 없는 말들이 흘러나왔다. 입태시기를 가려내는
그의 계산법이 신묘했다. 만세력을 보고도 할 수 없는 계산을

타카시는 만세력을 펼쳐놓은 듯 풀어내고 있었다.

대신 역시 입을 다물지 못했다. 역 공부를 할 만큼 한 그도 이해하기 쉽지 않은 말을 타카시가 하고 있었다. 더욱이 두 사람의 궁합뿐만 아니라 2세의 출생 시까지 점치고 있었다.

결국 두 사람의 결혼은 성립되지 않았다. 대신은 그만 혼란에 빠져 다른 혼처를 구해 손녀를 시집보내고 말았다.

다른 이에게 시집을 갈 때 궁합을 본 사람은 타카시가 아니었다. 그때 마침 타카시가 집에 없었기 때문이기도 하지만 대신이 타카시의 말을 완전히 믿지 못한 탓도 있었다. 어떻게 생각해보면 맞는 말 같기도 하였고 어떻게 생각해보면 타카시가 아무리 궁합의 귀신이라고 하더라도 설마 2세의 출생 시까지 알아맞히랴 싶었던 것이다.

그렇다고 심의관이 궁합을 본 것도 아니었다. 심의관이 그날 이후로 의욕을 잃고 풀이 죽은 상태이기도 했고, 타카시에게 당하는 모습을 보고는 대신이 실망했던 것이다.

결국 다른 이가 대신 손녀의 궁합을 보았다. 일이 잘못되려고 그랬는지 시집 간 지 보름 만에 손녀사위가 죽고 말았다. 손녀사위의 사주가 지랄 맞았다. 처자를 과수로 만들 현량살의 소유자였다. 현량살은 곧 자살살이다. 남자가 현량살을 타고나면 몸이 병약하고 소심하여 언젠가는 들보에 목을 매어 죽고 만다. 손녀의 과수살이 현량살과 맞물려 신랑이 목을 매버린 것이다. 현량살은 태어나는 해와 시에 의해 영향 받는 살이다.

그러자 살기가 등등해진 것은 심의관이었다.

"차라리 자네 말을 들었더라면……."

대신이 찾아와 그렇게 푸념했기 때문이었다. 심의관은 대신의 권력을 등에 업고 타카시를 다시 구박하기 시작했다.

어느 날 대신의 아들이 산을 타다가 다리를 크게 다쳤는데 심의관이 타카시의 빨랫감에서 옷고름 하나를 뜯어가 경시청에 신고를 했다. 타카시가 앙심을 품고 간밤에 몰래 숨어 들어가 아들의 두 다리를 몽둥이로 분지르고 목을 졸라 죽이려 했다는 것이었다. 타카시가 아들 뒤에서 몽둥이로 목을 조르는 것을 발견하고 그를 말리려다가 옷고름이 손에 잡혀 가지고 있다고 했다.

재판이 시작되자 살고 있는 집도 내어주어야 했다. 집주인이 대신의 먼 친척이었던 것이다. 그는 도쿄 남쪽 외진 리메초에다 둥지를 틀고 살면서 재판의 결과를 기다렸다.

4장
일야

1

"지금 뭔 소리를 하고 있는 것이오?"

초향이 눈을 치뜨고 이토를 향해 물었다,

"그러니까 뭐요? 그 영감탱이가 날 눈에 넣었다, 그 말이오?"

"그대의 미모가 그만큼 뛰어나서가 아닌가."

어이없어하는 초향의 눈에 눈물이 고였다.

"내가 조선에서 창기로 굴러먹다 당신을 따라 이곳까지 왔소만 천황이면 천황이지, 내 천황이라요. 창기라고 절개도 없는 줄 아시오."

이토는 눈을 감았다. 어상을 옹립한 후 조선에 나가 초향을 만난 것은 손탁 호텔에 여장을 푼 지 얼마 후였다. 조선 국왕을 알현한 뒤 전권공사, 주차사령관과 함께 진고개에 있는 요릿집 하시오카에서 술잔을 기울였다. 전권공사가 여기 불모미인이 있으니 수청을 받아보라고 했다.

"털 없는 여자?"

이토는 손을 홰홰 내저었다. 문득 어머니 생각이 났다. 그는 그만 눈을 감고 말았다.

그는 불모여인을 마다하고 다음날 진고개의 다른 요릿집에서 초향이란 기녀를 취했다. 인물이 고왔다. 그 인물 탓에 진고개 탕녀로 소문난 여자였다.

마쿠사 섬에서 밀선으로 들어온 왜인들이 그녀의 소문을 듣고 몰려와 행패를 부려대자 이토가 나서서 구해주는 바람에 두 사람은 정이 들었다. 밤마다 그녀를 찾았다. 그녀의 씨암닭 걸음, 그 품이 푸근했다. 육체는 티 없이 맑고 풍만했다. 나중에 이토가 왜국 제일가는 권력가라는 사실을 알고 초향은 기겁을 하였다. 이만하면 천황에게 바쳐도 손색이 없다는 생각이 들자 이토는 그녀를 데리고 왜국으로 돌아왔다.

역시 예상은 빗나가지 않았다. 초향을 본 천황이 눈을 뒤집은 것이다.

2

술청 안이 후끈후끈 달아올랐다. 탕녀는 탕녀였다. 조선 진고개에서 놀아먹던 술집 창기다웠다. 창기의 절개니 뭐니 하던 여자가 막상 어상을 만나자 한순간에 돌변해버렸다. 본시 그렇게 천기를 타고 난 여자였다.

걸음을 꼬아 걸으며 옷을 하나하나 벗어나갔다. 천황은 고린주에 취해 풀어진 눈으로 그녀를 바라보고 있었다. 여기저기 벌거벗은 여자들이 누워 있었고, 일국을 다스리는 대신들이 뒤엉켜 여자들의 몸뚱이 위에 수놓듯 진설된 생선회를 배꼽에 채워진 초장에 찍어 먹었다. 더러는 양기를 보강하기 위해 여인의 음부 속 음기에 절인 대추를 꺼내먹은 이들도 있었다.

초향의 몸은 더없이 아름다웠다. 불빛에 드러난 그녀의 몸은 화사의 몸뚱이처럼 번들거렸다. 금방이라도 터져버릴 것 같았다. 봉긋한 그녀의 두 젖이 육감적으로 흔들렸다. 그녀가 가까이 다가와 천황의 양 다리 사이에 얼굴을 묻었다. 그녀의 입속에 천황의 근본이 물렸다. 부드러운 그녀의 혀가 성기의 귀두부를 감싸 안았다. 그녀의 입속에는 이빨이 없었다. 살만이 들어찬 동굴 속이었다. 그녀는 근본을 잡고 살살 씹다가 기어 올라와 목덜미를 핥아대었다. 그리고는 더 이상 못 참겠다는 듯 천황의 근본을 그 하얀 손으로 확 잡아당겨 질 속으로 집어넣었다. 천황은 자지러지다가 문득 도지승을 떠올렸다.

'왜 이 순간에 그 자가?'

황후도 동장사 도지승의 근본을 이렇게 핥았으리라. 이상했다. 왜 여자만 안으면 남폿불을 앞에 두고 여자와 하나가 되었던 도지승이 생각나는지 모를 일이었다. 도라는 너울을 쓰고……. 아하하하, 도? 무슨 도? 성에 정말 도가 있단 말인가.

사정하지 않는다고? 어떻게?

3

무슨 꿈을 꾸었던 것일까. 어젯밤의 지나친 방사로 인해 몸이 말을 듣지 않았다. 요즘은 밤이 무섭다. 왜 이렇게 꿈자리가 사나운지. 이제 나이가 들어서일까? 분명히 칼을 든 사내를 본 것 같았다. 칼끝이 목덜미까지 다가오고 있었고 여관들의 비명 소리를 들은 것 같았다. 꿈속이었지만 회랑 건너 황후의 방에서 무슨 일인가 벌어진 것 같다는 생각이 들었다. 눈을 번쩍 뜨고 일어나려 하는데 칼끝이 목덜미로 파고들었다.

고향 마을 타부세.

"오무로 토라노스케!"

아버지는 어린 그를 언제나 그렇게 불렀다. 이토 히로부미에 의해 이곳으로 와서는 사치노미야라는 궁호를 얻었다. 천황에게는 성이 있을 수 없었다. 오로지 궁호가 주어질 뿐이었다. 신이기 때문이다.

꿈속에서 들리는 음성은 뭉툭하면서도 쇳소리가 섞여 날카로운 금속이 부딪치는 것 같은 느낌이었다. 문득 아버지의 마지막 음성이 떠올랐다. 아버지가 마지막으로 부른 이름이 그의 이름이었다. 오무로 토라노스케!

건강하고 강인했던 아버지였다. 사냥을 곧잘 데리고 다녔다.

타부세의 생활은 참으로 단조로운 것이어서 점심식사가 끝나면 오후가 그렇게 한가로울 수 없었다. 그럴 때면 씨름을 가르쳤다. 아버지의 씨름 솜씨는 당할 자가 없었다. 그에게서 사내다움을 보았다. 한시도 허수히 넘기는 사람이 아니었다. 인생은 한 번 산다, 한순간도 헛되이 보내서는 안 된다. 그것이 그의 신조였다. 어머니는 아버지와는 달리 참으로 어질고 밝은 사람이었다.

1867년 1월 30일 천황이 급사하자 타부세의 보잘 것 없는 소년은 이곳으로 와 천황이 되었다. 이듬해에 엄청난 시련이 있었다. 1868년 1월에 일어난 무진전쟁이 바로 그것이었다. 이미 예측한 바이지만 어린 나이에 혹독한 시련이었다. 구 막부군의 거병. 그대로 둘 수는 없었다. 백성들은 기대만큼 지지하고 있었다. 호상들로부터의 군자금 조달이 용이했다. 서일본 지역의 다이묘와 민병대들의 지지를 받으며 사회변혁을 기대하는 농민들의 기대를 수렴하였다. 그리하여 그들을 제압하고 에도 성을 점령하는 데 성공했다.

그 후 정비를 맞았다. 꿈같은 일이었다. 시골 촌놈 뻐드렁니가 천황이 되어 신부를 맞았다. 그녀의 아버지는 결코 시골 소년으로서는 넘볼 수 없는 명문가의 곤노텐지였다. 황가의 측실 계급에 속해 있으면서도 아직도 영향을 미치고 있는 막부의 냄새가 짙었다. 막부가 붕괴 직전에야 모든 권력을 조정에 넘기기는 하였지만 아직도 부활을 꿈꾸는 무리들이 궁 내외에 현존

하고 있었다. 언제 어느 때 칼을 들고 다가설지 모를 일이었다. 도쿠가와 막부의 마지막 쇼군 도쿠가와 요시노부는 모든 권력을 넘겼으면서도 아직도 무시 못 할 존재로 군림하고 있었다. 공작 작위를 받았으며 가끔 귀족원 의원 등으로 정치참여도 하다가 결국 전쟁을 일으켰다. 그 전쟁에서 패해 할복하였지만 그 장렬함으로 인해 아직도 일본인의 마음속에 강인한 지도자로 남아 있었다.

칼끝이 목덜미로 파고들자 전신이 오그라들었다. 그놈이 보였다. 히지카타 토시로. 막부의 항복을 받을 때 앞장섰던 자. 그는 분명히 죽었다. 선봉부대 신선조의 부장으로서 하코다테 전쟁에서 절명했다. 친위대장에게 자세히 알아보라 했더니 복부 관통상을 당해 말에서 떨어져 죽었다는 것이었다. 그런데 그가 왜?

막부군 내에서 정부군에 항복할 때 피해를 최대한 줄이기 위해서 그를 버렸다는 말도 있었다. 일설에 의하면 살아있다고도 했다. 워낙 유능한 수장이라 막부에서 숨겨두고 기회를 노린다는 것이었다. 그가 신선조에 발을 들인 후 상황이 좋지 않아 막부의 지원이 끊겼다. 그런데도 신선조 내에서 가장 검술이 뛰어나다는 사이토 하지메와 함께 정부군에 대항하던 인물이 바로 그였다.

이렇게 죽는구나…….

아니야. 이것은 꿈이다!

어상은 눈을 번쩍 떴다.

꿈이었구나…….

길게 숨을 몰아쉬며 어상은 잠시 외할아버지의 음성을 생각했다. 외할아버지의 음성은 얼굴처럼 좀 경박한 편이었다. 말머리는 좋았지만 끝으로 갈수록 빨라지고 어지러웠다. 그의 얼굴이 그랬다. 이마가 넓은 반면 하관이 여우처럼 빠졌다. 그런 사람에게서 어떻게 어머니 같은 아름다운 여자가 태어날 수 있었는지 모를 일이었다.

꿈속에서 들은 음성은 분명 외할아버지의 음성도 아니었다. 그럼 막부? 아직도 눈을 치뜨고 있는 자들의 밀령을 받은 자객? 그러나 꿈이 아닌가. 그래 꿈이다.

어상이 안도의 한숨을 몰아쉬는데 침전 밖에서 시의의 음성이 들려왔다.

4

미우라 고로는 담배를 물고 의자에 지그시 몸을 기댔다. 살펴볼수록 어이없는 나라가 이 나라였다. 이제 부임한 지 얼마나 됐나?

현해탄을 건너오던 날이 생각났다. 항구에 내려서면서 그는 코부터 막았다. 거리마다 똥 천지였다. 소똥, 말똥, 사람 똥이 한데 뒤엉켜 널려 있었다. 사람이 다니는 신작로만 뻥 뚫렸지,

길가는 완전히 똥구더기였다.

정확히 1895년 5월 4일이었다. 각의에서 러시아, 독일, 프랑스의 제의를 받아들인다는 결정이 나자 조선 정가가 들썩인다는 소문이 있었다. 랴오둥반도를 청국에 반환한다는 소식은 조선에는 희소식이겠지만 일본에는 충격이 아닐 수 없었다.

"기어이 일본이 손을 들었군. 그럼 그렇지."

5월 8일 청일갑오전쟁이 완전히 종결됐지만 그때는 그것이 러시아와의 전쟁의 시발점이라는 것을 민중전은 모르고 있었다. 어리석은 년이었다.

지난 6월 4일 대한제국정략정책의 개요가 발표되었다. 될 수 있으면 간섭을 중단하고 조선으로 하여금 자립케 한다는 내용이었다. 불간섭주의를 지향하면서도, 러시아와 내통하고 있는 민비에 대해 보고를 받으면서 그는 부임 첫날부터 심기가 편치 않았다. 조선의 보호국화정책을 시도해도 러시아가 버티고 있고 보면 지금까지 일본이 해온 정책이 물거품이 될 수 있었다.

역시 듣던 대로였다. 이토 히로부미가 부임을 결정하면서 의미심장하게 짓던 미소가 뇌리에서 떠나지 않았다. 그래서 자신을 선택했다는 생각이 들자 정신이 번쩍 들었다.

결정적 대책이 필요했다. 교활한 여우를 사냥하려면 길잡이 개가 필요한 법이었다. 미우라 고로는 전화기로 손을 뻗쳤다.

5

한 무리의 사내들이 타카시의 집을 향해 다가갔다. 잠든 고토코 옆에서 아내와 말을 나누던 타카시가 피곤한 표정을 숨기지 못하고 볏섬처럼 옆으로 쓰러졌다. 그리고는 힘없이 말을 흘렸다.

"심의관이 날 죽이려고 작정을 한 것 같네."

"이제 어떡하오?"

아내가 근심스럽게 남편을 향해 말을 하는데 느닷없이 불화살 하나가 죽창을 뚫고 들어와 벽에 꽂혔다. 타카시가 후다닥 일어났다. 아내가 비명을 질렀다. 뒤이어 불화살이 계속해서 날아들었다. 타카시가 본능적으로 고토코를 일으켰다.

"왜 그러오?"

아내가 놀라 어쩔 바를 모르다가 고함을 질렀다.

"어서 피해야겠소!"

잠이 덜 깬 고토코가 겁을 먹고 눈을 부비며 사방을 두리번거렸다. 그러다 울음이 터지려고 하자 아내가 입을 막았다.

타카시는 밖을 내다보았다. 시커멓게 집을 에워싼 장정들이 화살을 쏘아대고 있었다. 타카시는 아내와 딸을 데리고 잽싸게 옆방으로 들어가 부엌으로 빠졌다. 부엌문으로 밖을 내다보자 여전히 사내들이 에워싸고 있었다. 그들은 곁방 문을 열고 들어갔다. 곁방에서 헛간으로 빠졌다. 겨울철 굼불을 넣기 위해 허리를 구부리고 들어가 불을 넣을 수 있게끔 입구를 크게 한 아궁이가 있었다. 타카시가 아궁이에 얹혀 있는 소죽솥을 들어내기 시작했다.

"어떡하려 그러오?"

"이 안으로 들어가야 해."

아내가 뜨악한 표정을 지었다.

소죽솥이 들어 나왔다. 타카시가 아궁이로 머리를 집어넣고 두 손으로 잿더미를 헤쳐놓고는 아내를 속으로 밀어 넣었다. 뒤이어 고토코를 밀었다.

"고토코와 계속 기어들어가시오. 이 아궁이는 아자형(亞字形)으로 구들이 놓였소. 들어갈수록 더 넓어질 것이오. 어서!"

타카시가 소죽솥을 도로 아궁이 안에서 당겨 앉히고 아궁이 속으로 기어들어갔다. 그가 산으로 들어가 절에서 익힌 대로 놓은 구들이었다. 한번 불이 들면 종일 따뜻하도록 설계가 된 곳이었다. 부엌 밖에서 웅성거리는 소리가 들려왔다.

"아니, 이것들이 하늘로 솟았나. 땅으로 꺼졌나? 심의관 나리 또 난리치겠네. 꼭 목을 따오라고 했는데. 어허, 이것 참."

아내가 울음을 터트리려는 고토코의 입을 막았다. 그러나 이미 울음은 밖으로 새나간 마당이었다. 그들이 우르르 몰려 들었다.

"오호라, 이것들이 여기 숨어 있었네."

꼼짝없이 끌려나갔다. 타카시가 아내와 딸을 살리기 위해 필사적으로 그들을 막아서며 소리쳤다.

"고토코를 안고 뛰어요!"

틈을 노리던 타카시가 뒤에서 두 사내의 목을 안고 소리쳤다.

"어서 가라니까!"

아내가 고토코를 안고 뛰기 시작했다. 얼마 가지 못해 타카시의 비명이 들려왔다. 놈들 중 한 명이 뒤에서 타카시의 등을 벤 것이었다. 그리고 고토코를 안은 아내의 등을 베었다. 그들을 고토코마저 죽이려 칼을 들이댔다가 어린것이 울어대자 차마 베지 못하고 에이, 하고 물러서버렸다.

그들이 물러가고 마을 사람들이 몰려왔다. 그때까지 타카시는 숨이 붙어 있었다. 그 길로 타카시는 아내를 묻고 어린것을 데리고 천지를 떠돌았다. 남의 궁합이나 봐주며 그렇게 살았다.

6

사원 지붕 위로 서둘러 둥지를 찾아가는 새들이 날고 있었다. 검은 구름장이 빠르게 북쪽으로 흘렀다. 바람이 불었다. 샛바람이었다. 어둠이 점령군처럼 내려앉았다. 꼭 빛바랜 그림 속의 낡은 풍경을 보는 것 같았다. 이상한 피리 소리가 사원에서 흘러나와 어딘가로 흘렀다. 피리 소리는 이곳저곳을 헤집으며 흘러 다니다가 어느 한순간 사내를 감싸 안았다. 분명 사내는 그 음이 미치는 어딘가에 서 있었다. 나무 밑 같기도 했고 큰 바위를 의지하고 있는 것 같기도 했다.

그는 나무 뒤에 몸을 숨기고 있다가 늘어진 나뭇가지를 헤치고 나와 지나가는 남자를 막 낚아챈 참이었다. 목을 휘어감은 그의 모습은 신심에 차 있었다. 입은 굳센 의지를 반영하듯 한일자로 꽉 다물어져 있었다. 눈은 악마처럼 빛나고 있었다. 남자의 목을 틀어쥔 손목에는 힘이 들어가 있었다. 뒤쪽에서 남자의 목을 안고, 오른쪽 겨드랑이에서 심장까지 깊이 쑤셔박은 칼날 사이로 피가 괴어올라서야 그는 칼을 뽑으려고 했다. 칼이 뽑히지 않았다. 벌써 살과 피가 엉겨 칼날을 물고 놓아주질 않았다. 그는 발로 등을 차며 칼을 뽑았다. 칼을 맞은 남자는 몇 번 허우적거리다가 풀더미 속에 처박혔다.

7

'왜 이러나. 얼마 전엔 황거에서 황후와 대령여관이 넘어지더니……'

궁내청 검시감에서 경시청 수사부장으로 발령낸 천황의 속을 에이스는 알 것 같았다. 궁내청 검시감보다 그가 은밀히 조직해 놓은 비밀조직을 이끌기에 경시청 수사부장은 정보 면에서나 기동력 면에서 안성맞춤이었다.

"천황폐하의 부름을 받았다고? 경시청 수사부장 그거 아무나 하는 것이더냐. 그렇잖아도 아들이 몇 살이냐고 물으시더니…… 장하구나."

황거를 나오면서 에이스는 아침에 당부하던 아버지의 말을 문득 떠올렸다. 아버지는 알고 있는 것이다. 그 옛날의 약초 한 줌과 방울 하나. 그때가 언제였던가. 막부의 칼날에 어상이 의지할 곳 없었을 때.

오사카 내성목에 내(乃) 씨 일가가 살고 있었다. 그들이 조선에서 살다가 일본에 도래인으로 들어온 것은 1760년이 저물어갈 무렵이었다. 《삼국사기》와 《동사강목》에 보면 신라 소지왕의 비인 선혜부인의 기록이 보인다. 《삼국사기》에는 이벌찬 내숙(乃宿)의 딸이라고 되어 있다. 《고려사》에는 충혜왕의 사부(고려 때 세자와 세손에게 학문을 가르치던 정1품 품계)가 내원(乃圓)이었다고 기록되어 있다.

그들은 본시 왕건의 후손들이었다. 왕건의 후손이라면 개성이 그 본이고, 왕 씨다. 그들은 왕족이었다. 왕족이었지만 살길이 없었다. 가차 없이 죽였기 때문이다. 그 와중에 살기 위해 식솔을 데리고 도망을 쳤다. 그런데 임진강 나루터에서 검문에 걸리고 말았다.

"어디 가는 누구냐? 성과 이름을 대라!"

포졸이 묻자 대주는 엉겁결에 "네?" 하고 되물었다. 왕 씨라고 하면 죽일 것이므로 그랬던 것이다.

"내 씨라고?"

그렇게 살아남았다. 그 길로 성이 내 씨가 되어버렸다.

그들은 내 씨로 살면서 일가를 이루었다. 숙종 때 가선대부로 동지중추부사까지 지낼 정도였다. 그러나 내란에 휘말려 결국 조선 땅에서 살지 못하고 도래인으로 일본에 건너오고 말았다. 그렇다고 성씨를 놓은 것은 아니었다. 그들은 노기(乃木)네로 통했다. 오사카 조선인 마을이었다. 그곳에 터를 잡은 내 씨 일가는 남의 집 놉이 되었다. 때로 산에서 나는 약초를 캐 팔기도 하였다.

어느 해 산에서 낙마한 소년을 구했다. 오무로 가의 자손이었다. 그때 소년이 돌아가면서 방울 하나를 떨어뜨렸는데, 그가 곧 지금의 메이지 천황이었다. 그가 등극하자 어릴 때 자신을 살려주었던 은인을 찾기 시작했고 노기 이나미는 방울을 바쳤다. 이후 노기 이나미는 황거의 문지기가 되어 두 아들을 낳았다.

큰아들은 유년기에 사고로 왼쪽 눈을 잃었다. 애꾸였다. 그는 아버지를 따라 일본으로 귀화했다. 메이지 유신이 일어났다. 큰아들은 유신군에 가담, 도쿠가와 막부 군대와 싸웠다. 왕정이 복고되자 육군 소좌로 임관했다. 그 뒤 보병 제14연대장으로 세이난 전쟁에 참전해 공을 세웠고, 소장으로 승진해 제1여단장이 되었다. 다시 청일 전쟁에 참전해 공을 세워 중장으로 승진, 승승장구하다가 메이지 천황의 권유로 조선에 나갔다.

그때 그는 아들을 데리고 갔었는데 그 아들이 커서 경시청 수사부장이 되었다. 그가 곧 노기 에이스였다.

노기 에이스는 검시보를 데리고 사건 현장으로 가면서 경시청 건물을 돌아보았다. 세상 참 많이 변했다는 생각이 들었다. 얼마 전까지만 해도 저곳에서 잡범이나 잡는 순사부장 짓을 하고 있었다. 메이지 천황이 들어서기 전까지만 해도 경시청은 에도 막부 시대의 봉행소 같은 기관에 지나지 않았다. 지금의 경시총감은 그때의 도신(同心)이었다. 그 아래 사무라이들은 지금의 순사보 정도였는데 그 생활이 참으로 비참했었다.

도쿠가와 이에야스가 패권을 잡은 후 에도 막부는 영원할 것 같았으나 전쟁이 없어지자 하급 사무라이들은 할 일이 없었다. 하나같이 실직자 신세들이었다. 도신의 숫자가 에도를 남과 북으로 갈랐을 때 각각 백 명이나 되었을까. 그중에서도 경찰업무 담당자는 합쳐도 삼십 명이 안 되었다. 그들은 사건이 터지면 사적으로 사람을 썼다. 바로 오캇비키였다. 지금의 하급 경찰이었다. 이 시대에 와서야 정식으로는 고요키키라고 불리었다. 그러나 그 직책이 미미했다. 바로 순사가 되지 못한 순사보 정도이기 때문이었다.

지금은 어느 정도의 봉록이 정해졌으나 그래도 살 수가 없어 자급자족을 할 수밖에 없었다. 자급자족이란 것이 떳떳함과는 거리가 멀었다. 주로 시전 상인이나 죄인들에게서 구전을 뜯어먹었다. 요즘 들어 그들의 부정행위가 도를 넘어 윗전에서 말이 많았다. 그런데도 순사들은 순사보들이 걷어온 것을 털었다. 다이묘나 상인계급들이 잘 봐달라는 의미에서 금품을 갖다 바치기도 했지만 그나마 어쩌다 있는 일이었다.

그래도 그 정도로 세상이 좋아진 것은 사쓰마 출신의 카와지 토시요시(1834~1879)가 유럽을 돌다가 프랑스 경찰 조직에 충격을 받았기 때문이었다. 그는 돌아와 프랑스 경찰을 기반으로 일본 경찰을 만들었고 그 바람에 1874년 도쿄 경시청이 생겼다. 경찰은 내무성에서 관리했는데 종래의 도신은 순사가 되었다.

출발은 그러했지만 도쿄 경시청은 농민반란 등을 진압하기 위해 1877년 10월 일시 폐지되고 말았다. 그 후 그 업무를 내무성이 집행하다가 1881년 1월에야 다시 부활하였다.

사건 현장은 후미산 기슭이었다. 멀리 사원이 보이는 숲속이었다. 큰 바위를 기대고 시체 한 구가 누워 있었다. 간밤에 비가 왔으므로 일대가 진흙탕이었다. 지지한 풀숲이었지만 듬성듬성해서인지 발이 푹푹 빠졌다.

그가 오는 걸 보았는지 순사보들이 인근 나뭇가지를 꺾어 깔기 시작했다. 에이스는 현장보존 문제가 있어 시체가 누워 있다고 생각되는 뒤편의 바위 위로 올라가 아래를 내려다보았다.

"그대로 둬."

나뭇가지를 깔아 현장을 훼손하지 말라는 말이었다.

"수사부장님, 이제 나오십니까?"

시체를 살펴보고 있던 하기노 가토 순사가 깍듯이 인사를 차렸다. 아침 조회 때 전 순사부장이요, 궁내청 친위대 검시감이 황령으로 경시청에 복귀, 수사부장으로 내정되었다는 말을 들은 것이다. 경시청 내의 인사 정도는 그 권한이 경시총감에게 있었다. 그런데도 특별히 천황이 나선 것은 그만한 이유가 있었다. 궁내청 친위대라고 하지만 그 조직이 경시청보다 광대하지 않고 보면 황후가 넘어지고 대령여관이 변을 당한 이번 사건을 그대로 묵과할 수 없다는 천황의 의지 표현이었다.

더욱이 에이스는 천황이 비밀리에 관리하고 있는 비밀조직의 대장이었다. 그의 경시청 수사부장직은 사실상 허울 좋은 바람막이에 지나지 않았다. 그래도 경시청 내에서 같은 부장급이라도 잡범이나 잡는 순사부장과 살인사건 위주로 굵직한 수사만을 전담하는 수사부장은 비교가 되지 않았다.

경시청 내의 부하들을 데리고 다닐 때마다 그는 짜증이 일었다. 그가 이끄는 비밀조직 천지회의 대원들은 막부 시대의 칼잡이들조차 상대가 되지 않을 정도로 무예와 기지가 뛰어난 자들이었다.

경시청이나 그를 따르는 순사들이 그의 정체를 알 리 없었다. 천황이 입을 열지 않은 이상, 그리고 그가 입을 열지 않는 이상 그런 일은 없을 것이었다. 그에게 주어진 임무는 천황을 배척하는 요인들의 암살에 초점이 맞추어져 있었다. 천황이 하고자 하는 일이면 그의 뒤에 천지회가 있었다. 천지회에서는 이름도 에이스가 아닌, 요로코비(기쁨)에서 따온 요로코를 썼다. 굳이 여자 이름으로 붙인 것은 자신의 신분을 드러내지 않고 은밀히 행동하겠다는 의지의 발로였다. 천황은 그가 요로코란 이름으로 불린다고 하니까 허허, 하며 웃었다.

"거, 이름 한 번 재밌네. 노기 요로코, 허허허."

에이스는 투덜대며 신발의 진흙을 탁탁 털었다.

"길이 질기는 하네."

"새벽녘 소나기 때문입니다."

하기노 가토 순사가 말했다.

"증거인멸 때문에요."

가마니라도 깔아야 하는데 그러지 못했다는 말이었다. 에이스는 고개를 끄덕였다.

"잘했어. 맞아. 그래야지."

에이스는 신원을 증명하는 통부를 풀어 순사보에게 맡기고 바위 밑으로 내려갔다. 뻘 바닥에 신발 자국이 선명하게 찍혔다. 순사보가 뒤를 따랐다.

에이스는 먼저 시체부터 살폈다. 승복을 걸친 스님이었다. 눈썹이 유난히 검었다. 입을 약간 벌리고 있었지만 콧대가 반듯하게 선 것이 잘생긴 얼굴이었다. 칼은 옆구리에 맞은 것 같았다. 키는 그리 커 보이지 않았고 약간 비만하다는 생각이 들었다. 신발은 벗겨져 맨발이었다.

에이스는 시체에서 눈을 떼고 주위를 둘러보았다.

"흥, 전망이 기가 막히는군."

숲에 난 오솔길로 양산을 받쳐 쓰고 지나가는 부인들의 모습이 보였다. 에이스는 칼을 맞고 늘어져 있는 시신을 다시 한

번 살펴보았다. 역시 도상사가 맞았다. 칼을 맞고 살해된 것이 분명했다.

사람이 죽으면 그 상이 금방 변한다. 울퉁불퉁한 금강역사의 상으로 바뀐다. 이제 쉰이나 되었을까. 민머리인데다 살집이 통통해서 그런지 영양상태가 좋은 부잣집 도령을 연상시켰다. 수행자라고 하기에는 어울리지 않는 몸의 소유자였다. 사람이 숨이 떨어지면 핏기가 사라져 먼저 얼굴이 새하얗게 변하기 마련인데 아직도 화색이 도는 것 같았다.

"왜 하필이면 이곳에서……."

그가 중얼거리자 가토 순사가 듣고 있다가, "종복에 의하면 가끔 잠이 오지 않을 때 이곳 바위에 들려 조용히 사나운 심정을 가다듬고는 했답니다." 하고 말했다.

"그럼 저 절의 스님이란 말이지?"

에이스가 눈으로 절을 가리키며 물었다.

"맞습니다."

가토 순사가 대답했다.

머리끝부터 발끝까지 다시 살펴보니 옆구리의 자상 외에는 특별한 흔적이 없었다. 도상사 현장에 들어서면 맨 먼저 살펴보는 것이 남자는 항문이고 여인은 음문이다. 그곳으로 쇠꼬챙이나 송곳처럼 날카로운 물체를 찔러 넣어 타살 흔적을 숨기려는 범인들이 종종 있기 때문이다. 항문이나 음문으로 쇠꼬챙이를 찔러 넣어 죽이고는 솜을 밀어 넣어 막아버리면 감쪽같이 타살의 흔적을 찾아내지 못할 때가 있다. 이럴 때는 대책이 없다. 멀쩡하게 옷을 입고 있으니 밖으로 자상이 드러나지 않기 때문이다.

범인이 항문이나 음문을 통해 안으로 쇠꼬챙이를 찔러 넣은 시체는 배꼽의 상하 부위를 보면 알 수 있다. 배꼽 부위에 심혈, 즉 핏자국이 나타나기 때문이다. 그것도 피부가 얇았을 때 일어나는 현상이다. 그러므로 어떨 땐 항문이나 음문으로 손가락을 집어넣어 이물질이 없는지 확인해야 한다.

"뭐 좀 알아본 것 없어?"

에이스가 시선을 들며 순사들에게 물었다.

"탐문수사를 해보니 밀법의 온상인 동장사 밀승이었습니다."

돌아보았더니 가토 순사였다. 발빠르기로 소문난 순사답게 벌써 탐문을 해본 모양이었다.

"밀승?"

에이스가 되물었다.

"왜, 있지 않습니까."

'뭐?' 하고 에이스가 눈으로 물었다.

"동장사 말입니다. 진언종의 총본산 아닙니까."

흐흠, 하고 에이스가 고개를 주억거렸다. 나도 그 정도는 알고 있는데 '그게 왜?' 하는 행동거지였다.

"그곳을 이끌던 스님인 모양입니다."

"이끌어? 그럼 주지?"

"맞습니다. 아주 이름난 스님이었다고 해요. 법명이 이세 다나카라고 하던가?"

"그런 스님도 있나?"

"아무튼 밀법에 강한 스님이었다고 해요. 역학에 강했는데 그중에서도 궁합에 귀신이었답니다."

"궁합?"

"네. 퇴마에도 능력을 보여 황실에도 드나들었다 하고, 특히 천축의 좌도밀교에 심취해 있었다고 하더군요."

"좌도밀교?"

"저도 잘 모르겠어요. 좌도 하니까 이상한 생각이 들어서…….뭐 좀 사이비 같은 냄새도 나고……."

"사이비는 또 뭐야. 밀교가 그런 거 아닌가? 역학 비스무리한 거. 궁합의 대가라며?"

"그렇답니다. 도를 깨달아도 이상한 쪽으로……. 그러니까 자기가 도를 깨달았는지 어쩐지 알아보려면 여자를 상대해보면 된다고 하던가. 도라는 게 수양인데 수양이 다 익은 사람은 금강석 같으니 여자를 안는다고 해도 전혀 흔들림이 없다, 뭐 그런 주의랍니다. 암튼 불교의 꼭대기 법이 밀교라고 합니다."

에이스가 허허, 하며 웃었다. 그러면서도 일리가 있다는 표정을 지으며 중얼거렸다.

"불교가 뭐야. 해탈 아니야. 해탈이 뭐야. 구속에서 벗어나는 거 아냐. 구속에서 벗어났다면 거리낄 게 뭐 있어. 해방이지. 그럼 너와 내가 없는 거 아니야. 여자다 남자다, 뭐 이런 분별이 없어졌으니 여자를 안아도 흔들림이 없다, 그 말이군. 거 일리 가 있네. 그럼 밀교라는 거 사이비가 아니잖아."

"암튼 뭐 그렇답니다. 그래서 그 사상에 홀린 황후의 정신적 스승이었다고 하더군요."

"뭐? 황후?"

에이스가 놀라다가 또 허허, 하고 웃었다. 말은 정작 그렇게 했으면서도 어이가 없다는 표정이었다.

"이거 왜 이러나. 재밌네. 그러니까 황후가 밀교의 신자였 다?"

"그렇답니다. 그 바람에 천황께서 불교를 정비할 때도 그 절 만은 멀쩡했다고 하니까요. 그 피해가 얼마나 심했습니까. 전 국의 사찰 거의가 대처승이 차지하고 있지 않습니까."

"대처승이라면 아내를 데리고 사는 스님?"

"그러니까 밀교지요."

"난 그곳 재단의 학교를 나왔는데도 그게 헷갈리더라."

"그게 다 나이 때문이지요."

"뭐?"

가토 순사가 멈칫했다.

"아, 아니, 밀교의 영향이라는 말입니다."

가토 순사가 눈치를 채고 후딱 말을 바꾸자 에이스가 피식 웃었다.

"너도 내 나이 돼 봐. 어쨌거나 그 분야에 대단한 도력을 가진 밀승이었다, 그 말이지?"

"맞습니다. 얼마나 유명했느냐 하면 한번은 이런 일이 있었답니다. 정기적으로 절에서 법회를 여는데 동장사 법회는 천황 내외가 참석할 정도로 대단했다고 해요. 하도 황후가 천황께 밀승의 도력을 자랑해대니까 법회가 있는 날 천황이 직접 참석을 했답니다. 그날 오…… 오, 뭐라고 하더라. 암튼 이상한 일이 벌어졌다고 합니다. 천황이 자신을 업신여기고 믿지 않으니까 밀승이 그 경지를 보였다는 겁니다."

"경지를 보여?"

"글쎄 신도들이 하나같이 벌거벗고 절 마당에서 그 짓을 하기 시작했다는 겁니다."

"뭐?"

"그러니 어떻게 되었겠습니까. 천황께서 너무 놀라 데려간 친위대에게 당장 절을 봉쇄하라 했지요. 그런데 그 자리에서 이세 다나카가 밀법의 대의를 설하였답니다. 그리고는 내 도가 흔들림이 없어 금강승과 같으니 어찌 나를 의심하느냐고 했다는 겁니다. 천황께서 화가 나 죽이려 했지요. 그러자……."

"그러자?"

되묻는 에이스의 눈이 빛났다.

"그가 그랬다는 겁니다. 당신의 칼날은 내 육신을 베지 못한다고……."

"죽으려고 환장을 한 것이 아닌가."

"실제로 베지 못했다고 합니다."

"뭐?"

이거 왜 이러느냐는 듯이 에이스가 눈을 치떴다.

"칼날이 목에 닿기가 무섭게 튕겨버렸다고 하니까요."

"하하하……."

에이스는 어이가 없어 허공을 향해 턱을 쳐들고 웃었다.

"에이 그만둬라. 무슨 소설도 아니고……."

"저도 믿지 못했는데 사실이었다고 하더군요."

"글쎄, 그만두라니까."

"그 후 천황이 기이하여 변복을 하고 그 절로 찾아갔더랍니다. 밤이었다고 해요. 법당에서 묘한 불빛이 흘러나오고 있더랍니다. 그래 살금살금 다가가 보니 스님이 홀랑 벗고 홀랑 벗은 여자와 하나가 되어 있더랍니다."

에이스가 알만하다는 듯이 흐흐흐, 하고 웃었다.

"그러니까 여신도와 법당에서 그 짓을 하고 있었다?"

"그랬다고 하더군요. 그런데 천황은 그날 그냥 돌아왔다고 합니다."

"왜?"

"아무리 기다려도 두 사람이 끌어안은 채 밤새도록 그 짓을 하더랍니다."

에이스는 픽 웃었다.

"그놈의 중 정력이 엄청 좋았나 보네. 흐흐흐. 에이, 그만두래
도 그래."

그래도 가토 순사는 입을 다물 기세가 아니었다.

"천황께서 스님을 잡아오라 했다고 해요. 잡혀온 스님에게
그랬다고 하더군요. 아무리 밀법을 공부했다고 하나 어찌 승이
법당에서 그 짓을 할 수 있느냐고. 그러니까 내가 부처가 되었
는데 어찌 하찮은 여자의 살덩이 속에 근본을 밀어 넣고 흔들
릴 수 있겠는가, 하더랍니다. 천황이 정말 화가 나 죽이려고 했
는데 스님이 허허허, 하고 웃으며 만약 내가 이 자리에서 여자
를 안고 사정을 한다면 절을 봉쇄하고 목숨을 내놓겠다고 하
더랍니다. 그리고 천황에게 이렇게 물었답니다. 이 땅에 밀법
이 들어온 것이 언제인지 아느냐고. 천황이 대답을 못했답니
다. 스님이 그랬다고 해요. 바로 조선이라는 나라에 경종이라
는 임금이 있었답니다. 그의 어머니가 질투에 눈이 멀어 왕의
용안을 할퀴었는데 그 바람에 사약을 받았다고 하더군요. 그러
자 내가 이 나라의 대를 왜 잇게 하느냐며 아들의 근본을 당겨
버렸다고 해요. 그래서 고자가 되었는데 나중에 밀승이 그 병
을 고쳤다고 합니다. 그 후 이 나라에 밀법이 들어왔다는데 그
날 경종이라는 임금이 하던 대로 시범을 보였답니다. 죽어 있
는 근본을 세우는 법부터 밤새도록 사정하지 않는 금강석의 경
지를 보였다는 겁니다."

"허허허."

그렇게 웃다 말고 에이스는 "그래서?" 하고 물었다. 궁금은 했던 것이다.

"기름을 가득 넣은 남폿불을 밝혀놓고 꺼질 때까지 여자를 안고 그 짓을 했다고 하더군요. 여자가 아무리 유혹해도 그는 끔쩍도 않더랍니다. 결코 흔들리지 않았다는 거지요. 그 바람에 황후가 그 밀승에게 더 빠져버렸다는 겁니다. 그 후로 천황도 인정을 했다고 하고요."

"허허허, 어이가 없네."

"그러게 말입니다."

"하기야, 그럴 수도 있지."

에이스가 고개를 주억거리다가 말했다.

"생각해봐. 성교라는 것이 말이야, 그거 은밀한 곳에서 하는 거 아니야. 천황과 모든 사람이 보는 앞에서 그 짓을 했다면 제대로 했겠어."

"모두가 보는 데서 한 건 아니고 황거 밀실에서 했다고 하더군요."

"어쨌거나 실패하면 절도 불태워지고 목이 날아갈 판인데……."

"그렇기도 하겠지만 상대가 보통 여자가 아니었다고 합니다."

"신도가 아니고?"

"뭐 구루라고 하던가? 그 절에서 양성하는 여자였다는 겁니다. 밀교사원에서는 성의 선생을 양성한다고 하는데 그 성의 선생이라고 하던가? 암튼 그녀의 기교가 너무 엄청나 나중에 천황이 데려가 하룻밤 잤는데 넣자마자 싸고 말았다고 하더군요."

"하하하, 재밌네. 그런데도 스님은 남폿불이 꺼질 때까지 흔들리지 않았다, 그거야?"

"그래서 천황이 인정했다고 하지 않습니까."

"가토, 길을 잘못 잡은 거 아니야? 차라리 순사질 때려치우고 소설을 쓰지 그래?"

"부장님도!"

에이스는 흐흐흐, 하고 웃다가 자신도 모르게 눈을 감았다. 그렇게 유명한 승이 저렇게 죽어 넘어져 있다? 가토 순사의 말이 사실이라면 필시 천황의 조치가 있을 터인데……. 그는 눈을 뜨고 멀거니 민머리의 시신을 바라보았다.

5장
그림자

1

"시체의 위치는 기록했나?"

현장을 다시 한 번 둘러본 뒤 에이스가 노파심에 검시원에게 물었다.

"물론입니다."

"저번에도 보니 대충 넘어갔던데, 시체 주변의 상황을 면밀히 기록하란 말이야. 검시원이 사건현장에 도착해 제일 먼저 살펴야 하는 게 뭐야? 시체의 위치 아니야."

"자세히 기록하고 있습니다."

에이스가 눈을 흘겼다.

"말이사……. 이리 줘봐."

검시원이 초검안을 에이스에게 내밀었다. 받아보던 에이스가 쌍심지를 켜고 말했다.

"봐, 봐. 뭐 하나 똑 떨어지는 게 없잖아. 추측이 아니야. 추측하지 말라 그랬지. 자로 재라 그 말이야. 뭐든지 정확하게 기록하란 말이야. 이래 가지고 어떻게 상부에 들이밀겠어. 이것 봐. 시체는 있는데 위치도 제대로 기록되어 있지 않잖아. 시신의 위치, 사방과 고저, 원근의 거리, 뭐 제대로 기록된 것이 하나도 없잖아. 측량까지 정확히 한 후에 다시 써. 가매장은 걱정하지 마. 아직 시간이 있으니까. 한여름이면 몰라도……."

"곧 부패하기 시작할 텐데요."

"구더기가 끓으려면 아직이야. 파리가 꾀지 않게 볏짚으로 된 가마니를 두어 장 포개서 단단히 덮어."

"알겠습니다."

에이스는 이제 신참인 검시원을 빤히 쳐다보다가 초검안을 그에게 넘겨주었다. 그리고는 시신 앞에 무릎을 꺾고 내려다보다가 다시 검시원을 올려다보았다.

"여기 자상 말이야. 상흔을 자세히 살펴봐. 상흔 어귀의 상태가 어때? 피육에 피가 맺혔잖아. 그럼 칼에 맞았다는 뜻이다. 찔린 살이 넓게 벌어져 있다는 것은 칼이 곧바로 빠지지 않았다는 말이고, 물리적 힘에 의해 빠졌다, 그 말이야."

검시원이 보니 선홍색 피가 벌어진 살 사이에 말라 엉겨 붙어 있었다.

"시체를 엎어봐."

"예?"

검시원이 매양 하는 일이면서도 눈을 크게 떴다. 그러다가 검시보를 불렀다. 에이스가 고리눈을 치뜨고 검시보와 검시원이 시체를 뒤엎는 걸 노려보았다. 그거 하나 혼자 못해 검시보를 찾느냐는 표정이었다.

시체가 엎어지자 에이스는 여기저기 살피다가 엉덩이를 손끝으로 가리켰다. 검시원이 보자 진흙이 곳곳에 묻었는데 엉덩이 쪽에 발자국 하나가 선명히 드러나 있었다.

"이게 뭐야?"

"사람 발자국인데요."

"상흔이 오른쪽 겨드랑이 아니야. 정확히 말해 옆구리 같지만 한 뼘쯤 올라온 자리. 그럼 칼을 갈비뼈 사이로 찔러 넣어 심장을 파열시켰다는 말이다. 칼이 갈빗대에 걸쳐 빠지지 않자 오른쪽 엉덩이를 걷어찬 거지."

"그, 그렇군요."

신참 검시원이 대단하다는 듯 소리쳤다.

"갈비뼈 사이로 칼을 찔러 넣었다. 그럼 뭐야? 칼잡이?"

거기까지 중얼거리다가 '칼잡이?' 하는 생각이 들자 에이스는 일어서며 고개를 갸웃했다. 그의 뇌리 속으로 막부 시대 사무라이들의 모습이 스치고 지나갔다. 그들이 아니라면 도살자들? 소나 돼지, 개를 잡는 백정? 그런 생각을 하다가 검시보를 쳐다보았다.

"아까 피해자의 주머니에서 나온 쪽지 있었지?"

"네."

"그거 가져와 봐."

검시보가 몸을 돌려 내려갔다. 에이스는 멀거니 시체를 다시 내려다보았다.

"맞아. 사후에 외상을 입혔다면 피가 없었을 것이야."

에이스는 소매로 코를 막고 손으로 피해자의 상흔을 꾹 눌렀다. 그러자 맑은 물이 나왔다.

"사후에 손본 시신은 아니야."

에이스가 말했다.

"저도 그렇게 생각하고 있습니다."

"알겠지? 이제 초검안을 어떻게 써야할지."

"알겠습니다."

검시보가 가져온 쪽지를 내밀었다. 네모로 접어진 것이었다. 에이스가 그것을 펼쳤다. 흡사 산스크리트어 옴(ॐ) 자를 닮은 그림이 나타났다. 이게 무슨 그림인가. 아니 글 그림인가?

위에 점이 하나 있고 그 아래 곡선이 미소처럼 받치고 있다. 왼쪽으로부터 휘어진 궁륭이 그리움을 가득 품은 듯 터져 있고 그 아래로 이어지는 궁륭은 우주의 기운을 가득 품고 있다가 한순간에 쏟아내고 있는 것 같다. 그리고 그것은 다시 무엇인가에 이어져 있다.

다시 봐도 모르겠다. 이게 뭐야?

그러다가 에이스는 문득 이 그림을 어디선가 보았다는 생각이 들었다. 내가 이와 비슷한 그림을 어디서 보았더라······.

"이봐, 이게 뭐 같아? 다시 봐도 알 수가 없네."

에이스가 답답해 검시원에게 물었다.

"용(龍) 같이 생겼는데요. 아닌가? 어떻게 보면 궁전 같기도 하고······."

"궁전? 여자가 애를 낳고 있는 것 같지 않아? 궁전? 용?"

그러고 보니까 용이나 궁전처럼 생겼다는 생각이 들었다. 에이스는 몇 번 고개를 갸웃거리다가 종이를 접었다.

"암튼 더 조사해보고 초검안 꼼꼼히 써 올려. 알았지?"

"네, 알겠습니다."

산을 내려오면서 에이스는 고개를 갸웃했다. 날아갈 듯이 그려진 천상의 궁전처럼 생긴 그림. 그리고 알 수 없는 글들. 왜 피해자는 그런 이상한 그림과 글을 가지고 있었던 것일까?

2

"어미를 생각하는 네 마음을 모르는 것은 아니다만, 거기가 어디라고 가야금을 들고 들어가."

"저들을 죽이지 못한 것이 한입니다."

"아직은 멀었다. 어깨 너머로 배운 것이 아니더냐. 그런 천한 재주로 어떻게 성공할 수 있다더냐."

"잘못했어요, 아버지."

고토코가 아버지 타카시에게 고개를 숙였다.

"심의관 일파가 널 잡으려고 아주 눈을 뒤집었다. 우선 신수목으로 가자. 이제 피할 곳은 거기뿐이야. 거기서 동지들을 만나기로 했다."

고토코가 사태의 심각성에 고개를 숙였다. 타카시가 주섬주섬 봇짐을 싸기 시작했다.

"대충 챙기거라."

고토코가 보자기에다 옷가지들을 싸기 시작했다.

"내일이 네 어미 제삿날인데 길바닥에서 지내게 생겼구나."

고토코의 눈에 눈물 꼬리가 매달렸다.

3

가토 순사를 데리고 에이스는 동장사로 향했다. 계속해서 큰길을 걸어 들어가자 아지랑이 속에 희미하게 절의 추녀 끝이 보이기 시작했다. 흔들리는 호수 속의 그림자 같았다. 강렬한 햇살 때문일 것이다. 숲에 가려 잘 보이지 않던 사찰의 건물이 점차 가까워지기 시작했다. 학교 다닐 때 이 절에 와본 적이 있었다. 밀교 재단의 학교를 다녔었는데 바로 이 절이 본찰이었다.

천왕문을 지나자 길게 나 있는 돌길이 보였다. 돌길을 따라 시선을 들자 멀리 대웅보전의 웅장한 모습이 보였다. 대웅보전의 주인은 석가모니불이다. 하지만 이곳은 석가모니 부처님이 모셔져 있지 않다. 밀교사원이라 비로자나불을 본존으로 모신다. 다니던 학교 교무실에 들어가면 석가모니상이 아니라 비로자나불상이 항상 놓여 있고는 하였다.

바람이 부는 것인지 대웅보전 추녀 끝의 풍경이 울었다. 무심히 풍경을 바라보다가 에이스는 가토 순사를 돌아보았다.

"자네, 저 풍경의 의미를 알고 있나?"

"종 모양으로 생겼군요."

가토 순사가 풍경을 바라보며 말했다.

"그야 여러 가지지. 그런데 이곳의 풍경은 특별한 뜻이 있어. 내가 다니던 학교에도 저런 풍경이 있었거든. 청동방울종 같잖아. 바람이 불면 탁신 속의 제쯔라고 불리는 부분이 탁신에 부딪치는 거야. 그럼 세상을 다스릴 소리가 나지."

"다른 것도 그렇지 않나요?"

가토는 언젠가 절의 추녀 끝에서 본 종 모양의 풍경을 떠올리며 그렇게 말했다. 종 안에 있는 물고기가 머리를 부딪치는 모습이 뱅글뱅글 머릿속에 떠돌았다.

"조금 다르지."

"뭐가요?"

"제쯔. 혀 말이야. 왜 혀라고 할까? 바로 진언이지. 종 속의 혀. 혀가 탁신을 때릴 때 우주는 하나가 된다는 말이야. 일체 만물이 그 소리 속에 녹아든다는 거지. 바로 부처의 혀라는 말이야. 그때 밀법이 이루어진다고 해. 그 소리가 내가 되고 내가 소리가 된다던가.

가토 순사가 멀거니 에이스를 쳐다보았다. 좀체 그런 말을 하는 상관이 아닌데 참 어울리지 않는다는 생각이 들었기 때문이다. 그는 '밀교에 박식하네요.' 하는 표정을 짓다가 고개를 갸웃했다.

에이스는 '내가 너무 아는 체를 했나' 하고 생각하다가 문득 동장사 주지 주머니에서 나온 이상한 문양을 떠올렸다. 바로 그거. 혹시 풍경과 관계가 있는 것은 아닐까? 그러고 보니 글자 생김이 풍경을 닮은 것도 같다. 소리? 풍경 소리? 아닌가?

그런 생각을 하며 대웅보전을 빗겨 걸었다. 경륜당 건물이 보였다. 경륜당은 교육 공간의 중심 건물이다. 학승들이 경전을 배우는 곳이다.

우선 종무소부터 찾았다. 앞서 순사들의 탐문이 없었던 것은 아니었으나 직접 알아봐야 할 것 같았다. 종무소를 책임지고 있다는 젊은 스님이 그들을 맞았다. 서른쯤 되어 보였다. 죽은 주지스님 때문에 나왔다고 하자 그는 몹시 경계하면서도 겁에 질린 모습이었다. 먼저 죽은 주지의 이름부터 물었다.

"이세 다나카 스님이 맞습니다. 이 절의 주지스님이었지요."

그에 대한 기록은 수사본부 순경들이 입수한 것이어서 에이스는 더 묻지 않았다. 순사들이 가져온 그의 신상기록은 현재 나이 53세. 오사카 삼정목 출생. 17세 때 이곳 동장사로 출가.

한때 오장사에서 수행하기도 했으나 다시 동장사로 돌아와서 율주직을 맡아 사내 계율을 담당해오다 작년에 주지를 맡았다, 뭐 그 정도였다.

"그분에 대해서 좀 더 알아보려면 누굴 만나야 할까요? 절 내에서도 잘 아는 사람이 있을 거 아닙니까. 가까이 지낸 분도 있었을 테고……."

"스님이 가까워 봤자지요. 도반이라고 해도 절에서 떠나면 그만인데……. 그분을 지도했던 조실스님이 아직 이 절에 주석하고 계시긴 합니다만……."

"그래요?"

"세이세쓰 조실스님이지요."

"그럼 그분이 있는 곳으로 안내를 부탁드려도 될까요?"

"그러지요. 막 예불이 끝나 조실실로 드셨을 것입니다."

조실이 있는 곳으로 갔다. 조실은 얼굴이 동글고 이마에 깊은 주름이 인상적인 사람이었다. 매부리코가 동근 얼굴과는 퍽 대조적으로 보였다.

경시청에서 나왔다고 하자 그는 고개만 끄덕였다. 매우 쉰 음성의 소유자로, 말이 무겁고 느렸다. 사건 현장에서 나온 그림을 보이자 묘하게 입꼬리를 비틀며 입을 열었다.

"이게 그 애의 주머니에서 나왔단 말이오?"

"그렇습니다."

조실이 고개를 갸웃했다.

"이상하군. 이 그림이 왜 그 애의 주머니에……"

"제자의 물건이 아니란 말인가요?"

에이스의 물음에 조실이 시선을 들었다. 에이스는 잠시 생각하다가 말을 이었다.

"도대체 이 그림이 뜻하는 것이 무엇인가요?"

그러자 조실이 갑자기 허허, 하고 웃었다. 왜 웃느냐는 듯이 에이스는 그를 쳐다보았다.

"내가 보기에는 화두 같소."

"예?"

"숙제 말이오."

"화두라는 소리를 들어보았지만……. 그러니까 관심을 가지고 중요하게 생각하는 대화의 첫머리가 아닌가요?"

"그건 세속에서 말하는 화두라오."

"그러니까 우리들이 생각하는 화두와 이곳에서 생각하는 화두가 틀리다, 그 말인가요?"

에이스의 말에 조실이 고개를 끄덕였다.

"맞소이다."

"무슨 소립니까? 어려운데요."

"어렵다고? 하긴 인생 자체가 어려운 것이지."

"알기 쉽게 설명해주실 수는 없습니까?"

말 자체가 예사롭지는 않다는 생각이었지만 갈수록 이해가 되지 않아 에이스는 그렇게 말했다. 그러자 조실은 더 알 수 없는 말을 했다.

"수수께끼라고 생각하시오."

"수수께끼? 더 어렵군요."

조실이 고개를 주억거렸다.

"수도승이 되려면 속세를 버려야 하지 않겠습니까?"

"그렇지요."

"사원은 속세를 버려야 들어올 수 있는 곳이지요."

에이스는 조실을 쳐다보았다.

"내 말은……."

조실이 무슨 말을 하려다가 말을 분질렀다.

"아니란 말씀인가요?"

에이스가 기다리다가 물었다.

"수도승이 속세를 버리고 들어온 이유가 있겠지요."

"네?"

"말을 영 못 알아듣는데, 그대는 불자가 아니오?"

이 나라 사람치고 불교도가 아닌 사람이 어디 있느냐는 듯
조실이 물었다.

"네?"

"하기야 세상이 그러니. 피붙이를 버린 일은 없을 터이지."

"도대체 무슨 말씀입니까?"

"막부 체제가 무너지면서 새로운 신이 생긴 것은 사실이지.
하지만 그들이 어떻게 이해할까. 진정한 승이 되기 위해 아버

지를 버리고 어머니를 버리고 아내를 버리는 이유를……."

갈수록 조실의 말이 이상해진다고 생각하며 에이스는 멍하니 듣고만 있는 가토 순사를 돌아보았다.

"그러니까 무슨 말씀인가요? 우주의 이치를 깨달아 참다운 지혜를 얻으려는 것이다, 그 말인가요?"

늙은 수도승이 허허, 하고 웃었다. 그때 문이 열리고 시자가 차 쟁반을 들고 들어왔다. 잠시 대화가 끊어졌다. 조실이 직접 받아 차를 챙겼다. 녹차였다. 시자가 나가고 다시 대화가 이어졌다.

"좀 아는 것 같긴 한데…… 입에 발린 소리지요?"

조실이 차를 한 모금 마시고 말했다. 찻잔을 들어 올리려다가 에이스는 시선을 들었다.

"네?"

"그 참다운 지혜를 얻으려면 여기서는 숙제를 가져야 하거든요."

시큰둥하게 내뱉는 조실의 말이 무슨 말인가 하고 생각하다가 에이스는 다시 물었다.

"숙제를 가지다니요?"

"이 글자 말이외다. 이 글자가 뭐로 보이오?"

에이스는 말이 꽉 막혔다. 고개를 갸웃하다가 학교 교무실에 붙어 있던 글자를 기억해냈다.

"혹, 옴 자가 아닌가 하는 생각이 들더군요."

조실이 다시 웃었다.

"옴 자라? 하하하. 그러고 보니 그런 것도 같네. 그럽시다. 옴 자라고 합시다. 그래, 어떻게 그런 생각을 하셨을까. 혹 이 글자를 본 적이 있소?"

"학교 다닐 때?"

"밀교학교?"

"네. 재단이 그랬습니다."

조실이 고개를 내저었다.

"이것은 속세에서야 살아나가는 자체가 하나의 의문이라는 걸 뜻하는 글자 같소이다. 그럼 뻔하지 않겠소. 우리가 가져야 할 게 무엇인지. 바로 시심마(是甚摩)가 아니겠소."

"시심마?"

왜 이러나 싶었다. 이 사람은 왜 말을 빙빙 돌릴까, 하는 생각이 들었다.

"시심마란 이게 무엇인가 하는 질문이외다."

"그러니까 수도승들은 언제나 이게 무엇인가 하는 질문을 하고 살아간다, 그 말인가요?"

겨우 말을 알아듣고는 그렇게 묻자 늙은 승이 하하하, 하고 웃었다.

"이제 좀 말을 알아듣는 거 같구려. 죽은 애의 그림은 아니오. 주로 밀교사원에서 이런 그림 화두가 나오는데 죽은 애에게도 이와 비슷한 화두를 내린 적이 있었다오. 그 애가 출가했을 때 내가 물었소. '무엇으로 보이느냐? 알아오너라.' 그랬더니 이틀 후에 와서 그대처럼 옴 자라고 합디다. 어이가 없었소. 글자에 온 우주를 담아 주었는데 막연히 옴 자라는 거요. 그래 그놈의 얼굴에다 던져버렸소. 아니니 다시 알아오라고. 오늘날까지 그놈은 그 그림을 안고 살았소. 그러니 얼마나 절망스러웠겠소. 끙끙 앓더니 언젠가부터 내게 노골적으로 대들기 시작하더이다. 나중에는 이런 말까지 했다오. '나는 더 이상 당신의 가르침을 받지 않겠소. 평생을 확실하지도 않은 이런 것에 목숨을 걸고 싶지도 않고.' 그러다 불교 탄압이 시작되자 세속으로 나가버렸소. 나중에 들으니 그 길로 이상한 곳에 빌붙었다 합디다."

"하산을 했다는 말인가요?"

에이스의 물음에 조실이 고개를 끄덕였다.

"한때."

"그곳이 어디인가요?"

"산문을 나가 어떻게 먹고 살았겠소. 직업이라고는 가져본 적이 없었으니……."

"그럼 언제 이곳으로 돌아온 겁니까?"

"한 십 년 되었나? 아주 거지꼴을 하고 돌아왔습디다. 조용히 받아들였는데 말이 없더군요. 나중에 사람들의 말을 들으니 황실에 들어갔다가 돌아왔다고만 하더랍니다. 막부 시대가 끝나고 천황의 사람이 되어 살았던 것 같은데, 왜 그 지경이 되었는지 도대체 모르겠더이다."

"사건 당일 뭐 이상한 점은 없었습니까?"

"누가 찾아오긴 했었소."

"누가요?"

"그건 모르겠고, 딸을 데리고 고토를 메고 있었소."

"고토?"

말이 설어 되물었다.

"분명 고토 통이었소. 고토를 켜는 악사냐고 물었더니 웃으며 좀 다르긴 한데 그렇다고 합디다."

"다르다?"

"글쎄, 뭐 그럽디다. 그런데 그는 악사가 아니라고 해요. 그래내가 뭐 하는 사람이냐고 했더니 역을 한다고 했던가."

"역이요?"

"왜 있잖소, 궁합 같은 거 말이오."

"아, 네."

그렇게 대답하면서 에이스는 문득 가토 순사의 말을 떠올렸다. 궁합? 그렇다면 주지를 찾아온 사람이 궁합을 보는 사람이었다?

"몇 살이나 된 사람이었습니까?"

"마흔은 넘었을 것 같은데⋯⋯."

"딸은요?"

"스무남은은 되어 보입디다."

"혹시 이름을 들었나요?"

조실이 고개를 내저었다.

에이스는 가토 순사를 흘낏 쳐다보았다. 딸을 데리고 온 역술가의 등장은 뭐냐는 에이스의 표정을 읽었는지 가토가 시선을 돌렸다. 조실의 음성이 이어졌다.

"궁합을 보는 사람이 웬 고토냐고 했더니 참 별난 사람처럼 말하더만요."

"별난 사람이요?"

"궁합을 보지만 악기에 아주 능통한 사람이었소. 조상이 막부 시대에 역학으로 유명했는데 고위층들의 사주나 궁합을 자주 보았다고 합디다. 그런데 하나같이 고토에 능통했다고 했소. 그러더니 그가 내게 이런 말을 하더이다. 궁합의 이치가 음에 있다는 걸 모른다면 도가 무슨 소용이 있느냐고."

"이상한 말이군요."

에이스의 말에 조실이 고개를 끄덕였다.

"지금 생각해보니 그 말이 예사롭지가 않아요. 궁합의 이치가 음 속에 있다? 그렇게 조화를 말하고 있는 것 같긴 한데……. 이곳이 밀법의 장소이고 보면 세상의 소리인 진언과 관계가 있다 싶기도 하고……. 사실 밀법에서는 세상의 궁합을 소중히 여기니 말이오. 존재와 존재의 만남. 그 조화로움이 곧 밀법이요, 궁합이니. 그래서 정말 예사롭지 않다고 생각되더군요."

"그럼 그 사람은 언제 떠났나요?"

"모르겠소. 간다는 말도 없이 가버렸으니……."

"그럼 주지스님이 피살되고 난 뒤에 사라졌나요?"

"글쎄. 그놈이 죽었다는 소리를 듣고 정신이 없어서……. 그러고 보니 얼추 비슷한 시점에 사라지지 않았나 하는 생각이 드네요. 그런데 주지의 방을 치우다 보니 이상한 것이 나왔어요."

"이상한 것? 그게 뭔가요?"

"무슨 글이었는데, 어떻게 보면 소설 같기도 했고, 어떻게 보면 역사서 같기도 했고……."

에이스의 눈이 번쩍였다.

"그거 지금 어디 있습니까?"

조실이 고개를 들더니 요령을 집어 흔들었다. 요령 소리를 듣고 이내 시자가 달려왔다.

"네, 큰스님."

"가서 돌아가신 주지스님의 공책 좀 가져오너라. 왜 일전에 책상서랍 속에서 꺼낸 것 말이다. 내가 잘 두라고 하지 않았느냐."

"네, 제 방에 있습니다."

그렇게 대답하고 시자가 달려가더니 이내 나타났다. 그의 손에 정말 공책 같은 것이 들렸는데 제법 두툼했다. 조실이 받아들더니 그것을 에이스에게 넘겼다. 에이스가 받아 보았더니 공

책이 맞았다. 표지에 기차가 인쇄돼 있었고 한 장을 넘기자 글
이 나왔다. 달필이었다.

　　도대체 금관의 금서는 어디에 숨겨져 있는 것일까. 그 자가 가지고
　　있다면 분명하다. 누구보다도 천황이 그것을 찾고 있지 않은가. 그러
　　리라. 천황교체설의 진실이 거기 있다고 하니 어찌 그렇지 않겠는가.

6장

일현금

1

에이스는 비로소 시선을 공책에서 떼고 멍하니 앞을 바라보았다. 금관의 금서? 무슨 글이 이런가 싶었다. 메이지 천황이 들어설 때부터 말이 많았던 그 이야기를 하고 있는 것 같았다.

천황이 교체되었다? 지금의 천황은 가짜라는 말인데, 슬며시 입가에 웃음이 물렸다.

메이지 천황이 들어서고 여러 설들이 있었다. 새로 등극한 천황이 병약했던 무쓰히토 황태자가 아니라는 것이었다. 무쓰히토 황태자는 뻐드렁니도 아니었으며 체구도 그리 크지 않았다는 것이다.

고메이 천황이 암살당한 것은 맞다. 하지만 고메이 천황의 시종 이와쿠라 토모미는 우대신까지 지냈다. 이토 히로부미는 지금 최고의 위치에 있다. 그렇다면 천황교체설은 말도 되지 않는다. 소문대로 토모미와 이토 히로부미가 고메이 천황을 죽였다면 보위를 이은 무쓰히토 황태자가 왜 그들을 등용해 정사를 맡기고 있겠는가.

"왜 그러십니까?"

가토 순사가 들어오며 물었다.

"이상해서 말이야."

"무슨 내용이기에……."

"한번 읽어 봐. 혹시 수사에 도움이 될지도 모르니까."

그렇게 말하고 에이스는 그를 향해 공책을 책상 위로 놓았다.

2

두 사내가 뜰을 거닐었다. 신수목에서 활을 만드는 조궁장이 서와 씨와 타카시였다. 결 좋은 바람이 불어와 그들의 옷자락을 흔들었다.

"얼마나 되었을까. 조선에서 사람이 들어왔더구먼. 아무래도 왜국의 움직임이 심상치 않다는 것이야. 그래서인지 조선 정부는 왜놈들에게 멱살이 잡혀 백성들이 굶어 죽어 가는데도 전혀 힘을 못 쓰고 있고. 참다못해 형평사(衡平社)라는 단체가 새로 만들어져 움직이고 있다고 하지만……."

먼저 운을 뗀 사람은 조궁장이 서와 씨였다. 이내 타카시의 음성이 나지막이 이어졌다.

"이곳에서 우리가 어디 사람입니까. 오죽했으면 내 증조부가 이 더러운 나라에 들어와 살아보겠다고 그렇게 악을 썼겠습니까."

서와 씨가 고개를 주억거렸다. 그 심정 알겠다는 표정이었다.

"저도 이렇게 장돌뱅이 짓을 하고 다니지만 그 피가 어디 가겠습니까. 나 역시 틀림없는 그 나라 사람입지요. 내가 이곳 사람 옷을 입고 이름을 쓰며 산다고 해서 무엇이 달라지겠습니까. 내 조상이 이곳으로 와 살다 보니 밀법을 알게 되었고 그 여파로 역술을 배워먹고 살아왔지만 마음은 늘 조선에 가 있었다는 사실을 비로소 깨달았으니 말입니다. 조선에 형평사가 조직되었듯이 이곳에도 그런 단체가 조직되어야 한다고 생각합니다. 동지들과 어울리면서 우리보다 더 핍박받고 고통받는 인간들이 있다는 걸 철저히 알았습니다. 조선인이므로 받아야 하는 차별. 노비로 기재되어도 호적은 물론 주패(朱牌)도 쉽게 발급해주지 않으니 그런 차별정책이 어디 있습니까. 사회적인 고립과 멸시를 피해보려고 지금까지 싸워 왔습니다. 집이 있어도 조선인은 토라이진이라고 하여 집에 기와를 올릴 수 없고 비단 옷과 두루마기도 입지 못하는 세상. 그렇다고 동전도 달 수 없고 머리는 이렇게 삼팔식 머리. 그리고 관혼상제도 사회적으로 통용되는 예법을 행하지 못하게 하니 분통이 터져 살 수가 있습니까. 초상을 당해도 상복은커녕 상여를 쓸 수가 있나, 혼례를 치러도 말이나 가마 대신 소와 널빤지를 사용하는 이놈의 세상. 그렇다고 상투를 틀 수가 있나, 비녀를 찌를 수가 있나. 심지어 사람들 앞에서 담배도 태우지 못하는 세상. 그렇다고 대중 모임에 참석할 수가 있나. 누가 봐도 무지랭이 건달인데 반말을 해대고 수틀리면 집단 구타를 가하고 옆집 똥개도 상전이니……."

타카시는 말을 해놓고 허, 하고 웃었다. 자신이 생각해봐도 어이없는 일이었다. 자신은 분명 이 나라 사람이 아닌데 어느새 이 나라 사람이 되어 있으니.

서와 씨가 이해할 수 있다는 듯 고개를 주억거렸다. 왜 그 설움을 모르겠느냐는 표정이었다.

타카시가 서와 씨를 만난 것은 조선인 장항노 집에서였다. 두 사람은 눈이 마주치자마자 알 수 있었다. 냄새. 분명히 이곳 사람의 냄새가 아니었다. 그때 타카시는 피라는 생각을 했다. 그와 자신 속에 흐르고 있는 피. 그 피가 자신과 닮은 피를 부르고 있었다.

"조선 사람이오?"

이 말은 타카시가 먼저 한 말이 아니었다.

그렇게 두 사람은 서로를 한눈에 알아보았다. 나중에야 안 것이지만 서와 씨는 임진란 때 이곳으로 끌려온 장수의 후손이었다. 도자기 굽는 기술도 없어 산에서 약초를 캐 연명했는데 벼랑에서 굴러 활 만드는 조궁장이에게 발견돼 목숨을 구했다. 이후 그 집 딸과 인연이 되어 조궁장이로서 일가를 이루었다. 활을 만들면서 한 번도 자신이 조선인이란 것을 잊어본 적이 없었다.

"행수가 형평사를 조직하고 수장직을 맡은 후 죽기 살기로 싸웠습니다. 남들처럼 똑같은 대우, 저울처럼 공평한 사회…….이제 그들도 가고 없습니다만…….

잠시 생각에 잠겼던 타카시는 서와 씨의 눈치를 보며 말했다. 서와 씨는 고개만 끄덕였다.

"목이 떨어지는 순간에도 행수께서 특별히 안부 전하라고 하셨습니다. 지금까지 무기 조달을 해주셨는데 그 은혜 갚지도 못하고 간다고……."

"허허허, 참. 은혜라니……. 오히려 내가 고마워해야 하는 것을. 새 천황의 핍박이 이만저만이 아닌데. 불교계도 그렇고……."

"그래서 이번 거사에 모든 것을 걸었습니다."

"이미 무기는 준비되어 있다네. 은밀히 실어내가면 될 게야. 좋은 기회이지. 천황의 권세는 하늘 높은 줄 모르지만 빌붙어 한몫 챙기던 무리들이 한 판 벌린다고 소문이 나고 있으니 말일세. 그러니 자연히 혼란이 없을 수가 있겠는가."

"이번 일이 문젭니다."

"이번 일이 문제라."

되씹는 서와 씨의 뇌리 속으로 문득 시해라는 말이 스치고 지나갔다.

"그만두게. 아무리 죽음을 각오했기로서니……."

"너절한 복수극이라고 해도 좋습니다. 그들이 그런다고 우리도 그런다면 똑같지 않겠느냐는 그런 촌스런 사고를 아직도 가지고 있다면 말입니다. 그런 그들에게 목숨을 바치겠다는 말이 아닙니다. 비록 우리들의 최후가 초라할지라도 장렬할 것이며 저 역시 그 속에 있을 것입니다."

"비천한 자는 본시 고상하지 못하고 졸렬한 법."

서와 씨가 말을 잘랐다.

"이 세상을 살면서 우리들은 본시 비천한 자라고 생각하지 않은 적이 한 번도 없었습니다. 비록 내 나라로부터 버림을 받았지만 그 나라를 위해서라도 이대로 더 두고 볼 수는 없습니다. 왜놈들의 횡포를 보십시오. 한 나라의 국부를 독살하려 하려다 실패했다는 말을 들었습니다. 지금도 조선의 왕실을 도륙할 꿈을 꾸다 있다고 하지 않습니까. 이번에는 아비와 아들을 한꺼번에. 아니 국모마저 함께 죽이지 않는다고 어떻게 보장하겠습니까."

서와 씨가 허허, 하고 웃었다.

"내 어이 그대 마음을 모르겠는가."

"지금의 천황이나, 왜인들을 등에 업은 조선의 대원군이 무엇이 다르겠습니까. 이곳이나 조선이나 어디 천주교인들만 죽였습니까. 불교에 대한 박해도 그에 못지않습니다. 역사학자가 바른말을 했다고 하여 끌어다 죽이고 궁합 한 번 잘못 보았다

하여 끌어다 죽이다니요."

그랬다. 천황은 천주교를 전파하기 위해 프랑스에서 들어온 선교사들을 이용해 프랑스로 하여금 러시아를 견제하려고 했다. 선교사들이 막상 말을 듣지 않자 천황은 실망했다. 엎친 데 덮친 격으로 신료들이 천주교에 대한 비판을 끊임없이 제기했다. 천황은 지체 없이 천주교를 금한다는 포고령을 내렸다. 프랑스 신부들과 천주교도 수천 명이 처형됐다. 그것은 조선도 마찬가지였다.

그뿐만이 아니었다. 천황이 신격화되면서 불교에 대한 박해가 시작되었다. 그때 서와 씨는 아비를 잃었고 타카시 역시 어머니를 잃었다. 그런데도 오늘날 그들의 목이 잘린 곳에서 일인들은 배를 띄우고 주색잡기에 정신이 없었다. 조선의 동포들도 그때 목숨을 잃고 울고 있는 후손들이 어디 한둘이겠는가.

한때 부모가 생각날 때면 서와 씨와 타카시는 혈육의 목이 잘린 곳으로 가고는 하였다. 잠두봉에서 내려다보면 흐르는 강물. 게이사가 춤을 추고 풍류객이 뱃놀이에 정신없고 문인이 시를 읊고…….

바람이 분노하고 있었다. 바람이 일어서고 있었다. 온추 나루 옆 봉우리인 히로봉에 형장을 설치해 일만여 명의 천주교인들을 죽일 때 천황의 심정은 어떠했을까. 조선은 조선대로 천주교인들을 돌로 방아 찧듯이 찍어 죽였다. 소리 없이 죽이는 돌 형구에 묵을 매달아 죽였다. 창으로 찔러 죽이고 칼로 베어 죽였다. 오죽했으면 절두산이 생겨났겠는가.

모진 사람들이었다. 꿈을 꾸면 고문에 지쳐 목을 늘어뜨린 천주교도와 불교도들이 보였다. 그리고 그들을 내려다보고 있는 천황이 보였다. 일본의 천주교 박해는 어제오늘의 일이 아니었다. 왕조가 바뀔 때마다 천황은 신이 되기 위해 날뛰었다. 그렇다고 불교도 온전한 것은 아니었다. 이 시대에 들어와 그 증표가 적나라하게 드러났을 뿐이었다. 피가 튀고 나뒹구는 목, 사방에서 살려달라고 아우성치는 사람들, 하나님과 부처님께 기도하며 울부짖는 사람들, 너희들에게 있어 하느님과 부처님은 바로 천황 폐하라고 외치는 사람들. 부모자식이 껴안고 벌벌 떨며 애원했다.

서와 씨가 잠시 생각에 잠겨 있는 사이 타카시의 음성이 이어졌다.

"이제 천황의 야욕은 정점에 다다른 느낌입니다. 끝낼 때가 된 것 같습니다. 동지들은 외치고 있지요. 때가 왔다고. 그렇습니다. 이제는 올 때까지 온 것 같습니다. 아무리 이 나라에서 풀뿌리를 캐먹는 무지랭이들이라도 더 보고 있을 수만은 없습니다. 나서야지요. 이미 죽음은 각오한 마당입니다. 천황을 먼저 칠 참입니다."

"쉽지 않을 것이야."

서와 씨가 심각한 어조로 말했다.

"두고 보십시오."

대답하는 타카시의 눈빛이 번쩍 빛났다.

잠시 잠이 들었던 고토코는 무심결에 일어나 방문을 살며시 열고 아래채로 향했다. 아버지를 따라 이곳으로 온 지도 벌써 몇 시간이 지났다. 아직도 새벽이 오려면 먼 시간.

고토코는 달빛을 밟고 마당을 가로질러 사랑채 섬돌 위부터 살폈다. 아버지의 신발이 없었다. 서와 씨의 신발만이 보인다. 앞으로가 문제라고 하던 아버지의 말이 뇌리를 스쳤다. 불러 봐도 대답이 없을 것이었다. 벌써 나선 것이 분명했다.

돌아와 다시 봐도 비어 있는 아버지의 자리가 믿기지 않았다. 이리저리 살펴보았지만 달빛만 청랭할 뿐 아버지의 모습은 어디에도 보이지 않았다. 행여 변소에 간 것인가 하고 그녀는 어칠거리며 밖으로 나갔다. 이곳저곳을 기웃거렸다. 긴 그림자만 을씨년스러웠다.

변소에서도 아버지의 그림자를 발견하지 못하자 고토코는 마루로 와 앉았다. 언젠가는 떠날 것이라는 걸 알았지만 말 한마디 없이 가버리다니. 그녀는 알고 있었다. 아버지가 꿈꾸는 게 무엇인지를. 언젠가 말했었다.

"내게 무슨 일이 있어도 흔들리지 말아라. 내 주루먹에 보면 지도가 하나 있다. 그것을 지켜야 한다. 누구에게도 보여서는 안 돼."

"그게 뭔데요?"

그때 고토코는 분명히 그렇게 물었었다.

"네 할아버지가 내게 남긴 것이다. 이곳에는 본시 두 천황가가 있었다. 남북조가 그것이다. 남조계가 수백 년을 이어오다가 어느 해 북조계가 정권을 잡았다. 남조계와 달리 북조계의 무리들은 호전적이어서 오랜 세월 조선을 예속화하기 위해 못된 짓을 저질러왔다. 그러므로 어떤 일이 있어도 그들이 정권을 잡아서는 안 된다고 생각하고 있었는데 그 무리들이 정권을 잡아 조선천지를 농락하고 있는 것이다."

"그러니까 지금의 천황이 바로 그 무리들이 떠받드는 천황이라는 말이군요?"

고토코가 설마 하며 물었다.

"맞다. 그로 인해 조선의 운명이 바뀌고 있다. 그들 무리에 의해 조선은 망해갈지도 모른다. 혹여 내가 잘못된다면 남악사 현장 조실스님을 찾아가거라."

"무슨 일이 일어난다는 거예요?"

"느낌이 좋지 않다. 일진을 보니 늦게 손이 올 형상이야. 그런데 그가 극(剋)이다. 생(生)이 아니야."

"극이라면 나쁜 징조잖아요."

"어쩐지 생의 기운이 느껴지지 않아. 금의 기운이 오고 있어. 수극금(水剋金)이다."

"수극금이라면 그리 나쁘지 않잖아요. 쇠도 녹이면 물이 되니 말이에요."

"쇠가 물이 되려면 화(火)를 만나야 한다. 내가 물이니 극이라는 말이다."

아니나 다를까, 미처 피할 사이도 없이 거주목의 문이 덜컹거렸었다.

그녀는 터진 목책 너머로 희미하게 보이는 강줄기를 바라보았다. 아버지. 그런 사람이었다. 어머니를 잃고 울던 밤들. 그러다 서와 씨를 만났을 것이다. 고토코의 눈에 눈물이 어렸다.

3

"배고프지?"

서와 씨의 물음에 고토코는 고개를 내저었다.

"어머니의 일은 참으로 안 됐지만 이제 잊어야지 어떡하겠느냐."

고갯마루를 넘어서자 마을이 더욱 멀어졌다. 고토코는 여전히 말을 하고 싶지 않았다.

어머니가 죽고 얼마 후였다. 궁내청에서 몰아내기 위해 타카시에게 살인 누명을 씌웠던 심의관의 앞잡이가 죽었다. 아내를 죽인 앞잡이를 타카시가 죽인 것이다.

그 바람에 타카시가 쫓기자 서와 씨는 그때도 그가 맡겨놓은 고토코의 거처를 다른 곳으로 옮겼었다. 활 만드는 법을 가르쳐볼까 했으나 가만 보아하니 제 아비처럼 가야금 탄주에 천부적인 재주가 있어 보였다.

"왜 너의 아비가 궁합을 보면서 가야금을 탄주해왔는지 아느냐?"

서와 씨가 고토코에게 물었다.

고토코가 고개를 내저었다. 여전히 관심 없다는 표정이었다. 제 아비가 몸을 감춘 후로 생긴 행동거지였다. 꼭 세상사에 관심을 놓아버린 아이 같았다.

"이 세상의 주인은 음(音)이기 때문이다."

그냥 지나가는 말처럼 하며 눈치를 살폈더니 예상했던 대로 고토코는 고개를 숙여버렸다. 듣기 싫다가 아니라 아예 있던 관심마저 멀어진다는 표정이었다. 그래도 서와 씨는 말을 계속했다.

"음은 곧 조화이기 때문이야. 조화가 없다면 세상이 존재하겠느냐? 존재할 수 없는 것이다. 그럼 조화가 무엇이겠느냐? 바로 궁합인 것이다. 그래서 사주에서도 그렇고 세상의 상을 살피는 관상에서도 소리를 제일로 치는 것이다. 이 활을 보아라. 무엇으로 보이느냐?"

서와 씨의 물음에 고토코가 어쩔 수 없이 시선을 들었다. 그녀의 눈이 말하고 있었다. '좀 그대로 놔둘 수 없나요?'

"무엇으로 보이느냐고 물었다."

서와 씨가 다잡았다.

그제야 고토코가 대답했다.

"활이잖아요."

"그래 활이다. 그런데 무엇으로 보이느냐 말이다."

고토코가 그대로 고개를 숙여버렸다.

"현이 몇 개냐?"

서와 씨가 끈질기게 물었다. 고토코가 마지못해 고개를 들었다.

"현요?"

"그래."

고토코가 멀거니 활시위를 쳐다보았다.

"시위를 말씀하시는 건가요?"

"그래."

그러고 보니 현이 하나다.

"하나잖아요."

"맞다. 사람들은 활을 무기라고만 생각하지?"

그제야 고토코가 고개를 끄덕였다.

"하지만 무기가 아니란다."

'아니라니요?'

고토코가 눈으로 물었다.

"악기가 아니겠느냐. 현이 하나 달린 악기. 이 활이나 네 아버지가 메고 다니던 가얏고가 무엇이 다르겠느냐."

고토코가 말없이 눈을 깜박였다.

"내 조상은 활을 만들던 사람이었느니라. 내 아버지는 활을 만들어 하나를 쏨에 있어도 소홀히 하지 않았다. 나는 지금도 처음 활을 쏘던 날을 기억하고 있다. 활을 들어 살을 메기고 이곳저곳 재미스럽게 아무 곳에나 쏘아대었지. 그러자 아버지가 나를 나무라시는 게야. '아들, 활을 그렇게 다루어서는 아니 된다.' 하고 말이다. '왜요?' 하고 그때 나는 물었느니라. 아버지가 말하더구나. '아들아, 활은 무기이면서도 무기가 아니란다.' 그때 나는 아버지의 경지를 이해할 수 없었다. 아버지가 말했었지. '아들아, 활을 악기라고 한번 생각해보려무나. 현이 하나 달린 악기.' 그리고 또 말했느니라. '활은 바로 악기처럼 다루어야 하는 법이란다.' 그래 물었다. 어떻게 무기를 악기를 다루듯 하느냐고. 아버지는 그때 이렇게 말했다. '소중히 다루다 보면 그 경지를 알 날이 있을 게다.' 그날 밤 아버지가 총총히 별이 뜬 하늘을 가리키더구나. '아들아, 보아라. 이 세상을 구할 활장이 하나가 천상에 앉아 있는 모습이 보이지 않느냐. 저기, 저기 말이다.' 그때 아버지가 무엇을 보고 있었는지 나는 지금도 그것이 궁금하다. 아버지는 또 이렇게 말했느니라. '보아라, 아들아. 천상의 한가운데서 그가 이 세상을 향해 일현금을 타기 시작하는구나. 저 쏟아지는 화살을 보아라. 아름답지 않느냐. 하나하나의 화살이 음이 되어 쏟아지고 있으니 말이다. 그 음에 거짓이 쓰러지고, 위선이 쓰러지고, 욕망이 쓰러지고……. 그렇게 세상은 정화되어 가는구나.'"

"……."

"그 후 나는 활 만드는 사람이 되었단다. 네 아비처럼 말이다."

"내 아버지요?"

고토코가 비로소 물었다.

"그래, 네 아비처럼 말이다. 네 아비와 내가 무엇이 다르겠느냐. 세월이 흐르면 알 수 있을 게다. 네 아비가 왜 궁합을 보면서 가야금의 음을 사랑했는지."

고토코가 시선을 떨구고 입술을 깨물었다.

"그래, 아직도 모를 것이 그것이지. 언젠가는 알게 될 것이다."

커다란 바위로 이루어진 모퉁이를 돌아나가자 강바람이 몰아쳤다. 그 언덕바지 어디쯤 억새집 하나가 서 있었다. 다 찌그러져가는 집이었다. 굴피 지붕 위로 올라온 연통에서 연기가 솟아오르는 것이 보였다.

"계시는가."

서와 씨가 억새집 사립 앞에서 소리쳤다. 잠시 후 낡은 나무 문이 벌컥 열렸다.

"누구여?"

나오는 사람을 보다가 고토코는 흠칫 놀랐다. 머리가 어깨를 덮었는데 하얗다. 걸친 넝마가 울긋불긋했다. 천 조각을 있는 대로 기워 만든 밥상보 같았다. 얼굴이 쪼글쪼글했고 눈이 칼날 같다. 거기에다 코가 뭉그러졌다. 볼살이 빠져 합죽해서인지 여우 같았다. 그것도 갈기를 세우고 선 여우. 섬뜩했다. 도대체가 인정이라고는 없어 보이는 늙은 노파였다.

"아니 이게 누구여? 송미정 사두 아니여."

문을 열고 나오며 노파가 말했다.

"잘 있었는가."

"허허, 해가 서쪽에서 뜨겠구먼."

허리가 반쯤 굽었다. 발을 옮길 때마다 왼손을 노를 젓듯 흔들었다.

고토코는 자신도 모르게 뒤로 물러섰다. 지독한 악취가 콧속으로 확 흘러들었기 때문이다. 고토코가 물러서자 노파의 매서운 눈빛이 따라붙었다. 고토코의 조막손을 본 노파의 눈빛이 얼핏 흔들렸다.

"누구여?"

노파가 서와 씨에게 물었다.

"들어가세."

서와 씨가 제집인 양 먼저 방으로 걸음을 옮겼다. 노파가 체머리를 흔들며 구시렁댔다.

"저것이 꼭 날 제 지집처럼 가지고 논다니께."

그렇게 투덜거리며 노파가 부엌으로 들어갔다. 그 사이에 서와 씨는 노파가 열어놓을 문을 잡고 방 안을 살펴보다가 푸시시 웃었다.

"여전하구먼."

고토코가 안을 들여다보았더니 가관이었다. 벽은 토벽 그대로인데 돼지막인지 소 우리인지 사람이 사는 방인지 알 수가 없었다. 여기저기 널린 걸레쪽 같은 옷들. 이리저리 뒹구는 살림살이. 윗목에 요강단지 하나가 놓여 있었다. 그 위로 횃대가 쳐졌고 횃대에 메주 몇 덩이가 새끼줄에 달려 있었다. 서와 씨가 성큼 방 안으로 들어섰다.

"어이구 화상아, 좀 치우고 살아라."

서와 씨가 여기저기 널린 옷가지를 발로 밀며 털버덕 주저앉았다. 부엌에서 물 한 그릇과 찐 고구마 몇 톨이 담긴 소반을 들고 나오던 노파와 방으로 들어가지 못하고 멈칫거리고 있는 고토코의 눈이 딱 마주쳤다.

"왜 안 들어가고 선 것이여. 집 무너질까 겁이 나 못 들어가는 것이여?"

노파가 눈 흘기듯 씹어뱉었다.

"아, 아니어요."

고토코가 무심결에 대답했다.

"그럼 싸게 들어가더라고."

"들어오너라."

서와 씨가 웃으며 고토코에게 한마디 했다. 그제야 고토코가 방 안으로 들어섰다. 물과 찐 고구마를 서와 씨 앞에 놓으며 노파가 문을 닫았다. 노파의 눈길이 고토코의 조막손을 몇 번이고 스쳤다. 방 안을 살피며 그제야 고토코는 서와 씨 곁에 앉왔다.

"뭔 일이래? 살아생전 못 볼 줄 알았더니."

노파의 이죽거림에 서와 씨가 허허, 하고 웃었다.

"어이 그리 섭한 말을……."

"가내 무고하시고?"

"그럼."

"얼굴이 폭삭 늙어부렀네."

노파가 서와 씨의 얼굴을 살피다가 말했다.

"허허허. 나라고 세월을 비껴갈 수 있는 것이던가."

"올해로 네놈 나이가 몇이냐?"

서와 씨가 시선을 들어 빙글빙글 웃었다.

"갑자기 나이 타령은…… 네미. 또 나이 자랑을 하고 싶으신가?"

이번에는 노파가 웃었다.

"네놈 버르장머리 지옥에나 가야 고칠라나 부다."

그러고 보니 노파에 비하면 서와 씨의 나이가 한참 아래인 것 같다. 그런데도 두 사람 사이가 서로 하대를 할 정도로 친숙해 보이니 고토코는 속으로 고개를 갸웃하며 두 사람을 번갈아 쳐다보았다.

"웃으니 좋다. 생전 안 늙을 것처럼 굴더니."

노파가 서와 씨를 보며 느물거렸다. 그런데도 전혀 거리감을 느낄 수 없었다.

"그대에 비하면야 나야 청춘이지."

"청춘? 그거 언제적 이야기여. 나잇값 좀 해라."

노파의 눈길이 다시 고토코의 조막손을 스쳤다.

"가서 술이나 좀 내와. 어찌 손님 대접이 이리 시원찮은가 그
래."

서와 씨가 사방을 둘러보며 한마디 했다.

"하이고, 손님이 손님 같아야지."

노파가 그렇게 말하고 일어나 부엌으로 나갔다. 잠시 후 개
다리소반에다 술병 하나와 김치 종지 하나를 놓고 들어왔다.

"일전에 산에 올라 산삼을 한 뿌리 캐 술을 담갔더니 꽤 맛이
들었어. 언제 덜떨어진 네놈이 와 이 술맛 볼까 했는데, 암튼 먹
을 복은 타고난 놈이라니까."

"허허허. 백파선(白琶仙)에게 산삼 술을 다 얻어먹어 보고…….
허허, 참."

백파선? 조선인인가? 그렇지 싶었다. 저 꾀죄죄한 꼬락서니
하며…….

"죽었다 깨어나도 이런 술은 맛도 못 볼 것이다."

술잔이 돌았다. 술잔 속으로 히끄무레한 액체가 계속해서 맴
돌았다. 술추렴이 지겹지도 않나, 하고 생각하다가 고토코는
꾸벅하고 졸았다. 한순간이었다.

4

얼마나 잤을까. 꿈인지 생시인지 모르겠다는 생각이 들었다. 두 노인네가 여전히 술잔을 마주하고 말을 나누고 있었다. 천상 같기도 했고 지옥의 한 모퉁이 같기도 했다. 대단히 화려하기도 하고 언 쇠꼬챙이처럼 차갑기도 했다.

"저거이 그 자의 손녀란 말인가?"

"그렇소."

늙은이가 묻자 비로소 서와 씨가 정색을 하고 대답했다. 늙은이가 한숨을 쉬었다.

"니미럴, 무슨 인연인지 모르겠구먼."

"할아비가 천황에게 대들다 죽었다고 했소."

알고 있다는 듯 늙은이가 서러운 표정을 지었다.

"그러고도 남을 위인이지. 전생에 무슨 인연인지……."

얼마 후 고토코는 일어나 앉았다. 낯선 곳에 쓰러져 잠이 들 수 있다니. 벌써 새벽인가.

고토코는 약간 열린 문틈으로 밖을 내다보다가 문득 서와 씨가 자신을 이곳에다 맡기고 가버렸을지 모른다는 생각을 했다. 후딱 노파를 돌아보았다. 술상을 구석으로 밀어놓고 노파는 귀신처럼 입을 벌리고 자고 있었다. 주위를 살펴보았다. 서와 씨의 모습은 보이지 않았다. 다시 밖을 내다보았다. 달이 산등성이 위로 솟아 있었다.

고토코는 일어나 살며시 문을 열고 밖으로 나갔다. 주변을 돌아보니 집 주위는 싸리 울타리가 쳐졌고 부엌 쪽으로 언덕바지에 올라앉듯 장독대가 나 있었다. 고토코는 여기저기 기웃거리다가 부엌 앞에 옹송그리고 앉았다. 꽃이 진 민들레가 불어오는 새벽바람에 머리를 속절없이 흔들고 있었다.

"아버지!"

가슴에 불덩이 같은 것이 훅 올라챘다. 주르르 눈물이 쏟아졌다. 고토코는 눈물 닦을 생각도 없이 먼 산을 바라보았다. 참 알 수 없다는 생각이 들었다. 왜 서와 씨가 이런 집에다 자신을 맡기고 가버렸는지. 고토코는 자신의 조막손을 멀거니 내려다보았다.

조 조 조막손
폈다 봐라 조막손
주먹 져도 조막손
바로 펴도 조막손
…….

어릴 적 또래의 아이들은 보기만 하면 놀렸다. 그래 아버지에게 물었었다.

"아버지, 난 왜 조막손이래요?"

"가야금을 켜라고 삼신할미가 그리 점지한 모양이다."

"가야금도 손가락이 멀쩡해야 잘 탈 수 있을 텐데, 이런 손으로 어떻게 타요?"

"그러니까 연습을 부지런히 해야지. 그래야 남들이 낼 수 없는 음을 낼 수 있을 게 아니냐. 그러라고 삼신할미가 그리 만들어준 것이다."

그러고 보면 운명이란 참 알 수 없는 것이었다. 내가 그들의 자식이 되어 조막손이 되고 싶어 된 것이 아니듯이 앞으로의 운명도 타인에 의해 그렇게 만들어져 갈 것이었다.

고토코는 노파가 잠든 방을 멀거니 바라보았다. 가버릴까? 멀리, 아주 멀리. 타령을 부르며 남자의 품에나 안기는 게이샤나 되어버릴까. 그럼 어머니나 아버지를 향한 이 어쩔 수 없는 사랑도 아지랑이처럼 사라지겠지.

어릴 적 첫정을 주었던 다이묘 지료가 생각났다. 사람 마음이 그런 것을……. 무슨 인연인가 싶다. 헤어질 때 보았던 다이묘 지료의 슬픈 눈빛. 알고 있었다. 그와는 결코 이루어질 수 없다는 것을. 그의 눈빛이 말하고 있었다. 편협한 사회의 벽, 신분의 벽. 그 벽을 그의 눈빛에서 느낄 수 있었다. 서로를 원하면서도 그 벽이 원죄처럼 가로막고 있다는 것을 서로가 느끼고 있었다.

이제 어릴 적 자리 잡았던 마음속 자리는 그 누구에게도 내어줄 수 없는 것이 되어버렸다.

5

"이년, 어디서 배워먹은 버르장머리냐. 종년이냐니. 그럼 네년이 종년이 아니고 무엇이냐. 여기 주인은 나다. 그럼 너는 뭐냐. 손님이냐? 그래? 그나마 궁내청 타카시의 종자라고 해서 받아주었더니, 뭐라? 네년의 손을 볼 때부터 알아보았다만 이년, 어찌 네년이 네년 아비의 큰 뜻을 알겠느냐. 못된 것!"

"내 아버지를 그렇게 말하지 말아요."

고토코가 눈물을 흘리며 소리쳤다. 백파선의 눈꼬리가 치켜 졌다.

"이년 말하는 것 좀 봐라. 내 지은 죄가 있어 네년을 받았다 만 네년의 눈구뎅이를 볼 때부터 알아보았다. 왜, 네 아비 욕질 하니 비윗장이 상하냐? 그러니 이년아, 있을 때 잘하지 왜 용심 을 부려 그 모양이야."

"뭐요?"

"이년아, 내 보아하니 네년의 용심 때문에 네 아비가 널 버린 것이다."

"지금 무슨 소리하는 거예요?"

"내 모를 것 같으냐? 이년아, 척하면 삼천리다."

고토코는 얼어붙었다. 분명히 이 노파는 자신의 심중을 칼날 처럼 정확하게 읽고 있다는 생각이 들었다. 아버지와 어머니에 게 가졌던 막연한 반감. 그 반감 때문에 아버지가 떠났다, 그 말 이었다.

"이 집에서 내 밥을 처먹으려면 일절 없다. 내 말을 들어야 해. 새벽에 일어나 도량을 쓸고……."

그 외중에도 고토코는 픽 웃음이 나왔다. 도량? 마당이라고 는 콧구멍만 한데 여기가 무슨 절인가. 도량이라고 하게.

"요강을 붓고, 밥을 짓고, 밭을 매야 한다. 밭일이 없는 날은 나무를 해 날라야 한다. 알겠느냐?"

고토코가 대답을 않고 서 있자 노파가 눈을 부라렸다.

"왜 대답이 없어?"

"그럼 할머니는 뭐하고요?"

"뭐? 야 이년아, 내가 뭘 하든 그게 네년에게 무슨 대수냐? 참으로 고약한 년일세."

그날부터 고토코는 죽어라고 일만 했다. 새벽에 일어나 노 파의 말대로 도량 쓸고, 밥 짓고, 밭 매고, 나무를 해 날랐다. 그 사이에 노파는 희희낙락이었다. 알고 보았더니 천하에 둘도 없 는 주정뱅이요, 근본 없는 소리쟁이에다 돌팔이 사주쟁이였다. 고기를 구워 먹어도 혼자 먹었다. 더럽게 인정머리 없는 노인 네였다.

궁합을 보러 오는 사람들이 더러 있었다. 고토코는 이해가 되지 않았다. 노파를 아무리 뜯어봐도 궁합을 볼 상이 아닌데 마을 지서장이 인정할 정도로 궁합을 보아내니 기가 막힐 일이 었다.

노파는 손님이 없으면 고토코에게 가야금을 타보라고 했다.

노래 부르듯 욕이나 실컷 해버리고 싶은데 겁이 나 말조차 나오지 않았다. 그럼 노파 스스로 가야금을 퉁기며 소리를 해댔다. 비쩍 마른 목에서 갈퀴 같은 소리가 흘러나왔다. 조선 늙은이라는 것은 알고 있었지만 그녀의 입에서 귀에 척척 감기는 소리가락이 구성지게 흘러나오는 것이 신통하다 싶었다.

……아홉 골짜기 청학이 난초를 물고 나니 우리 서방님, 오살할 잡것의 가는 허리 후리쳐 담쑥 안고 논다. 기지개 아드득 떨며 귓밥도 쪽쪽 빨고, 주홍 같은 혀를 물고……. 엎어지고 자빠지고……. 여기가 어드메냐? 구산(舊山) 너머 신산(新山)이냐? 신산 너머 구산이냐…….

그때마다 참 이상하다는 생각이 들었다. 그의 목소리에 형용할 수 없는 한스러움이 묻어나는 것 같았다. 가야금 가락에서 비가 오고, 바람이 분다. 군마가 내달리기도 하고, 오입쟁이가 계집을 걸타 앉고 길길거리기도 하고, 조조가 도망가며 살려달라고 애원하기도 한다.

어느 날 고토코는 자신도 모르게 그만 손뼉을 치고 말았다. 노파가 벌떡 일어나더니, "이런 새빠질년 보소." 하며 발길질을 해댔다. 고토코는 평상에서 굴러 떨어지고 말았다. 너무 어이가 없어 노파를 새하얗게 노려보았더니 내지르는 말이 이랬다.

"이것이 노래를 부르라고 할 때는 부르지 않더니 신명 올리고 자빠졌네이! 헛심 쓸 거 있으면 밭이나 부지런히 맬 것이지 한참 심을 써 올려붙이는데 지랄이여, 지랄이.”

그러니까 그만한 재주에 웬 호들갑이냐, 그 말 같았다. 아무래도 예사스럽지 않아 그때부터 줄곧 살펴보았더니 사람들이 사주나 궁합을 보려오면 건성 건성인데 그때마다 퉁기는 가야금 가락이 기가 막혔다. 그래 사람들이 묻고는 하였다.

“아니, 궁합은 보지 않고 왜 가야금이나 퉁긴데요? 누가 듣고 싶어 한다고.”

“아이고, 이 미욱한 중생아. 너희들, 살(煞)이라고 하니 기가 막히지? 이 시상에 살 없는 사람이 어디 있냐. 있으면 데려와 봐.”

“아니 할머니, 살이 있으면 안 좋잖아요.”

“그래. 안 좋지.”

“네?”

사내가 같이 온 여자의 눈치를 보며 되물었다.

“그럼 네놈과 나가 무슨 관계일 거 같으냐?”

사내에게 노파가 물었다.

“무슨 관계요? 좋은 인연으로 이루어진 관계지요.”

좋은 게 좋지 않느냐는 듯 사내가 말하고 웃음을 흘렸다.

“그렇지?”

“그럼요.”

노파가 손을 내저었다.

"아니여. 어디 좋은 인연만 인연이간데."

"그럼요?"

"나쁜 인연도 인연이제."

그리고 보니 그렇겠다 싶었다.

"그런데요, 할머니."

"응?"

"그러니까 무슨 말인지 알겠는데요. 그 가야금과 궁합이 무슨 관계가 있냐고요."

"있지. 본시 음에는 살을 녹이는 힘이 있거든."

"에이, 설마요."

"설마? 두 사람 혼인한다고 했지?"

"네."

"궁합이 좋지 않아. 네놈은 공방살이 들었고 네년은 도화살이 끼었어. 그러니 어떻겠냐. 뻔하지. 계집년은 도화살에다 역마살까지 끼어 밖으로 나돌고, 남자 놈은 공방살이 끼어 빈 집 안을 지키고 있으니 이거 거꾸로 된 거 아니여. 그러니 어떻게 살겠냐고."

"그럼 궁합이 맞지 않다, 그 말이잖아요."

"그렇지. 그런데 궁합이 맞지 않다고 둘이 안 살 것이여?"

노파의 물음에 남자가 고개를 내저었다.

"그까짓 궁합이 뭐라고. 사실 나 이런 거 믿지 않아요."

"그럼 여긴 왜 왔어?"

"그냥요. 자꾸 가보자고 해서. 저번에 우리 어매가 점을 치러 갔는데 도둑을 조심해야 한다고 하더라고요. 그래 굿을 하라고. 큰돈 들여서 굿을 했는데 넨장. 굿 마치고 집에 가니까 도둑이 들었더라고요. 얼마나 웃겨요. 집에는 도둑이 들었는데 굿을 하고 있었으니. 그 점쟁이 찾아가니까 기가 막혀서……. 돈 내놓으라니까 점쟁이가 뭐라 했는지 알아요? 굿이라도 안 했으면 그 도둑에게 칼 맞아 죽었을 거라고 하더군요. 이게 말이 돼요? 당장 도둑맞을 것도 모르면서. 지금도 그렇잖아요. 우리 둘이 사랑하면 안 된다고요? 우리는 사랑하고 있으니까 그 사랑의 힘으로 이겨내고 결혼하면 된다고요."

노파가 가만히 듣고 있다가 고개를 주억거렸다. 그리고는 물었다.

"그러니까 궁합이 맞지 않아도 이겨낸다?"

"어떡하던 이겨내야지요."

"맞아. 이겨내야지. 그럼 어떻게 이겨낼 것이여?"

"뭐, 별 수 있어요. 운명아 비켜라, 해야지요."

"너의 궁합을 보아하니 백호대살이 붙었어. 길을 가다가 호랑이한테 물려 죽을 수 있다, 이 말이여."

"뭐요? 그 많던 호랑이 다 잡아 죽인 지가 언젠데. 지금 세상에 호랑이가 어디 있다고……."

당차게 말할 때와는 달리 남자가 새하얗게 질려서는 펄쩍 뛰었다.

"백호대살. 이 살이 들면 소달구지에 받혀 죽을 수도 있고 강도에게 뒤통수 얻어맞아 피를 토하고 죽을 수도 있는데, 그럼 어쩔 것이여?"

사내가 그제야 입을 딱 벌리고 할 말을 잃었다.

"그래서 내가 자비심을 베풀어 너희 둘을 합쳐주려고 가야금을 곁에 두고 있다, 이 말이여. 이제 알겠는가?"

사내가 고개를 갸웃했다.

"아직도 모르겠냐? 그럼 어떡해야 하까? 도화살이 끼고 역마살이 끼고 거기다 백호대살이 낀 너희들을 어떡해야 하까?"

"네?"

"너희들 팔자를 바꿔줄려면 어떡해야 되것냐고?"

"무슨 말씀이신지……."

사내는 어느새 얌전해져 있었다.

"팔자는 바로 마음인 거여. 그래서 마음먹기에 따라 팔자가 바뀐다, 그 말이여. 오늘 대판(오사카) 가야 되것다, 하고 대판으로 간 것은 마음을 그리 먹었기 때문이여. 그것이 운명이다, 그 말이여. 그래서 궁합에는 중화라는 것이 있는 벱이여. 중화가 뭐여. 다른 팔자끼리 모여 하나가 되는 것이 중화여. 쉽게 말해 서로 마음을 맞추는 것이제. 무슨 말이냐 하면 운명을 맞춘다, 그 말이여. 더 쉽게 말해 네놈에게는 고독수가 들었어. 그런데 저년에게는 그 고독수를 다스릴 귀(貴)가 들었어. 그럼 둘이 만나 살면 어찌 되것어. 고독수가 오면 귀가 달래니 중화가 되는 것이여. 그럼 네놈의 더러운 사주를 중화시키려면 어떡해야 되것어? 네놈의 고독수를 저년에게 전해야 되지 않것냐? 그래서 네놈 마음을 저 여편네에게 전해주겠다, 그 말이여."

"어떻게요?"

"음으로 말이여."

그제야 말귀를 알아들은 남자가 활짝 웃었다. 그래도 곁에 앉은 여자는 의심이 가시지 않은 모양이었다. 의외로 의심이 많은 여자였다.

"에이, 할머니, 그게 말이 되요? 그리고 할머니, 무슨 말을 그렇게 어렵게 한데요. 그러니까 고토 가락으로 공방살이나 도화살을 녹여주겠다, 그렇게 말하면 될 것을. 부적처럼 말이에요. 그게 살풀이 아닌가요? 그럼 무당과 뭐가 달라요?"

노파가 눈을 새하얗게 흘겼다.

"야 이년아, 내가 네년한테 무당처럼 금을 내놔라 하디 은을 내놔라 하디!"

"그건 아니지만, 그래도 그래요. 할머니가 살을 어떻게 고토로 녹이냐구요. 고토로 살풀이한다는 말은 처음 들어보네."

"야 이년아, 네 눈에는 이거이 고토로 보이지?"

"그럼 아니에요? 그러고 보니 좀 다르기는 하네. 뭐에요, 이거?"

"이년아, 뭣이믄? 네년은 말이 많아서 그나마 있는 공적도 다 까먹겠다. 그래서 이년아, 시집에서 소박맞을지도 몰러. 그게 백호살이지, 꼭 백호랑이한테 물려가야 백호살이 간다? 처자가 시집에서 쫓겨나는 것도 죽상(死相)이지."

"그러니까 그것으로 내 공방살을 어루만져주겠다, 그 말씀인가요?"

듣고 보니 일리가 있다고 생각한 사내가 곰곰이 생각하다가 끼어들었다.

"이놈아, 네놈을 어루만지는 것이 아니라 공방의 서러운 네놈 마음을 저년에게 전해주겠다, 그 말이다. 다시는 네놈 혼자 두고 밖으로 나돌지 않게. 그러니 약들 한 첩씩 먹는다고 생각혀. 그래야 서로 마음 맞춰 살 게 아니여."

"좋아요. 그럼 어디 우리들의 마음을 다스려보세요."

여자가 약이 올라 대들듯 말했다. 노파는 아랑곳하지 않았다.

"이놈들아, 바로 이것이 너희들의 운명을 다스리는 음이다."

그렇게 말하고 노파는 가야금을 끌어당겼다.

말이 되지 않는 짓거리 같은데 그게 아니었다. 그녀의 탄금 소리는 탄금 소리가 아니었다. 듣고 있으면 알 수도 없는 사연 속으로 자신도 모르게 들어섰다. 웃음이 있고, 눈물이 있고, 노여움이 있고, 즐거움이 있었다. 신기했다.

고토코는 가야금을 놓지 않던 아버지가 떠올랐다. 현 위를 노니는 노파의 손길이 그날의 아버지 손길 같았다. 현을 갖고 노는 손이 사람의 손 같지 않았다. 계속 탄금 소리를 듣고 있으면 신선이 선계에서 노니는 듯했다. 악인이 물러가고 선인이 천상에서 노래를 부르며 내려오는 것 같았다. 얼었던 냇가의 얼음이 녹고 아지랑이가 피어올랐다. 서러운 마음이 따뜻해지고 일던 증오가 가라앉았다.

탄금을 듣는 사람들은 설마 하다가 잠시 후면 울다가 웃다가 자지러졌다. 돌아갈 때쯤이면 사나운 여자는 다소곳해져 있고 으름장을 놓던 사내는 잘 길들여진 망아지 같았다. 저 상태가 얼마나 갈까 싶지만, 그렇다고 헤어졌다며 찾아오지 않는 걸 보면 참으로 이상한 일이었다. 그럴 때마다 에이, 설마 싶지만 아버지가 가야금의 신이 된 것도 바로 그 때문이라고 생각하면 정신이 번쩍 들었다. 그러면 고토코는 자신도 모르게 눈길이 손으로 갔다.

조막손. 정말 태어날 때부터 이런 모습이었을까? 성한 손으로도 제대로 낼 수 없는 소리를 이 손으로 이루어내라고? 그 어이없음에 눈물이 쏟아지다가도 '지난한 고통을 견디면 어쩌면……' 하는 생각이 들었다.

때로 노파가 없을 때 살며시 가야금을 당겨 한 번씩 퉁겨 보곤 하였다. 이제는 굳은살도 빠져버린 뭉그러진 손가락의 살들이 현에 얽혀 피가 번졌다.

어느 날 피가 번진 현을 보고 노파가 화를 냈다.

"네 이년. 가야금 현에 왜 피가 묻었냐?"

"모르겠소."

고토코는 덜컥 가슴이 내려앉았지만 시침을 뗐다.

"이년. 나 모르게 가얏고에 손댄다는 걸 내 모를 줄 아느냐?"

"흥, 그깟 가얏고가 뭐라고."

고토코는 걸레질을 하며 아무렇지도 않게 내뱉었다.

"너 이년 방금 뭐랬냐?"

노파가 눈을 뒤집고 달려들었다.

"정말 왜 이러신대요. 그래요, 만져봤어요. 뭐 잘못됐어요? 정말 피라도 내어 발라버릴까 보다."

"무엇이?"

"우리 아버지 가야금을 보니 시뻘겁디다. 엄마가 그러는데 사람 피를 발라 그렇다고."

"정말 네년 어미가 그렇게 말했단 말이여?"

"그래요. 그래서 그렇게 탱탱하다고."

그랬다. 아버지의 가야금 줄은 그래서 붉고 그래서 귀기가 서려 있는 것 같았다. 어머니는 분명히 말했다. 가야금의 현이 혈기를 먹어 귀기스럽다고.

"이년, 네 아비의 큰 뜻을 그런 식으로 호도하다니……."

뜻밖의 말에 고토코는 눈을 크게 떴다. 똑바로 노려보는 노파의 눈에 핏기가 어렸다. 이내 그 눈에 눈물이 돌았다.

"내가 뭘 호도해요?"

고토코는 이 할미가 왜 이러나 생각하면서 소리쳤다.

"이년, 어린 네년의 손마디를 그 양반이 끊어낼 때 세상이 모두 숨을 죽였다. 그게 다 뜻한 바가 있어서인데, 이제 보니 네년 사람도 아니구나."

"방금 뭐라고 했소?"

"뭐?"

"아버지가 내 어린 손마디를 끊어내요?"

노파가 놀라 입을 벌리고 뒤로 물러났다.

"그게 무슨 말이오?"

"아, 아니 모른단 말이냐?"

"모르다니요?"

"아니 정녕 모르고 있는 게 아닌가."

노인네가 새파랗게 질려 중얼거렸다.

"뭘 말이오?"

노파가 털버덕 그 자리에 주저앉았다.

"아이고, 내가 미쳤구나."

고토코는 멀거니 노파를 내려다보았다. 이 할미가 갑자기 왜 이러나 싶었다. 뭐? 내 손가락을 아버지가 잘라냈다고? 왜?

왜 내가 조막손이냐고 물었을 때 아버지는 삼신할미가 가야 금을 잘 타라고 그렇게 태어나게 했다고 하지 않았던가. 그 손 가락을 아버지가 잘라냈다. 왜?

고토코는 주저앉은 노파 앞으로 다가갔다.

"무슨 말이오. 좀 알아듣게 해보시오."

"에이, 몰러!"

노파가 일어나더니 그대로 휘적휘적 걸어 문밖으로 나가버렸다.

6

아궁이에 불을 넣으며 고토코는 자신의 조막손을 멀거니 내려다보았다. 불이 그녀의 얼굴에서 너울너울 춤을 추었다. 아버지가 잘라내었다고? 본래부터 조막손이 아니라 아버지가 잘라내었다고? 왜? 분명히 할멈이 그렇게 말하지 않았는가.

할멈이 무엇인가 알고 있다는 생각이 들었다. 왜 잘랐을까. 뛰어가다 엎어져 손을 다치면 호호 불어주던 어머니 아버지였다. 정작은 그렇게 눈물짓던 사람들이 무슨 억하심정으로 섬섬옥수에 칼을 들이대었단 말인가. 도저히 참을 수가 없어 고토코는 노파가 있는 방으로 들어갔다.

"말해보시오. 어떻게 내 아버지가 이 손가락을 잘라내었는지."

고토코가 눈을 새파랗게 치뜨고 달려들자 노파가 천천히 일어나면서 벽에 세워놓은 가야금을 건드렸다. 가야금이 자빠지면서 비명소리를 냈다. 노파가 그것을 고토코 앞으로 밀었다.

"그럼 먼저 한 곡 타보아라. 네 아비에게 배웠다는 걸 알고 있다."

고토코가 하라면 못할 줄 아느냐는 듯이 가야금을 끌어당겨 현을 뜯기 시작했다. 노파가 기가 막혀 웃었다.

"네년이 타카시의 딸이라고 해서 어딘가 다를 줄 알았더니, 그게 무슨 곡이냐?"

"아버지가 내게 처음으로 가르쳐준 사랑타령이요."

고토코가 시치미를 딱 떼고 대답했다.

"사랑 좋아하네. 사랑이 아니라 어이가 없어 눈물이 나오려고 그런다."

고토코는 가야금을 확 밀어버렸다. 그러자 노파가 눈을 치떴다.

"이년, 가야금 열두 줄이 내는 소리가 다 다르다는 건 세 살 먹은 아이도 알고 있다."

"나도 그 정도는 알아요."

노파가 가야금을 당겨 현을 뜯었다.

티잉…….

탄금 소리가 긴 여운을 끌며 자지러졌다.

"어떻게 들리느냐?"

"뭔 소리요?"

"어찌 들리느냔 말이다."

"퉁, 하고 들리네요."

고토코가 어이가 없어 피식 웃다가 대답했다. 노파가 눈을 치떴다.

"썩을 년. 야 이년아, 나는 티잉, 하고 퉁겼다. 그런데 뭐? 퉁, 하고 들었다고?"

"그렇게 들렸으니까 그런 거 아니요."

"이년아, 나는 티잉, 하고 들리기를 바라며 퉁겼는데 어떻게 퉁, 하고 들었단 말이냐."

"그렇게 들리니까 그렇잖소."

"이런 얼어 죽을 년이 뭐랴? 이년 이거 멍충이 아녀? 야 이년아, 궁합이 뭐냐? 합이 맞다는 말 아니냐. 내가 너에게 내 마음을 알아달라고 팅, 하고 퉁겼다. 그런데 뭐? 퉁, 하고 들었다고? 그렇담 내가 어떡해야 하것냐? 어떻게 내 마음을 네년에게 정확하게 전해주어야 하것냐고?"

"그걸 내가 어떻게 알아요!"

고토코가 어이없다는 표정을 지으며 되쏘자 노파가 눈을 더 크게 떴다.

"왜 몰라?"

"그럼 정확하게 티잉, 하고 퉁기면 될 거 아니요."

"이년, 너 말 한번 잘했다. 그렇게 말 잘하는 년이 그 따위냐?"

"뭐가요?"

"뭐가요? 햐, 요년 요거. 야 이년아, 네 곡을 들어보니 그게 사랑타령이냐? 너는 당신을 사랑한다고 지랄을 하는디 내게는 나를 미워한다고 지랄하는 거 같으니 그게 무슨 조화냐, 그 말이다. 그럼 내가 티잉, 하고 퉁겼는데 네년이 퉁, 하고 들었다는 것과 무엇이 다르냐, 그 말이다."

그제야 고토코는 노파의 속을 알 것 같아 웃음이 나왔다.

"이제야 뭘 좀 알 거 같네요!"

고토코가 조소하듯 느물거리자 노파가 눈을 새하얗게 흘겼다.

"네년이 뭘 알아?"

"바로 그것이 궁합이라는 말이잖아요."

노파가 어이가 없는지 허, 하고 웃었다.

"이년, 대가리가 둔해도 너같이 둔한 년을 처음 본다."

"그렇기에 정확한 전달이 필요하다, 그 말 아니요?"

"뭐라? 이 잡년. 뒤늦게 입주댕이가 살았구나. 그런디 으떡하까? 네년의 심사를 정확하게 내보일 줄을 모르니 말이여."

"척하면 삼천리라면서요."

"이리 오너라. 이년, 보아하니 네년은 12현금이 아니라 일현금부터 시작혀야것다."

일현금?

"현 하나라도 제대로 퉁기는지 한번 보자."

그러면서 노파가 고토코의 팔을 잡아끌었다.

"도대체 왜 이러시오?"

"따라오기나 혀. 이해만큼 더러운 것이 없다는 걸 내 가르쳐 줄 텐게."

"무슨 소리요?"

"뭘 자꾸 이해하려고 용쓰지 말란 말이다."

"내가 뭘 용쓴다고 그래요?"

앞서 가던 노파가 뒤돌아보며 눈을 흘겼다.

"이년아, 네년 모습을 봐라."

"도대체 무슨 말을 하는 거요?"

"네년은 앉으나 서나 어떡하든 모든 것을 이해하려고만 한
다, 그 말이다."

"내가 뭘 이해하려고만 한다고 그러시오?"

"이런 새빠질 년. 네년이 사랑타령을 탄금하려면 최소한도
가얏꼬가 내는 소리를 정확하게 알고 있어야 한다, 그 말이다."

"그 정도도 모를까 봐."

"요런 우라질 년. 그럼 어디 읊어 봐라."

"그야 〈청, 흥, 둥〉 〈당, 동, 징, 당, 지〉 〈찡, 칭, 쫑, 쩨〉 아니
요."

그 정도는 안다는 듯 고토코가 소리쳤다.

"그럼 그보다 높은 음을 내봐라."

"〈땅, 똥, 쫑, 쨍〉 아니요."

노파는 몸을 돌려 서슬차게 걸어 나갔다. 개울을 건너고 산
기슭을 올라챘다. 고토코가 이 늙은이가 어딜 가는가 하는데
노파의 음성이 이어졌다.

"씨부랄년, 말이나 못하면······. 이년아, 알려면 제대로 알아
야 되는 거여."

그 와중에도 피식 웃음이 나왔다. 노파가 쯧쯧, 혀를 차대다

가 다시 한마디 했다.

"될성부른 나무 떡잎부터 알아본다고……. 무엇이 되려는지, 저것이 잘 나가다가 꼭 옆으로 샌단 말이여. 좋오타. 그럼 네년의 입주댕이에서 터져 나온 소리가 정확히 나는지 한번 보자."

노파가 더 쌩하게 팔을 내저으며 나아갔다.

"도대체 어디를 가오?"

"따라오면 알 거 아니여."

산 중턱을 힘들게 올라채자 평평한 초원이 나오고 난데없이 사정(射亭)이 하나 나타났다. 겹처마 팔작지붕 위로 서서히 어두운 기운이 내려서고 있었다.

"여긴 활 쏘는 곳 아니오?"

고토코가 따라 붙으며 물었다.

"그려, 사정이다."

"왜, 활 쏠 일이 있소?"

"이년이 아직도 감이 잡히지 않는 모양이네."

"감? 무슨 감요?"

노파가 대답도 없이 낡은 사정의 문을 열었다. 오랫동안 비워놓은 사정은 금세 허물어질 것 같았다. 오래된 초석이 새까맣게 썩어 울멍울멍 제멋대로 앉아 있었다.

"왜 남의 사정을 제집처럼 들어가오?"

"잔말 말고 들어와."

사정 안으로 들어서자 활과 살이 담긴 전동이 여기저기 걸려 있었다. 그 아래 보니 등채, 장전과 편전, 통아 등이 널려 있었다. 노파가 걸린 활 중에서 하나를 내리고 전동 하나를 내렸다. 익숙한 솜씨였다.

노파는 활을 쏘기 위한 부속구를 챙겼다. 동개와 시복, 손가락에 끼는 깍지 등이었다. 노파는 활집에 활과 등채를, 시복에 장전과 편전, 통아를 넣었다. 동개는 왼쪽 허리 아래쪽에, 시복은 등의 왼쪽에 차 화살 깃이 오른쪽 어깨로 나오도록 패용했는데 고토코가 보니 가관이었다. 키가 작은 데다 허리까지 굽어서 그 모습이 기괴했다. 거기에다 엄지에 깍지까지 꼈다. 깍지는 시위를 당길 때 손가락 대신 시위를 당기는 도구다. 각궁은 탄력이 매우 강해 맨손으로 시위를 계속 당기고 있을 수가 없다. 손가락에 심한 부상을 입기 때문이다.

그렇게 차리고 살자리로 나서는 노파를 보고 있다가 고토코는 문득 이곳으로 올 때 서와 씨가 했던 말을 떠올렸다. 일현금? 그 말을 생각하며 멀리 과녁을 바라보았다. 아스라했다.

"달려가 피후(과녁을 싼 가죽포)를 벗겨라."

노파가 돌아보며 소리쳤다.

피후를 벗기고 돌아오자 노파는 내리 몇 시를 쏘고는 고토코에게 활을 내주었다.

"쏘아 봐라."

"안 쏘아 봤는데요."

아버지와 산에 살 때 활을 배웠으면서도 속을 숨기고 그렇게 말했다.

"그래도 쏘아 봐, 이년아."

고토코는 살자리로 나서서 살을 시위에 걸어서는 대충 쏘았다. 살이 함부로 날았다. 일 시, 이 시, 삼 시……. 그렇게 몇 시를 쏘았다. 노파가 혀를 찼다.

"뭔 장난질인지. 이것아, 지금 뭣하고 있는 것이냐?"

고토코는 멀거니 노파를 돌아보았다.

"안 쏘아 봤다고 했잖아요."

"그래도 그렇지. 저 과녁이 보이기는 하는 거냐?"

"보여요."

"그럼 활을 더 들어올려. 오른손을 이마와 일직선이 되게 허고. 활고자는 과녁판의 가운뎃점과 수평으로 놓아."

"무거워요."

"이것아, 어떻게 활 하나를 못 들어 올려 낑낑 댄단 말이냐."

노파는 어이없다는 듯 혀를 찼다.

활 하나를 들어 올릴 힘이 없을까. 문제는 왜 활을 쏘아야 하는지 그것도 모르고 시위를 당겨야 한다는 데 있었다.

첫날은 그렇게 실랑이나 하다가 정자를 내려왔다. 다음 날 아침에 일어나자 노파가 이상한 말을 했다.

"오늘은 손님 받지 마라."

왜 갑자기 손님을 받지 말라고 하는지 이상하다고 생각했는데 조반을 먹기가 무섭게 노파가 어제처럼 사정으로 올라가자고 했다. "사정엔 또 왜요?" 하고 물었는데 노파는 말이 없었다. 사정에 올라 활을 다시 쏘는데 고토코는 팔이 빠지는 것 같았다.

이상하게 노파는 다음 날도 손님을 받지 않았다. 그다음 날도. 매일 사정에 올라 활 쏘는 법만 가르쳤다. 왜 활 쏘는 법만 가르치느냐고 물어도 도대체 대답이 없었다. 고토코는 활을 쏘다가 돌아와 밥을 하고 청소를 하고 요강을 비웠다.

시위를 마음대로 당길 수 있을 정도로 실력을 붙이는 데 몇 달이 걸렸다. 이제는 활을 들고 있어도 힘든 줄을 몰랐다. 이 정도면 끝났겠지, 했는데 아니었다. 노파는 활을 들고 살자리로 나서면 갖추어야 할 자세를 그제야 가르쳤다. 활을 들고 시위를 당기려고 할 때 가슴을 열고 손등과 활등의 힘이 전일하게 뻗어나가게 했다.

"야이, 시부랄년아. 활 잡은 손목으로부터 어깨까지 평평하게 시위를 당겨야 한다고 생각하며 전신의 힘을 모아야지, 그게 뭐여. 그래 가지고 바탕 가늠질이 되것어?"

노파의 말대로 자세를 취하다 보면 이상했다. 언젠가부터 멀리 있는 과녁이 둥근 해만큼 보이기 시작했다. 활을 쏘면 백발백중이었다.

그제야 알 것 같았다. 활은 힘이나 기로 쏘는 게 아니라는 것을. 그 경지를 넘어서야 심사(心射)를 할 수 있다는 것을. 움직이는 추를 정신을 집중시켜 응시하고 있노라면 어느 순간 한 점이 고정되어 보였다. 그것은 콩 한 톨을 매달아놓고 그것을 웅시하다 보면 그 콩이 둥근 해만큼 크게 보이는 것과 같은 이치였다. 기를 터득하기보다는 과녁과 하나가 되었을 때 비로소 시위를 당길 수 있다는 사실을 고토코는 알 수 있었다.

때로 볼 수 있었다. 자신을 가르치던 아버지. 그때 아버지가 가르치고 싶었던 세계가 바로 이것이었다는 것을.

바람이 불어와 노파의 머리카락을 흔들면 보였다. 흔들리는 앞 머리카락 사이로 혼을 빼앗긴 아버지의 범치 못할 얼굴이. 그럴 때마다 형용할 수 없는 환희가 가슴 가득 물결쳐 들어왔다.

그래서인지 정신을 집중시키고 전신의 힘을 모아 과녁을 향해 활시위를 당기는 것이 즐거웠다. 깍지 낀 손꾸미의 힘을 잊고, 깍지손회목의 힘을 잊고, 등의 힘을 잊고, 바닥끝의 힘을 잊고, 덜미의 힘을 잊고, 범아귀의 힘을 잊고, 심지의 힘을 잊고 턱 끝을 들어 올려 볼개름을 바라보았다. 그러면 노파가 고함쳤다.

"이년아, 활채는 달걀을 잡듯이 해야 할 거 아녀! 줌손은 태산을 밀듯이 하고! 깍짓손은 호랑이 꼬리를 잡는 듯이 하고!"

좀 더 나이를 먹자 젖이 솟아올랐다. 젖이 커지자 활시위를 당기기가 쉽지 않았다. 오른쪽 젖에 시위가 걸리기 일쑤였다. 살을 쥐고 당기는 손에 오른쪽 젖무덤이 걸렸다. 노파는 단단하게 고토코의 젖을 조였다. 그래도 안 되자 눈을 시퍼렇게 뜨고 악귀처럼 소곤거렸다.

"안 되겠다. 베어내야지."

무슨 말인지 알 수가 없었다.

그러던 어느 날이었다. 눈을 떠보니 상기둥에 묶여 있었다. 저고리가 벗겨졌고 봉곳하게 솟아오른 두 젖이 드러나 있었다. 앞에 서 있는 노파를 보다가 고토고는 경악하고 말았다. 노파는 한 손으로 지팡이를 짚고 다른 한 손에는 칼을 들고 있었다.

"왜, 왜 이래요?"

늙은이가 다가서서 흰 가루를 콧속으로 밀어 넣었다.

"글쎄 왜 이러냐니까요?"

"가만있어, 이년아."

갑자기 정신이 아뜩했다.

정신을 차렸을 땐 오른쪽 젖이 없었다. 그곳에 약초가 덮였고 자신은 피바닥 위에 누워 있었다. 그때 늙은이가 옹기에 물을 담아 들고 들어왔다.

"이제 정신이 들었구나."

"뭔 일이요?"

"뭔 일은……. 네년 오른쪽 젖을 잘라냈다."

어이가 없었다. 그러니까 시위를 당길 때 오른쪽 팔에 젖무덤이 걸리므로 잘라냈다는 말이었다. 눈물이 쏟아졌다. 이가 부드득 갈렸다. 그대로 일어나 할미를 덮쳤다. 닥치는 대로 물어뜯고 할퀴었다.

"이 망할 놈의 할마씨. 죽어라, 죽어!"

잘린 젖에서 피가 콸콸 쏟아졌다. 늙은이의 팔을 물어뜯다가 고토코는 그대로 정신을 놓아버렸다.

7

살이 날아가 과녁의 중앙에 꽂히는 소리를 문득 들은 것은
어제였다. 도저히 살이 꽂히는 소리를 들을 수 없는 거리였다.
귀가 밝아진 것이 아니었다. 그 소리를 느낌으로 듣고 있었다.

상처가 아물고 활을 다시 든 지 다섯 달. 오른쪽 젖이 없어
확실히 시위 당김이 수월했다. 상처가 아물고 나서도 한동안은
노파의 얼굴을 쳐다보지 않았었다. 인간이 모질어도 어찌 그리
모질 수 있고, 미쳐도 어찌 그렇게 미칠 수가 있을까 싶었다. 활
이 뭐라고……. 궁합이 뭐라고…….

그러다 비명소리를 들었다. 달빛이 이삭한 밤이었다. 산짐
승이 몰려와 늙은이를 덮친 것이다. 비명소리에 놀라 달려갔을
땐 이미 곰이 노파의 팔 한 쪽을 물고 있었다. 자신도 모르게
활자리로 뛰었다. 대궁을 내리고 살을 걸었다. 딱 한 발에 곰의
정수리가 터져나갔다. 다음 날 곰고기가 식탁에 올라왔다. 둘
이서 말없이 곰고기를 씹었다.

다시 활을 잡았다. 살이 날았지만 그 소리가 정확하지 않았
다. 그 소리를 느낌으로 감지할 수 있었다. 팅, 펑, 피웅, 퍽…….
쏠 때마다 그 소리가 일정하지 않았다. 노인네가 지팡이에 몸
을 의지하고 있다가 소리쳤다.

"썩을 년아. 곰 새끼를 죽일 때 깨닫지 못했느냐? 집중이다, 집중. 그것이 답이다!"

그 후로도 소리는 정확하지 않았다. 어쩌다 과녁에 정확하게 명중하면 그 소리가 달랐다. 정확하게 그 음을 표현할 수는 없으나 소리만 들어도 '아, 이 살은 명중이다.' 하는 확신이 들었다. 그럼 명중이었다. 이해가 아니었다. 분명 느낌이었다. 그 느낌이 정확해져 갔다. 시위를 떠나는 살의 소리. 그 소리가 정확하게 들렸다.

어느 날 노파에게 그 말을 했다. 그제야 노파가 웃었다.

"썩을 년, 제법일세. 그 소리가 들린다고?"

"그려요."

"바로 그 소리여."

노파가 갑자기 환희에 찬 음성으로 소리쳤다.

"뭐가요?"

고토코는 영문도 모르고 물었다.

"그래서 널 사정으로 데려간 것이여."

"네?"

"그 한 소리를 얻기 위해."

"뭔 말이요?"

비로소 노파가 자신의 가야금을 고토코 앞으로 밀어놓았다.

"자, 이제 현을 튕겨 봐라. 활시위를 당기듯이 말이다."

예전에 아버지가 가르쳐준 사랑타령. 신기했다. 비로소 예전에 탄금하던 음이 매우 정확하지 않았다는 생각이 들었다. 팅, 탕, 짱, 그렇게 탄금해야 할 음들을 딩이잉, 다당동, 자앙장, 뭐 그런 식으로 겨우 흉내나 내었다는 생각이었다. 전에는 그 음을 이해하려고 노력했던 것 같은데 이제는 아니었다. 무위(無爲)였다. 저절로였다.

그제야 노파가 가락에 맞춰 덩실덩실 춤을 추었다.

"어허, 이제야 음이 제대로 들리네, 그려."

비로소 노파가 자신을 사정으로 왜 데려갔는지 알 것 같았다. 소통이라는 생각이 들었다. 정확하게 그 음이 상대에게 전해지지 않는 이상 결코 궁합은 이루어지지 않는다는 생각이 그제야 들었다.

긴 생각에 잠겨 있던 고토코는 비어버린 아버지의 자리를 다시 떠올렸다. 한 줄기 달빛이 창호지를 타고 넘어와 그녀의 그림자를 흔들었다.

얼마나 시간이 지났을까. 첫닭 우는 소리가 꿈결처럼 들려왔다. 그녀는 여전히 방 한구석에 앉아 있었다. 어쩌면 이제 다시는 아버지를 보지 못할 것이었다.

7장

넋이라도 있고 없고

1

조선에서 일어난 일들을 보고받으며 어상은 기가 막혀 말이 나오지 않았다. 화가 치밀었다. 이것들이 정말 죽으려고 작정한 것이 아닌가.

조선 놈들. 정말 이 갈리는 놈들이었다. 그놈들만 생각하면 전신이 떨렸다. 즉위할 때까지만 해도 이 나라는 쇄국정책을 유지하고 있었다. 견고하게 보이던 막부 체제는 상업자본주의의 발전에 의해 혼란에 빠졌고, 외부적으로는 미국의 개국 요구에 직면해 있었다. 결국 막부는 견디지 못하고 정치권력을 조정에 넘겼다. 삼백여 년에 걸친 에도 막부 체제가 끝난 것이다. 실제적 중앙 통치권을 넘김으로써 막부의 우두머리들인 세이이다이쇼군들이 물러난 것이다. 천황은 이제 그저 상징적인 인물이 아니었다. 이 시대에 와 천황 중심의 중앙집권정치체제가 확립된 것이었다.

러일전쟁 이후 세계를 안기 위해 교두보 격인 대한제국의 필요성을 절실히 느꼈다. 조선은 대륙 진출의 교두보였다. 반드시 거쳐야 할 관문이었다. 그렇기에 윗 조상님네도 한반도 침략을 감행했다. 하지만 그때마다 만족스러운 결과를 얻지 못했다. 조선은 그런 나라였다. 늪 같은 나라였다. 발을 잘못 들여서 낭패를 본 나라가 한둘이 아니었다. 수나라와 당나라는 수차례에 걸쳐 조선을 침략했지만 그때마다 실패하였고, 결국 패망하고 말았다. 오죽하면 당태종 이세민은 조선 침략을 그만두라고 유언하고 죽었겠는가. 아비의 실패를 되풀이하면서 사직을 지키기란 어렵다는 유언을 남겼으니 말이다.

그 나라와의 합병을 꾀했다. 그 나라를 부속시키지 않고 세계화는 그저 희망일 뿐이었다. 수단과 방법을 가리지 않았지만 역시 질겼다. 듣던 대로였다. 조선이란 바다 건너의 나라는 자부심과 자신감으로 가득 차 있는 나라였다. 세계 최강으로 불리는 영국 배를 포격해 물리칠 정도였다. 그뿐만이 아니었다. 미국 배도 불태워 침몰시켰을 뿐만 아니라 프랑스 침공군에 맞서 끝까지 항쟁했다. 조선 사람들은 프랑스 침공군을 충분히 물리칠 수 있다고 믿었다.

어려운 길이었다. 먼 옛날 이 나라가 조선의 속국이 될 수밖에 없었다는 선조들의 피눈물을 비로소 이해할 수 있었다. 피흘리던 옷 선조들의 열망이 손에 잡히는 듯했다. 더욱이 넘보지 말라는 듯 '감히' 라는 말을 그들이 쓸 때면 가슴 속에 불덩이가 솟아올랐다.

무력으로 조선과 강화도 조약을 맺었다. 일본 사람은 조선 땅에서 죄를 지어도 조선 사람이 처벌할 수 없도록 했다. 조선 천지가 불평등 조약이라며 원성으로 들끓었다. 무력으로 그들의 입을 막았다. 조선 침략으로 나라의 경제가 윤택해지자 천황은 신과 같은 존재가 되었다.

그렇게 지켜낸 권력이었다. 막부가 물러갔어도 황실의 권위를 확립하기 위해 단 하루도 마음 편할 날이 없었다. 황후는 이제 좀 쉬라고 했다. 건강이 무너지면 무슨 소용이냐고 했다. 그럴 때마다 어쩐지 그녀에게서 뼈가 느껴졌다. 후궁 나루코에게서 요시히토 황자를 얻고 난 후부터 그녀의 말투가 그랬다. 세상사를 놓은 사람처럼 그랬다. 때로 그녀의 그런 행동거지에 이 여자가 날 조롱하고 있는 게 아닐까 싶어 비윗장이 상하기도 했지만 천성적으로는 어진 여자였다.

문제는 둘째 후궁 소노 사치코가 들어와 마사코 공주를 낳자 황후의 시기와 질투가 시작되었다. 첫째 나루코 후궁은 제가 낳은 자식을 후손이 없는 황후에게 봉정하듯 바쳤다. 그 바람에 아들 요시히토도 자신의 친어머니가 황후인 줄 알고 자랐다. 그러자 황후는 점점 요시히토가 자신의 자식인 양 착각하기 시작했고 그 사실을 요시히토가 알까 전전긍긍했다. 그 바람에 나루코는 기를 펴지 못했다.

거기다 요시히토가 온갖 병으로 빌빌거렸다. 아무리 봐도 천황감이 아니다 싶다. 그래서인지 사치코가 더 신경에 거슬렸다. 그녀의 눈길도 신경에 거슬렸다. 그녀의 눈이 말하고 있었다. 요시히토를 죽일 거라고. 그래야 제 딸이 천황이 될 것이라 생각하고 있었다. 여자라고 천황이 되지 말란 법이 어디 있는가. 제명 여제는 두 번이나 천황의 자리에 올랐다.

그런데 천황이 다시 후궁 보기를 희망하고 있었다. 그녀에게서 또 아들을 본다면…….

그런 생각이 들면 황후는 양아들 요시히토가 잘못될지 몰라 불안했다. 그녀는 내명부의 수장으로서 눈에 불을 켜고 후궁들을 다루었다. 어상이 특별히 눈길이라도 주는 여관이 있다면 어상 몰래 당장에 물고를 내었다. 그럴 때면 후궁들도 한마음이었다. 그렇게 어상이 새 여자를 취할 때마다 시기심이 일어 미칠 지경이었다. 그녀들이 미웠다. 황후는 때로 나루코가 후궁이나 여관들에게 투기를 부려도 말리지 않았다. 그녀가 하지 않으면 자신이라도 해야 할 판이기 때문이었다.

2

가을이 깊어지면서 때 아니게 비가 잦았다. 아침에 반짝 햇빛이 나는가 하면 비가 쏟아졌다. 타카시가 조선에 간 사이 서와 씨는 황거를 찾았다.

메이지 천황은 본시 어릴 때부터 몸이 약했다. 그가 천황으로 즉위할 때도 천황의 소임을 다해낼지 모르겠다는 말들이 없잖아 있었다. 그래서 부지런히 운동하고 육미를 섭취하며 몸을 강건하게 했다. 그러다 바쁜 업무에 시달리면서 건강관리를 소홀히 하는 바람에 다시 몸이 약해져 버렸다. 물론 나이 탓도 있었다.

대신들이 그에게 활쏘기가 좋다고 하니 그리 해보라고 권했다. 사범으로 누가 좋겠느냐고 했더니 대신들이 하나같이 이 나라 제일의 사정터를 소유하고 있는 서와 씨를 추천했다.

어느 날 조선에서 돌아온 타카시가 은밀하게 조선의 실정을 전했다.

"시아버지와 며느리의 싸움이 가관이 아니었는데……."

"나도 들어 알고 있네만, 무슨 일이……."

서와 씨가 시선을 들며 물었다.

"대원군, 화가 치밀만 하지요. 어떻게 오른 자립니까. 근 육십여 년간 조선을 병들게 했던 세도정치에 이골이 날 대로 난 마당인데……. 절치부심. 밑바닥을 기며 살아남아 얻어낸 자리 아닙니까. 아들을 왕위에 앉히고 세도정치를 무력화시켰지만 그 마음이 초심만 하겠습니까. 처음에야 백성들을 억압하던 서원을 철폐하고 왕실의 권위를 확립하기 위해 단 하루도 마음 편할 날이 없었겠지요."

서와 씨가 고개를 주억거렸다.

왕위에 앉힌 상감의 비로 민치록의 딸을 선택한 것도 그 때문이었다. 어려서 혼자가 되다시피 한 몰락한 양반 가문의 딸. 임금 위에서 권력을 휘두르겠다는 아비에게는 더없이 좋은 조건이었다.

그런데 그 계집아이를 며느리로 받아들였더니 중전이 된 후 간악하게 상감을 치마폭에 싸고돌았다. 비위가 상하지 않을 리 없었다. 그 와중에 중전이 용정을 낳았다. 낳고 보니 왕자였다. 하지만 쇄항증이었다. 선천적 기형으로, 항문이 막힌 것이다. 중전은 곧바로 항문을 칼로 찢어 수술을 해야 된다고 했지만 그는 어린 핏덩이에게 칼을 대는 것은 뭐하니 산삼을 먹여보자고 했다. 산삼을 보내 다려먹였으나 5일 만에 죽고 말았다. 중전이 눈을 치뜨지 않을 수 없었다.

그는 기가 차 말을 못하고, 아내는 눈물을 흘리며 남편을 말렸다.

"이제 놓으세요. 상감의 나이 벌써 몇입니까. 아직도 어린아이로 생각하며 섭정을 물리지 않으시니 이런 폐단이 생기는 것입니다."

"어허, 무슨 말을 하고 계신가."

"아버지의 섭정이 독단으로 흐르고 있다는 말이 나오고 있다는 걸 아시면서도 왜 그러세요."

"그래서 시아비가 보낸 산삼에 독이 들었다고 떠들어댄단 말인가."

"누가 그런다고 그러십니까."

"어허, 그 잘난 며느님에게 가 물어보시구랴. 제 손주를 독살한 시아비라고 아주 대놓고 떠들어댄다고 하지 않는가."

그럴 만도 했다. 사실이 아니라고 하더라도 며느리의 말을 무시하고 대통을 이을 왕자를 죽였으니. 시아버지가 증오스러울 수밖에 없었다. 그렇지 않아도 사사건건 부딪치던 암투는 그 끝이 보이지 않았다. 중전은 시아버지의 반대세력을 규합하는 한편 유약한 임금에게 아버지의 섭정을 중단하고 친정을 펼칠 것을 부추겼다.

임금의 나이 그때 22세였다. 드디어 임금은 아버지 대원군의 그늘에서 벗어나야겠다는 생각에 친정을 선포했다. 궁으로 통하던 운현궁의 문도 막아버렸다. 대원군의 상심은 말이 아니었다. 자연히 그는 권력의 중심에서 이탈될 수밖에 없었다. 그러자 권력을 장악하기 위해 주변 열강에 손을 내밀었다. 며느리도 마찬가지였다. 그들이 번갈아 도움을 요청하다보니 혼란스러움은 극에 달했다. 그런 와중에 영보당에게서 난 완화군이 급사했다. 열세 살에 홍역을 앓는다는 말을 듣고 중전이 탕제를 지어 보냈는데 그 탕제를 먹고 죽은 것이다. 그를 은근히 세자로 점찍고 있었던 대원군의 슬픔은 말이 아니었다.

그는 울화가 치밀어 아내한테 버럭 소리를 내질렀다.

"그래서 그 간악한 것이 완화군을 죽였단 말인가!"

아내는 펄쩍 뛰었다.

"지금 무슨 말씀을 하시는 것입니까. 완화군을 죽이다니요. 누가요?"

"어허, 입을 다무시오."

"아무리 제 자식이 귀하기로서니 어찌 시아비가 며느리를 모함할 수 있단 말입니까. 중전이 보낸 탕제에서는 아무 이상이 없다는 게 드러난 마당에 어찌 그런 말을 할 수 있습니까."

"그럼 영보당에게 가 물어보시게. 그렇게 생각하나. 중전이 시기하여 죽였다고 생각하지 않는지."

"그렇다고 근거 없는 말씀을 시아비가 하다니요."

"간악한 년. 그러고도 제 년이 잘되는가 보자. 천벌을 받을 것이야!"

그랬다. 중전과 시아버지 대원군의 사이가 더욱 갈라진 것은 궁녀 이 씨의 몸에서 태어난 왕자 완화군 때문이었다. 완화군에 대한 대원군의 편애와 세자책립공작이 중전의 심기를 건드렸다. 물론 그 배후세력이 있었다. 중전 민 씨를 중심으로 한 기존의 노론 세력이었다.

'내가 며느리를 잘못 들여 이조 수백 년 사직을 무너뜨리는구나.'

기회가 있을 때마다 그는 한탄했다. 그러함에도 며느리 중전의 뻔뻔함은 기가 질릴 지경이었다.

그녀는 정작 모르고 있었다. 일본공사 미우라 고로와 시아버지가 은밀히 접촉하고 있다는 사실을. 왜인들이 때를 놓칠 리 없었다. 한반도 침략정책에 정면으로 나서는 중전과 그 척족 및 친러 세력을 일소하고자 미우라 고로는 이미 조선에 들어와 있었다.

돈 300만 엔을 박영효를 통해 들이밀어도 매살차게 거부하는 여우. 그는 그녀가 지배하는 조선, 그리하여 동아(東亞)를 구하기 위해서는 방법이 없다고 생각했다. 동아를 구하고 조선을 구할 단 하나의 방법이었다.

이노우에는 권력의 여파가 대단한 사람이었지만 미우라 고로의 눈에는 어디까지나 조선 정부에 미온적인 사람이었다. 물론 그로서는 감히 대적할 수 없는 사람이었다. 그는 이토 히로부미, 야마가타 아리토모와 함께 일본 정계를 좌지우지하는 원로였다. 이토 히로부미가 이노우에를 소환한 것은 민중전 시해를 구체화하라는 명령이었다.

이노우에는 미우라에게 외교관례를 무시하고 17일간이나 공사관에서 함께 있으면서 업무를 인계했다. 그가 떠난 후 민중전 시해는 미우라에 의해 착착 진행되고 있었다.

"그래서 무슨 일이 있었다는 겐가?"

잠시 생각에 잠겼던 서와 씨가 타카시에게 물었다.

"말도 마십시오."

"왜?"

뭔가 예상하고 있었지만 설마 하는 기운이 서와 씨의 얼굴에 흘렀다.

"중전이 천거한 민영준이 궁내부 대신에 내정된 뒤였습니다. 이미 대원군은 공덕리 별장에서 책사들과 함께 앉아 있었습니다. 임금을 중전으로부터 떼놓은 걸로도 모자라 대낮에 중전을 궁에서 죽이겠다는 결심이 선 거지요."

"무엇이!"

듣고 있던 서와 씨가 부르르 몸을 떨었다,

"그날 대원수를 모시고 그곳엘 갔었는데 대원군이 은밀히 이곳의 수괴 오카모토를 만나고 있었습니다. 나중에 알았는데 그때 은밀히 네 가지 조약을 체결했다고 하더군요."

"네 가지?"

"첫째, 태공은 대군주로 보익한다. 궁중을 감독하며 정무에는 일체 간섭하지 않는다. 둘째, 김홍집 어윤중 김윤식 등 세 사람을 요로에 내세워 정국개혁을 단행한다. 셋째, 태공의 아들 이재면을 궁내부 대신으로 한다. 넷째, 이재면의 아들 이준용을 3년간 일본에 유학시켜 학문을 배우게 한다."

"어허!"

"조약이 체결되기 무섭게 중전 제거작업이 시작되었는데, 말도 마십시오. 그날의 광경을 어떻게 말로 표현하겠습니까."

"그럼 중전이 죽기라도 했단 말인가?"

"이곳 놈들, 참으로 모집니다. 세상이 다 아는 것을 아직도 쉬쉬하고 있으니……. 조선바닥이 벌컥 뒤집혔는데 말입니다. 그곳의 글쟁이가 이렇게 적었더군요. 보십시오."

타카시가 차마 그날의 광경을 말하지 못하겠다는 듯 소매 속에서 종이 하나를 꺼내 서와 씨에게 내밀었다. 서와 씨가 그것을 받아 상기둥의 불빛 아래로 갔다. 거기 초롱이 걸려 있었다.

3

일본공사 미우라 고로는 자기나라의 수비대, 일본 낭인 등과 연회를 베풀었다. 독주였다. 이성을 마비시키는 독주였다. 이미 사냥감은 정해져 있었다.

출정식이나 다름없는 연회가 끝나고 술에 취한 대원들이 광화문으로 내달렸다. 대원군은 일본공사가 이미 수비대, 일본 낭인 등을 시켜 옹호케 한 뒤였다.

그들은 경복궁으로 들어갔다. 앞장서서 대원을 이끄는 자는 구니모토 시케아키란 자였다. 국민동맹회를 결성해 조선 장악을 노려왔던 인물이다. 그러기 위해 줄곧 조선의 지형을 살피고 정탐 활동을 했던 인물이다. 그는 한성신보 주필직을 맡고 있었는데 미국 하버드대를 나온 지식인 시바 시로와 함께 대원을 이끌고 있었다. 대원은 모두 56명이었다. 그들은 일개 낭인이나 폭도들이 아니었다. 일본의 지식인들이요, 엘리트들이었다. 그들은 우발적으로 일어난 것이 아니었다. 조선으로 건너올 때부터 그들에게는 커다란 밑그림이 그려져 있었다. 규슈 지방의 사족 출신들이 많았다.

새벽이었다. 날이 밝아올 무렵 대원군은 공덕리 아소정을 출발했다. 선두에는 군부협판 이주회가 서고, 대원군의 가마 옆은 오카모토가 옹호했다. 그들은 남대문에서 성벽을 끼고 서대문을 돌아 문 안으로 들어갔다.

그제야 낌새를 챈 시위대는 일본인들이 광화문으로 들어오는 것을 보고 사격하기 시작했다. 하지만 시위대는 그들의 상대가 되지 않았다. 시위대 일개 중대가 전멸했고 시위대를 이끌던 홍계훈도 죽었다.

수비대와 낭인 등은 건청궁으로 향했다. 고종과 민중전의 침소가 거기 있었다. 그들은 흥례문 서쪽의 용성문을 통과해 경희루 서쪽으로 나 있는 도량을 따라 들어갔다. 그리고는 신무문 앞을 지나 건청궁으로 들어갔다. 그들을 막으려던 사람들은 뿔뿔이 도망치기에 급급했다.

건청궁 안 장안당에는 고종이 거처하고 있었다. 곤령합이 민중전의 처소였다. 그들이 이른 곳은 곤령합이었다. 이미 그들의 침입을 알고 있던 민중전은 궁녀복으로 변장하고 궁녀들 속에 앉아 있었다.

대원들을 이끌고 민중전의 침실로 침입한 구니모토 시케아키가 살펴보자 민중전은 없고 궁녀들만이 겁에 질러 앉아 있었다. 구니모토 시케아키는 궁녀의 목에 칼을 겨누고 소리쳤다.

"민중전 어디 있느냐?"

궁녀들이 겁에 질러 고개만 숙이고 있었다. 대원들이 머리채를 잡고 닥달했지만 고개만 내저었다. 민중전을 닮은 세 명의 궁녀가 칼을 맞았다. 궁내부 대신 이경직이 나서다 그들의 칼에 죽었다.

그때 궁녀들 속에 앉아 있던 소천이라는 궁녀가 일어났다. 왜인들이 심어놓은 궁녀였다. 그녀가 민중전을 손으로 가리켰다.

"저 여자가 민중전이요!"

구니모토의 눈이 번쩍 빛났다. 구니모토가 민중전의 목에 칼을 겨누고 물었다.

"그대가 민중전인가?"

그를 노려보는 민중전의 입에서 불이 터져 나왔다.

"네 이놈, 감히 어디라고!"

"그대가 왕후냐고 물었다."

그때 궁녀 하나가 벌떡 일어났다.

"아니오. 내가 왕후요!"

이내 뒤이어 일어난 궁녀 하나가 일어나며 소리쳤다.

"내가 왕후요!"

칼을 겨누고 있던 구니모토가 잠시 망설였다. 세 사람을 모두 베어야 하는 것이 아닐까 생각하는데 소천이 소리쳤다.

"옆 이마의 마마 자국을 찾으시오. 그 여자가 왕후요!"

구니모토가 두 궁녀의 옆 이마를 확인한 다음 다시 왕후에게로 다가섰다. 구니모토의 눈에 마마 자국이 들어왔다.

"요망한 계집. 바로 네년이구나!"

민중전의 눈에서 시퍼런 불길이 터졌다. 그녀가 앙칼지게 소리쳤다.

"그렇다. 내가 조선의 국모니라!"

구니모토가 민중전을 노려보다가 이내 부하들에게 소리쳤다.

"이년을 끌어내라!"

대원들이 민중전을 끌어내 곤령합 밖으로 내동댕이쳤다. 그 바람에 민중전의 적삼끈이 풀어졌다. 동시에 속곳이 드러났다. 민중전이 옷섶을 감싸며 소리쳤다. 그러자 낭인들이 달려들어 사정없이 발길질을 해댔다. 구둣발로 짓밟자 속곳이 찢어지고 맨살이 드러났다. 민중전은 치부를 가릴 힘조차 잃은 채 축 늘어졌다.

"고년, 아직도 살이 탱탱하구만!"

누군가 이죽거렸다. 보고 있던 구니모토가 곤령합의 일부인 옥호루를 칼끝으로 가리켰다. 옥호루는 곤령합의 동쪽 건물이었다.

"저쪽으로 옮겨라!"

몇 명이 달려들어 그녀를 개 끌듯이 끌고 옥호루로 향했다. 민중전의 몸에서 흐르는 피가 흙바닥을 적셨다. 그들은 옥호루 방에다 민중전을 처박았다.

사내들이 한동안 들락거렸다. 옥호루에서 나오는 사내들의 손에는 민중전의 옷에서 떼어낸 물건들이 쥐어져 있었다. 맨 마지막으로 나온 구니모토의 손에 들린 것은 열쇠 주머니였다.

그는 그것을 주머니에 넣으며 손이 태어나면 장난감으로 줘야지, 하는 생각을 하고 있었다. 그들은 그들이 범한 한 아녀자를 완전히 없애기 위해 다시 안으로 들어갔다. 그리고는 칼을 빼치부를 내놓고 널브러진 한 국가의 국모를 난자하기 시작했다. 가슴과 배 국부, 칼끝이 닿는 대로 난자했다. 민중전의 몸에서 흘러나온 피가 방 안을 홍건하게 적셨다.

"이불로 싸라!"

구니모토가 명령했다. 그들은 민중전을 이불에 쌌다.

"문짝을 떼 오라!"

구니모토의 명령에 누군가 문짝을 떼 왔다. 그들은 민중전을 문짝에 얹어 들고 건청궁 동쪽의 녹산 남쪽으로 갔다. 문짝 위에 누운 민중전을 내려놓고 석유를 뿌린 다음 불에 태웠다. 검은 연기와 살 타는 냄새가 바람을 타고 궁내를 휘어 감았다.

서와 씨가 더 읽지 못하고 어허, 하면서 허공으로 시선을 들었다.

"이게 뭔가?"

중얼거리는 서와 씨의 눈자위가 서서히 붉어왔다.

"대원수께서 드디어 결심을 굳히셨습니다."

지켜보고 있던 타카시의 눈에 신령이 뻗쳤다. 서와 씨는 말없이 허공만 응시했다. 언젠가 이런 기별이 있을 것이라 각오하고 있었지만 이럴 수가……. 조선이라는 나라, 참 밉고 원망스럽고 불쌍한 나라였다.

그러나……

원망스럽다고 돌아설 수는 없는 일이었다. 조선이 변하지 않고는 언제까지 이런 수모를 당해야 할지 모를 일이었다. 수모를 당하지 않으려면 그 근본 원인부터 바꾸어야 한다. 언제나 아픈 내 나라 조선. 더 이상 미룰 수 없는 상황이 이제 다가온 것이다. 일이 이쯤 되고 보면 조선 국왕의 안위도 장담 못한다. 언제 어느 때 독살될지 모르는 일이다. 아비와 아들을 한꺼번에 독살할지도 모른다.

"아주 조선 왕실을 도륙하겠다? 능히 그러고도 남을 놈들이야."

"언제 어느 때 실행에 옮길지 모르는 일입니다."

타카시가 소매에서 다시 종이 한 장을 꺼내주었다.

병신년. 10월 17일. 오시.

서와 씨는 종이를 받아 입속에 넣고 씹었다. 시커먼 먹물 방울이 그의 입술을 타고 흘러내렸다.

2부

금관의 금서

1장
인연의 덫

1

아침이 밝았다. 새들이 여기저기서 지저귀었다. 한 나라의 국모가 그렇게 사라졌어도 이곳의 아침은 평온했다. 멀리로부터 안개 무리가 스멀스멀 기어 내려왔다. 안개 무리를 볼 때마다 어상은 그것이 신의 입김이라고 생각했다. 앞서 간 조상님네들이 밤새 토해놓은 입김. 그렇지 않고서야 이렇게 청량하고 신선할 수 없을 것이었다. 인간의 더러운 입김과 어떻게 비교할 수 있으랴.

때로 조상들의 입김은 그렇게 안개발이 되어 자신을 밤새 안고 있거나 이렇게 새벽이면 자신을 정화하기 위해 어김없이 다가오곤 하였다. 그리하여 신다운 신을 만들어가고 있었다.

조선의 소식을 전해 들으면서 어상은 아무 말도 하지 않았다. 이미 예상한 일이었지만 이럴 때일수록 속을 보여서는 안 된다고 생각했다. 정치에 있어 감상은 금물이다. 절대로 감상에 젖어서는 안 된다. 감상은 증기와 같은 것. 더욱 차갑고 강하게 몰아붙여야 한다.

"알았으니 소식이 들어오는 대로 지면으로 올리라."

감정을 보이지 않는 데는 지면 이상이 없다. 서로의 마음을 읽지 않아도 되고, 눈치를 살필 필요도 없으며, 구질구질하게 감정싸움을 할 필요가 없다. 그러면서도 상황을 정확히 간파할 수 있다.

어상은 여느 때와 달리 다이아몬드 반지를 끼고 허리에다 샤벨을 찼다. 금색의 단화를 신고 훈장이 달린 상의를 걸쳤다. 그리고는 군모를 들고 당당하게 나섰다.

"전하께서 출어하신다!"

시종장의 전갈이 있기가 무섭게 시종직 출사 소년이 다소곳이 다가와 문 앞에서 어상이 나오기를 기다렸다. 어상이 문을 나와 시종직 출사 소년을 앞세우고 학문소로 향했다. 학문소 대기실에 먼저 도착해 있던 시종관들이 나왔다. 어상이 어좌소로 들어가 정좌하자 애완견이 그제야 꼬리를 치며 들어와 그의 앞에 앉아서는 혀를 내밀고 동그란 눈으로 어상을 쳐다보았다. 어상은 잠시 애완견을 내려보다가 머리를 쓸어주고 내보냈다. 뒤이어 대기실 시종들이 들어와 일일이 인사를 올렸다.

학문소는 어상의 침전과 대조궁 사이에 있었다. 긴 회랑으로 연결되어 있었는데 어상의 집무실이었다. 남향이어서 햇빛이 잘 들었다. 융단이 깔려 있었고 창을 등지고 큰 책상이 놓여 있었다. 책상 위에는 각 처에서 올라온 서류가 산더미처럼 쌓여 있었다.

책상 모서리에 놓인 탑시계가 오전 10시를 알렸다. 어상은 버릇처럼 책상에 수북이 올라온 서류 하나를 집어 펼쳤다. 별것 아니었다. 도쿄 시내의 곡물 가격과 어시장의 동태가 기록된 보고서였다. 뒤이어 손에 잡힌 것은 화학 기술처의 보고서. 뒤이어 손에 잡힌 것은 현 종교계의 현황. 네 번째로 손에 잡힌 것은 국내의 정치상황. 다섯 번째로 손에 잡힌 것이 그의 시선을 강하게 끌었다. 서류를 올린 사람이 외무성 대외과 부장 나카무라 지로였다. 조선으로 나가 그곳 동향을 살펴보고 작성한 보고서였다.

2

"전하, 내무대신 들었사옵니다."

어상은 책을 덮고 시선을 들었다. 또 무슨 일인가 싶었다.

"모시거라."

문이 열리고 내무대신이 들어섰다.

"어서 오시오."

"전하, 조선에서 기다리던 소식이 있었사옵니다."

조선의 국모 사건 이후 지면으로 모든 보고를 받고자 하는데 이 자는 이상했다. 생긴 것이 꼭 못생긴 고구마를 세워놓은 것 같은데 강단이 있었다. 이토 히로부미를 도와 일을 처리하는 솜씨가 제법이었다. 왜 지면으로 보고하지 않느냐고 하면 전하의 의중을 알아야겠기에 그렇다며 똑부러지게 이유를 대었다.

"그래?"

그의 성질을 알고 있었으므로 그렇게 말을 받았지만 음성이 밝았으므로 어상은 필히 좋은 소식일 거라 생각했다.

"시해사건 이후 친로파 내각이 무너졌다 하옵니다."

"그래?"

그렇게 되묻고는 어상은 감정을 자제하기 위해 입을 꼭 다물었다.

"김홍집을 위시한 친일파 내각이 들어섰다고 하지 않사옵니까. 이제 마음 놓으셔도 될 듯하옵니다."

"고종의 동태는 어떻다고 하던가."

또 자신도 모르게 묻고 말았다.

"불에 탄 시신을 감추고 숨죽이고 있다 하옵니다."

"숨을 죽이고 있다?"

"그러하옵니다."

어상은 그의 말에 흐트러지는 자신을 의식하며 그를 쏘아보았다.

"도대체 무슨 꿍꿍이인가. 중전의 죽음을 세상에 알리지 않고 있다? 어떻게 반일 감정을 부추길까, 그걸 궁리하고 있다?"

어상은 불에 탄 비를 안고 슬픔에 젖었을 한 나라의 국왕을 문득 생각하다가 고개를 홰홰 내저었다. 내가 지금 무슨 생각을 하고 있나.

"대원군의 동태는 어떻다고 하던가?"

자신의 속을 숨기듯 그렇게 물었다.

"고종이 도성을 버리고 도망가지 않겠느냐는 말이 돌자 만전을 기하고 있다 하옵니다."

"도망?"

"러시아 공사관으로 몸을 피하지 않을까 하는 말이 돈다고 하옵니다."

어상의 미간이 찌푸려졌다. 하필이면 러시아라……. 예상은 했었지만 그렇게 된다면 어떻게 되는가. 러시아와 미국이 손을 잡는다? 그럼 김홍집 내각이 무너지고 그들이 들어오게 될 것이 아닌가.

이미 어상은 통제심을 잃고 있었다. 이거 잘못 건드린 것이 아닐까? 고종이 본거지를 버린다고 해서 끝나는 것이 아니다. 그의 병신 아들을 황제의 자리에 올린다 하더라도 골치 아프기는 마찬가지다. 아니, 더 다루기 힘들지 모른다.

고종의 서양인 전의 에비슨 박사의 말을 들은 적이 있다. 조선으로 나갔던 이토 히로부미가 가져온 소식이었다. 고종의 아들 이척이 장애가 있다고 하였다. 한마디로 정신박약이라는 것이었다. 신체적으로는 건장하지만 성적으로 미발달된 상태라고 했다. 고자라고 했다. 고자라면 양물을 쓰지 못한다는 말인데 그를 왕위에 앉힌다면 자연히 대가 끊길 것이었다. 더욱이 정신병자라고 했다. 얼굴에 표정이 없다고 했다. 주변의 일에 별 관심이 없는 듯한 얼굴이라는 것이다. 그래서 어미를 죽이고 고종을 폐위하면 일이 순조로울 것 같았다. 대원군은 병신 왕을 요리해서 좋을 것이고 그쪽이 조선을 조종하기가 쉬울 것이었다.

그런데 그의 아비가 러시아 공관으로 피신한다면 문제는 달라진다. 러시아와 미국이 가만있을 리 없다. 더욱이 이척의 아비를 러시아 공사관이 보호한다면 세상의 여론이 극도로 나빠질 것이다. 무엇보다 친일 분자들이 지금 내각을 구성했다고 하지만 그렇게 되면 그들이 들어올 것이 아닌가.

쩝, 하고 어상은 혀를 차며 눈을 감았다. 어쩐다? 몇 번이고 독살을 시도했지만 그때마다 살아남은 아비와 병신자식을……

3

밤이 되면서 비가 내렸다. 우계의 비가 그렇듯 단조롭고 지루한 비였다. 빗소리는 하루 종일 문을 두드렸다. 비가 점점 더 심해져 죽창에 빗물이 튀겨 들어오자 대원들이 걸레를 가져다 대었다. 문을 열어 보면 하늘 전체가 짙고 낮은 구름으로 뒤덮여 있었다. 추녀 끝에서 떨어지는 낙수를 보고 있자니 이상한 상념이 에이스의 의식을 사로잡았다. 대체로 알맹이가 잡히지 않는 어설픈 상념이었다.

이세 다나카 주지가 죽은 동장사를 직접 한 번 뒤져봐야겠다는 말에 경시청장은 별 거부반응을 나타내지 않았다.

"황후의 비호를 받고 있던 인물이다. 어상이 아직은 모르고 있지만 황후가 입이라도 열면 곤란해질지도 몰라."

"가봐야 치워서 뭐 볼 것도 없을 테지만 그렇다고 손 놓고 기다릴 수도 없는 입장입니다."

"한시라도 빨리 해결하라."

"알겠습니다."

그렇게 대답하고 에이스는 청장실을 나왔다. 나오면서 언뜻 보았더니 그의 얼굴 음영이 채양 밑의 그늘을 연상시켰다. 깡마른 목선이 깎아지른 벼랑처럼 위태로워 보였다. 툭 튀어나온 목젖이 벌렁거렸다.

4

내무대신에 이어 이토 히로부미가 다녀갔다. 그가 왔기에 조선의 동태가 어떻게 돌아가느냐고 했더니 고종의 동태가 심상치 않다고 했다.

"왜?"

어상은 이상하여 물었다.

"뭔가 꿍꿍이가 있는 것 같은데, 그 속을 알 길이 없사옵니다."

"그것이 우리들의 짓이라고 생각하고 있는 것이 아닌가."

"설마 제 아비가 그랬으리라고 생각하고 싶지 않겠지요."

"않는다?"

"조선 백성들이 대원군의 실체를 정작은 모르고 있다는 것이옵니다."

"무슨 소린가."

"대원군과 민비 사이가 아무리 나쁘다고 해도 시아버지가 아니냐는 것이옵니다. 우리가 민비를 시해한 후에 이 모든 일을 대원군에게 덮어씌웠다는 것이옵니다. 궁에서 민비를 죽이고 나오는 일인들을 누군가 보았다는 소문이 나면서……."

"소문이 나?"

"대원군 무서운 사람이옵니다. 왜 그런 소문이 났는가 하고 알아보니 민비 시해 후 대원군이 백성들에게 이렇게 변명했다는 것이옵니다. 일인들이 민중전을 시해하고 내게 덮어씌우기 위해 입궐하라 하였다. 그 말에 따를 수 없어 가지 않겠다고 하자 손자 이준용을 죽이겠다고 했다. 그래서 하는 수 없이 입궐하였다. 그렇게 변명을 했다고 하옵니다."

"대원군의 말이 사실인가?"

"사실 대원군의 입궐이 늦기는 했사옵니다. 두 시간 정도 늦었는데 그를 기다리느라 날이 밝아져서야 대원들이 궁궐에서 빠져나왔고 궁에 있었던 서양 외교관들이 보았던 모양이옵니다. 그래서 말이 나게 된 것 같사옵니다."

"대원군 그 자, 그럴 줄 알았지. 서자 아들을 역모로 자기 대신 죽일 때부터."

천황이 말한 대원군의 서자는 완은군 이재선을 두고 하는 말이었다. 이재선은 기생 계성월과 대원군 사이에 태어난 자다. 고종임금의 이복형이다.

대원군이 실각한 후 실권을 쥔 민비가 개국정책을 단행하자 이에 불만을 품은 대원군이 수하들을 시켜 서자 이재선을 옹립하게 하고 거사를 도모했다. 왕궁을 습격, 국왕 폐립을 단행하려 했으나 계획대로 거사가 진행되지 않았다. 그러자 대원군은 위기를 느끼고 그들을 다른 죄로 고발해버렸다. 일당 삼십여 명이 체포되어 사사되었고 이재선도 잡혀 유배되었으나 결국 사사당하고 말았다.

어상은 못마땅한 얼굴로 혀를 츱, 찼다. 음흉한 늙은이. 그럴 만하다는 생각이면서도 그 자부터 먼저 제거해야 했던 것이 아닐까 생각하며 어상은 이맛살을 찌푸렸다.

"아마 친일 내각의 일원들이 거사 전부터 궐을 장악하고 겁을 좀 주었던 모양이옵니다. 도망갈 것 같아 그랬던 모양인데 또 다른 정보를 들어보면 그것도 아닌 것 같사옵니다."

"아니라니?"

이건 또 무슨 말인가 하고 어상은 되물었다.

"고종이 민중전의 장례를 미루는 것은 자신의 입지를 공고히 하겠다는 의지의 발로라는 것이옵니다."

"의지의 발로?"

"그러니까 자신이 황제 자리에 오르겠다는 꿈을 꾸고 있다는 것이옵니다."

"무엇이?"

어상은 자신도 모르게 묻다가 하하하, 하고 웃었다.

"아니, 여편네가 죽어 미쳐버린 것이 아닌가."

"일설에는 왕비를 황후의 예로 치르고자 그렇게 웅크리고 있다는 것이옵니다."

"그럼 뭔가? 황제로서 군주권을 공고히 하겠다?"

"문제는 중국과의 사대 질서를 이탈하겠다는 말이 아니겠사옵니까. 그리고 우리를 향해 독립의 의미를 던지는 것이 아니옵겠나이까."

"허허, 참!"

독립적인 나라를 만들겠다?

그런 생각을 하고 있는데 이번에는 예전에 쿠와무라 미치노과 함께 뜻을 같이 했던 이마니시 류가 시종장을 따라 들어왔다. 이마니시 류는 동경제대에서 한국사를 전공한 사람이었다. 예전에 외무성에 근무하는 통역관과의 일이 있은 후 아무래도 찜찜하여 이마니시 류를 불러 알아보라 일렀는데 이제 든 모양이었다.

"전하, 이번 일이 있은 후 아들이 어버이를 능멸했다며 반일 감정이 이만저만이 아닙니다."

"뭐라? 아들?"

"예부터 조선인들이 우리의 중앙에 들어와 통치를 하고 있었다는 것을 잊었느냐는 것이옵니다. 분명히 역사서가 그것을 증명하고 있다는 것이옵니다.《일본서기》에도 백제의 신공 황후가 임나를 지배했다고 기록되어 있다는 것이옵니다. 그곳이 바로 대마도인 것이옵니다."

어상은 어이가 없었다.

"무슨 소리! 우리가 항상 그들을 통치하고 있었는데 무슨 소린가."

"그렇다면 임나가 한반도 남단에 위치했을 것이옵니다."

"아니다?"

"전하, 역사란 기록자의 것이옵니다. 고대에 우리가 임나(가야 지역)에 임나일본부를 설치했다고 주장한다면 문제가 달라지옵니다. 백제, 신라를 속국으로 지배했다고 말이옵니다."

"옳거니. 그렇다면 한반도 강점은 침략이 아니라는 말이 되겠군!"

"그렇사옵니다. 옛 땅을 회복하는 것이 되옵지요."

어상의 눈이 반짝거렸다. 늙은 얼굴에 희망찬 기운이 번졌다. 확실히 고지식한 외무성 통역관을 대할 때와는 다른 모습이었다.

그렇지. 사람이 그렇게 융통성이 있어야지. 그렇다. 바로 그것이다. 그래야만 한반도 침략과 식민지 지배를 역사적으로 정당화하고 합리화시킬 수 있다. 일본이라는 국명이 만들어진 것은 670년경이다. 그럼 3세기의 임나일본부라는 것 자체가 말이 안 된다. 결코 성립될 수 없다. 하지만 천자국이 되기 위해서는 어쩔 수 없는 일이다. 얼토당토않다 하더라도 임나일본부를 만들어내야 한다. 그래야 천황국이 존재할 수 있다.

이 나라가 친정집인 한반도와의 관계를 청산하기 위해 얼마나 몸부림쳐 왔던가. 그래서 나라 이름도 백제가 망한 후 일본으로 바꾸었다. 왜왕을 천황으로 바꾸었다. 조선의 문화가 내 조국의 것이었다. 천자의 나라가 한민족이었다.

그들을 밀어내지 않고서는 진정한 천자국이 될 수 없었다. 그럼 이제 어떡해야 되는가. 진정한 천자국이 되려면 다른 나라를 제후국으로 삼고 그 나라를 경영했다는 역사가 필요하다. 어상은 이마니시 류를 조선으로 들여보내기로 작정했다.

"조선으로 들어가라. 그리하여 그곳에서 길을 찾으라."

이마니시 류가 그 길로 조선으로 들어갔다. 역사를 왜곡하기 위한 그의 첫발이 시작된 것이다.

5

어상이 활 쏘는 의식인 사우사단의(射于射壇儀)를 시행한다고 공표한 것은 이틀 후였다. 비로소 서와 씨의 청을 받아들인 것이었다.

"전하, 전하의 활 솜씨는 사냥터에 나갈 정도가 되었사옵니다. 시험 삼아 나서보시지요."

어상은 병조에서 내외관에게 선섭하여 각각 그 직책을 다하게 했다. 사우사단의 의식은 훈련원에 사단을 설치해 실시해왔음으로 이번에도 그렇게 하기로 했다.

물론 어상이 전용하는 국사정이 없는 것은 아니었다. 황거 후원에 궁중의 사장(射場)이 있었다. 춘당대가 그것이었다. 서와 씨는 분명 춘당대의 사두였지만 사우사단의는 나라 전체의 의식이었음으로 훈련원에 사단을 세우고 치르는 게 상례였다.

그날이 오면 어상을 죽일 수 있을 것이라고 생각하며 타카시는 술을 들었다.

"날을 받아놓고 이제사 어디서 오는 길인가."

타카시가 서와 씨 집으로 들어서자 사랑방 문이 열리며 그가 물었다. 몹시 기다린 표정이었다.

"좀 돌아다녔습니다."

"들어오게."

타카시가 방으로 들어가 보니 활을 만들고 있었다는 생각이 들었다. 무소뿔과 뽕나무가 여기저기 널려 있었다.

"대충 본을 떠놓았으니 줌을 한 번 잡아보게. 손아귀에 맞출 참이네."

특별히 맞춤하겠다는 말이었다. 절반쯤 완성된 활을 들어 잡아보았다.

"딱 좋은데요."

"사람 감이라는 것이 무서운 것이네. 내일이면 끝나겠지."

"수고가 많으십니다."

"수고랄 게 뭐 있겠는가. 업인 것을."

6

사우사단의 행사가 가까워지자면서 이상한 소문이 나돌았다. 조선을 완전히 도륙내기 위해 천황이 직접 활을 메고 나설 것이라고 했다. 그래서 계획에 없던 사우사단의를 시행한다는 것이었다.

서와 씨는 기일이 눈앞으로 다가오자 어좌를 마련하느라 정신이 없었다. 구름차일을 치고 휘장으로 사방을 둘러막았다. 바닥을 높이고 채화석(茱花席) 자리를 펴고 좌석을 꾸몄다. 그 뒤에 어상이 거동할 때 임시로 장막을 치고 쉴 수 있는 악차(幄次)를 설치했다.

액정서에서 나온 이들이 어좌를 장전 안에 남향하여 설치하고 어좌 앞에 어상이 쓸 수 있는 붓과 벼루, 화선지 등을 준비해놓았다. 그런 다음 어상이 활 쏘는 자리를 장전 앞에 설치하였다. 역시 남향이었다.

훈련원에서 나온 관원들이 어상이 활을 쏠 때 사용하는 솔포를 설치했다. 사단에서 구백 보쯤 되는 거리였다. 솔포 바탕은 높이와 너비가 일 장 팔 척의 붉은 빛깔이었다. 물을 들인 베였다. 베의 가운데는 사방 육척 크기의 정곡(正鵠)이 있었다. 정곡은 하얀 칠을 한 가죽이었다. 곰의 머리를 본떠 그려놓았는데, 그래서 웅후라고도 하였다. 과녁의 옆에서 화살을 피하는 물건인 살가림은 과녁의 동쪽과 서쪽으로 각각 십 보 떨어진 곳에 설치했다. 아울려 고(鼓) 한 개를 사단 아래에 설치하고 동쪽으로 조금 떨어진 곳에 화살 그릇 다섯 개를 두었다.

만반의 준비를 끝내고 서와 씨는 은밀히 타카시를 찾았다.

"준비는 되었겠지?"

"그러합니다."

서와 씨는 주위를 둘러본 다음 눈 끝으로 맞은편 산언덕에 서 있는 노송 한 그루를 가리켰다.

"저 노송이 보이는가?"

"이르다 말씀입니까."

"만에 하나 때를 놓쳐서는 안 될 것이야. 활을 쏠 장소는 저 노송 뒤. 그 뒤에 숨겨진 동굴 입구가 있다네. 폐광이야. 그리로 뛰면 맞은편 산등성이가 나오고 계곡으로 가서 일정목으로 숨어들면 목숨은 보전할 수 있을지도 몰라."

"알겠습니다."

7

드디어 날이 밝았다. 때가 되자 어상은 융복을 입고 장식이 요란한 전립을 쓴 뒤 황거에서 나왔다. 가슴과 두 어깨에 발톱이 다섯 개 달린 용을 금실로 수놓은 융복이 황색으로 빛났다.

어상이 행차한다는 전갈이 전해졌다. 서와 씨는 달려 나가 어상을 맞았다. 그 모습을 나무 뒤에 숨어서 날카롭게 지켜보고 있던 타카시의 입꼬리에 웃음이 물렸다. 조선의 사우사단의는 제대로 된 의식에 의해 치러진다. 하지만 이 나라는 활로 나라를 지켜오지 않았다. 칼이었다. 그러니 그 나름의 예식이 있을 리 없었다. 국궁이 아니라 국도인 것이다.

타카시는 백마를 타고 사냥터로 이동하는 어상을 바라보다가 몸을 돌렸다. 이제 때가 온 것이다. 실수가 없어야 하리라. 그는 날래게 숲속으로 숨어들었다.

어상이 사냥터에 당도하자 병조에서 전영을 나누어 알렸다. 그들은 사냥터를 에워쌌고 어상의 사냥을 도왔다. 사무를 맡아보는 유사(有司)가 어가 앞에 북을 진열했다. 동남쪽에 있던 사람들은 서향으로 돌아서고 서남쪽에 있던 사람들은 모두 동향하여 그제야 말에 올랐다. 여러 장수들이 북을 치면서 다시 어가를 에워쌌다. 몰이병인 기병들이 설치되었다. 어상이 말을 타고 남향하자 유사가 준비해두었던 짐승을 몰이해 나왔다. 어상이 눈을 크게 뜨고 앞으로 나오며 짐승을 쫓았다. 그러자 규사가 활과 살을 정돈하여 뒤따랐다. 어상은 짐승을 따라 말을 몰다가 왼편에서 활을 쏘았다. 산돼지의 목에 어상의 화살이 박혔다.

와아! 함성이 일었다. 그제야 여러 장수와 군사들이 차례로 짐승을 쏘았다. 그렇게 모든 절차대로 사냥을 끝마쳐야 어상은 만족한 듯 말을 돌렸다.

그때였다. 기다리고 있던 서와 씨가 나섰다.

"전하, 비록 사냥에 그 법도가 있다 하나 어찌 다 잡아놓은 산짐승을 쏘아 죽이는 것을 사냥이라 하오리까. 그것을 도살일 뿐 진정한 사냥은 아니라고 생각하옵니다."

어상이 넌지시 서와 씨를 쏘아보았다. 서와 씨가 무슨 말을 하는지 이미 알고 있다는 표정이었다.

"그래서?"

"사냥이란 산을 헤매고 들을 더듬어 쫓아야 잡는 재미가 있는 것이옵니다. 어찌 다잡아놓은 짐승을 쏘아 죽이는 맛에 비하오리까."

어상이 잠시 눈을 감았다 떴다.

"그래서 날더러 직접 산으로 올라 산짐승을 쫓으라?"

이때 곁에 있던 호위장이 나섰다.

"무례하구나. 그렇게 하다 용신에 상처라도 나면……."

그때 어상이 호위장을 제지했다.

"아니다. 사두 말이 맞구나. 그렇다. 어찌 몰이해온 산짐승을 쏘아 맞히는 게 사냥이란 말이냐. 우리가 잘못되었다. 잘못되었다면 시정하는 것이 원칙이오. 내 그렇게 하리라."

"아니 전하, 직접 산을 타시겠다는 말씀입니까?"

어상이 고개를 끄덕였다.

"그렇게 하겠느니라."

서와 씨는 미간에 경련이 일었다. 산짐승을 쫓다 보면 그를 따르는 장수들이 어상의 호위를 등한히 할 수 있다.

서와 씨의 제안대로 사냥이 시작되었다. 어상은 서와 씨의 말대로 일체의 격식을 사양했다. 다만 사졸들을 시켜 북을 치게 하고 고함을 쳐 몰이를 하게 했다.

드디어 멧돼지 한 마리를 발견했다. 어상은 모르고 있었다. 그 산돼지 역시 서와 씨가 준비해놓은 것을. 어상이 질풍처럼 말을 몰았다. 멧돼지는 산등성이를 향해 꽥꽥거리면서 뛰었다. 어상은 단숨에 멧돼지가 사라진 산언덕으로 달렸다. 그러다 언덕바지 중간쯤에서 말을 멈추었다. 그는 말에서 뛰어내려 억새 숲을 헤쳐 갔다.

잠시 후 어상이 쏜 화살에 멧돼지가 소리를 지르며 버둥거렸다. 그제야 와아, 하고 함성이 일었다. 어상이 사나운 바람처럼 멧돼지를 향해 달려들었다. 그때였다. 거대한 나무둥치에 몸을 숨기고 활시위를 당기고 있던 타카시의 모습이 불쑥 나타났다. 그가 겨눈 화살이 어상의 심장을 향해 날았다. 눈 깜짝할 사이었다. 허공을 뚫고 화살은 일직선으로 어상의 심장을 향해 날았다. 가까이에서 갑자기 장끼가 소리를 내며 달아났다.

8

어상이 시해당할 뻔했다는 보고를 받은 에이스가 대원들을 이끌고 달려왔을 때 현장은 아수라장이었다.

"저놈이 왜 나를 시해하려고 했는지 족쳐보아라."

어상의 명령에 에이스는 영문도 모르고 나섰다. 책임자 호위장으로부터 대충 상황 설명을 듣고 나서야 에이스는 타카시를 쳐다보았다. 잘생긴 사내였다.

"한때 궁시청에서 점복을 맡아보던 자입니다."

호위장이 말했다.

"점복이라니?"

"천기 같은 거 말입니다. 그날그날의 일진이나 궁합 같은……."

"흐흠. 그런 자가 왜?"

"그러게 말입니다."

그의 신분을 좀 더 물었으나 그 정도였다.

"직접 신문을 해보면 알겠지."

에이스는 그렇게 작정하고 신문을 시작했다.

"왜 어상을 시해하려 했느냐?"

사내는 말이 없었다.

"대답을 해보아라. 왜야?"

그는 여전히 입을 굳게 다물고 있었다.

시간이 흐르자 오기가 뻗쳤다. 필시 곡절이 있어도 예사롭지 않다는 생각이었다. 단독 범행이 아니라면 공모자가 있을 것이었다. 어떻게 홀로 어상을 시해할 생각을 했겠는가.

"이놈, 불어라. 네놈 홀로 어상을 시해할 계획이었겠느냐. 뒤를 불면 목숨만은 살려주마."

주리를 틀어도 불지 않자 에이스는 불에 달군 인두를 가져왔다. 극악한 비명이 타카시의 입에서 터져 나왔다.

모를 일이었다. 시해당할 때의 상황은 들으면 들을수록 이상했다. 어상을 향해 날아오던 화살이 중간에서 뚝 부러졌단다. 그들도 그때는 몰랐다고 했다. 어떻게 해서 화살이 어상의 눈앞에서 두 동강이 나면서 떨어졌는지. 어상이 화들짝 놀라 뒤로 물러서는데 타카시의 화살을 두 동강 내고 날아간 화살이 충효사의 말 목을 스치고 지나갔다고 했다.

"좀 더 자세히 말해 봐."

에이스의 말에 호위장이 덧붙였다.

"말이 놀라서 앞발을 쳐들고 몸부림치다가 넘어졌습니다. 충효사가 말 등에서 떨어진 자세로 보니 엄청나게 큰 적송 가지 위에 원숭이 같은 게 햇빛을 등지고 서 있지 뭡니까. 그래 누운 자세로 활시위를 당겼는데, 그때였어요. 날쌔게 몸을 날리려던 그것이 그대로 바닥으로 굴러 떨어지더군요."

그때 어상이 다가와 타카시 앞에 섰다. 어상이 어리둥절한 표정을 지으며 물었다.

"네놈은 궁합사가 아니냐."

그러자 타카시가 대답 없이 어상을 노려보았다.

"네놈이 짐에게 억하심정을 품었구나."

어상이 소리쳤다.

"어상, 쿠와무라 미치노라는 사람을 기억하겠지?"

타카시의 입에서 피가 튀었다.

"미치노?"

어상이 되뇌었다.

"그렇다."

"이놈이 어디라고 함부로!"

호위장이 소리치며 발로 타카시를 걷어찼다. 어상이 그를 제지했다.

"가만있으라."

호위대장이 읍하고 물러났다.

"쿠와무라 미치노? 외무성에 있었던 통역관?"

타카시의 얼굴에 조소가 떠올랐다.

"흐흥, 잊지는 않았구나. 내 아버지다."

"무엇이?"

어상이 놀라 눈을 크게 떴다.

"그렇다. 내가 그분의 아들이다."

"그래서 나를 죽이려 했다?"

"그렇다."

어상이 놀라움을 금치 못하다가 호위장 옆에 서 있는 자를 쳐다보았다. 머리가 백발이었다. 짐승 가죽을 걸치고 갈퀴 같은 손에 활이 들려 있었다. 그녀의 옆구리에 산토끼와 오소리가 줄에 꿰어져 덜렁거리고 있었다.

"아니, 그대는 여자가 아닌가."

"이 늙은이가 전하를 구했사옵니다. 분명히 보았나이다. 전하의 몸을 향해 날아오는 화살을 두 동강 내고 충효사 말의 목을 스친 화살을."

어상이 넋이 얼추 나가 타카시와 늙은 여자를 번갈아 보았다. 그녀를 쳐다보던 타카시가 말을 잃고 멍하니 있다가 갑자기 악을 써대기 시작했다.

"네 이년. 네년은 파선이 아니냐. 네년이 어떻게!"

늙은이의 표정에 황당한 빛이 스쳤다. 멍하니 타카시를 쳐다보다가 입을 열려고 하자 타카시가 더욱 악을 써댔다.

"이년, 이 죽일 년. 내가 너를 어떻게 대했거늘. 그냥 두고 볼 성싶으냐!"

늙은이의 눈에 갑자기 핏발이 섰다.

"이 죽일 년. 네년이 내 앞길을 막다니. 내 저세상으로 가더라도 끝까지 쫓아가 너를 죽이리라!"

늙은이에게 말할 기회를 주지 않고 타카시가 계속 입에 거품을 물자 어상이 그를 무시하고 늙은이를 향해 물었다.

"그대는 누구인가."

늙은이가 그제야 어상을 쳐다보았다.

"파선이라 하옵니다."

늙은이가 대답을 하면서도 참으로 황당하다는 표정을 지으며 타카시를 흘끗거렸다.

"파선?"

어상이 뇌까렸다.

"그러하옵니다."

"그런데 그대가 어떻게 여기에."

"이 산 너머에서 약초 뿌리나 찾아다니는 늙은이옵니다."

어상이 그녀의 손에 들린 활과 그녀가 잡았을 사냥감을 보며 고개를 갸웃했다.

"활 솜씨가 보통이 아닌데……. 어떻게 그대가 화살로 화살을 맞힐 수 있는지 이해가 되지 않는구나."

늙은이가 활을 들어보였다.

"전하, 이 활이 무기로 보이십니까?"

늙은 여인이 갑자기 이상한 말을 했다. 어상이 그녀의 느닷없는 물음에 황당해하다가 "그럼?" 하고 되물었다.

"사실은 악기이옵니다. 현이 하나 달린 일현금."

"일현금? 그대가 어찌 율을 아는가."

"고토를 친구로 삼고 있습지요."

"오호라, 이 산속에서 고토와 사냥을 업으로 하고 살고 있다? 흐흠, 그러고 보니 그대의 이름이 왜 파선인지 이제야 이해가 되는구나. 비파의 신선이라. 그래, 언제 한번 너의 고토 소리를 들어볼 수 있겠느냐?"

"미력하오나 그렇게 하오리다, 전하."

늙은이는 다시 타카시를 쳐다보았다. 그녀의 눈에 눈물이 어
룽졌다.

"그러니까 쿠와무라 타카시의 아비가 어상에게 죽어 그 아
들이 역심을 품었다, 그 말이오?"

듣고 있던 에이스가 호위장에게 물었다.

"맞습니다."

쿠와무라 미치노는 외무성 통역관이었다고 했다. 어상에게
일본과 조선에 대한 진실을 아뢰다가 무례하다고 하여 죽었다
는 것이다. 무엇 때문이냐고 했더니 그제야 사건의 전모가 드
러났다.

"흐흠, 조선 놈들이었다는 말이로다."

그렇게 말하고 에이스는 팔짱을 꼈다.

9

타카시가 에이스에게 고문을 당하는 사이 어상은 파선을 앞
에 하고 앉아 있었다. 그들 앞에는 술상이 놓여 있었다.

파선은 어상 앞에서 고토를 켜고 있었지만 제정신이 아니었
다. 몰랐다. 산속을 헤매다 자신도 모르게 저지른 일이었다. 자
신이 살린 인물이 천황이었다니……

지금쯤 고문을 당하고 있을 쿠와무라 타카시. 그의 아비 쿠와무라 미치노. 그와 걷던 강변. 안개발에 묻힌 새벽의 산사. 세상에서 가장 순수한 영혼을 만났다고 생각했었다. 발을 씻겨주던 그의 손길…….

속에서 피눈물이 흘렀다. 그의 아들을 살리기 위해서는 어상을 죽여야 한다고 생각했다. 그러나 어상은 이미 거나하게 취한 상태였다. 취한 상태에서는 시살지법이 통하지 않는다. 음을 받아들이는 신경계가 마비되기 때문이다. 짚신벌레가 술에 취하면 섬모를 벗는 것과 같다. 인간의 신체 또한 그렇다. 술이 들어가면 체액이 오줌과 땀으로 탈수된다. 탈수액은 혈액으로부터 빠지는 것이다. 자연히 혈액이 진해지기 때문에 혈류가 잘 흐르지 않는다. 음살은 뇌신경계를 마비시켜 혈류를 심장으로 모아 터지게 하는 데 있다. 그래서 열이 심장에 모이게 되는데 이미 술에 의해 열이 차 있는 심장은 묘하게도 감각이 마비되어 추위를 덜 느끼게 된다. 그것은 피부 혈관이 확장되어 혈액이 피부로 몰렸다는 증거다. 그래서 몸이 후끈거리는 것이다. 혈관이 확장되면 혈액 중의 수분이 빠져나가게 된다. 그렇게 되면 자기도 모르게 사실상 체온은 계속 내려가게 된다. 술로 몸이 따뜻한 것 같지만 짚신벌레가 위험물질로부터 접촉면을 줄이기 위해 옷을 벗듯이 인체 자체가 열기를 내보내버리는 것이다.

음으로 어상을 죽일 수 없다는 사실을 깨닫자 그녀는 문득 독약을 생각했으나 가배다에 타 먹일 만한 아편조차도 없는 형편이었다. 파선의 심정이 그러한데 어상은 타카시의 기억에서 벗어나려는 듯 계속 술을 마셨다. 그것도 모자라 일부러 파선에게 호기를 부려대었다. 그는 이미 이성을 잃고 자신의 본성에 모든 것을 맡기고 있었다.

"하하하. 그대의 음에 내 오늘 술이 취하지 않는구려. 과연 평생을 바칠만 하도다. 오로지 고토 하나를 메고 그대가 왜 산으로 들어가 사는지 이제 이해가 되니 말일세. 모든 시름이 녹아 나를 황홀하게 하니, 말하라. 어떤 소원도 들어주리라."

어상은 그렇게 호기를 부리면서 자신이 이상하다고 생각했다. 이렇게 대취해본 적이 없었다. 어린 나이에 궁에 들어와 대가 센 황후를 만나서 오늘날까지 마음고생께나 했었다. 그래 궁인에게 정을 주었고 아들까지 얻었지만 황후의 시기심과 아직도 제거되지 않는 부정 세력들의 내정 간섭에 기가 질린 지경이었다. 그래 황후를 멀리하려는 생각에 다시 여관을 안아보았지만 성에 차질 않았는데 오늘따라 이상했다. 그렇지 않아도 느닷없이 자신을 시해하려고 나타난 사람 때문에 마음이 어지러운데 술을 들면서 고토를 켜는 여인을 보니 천상에서 내려온 여인이 따로 없다. 아, 내가 미쳤구나. 늙었다. 그러나 이상하다. 고토음이 그녀와 자신을 안고 돈다.

누구냐. 누구야! 아, 고토코다. 비단천으로 얼굴을 가린 여자. 왜 그 여자가?

음이 강해지면 강해질수록 음탕하게도 나신의 그녀를 안고
그는 뒹굴었다.

10

"그놈에게 딸이 있었다고?"

타카시란 놈에 대해 알아오라고 했더니 가토 순사가 딸이
있었다고 했다.

"같이 떠돌았다고 합니다. 뭐 고토를 지고 궁합을 보았다던
가."

"궁합? 고토를 지고? 그년 이름이 무엇이라고 해?"

"고토코라고 합니다."

"고토코? 고토?"

문득 동장사 조실스님이 생각났다. 고토를 지고 딸과 함께
주지스님을 찾아왔었다는 사내. 그럼 그때의 그들?

에이스는 다시 동장사로 향했다. 가토 순사가 주지스님의 방
연화실을 뒤지다 무언가를 발견하고는 에이스를 불렀다.

"부장님, 여기 좀 보셔야겠습니다."

에이스가 달려가 보니 가토 순사가 책을 한 권 펼쳐 들고 있
었다. 연화실을 비추는 달빛이 희미했다.

"불 좀 켜봐."

가토 순사가 불을 밝혔다. 희미하던 글씨가 드러났다.

그들이 잠든 묘지 위로 그들만큼의 매화비가 내렸도다.

매매별패람반패람비묘.

고주우욘. 햐쿠하치. 욘햐쿠산주우니. 센나나햐쿠니주우하치.

"뭐야, 이거?"

에이스가 가토 순사에게 물었다.

"글쎄요."

가토 순사가 대답하며 머리를 내저었다.

"벽장 모서리에 꽂힌 책을 우연히 들쳐봤는데 그 속에 그게 끼어 있더라고요. 아무리 봐도 뭔지 모르겠습니다."

아무래도 심상치 않다는 생각을 하면서 에이스는 다음 장을 재빨리 넘겼다. 글은 거기서 끊어져 있었다.

이런!

그는 드르륵, 하고 뒤를 넘겼다. 여전히 글은 보이지 않았다. 에이스는 고개를 갸웃하며 그것을 품속에 집어넣었다. 그리고는 주위를 힐끗 살핀 뒤 연화실을 빠져나왔다.

2장

증오, 그 쓸쓸한······

1

어상은 깊은 침묵 속에 싸여 있었다. 내내 마음이 어지러웠다. 마음을 강하게 가져야 된다고 생각하면서도 파선이란 늙은이가 다녀간 후 나이가 들어서인지 영 몸이 좋지 않았다. 더욱이 외무성 그 넋 빠진 자의 환영이 자꾸 신경에 거슬렸다. 그래서인지 눈을 감으면 그 자 앞에 칼을 들고 있었다. 그는 자신의 목이 떨어질 줄 알면서도 끝까지 소신을 굽히지 않았다. 계속해서 학술지에 밝혀지던 그의 견해들.

······메이지 천황은 고메이 천황의 친자가 아니다. 메이지 천황의 무리가 무쓰히토 황태자를 암살했으며 정권을 찬탈했다. 그 진실이 기록된 금서가 언젠가 세상에 밝혀질 것이다.······

"네놈의 주장이 사실이라면 어디 증명해보아라. 네놈이 그 사실을 기록해 숨겼다고?"

그는 끝내 대답이 없었다. 이 자를 죽이지 않고서는 나라가 온전치 않을 것 같다는 생각을 그때 했다. 그대로 있다가는 모든 비밀이 세상의 것이 되고 말 것이었다. 그의 말 없는 모습에 더 화가 나 목에 칼을 겨누며 소리쳤다.

"네놈이 죽으려고 환장을 하지 않고서야 어떻게 짐을 욕보일 수 있는가. 도대체 대일본제국의 후손들에게 무엇을 주겠다는 것이냐. 그래도 네놈이 대일본제국의 신민이라 할 수 있느냐!"

"전하, 사실을 기록하고 후세를 위해 남기려는 것이옵니다."

"사실? 사실은 없다. 역사는 기록하는 대로 흐른다. 강자의 것이며, 그게 역사다."

눈앞에 아버지의 얼굴이 떠올랐다. 평생을 씨름꾼 뒷바라지나 하던 아버지였다. 그런 사람이 될 순 없었다.

"너는 백성의 신이 되어라. 막부의 개가 되지 말아라. 사내는 결코 그 누구에게도 무릎 꿇지 않는다. 너는 신의 아들이다. 용서는 너만이 할 수 있다. 용서가 무엇인지 아느냐. 강함이다. 가차 없이 힘의 모습을 보일 때 약자는 무릎 꿇기 마련이다. 진실은 중요하지 않다."

아아, 아버지도 그 사실을 인정하고 있었다. 내가 황가의 정통 적자가 아니라는 것을. 하지만 막부의 간섭이 여간 사납지 않았다. 그들은 비밀을 알고 있었고 그렇다면 언제든 신분이 탄로 날 판이었다. 그랬기에 그들을 죽였다. 닥치는 대로 죽였다. 그리하여 그들을 무릎 꿇렸다. 회색분자는 본시 떠버리들이었다. 상처를 일으키는 균 같은 종자들이었다. 그러므로 그들을 용서하지 않았다.

때로 소문이 돌면 조선을 팔았다. 조선 놈들이 얼토당토않은 이야기를 만들어내고 있다며 백성들을 달랬다. 결국 조선의 국모마저 죽이고 그곳의 왕을 죽이기 위해 수단과 방법을 가리지 않았다.

역적의 자식이 될 수는 없었다. 나는 이 나라의 정통 적자였다. 이 나라는 중국과 한반도를 거느린 나라였다. 어버이의 나라요, 할아비의 나라였다.

"용서는 신이 하는 것이다. 이것이 나의 용서다!"

칼을 들어 그의 목을 잘랐다. 칼날이 살을 가르고 목뼈와 목뼈 사이를 뚫고 터져나갔다. 툭 하고 그의 머리가 바닥으로 굴러 떨어지자 피가 분수처럼 솟아올랐다. 그것을 보며 입꼬리를 비틀고 소리쳤다.

"대일본제국은 짐으로 인해 빛난다. 제국은 짐의 시작이며 넋이다. 부국강병이 짐으로 인해 성취되며, 그 성취가 곧 제국이며 천황이다. 그것을 모른다면 네놈은 이 나라의 자식이 아니지. 너는 대일본제국의 자식이 아니다. 내 백성 중에 회색분자는 필요 없다. 또 하나의 너를 만들지 않기 위해 너를 죽여

저승으로 보낸다."

그렇게 말하고 칼을 놓아버렸다. 그리고 허청허청 걸었다. 문틈을 비집고 들어온 아침 햇살이 기를 쓰고 피바닥 위에서 출렁거렸다.

잠시 생각에 잠겨 있던 어상은 눈을 떴다. 새벽빛이 어슴푸레 침전을 물들였다. 이 시각이면 새벽 별빛을 바라보기가 무서웠다. 막부를 상대하면서 그만큼 많은 피를 보았기 때문이다. 사람은 죽어 별이 된다는데 저렇게나 많은 이들이 하늘에서 눈을 빤짝이며 자신을 노려보는 것 같았다. 그랬으므로 될 수 있으면 하늘이 보이지 않게 두꺼운 커튼으로 창을 막았다. 천황의 존재가 그랬다. 신변의 위험이 항상 따랐으므로 그의 거처는 궁의 외곽이 아니라 언제나 중앙이었다.

요즘 들어 특히 새벽이 무섭다는 생각이 자주 들었다. 하지만 아무리 봐도 정당하다는 생각만 들었다. 그러면서도 자꾸만 진구렁 속으로 빠져 들어가는 것 같아 미칠 지경이었다. 눈을 감으면 자신이 죽인 그가 생각났다. 그럴 때마다 어상은 주먹을 쥐었다. 이 일을 어떻게 해야 하나. 어떻게 해?

어떻게 하다니? 증거가 어디 있는가. 그렇다면 아닌 것이다.

2

"어떤 놈이야?"

화비전으로 들어서며 나루코가 물었다. 사의사단의에서 어상을 시해하려는 자가 있었다는 소리를 듣고 뒤늦게 심의관에게 물은 것이다.

"친위대에서 조사하고 있사옵니다."

심의관이 대답했다.

"어상께서 정신이 번쩍 드셨겠구만?"

"철저히 조사하라 명을 내린 마당이옵니다."

갑자기 나루코는 몸을 숙이고 긴밀하게 물었다.

"그나저나 요즘 황태자의 동태는 어떠한가."

"황자궁에서 꼼짝 않고 있나이다."

"어상의 시해를 노렸다면 세자를 옹호하는 무리들이 아닌가."

3

"좋은 종이군."

어상이 에이스가 내민 종이뭉치를 보며 차디찬 어조로 말했다. 그리고는 혼잣말처럼 중얼거렸다.

"드디어 그 실체가 드러나는군."

"무슨 말씀이시온지."

에이스가 물었다. 그의 음성이 칙칙한 어전의 공기를 휘감았다.

"이건 주지의 글이 아니야. 외무성에 있던 쿠와무라 미치노란 놈의 글이야."

어상이 모든 것을 알고 있다는 듯 말했다.

"왜 이 글이 주지에게서 나왔는지 모르겠군. 미치노란 자가 짐에 관한 글을 숨겼다는 것은 이미 알고 있었다. 목을 벨 때 그놈이 내뱉은 말이 있었으니까."

"그럼 그때부터……?"

"그들이 잠든 묘지 위로 그들만큼의 매화비가 내렸도다. 매매별패람반패람비묘.' 맞아. 이 말 분명히 그놈이 죽어가면서 했던 말이야."

에이스는 할 말을 잃고 눈을 감았다. 어상의 음성이 이어졌다.

"그놈은 내게 올 때 알고 있었던 거다. 내가 용서치 않으리라는 걸."

"죽을 각오를 하고 있었다는 말이군요."

에이스의 말에 이번에는 어상이 눈을 감았다.

'그럼 이 암호 속에 놈이 남긴 무엇이 있다는 말이다. 그게 뭘까?'

어상은 그런 생각이 들었지만 에이스에게는 묻지 않았다. 내 버려두면 해답은 그가 가지고 올 것이었다.

"오늘은 이만 하자. 피곤하구나."

"물러가겠사옵니다."

"그래. 혼신을 다해주게. 하루라도 빨리."

"분부 받들어 모시겠사옵니다."

에이스는 그렇게 말하고 잠시 호흡을 가다듬은 다음 읍하고 어전을 물러났다.

4

달이 검은 구름 뒤로 얼굴을 숨겼다. 달빛에 휩싸였던 화비전이 그 모습을 감추었다. 나루코 후궁은 보료에 몸을 기댄 채 심의관을 쏘아보다가 시선을 돌렸다.

"서와 씨란 자가 더 문젭니다."

갑자기 서와 씨란 이름이 나오자 나루코 후궁의 미간이 일그러졌다.

"어떤 자인가."

"일전에 어상의 궁사로 있던 자입니다."

"궁사?"

"그렇습니다."

"궁내청을 그만두고 조상들의 업이었던 조궁장이 짓을 하고 있지요."

"조궁장이라면 활을 만드는 사람 아닌가?"

"그렇사옵니다. 활 만드는 것도 그렇지만 활 쏘는 실력이 천하제일이라 하옵니다."

"그런데?"

"아무래도 쿠와무라 타카시와의 관계가 심상치 않사옵니다."

"그놈은 제거되었다고 하지 않았는가."

심의관이 자세를 고쳐 앉았다. 그는 마른 입속의 침을 혀로 굴려 입술에 발랐다.

"그렇사옵니다. 다만 마마의 수사 자료가 갑자기 없어졌다고 하옵니다."

"수사 자료라니?"

나르코의 물음에 심의관이 흔들렸다. 그는 말을 하려다가 머뭇거렸다. 나르코의 미간이 꿈틀거렸다.

"왜 그러나. 말을 해. 괜찮으니까."

그제야 심의관이 결심을 하고 입을 열었다.

"전에 쇼켄 황후 미수 사건 말이옵니다."

"쇼켄 황후 미수 사건?"

나르코가 말을 되씹다가 후르르 떨었다.

"아, 조막손의 음을 듣다가……?"

"그 후에 말입니다."

심의관의 말에 그제야 생각이 나는 듯 나르코가 시선을 떨구었다.

"음을 듣다가 다행히 의식을 차려 살아나지 않았습니까. 그런데 이번에는 물냄새가 이상하다고……. 아무래도 이상하게 생각한 황후가 은밀히 지시를 했던 모양이옵니다."

"그래서?"

"물그릇에서 독이 발견되었다고, 누군가 날 계속해서 죽이려 한다며……. 그날 대선료에서 마마를 본 여관이 있었던 모양이옵니다."

"무엇이? 그년이 누군가?"

"조사관들이 알아낸 모양인데, 그걸 기록한 자료가 감쪽같이 없어졌다는 것이옵니다."

"그게 어디로 갔다는 것이야!"

"제 생각에는 경시청 놈들의 관리 소홀 같은데…….

조선인이 아닐까 하는 의혹도 있긴 합니다만, 그럴 리는 없고……. 수사관 하나를 관리 소홀로 데려다가 은밀히 주리를 틀었는데 서와 씨에게만 귀띔했다는 것이옵니다."

"왜?"

"면이 있어 술자리에서 흘린 모양이옵니다. 그 후 수사 자료가 없어졌다고 하니 필시……."

"그놈이 훔쳐갔다? 왜 하필 그것을?"

"조사를 해보니 서와 씨와 고토코란 여자가 무슨 연관이 있는 것 같았사옵니다. 두 사람이 궁 밖에서 접촉하는 걸 누군가 봤다고 하니 말이옵니다. 틀림없이 조막손 여자와 활쟁이가 만나더라는 것이옵니다."

"그러니까 고토코 년이 사주한 것이다?"

"그렇지 않고서야 그 수사 자료만 없어질 이유가 없지 않사옵니까."

"내게 해코지를 하시겠다?"

"그렇사옵니다. 쿠와무라 타카시라는 놈이 죽자 그의 소지품이 담긴 주루먹을 그 자가 찾아갔다고 하옵니다."

"그럼 그년과 활쟁이가 한편이다?"

"그런 것 같사옵니다.

"내 수사 자료가 그 주루먹 속에 있다?"

"그렇지 않겠사옵니까."

나루코 후궁은 무릎 위에서 주먹을 쥐고 고개를 모로 꼬고는 눈을 가늘게 떴다. 무엇인가 생각하거나 결정할 때 하는 행동거지였다.

"한시가 급하구나. 이렇게 되면 황태자의 안녕도 보장 못하는 거 아니냐. 조막손 그년 이상타 했더니 조선 년이었다? 그럼 계획적으로 어전에 접근했다?"

"지금으로서는 그렇게 단정할 수밖에 없사옵니다."

나루코의 눈에서 싸늘한 독기가 터져 나왔다.

"죽이라. 그가 우리 일을 방해했다면 무언가를 눈치 채고 있다는 말이다. 그렇다면 죽이는 것이 상수다. 이러다 내 아들을 찾지도 못하고 지하 감옥에서 죽음을 기다려야 할지 모른다. 둑은 작은 구멍으로 인해 터지는 법."

"알겠사옵니다."

"황후의 동태는 잠시 두고 보기로 하자. 섣불리 건드렸다가 조막손 그년이 어찌 나올지 모르니……. 아직 확실한 것은 아니지 않느냐."

"그렇사옵니다."

"먼저 확실한 증거를 잡아야 한다. 아니다. 죽이면 그만인 것을. 증좌고 뭐고 필요 없다. 더 이상 여유가 없다. 시간이 없어. 우선 죽이고 봐."

"당장 시행하겠사옵니다."

그렇게 대답하고 일어나는 심의관을 나루코 후궁은 매살찬 눈빛으로 바라보았다. 황후를 없애고 황자의 어미 짓을 제대로 해보려고 했더니 놈들이 또 앞길을 막고 나선다는 생각에 그녀는 이를 부드득 갈았다.

5

밤이었다. 달이 구름장 속으로 숨어들었다. 그때마다 세상은 암흑 천지였다. 한 무리의 군사가 신수목을 향해 달렸다. 비가 오지 않아 말발굽이 먼지를 일으켰다. 이내 강줄기를 따라 말이 달렸다. 장다리 꽃밭이 나타나고 사정이 나타났다. 물레다리를 건너고 골목을 휘어 돌았다.

서와 씨의 집이 나타났다. 군사들이 문을 두들겼다. 아랫것이 대문을 열자 그대로 칼이 아랫것을 베었다. 그들은 그대로 안방을 향해 달려갔다.

잠자리에 들었던 서와 씨가 일어났다. 눈만 내어놓고 흰 무명으로 얼굴을 가린 심의관이 그의 목에 장검을 겨누었다.

"누구냐!"

서와 씨가 위기를 느끼고 소리쳤다.

"그건 알 거 없고, 그 조사서 어디 있느냐."

"무슨 말이냐."

"모를 리 없다. 네놈이 가지고 있으니까. 그년 아비의 주루먹, 그놈 딸네미 어디 있느냐."

"얼마 전에 떠났다."

"네놈이 숨긴 것이 아니고?"

"심의관 하기와라 사사키, 얼굴을 가린다고 모를 것 같으냐. 어찌 사람의 탈을 쓰고 그럴 수 있단 말이냐. 타카시 아내를 죽이고도 모자란단 말이냐."

"네놈이 아주 죽으려고 환장을 했구나. 그럼 죽여주지."

심의관은 서와 씨를 끌고 마당으로 나왔다. 어느새 그의 아내와 아들 둘도 군사들에게 끌려나왔다. 군사들이 서와 씨를 잡았고 심의관이 아들들을 돌아보았다.

"딱 한 번만 묻겠다. 그 조사서 어디다 숨겼느냐. 만약 허언을 한다면 네 아비의 목이 떨어질 것이다."

아들들이 겁을 집어먹고 떨기 시작하자 서와 씨가 소리쳤다.

"안 된다!"

"흐흠, 기어이 칼맛을 봐야겠다는 말이구나. 불지 않는다면 네놈 목을 부지하기가 힘들 것이다. 네놈만이 아니야. 다음은 네 아내야."

"모른다."

"모른다? 그럼 어쩔 수 없지. 여봐라. 저년을 앞으로 데리고 오라."

소리를 내며 울던 서와 씨의 아내가 심의관 앞으로 끌려왔다.

"베기 좋게 목을 세워라."

부하 하나가 그녀의 머리카락을 잡고 들어올렸다. 고운 여자였다. 나이가 있긴 했지만 곱게 늙은 여자였다.

"여보!" 하고 서와 씨가 불렀고 아들들이 울먹이며 "어머니!" 하고 불렀다. 이내 심의관의 칼이 그녀의 목으로 날랐다. 목이 떨어져 머리가 땅으로 굴렀다. 피가 분수처럼 목에서 뿜어져 나왔다. 두 아들이 기겁을 하며 넋을 놓았고 서와 씨가 미친 듯 버둥거렸다.

"이래도 불지 않을 테냐? 여봐라, 저 두 아들놈을 끌고 와라. 그래야 불 모양이구나."

아들들이 심의관 앞으로 끌려왔다.

"두 놈의 목을 세워라."

군사들이 아들들의 몸을 잡고 머리카락을 잡아 목을 세웠다. 그러자 작은 아들이 머리카락을 잡힌 채 눈을 희번덕이며 소리쳤다.

"네, 내가 알고 있소. 그 아이가 주루먹 메고 간 곳을 알고 있소."

"안 된다!"

서와 씨가 소리쳤다.

"아버지, 그 아이 생명이 우리보다 우선이다, 그 말이오? 그 아이, 선칠목 백파선이란 사주 보는 할미에게 가 있소."

"선칠목 백파선? 백파선이 뭐하는 년이냐."

"사주와 궁합을 보는 할멈이오."

"오호, 사주쟁이라. 여봐라, 이놈들을 모조리 베라."

"이보시오, 약속이 틀리지 않소!"

아들이 소리쳤으나 군사들이 칼을 휘둘렀다. 서와 씨가 가슴에서 피를 흘리며 넘어지고 두 아들들도 칼을 맞고 쓰러졌다.

6

"이게 무슨 소리냐?"

백파선이 요강에 앉아 끙끙거리다가 고토코에게 물었다. 고토코가 잠자리를 보다가 밖으로 귀를 기울였다.

"말발굽 소리 같은데요."

백파선이 요강에서 일어나며 고개를 갸웃했다.

"뭔 일이 있나……."

"요강이나 닫아요. 아후, 냄새."

"썩을 년. 뭔 냄새가 난다고 지랄이여."

고토코는 코를 막고 문을 열다가 말머리가 쑥 눈앞으로 들어오자 벌렁 뒤로 나자빠졌다.

"에구머니나!"

"뭐여?"

백파선이 고쟁이를 재빨리 올리며 소리쳤다. 히이잉, 하고 방으로 들어온 말머리가 이내 밖으로 빠지고, 심의관이 들어섰다.

"무슨 일이여?"

백파선이 무명으로 얼굴을 가린 심의관을 바라보며 소리쳤다. 심의관의 눈이 고토코의 얼굴에 붙박였다.

"이년, 여기 숨어 있었구나."

고토코가 몸을 뒤로 젖히고 심의관을 올려다보았다. 심의관이 그제야 얼굴을 드러냈다. 그는 넘어진 고토코 앞에 무릎을 꺾고 앉았다.

"네년이 여기 이렇게 숨으면 찾아내지 못할 것 같았더냐."

고토코가 겁도 없이 당차게 그를 노려보았다. 찾아올 줄 알고 있었다는 표정이었다.

"허, 이년, 제법일세. 내가 올 줄 알고 있었나 보네. 그럼 뭘 찾으러 왔는지도 알겠구나."

"죽여 봐! 내가 주나."

고토코가 눈을 시퍼렇게 치뜨고 이를 악물다가 소리쳤다.

"허, 요년. 아주 독이 바짝 오르지 않았는가. 네 아비 유품 어디 있느냐."

"몰라!"

"대답하지 못할까!"

"알아도 못 줘!"

"무엇이? 요년, 보통이 아니네."

고토코가 그를 노려보며 씩씩거렸다. 아버지가 죽던 밤 아버지의 소지품이 담긴 주루먹을 뒤졌을 때 그때 볼 수 있었다. 수사관들이 쓴 조서.

"죽일 년. 어디 있느냐, 그거!"

심의관이 고토코의 멱살을 잡고 다그쳤다.

"죽여 봐. 날 죽이면 어떻게 될 것 같아?"

"뭐라고?"

"울 할메가 그것을 그대로 전하에게 전할 거야."

심의관이 어이가 없어 필필 웃었다.

"저 늙은이 말이냐?"

고토코가 대답을 않고 씩씩거리자 심의관이 고토코의 멱살을 놓고 돌아섰다.

"여봐라, 저 할미 잡아라. 이년이 불지 않으면 목을 잘라버려라!"

그렇게 소리치고 돌아서서 고토코를 잡고 흔들었다.

"이년, 어서 말하지 못할까!"

고토코가 이를 앙다물자 부하들이 노파를 잡아 심의관 앞에 끌어다놓았다.

노파가 목을 벨 테면 베라는 듯 심의관을 올려다보았다. 심의관이 칼을 뽑았다. 고토코는 눈을 감아버렸다.

"어허, 이런 맹랑한 년을 보았나."

심의관이 칼로 노파의 목을 내려치려고 하자 그제야 고토코가 눈을 번쩍 떴다.

"좋아. 할메부터 놓아줘. 놓아주란 말이야!"

"안 된다! 난 죽어도 좋으니 내놓지 마!"

노파가 소리쳤다.

"할메!"

느닷없는 고토코의 부르짖음에 노파가 그녀를 멀거니 쳐다보았다. 쳐다보는 노파의 눈가에 핏기가 돌았다.

"미친년. 이년아, 네가 어찌 네 할미냐!"

고토코의 눈에서 눈물이 주르륵 흘러내렸다.

"할메는 내 스승이야."

"썩을 년!"

노파의 눈에서 핏물 같은 눈물 한 방울이 뚝 하고 떨어졌다.

"어서 할메를 내보내!"

고토코가 소리쳤다.

심의관이 부하들에게 고개를 주억거렸다. 부하들이 노파를 끌고 나갔다. 고토코가 밖을 내다보았다. 노파가 사립 밖으로 사라지고 나서야 고토코는 심의관을 돌아보았다.

"예전에 있던 집에 있어. 거기 숨겨 놓았으니까."

"서와 사두의 집?"

"내가 가야 해."

"얕은 꾀쓰지 마라. 만약 없다면 바로 목을 베어버릴 테니까."

"그러니 그곳으로 데려다 달란 말이야!"

"좋다. 셋은 여기 있고 남은 대원은 신수목으로 간다."

심의관이 고토코를 앞세우고 나왔다.

이내 서와 사두의 사정이 보였다. 장다리 밭이 나타났다. 서와 사두의 집으로 들어서던 고토코는 피를 흘리고 넘어진 시체들을 보며 풀썩 주저앉았다.

"네년 때문이다."

심의관이 말하며 고토코를 일으켜 세웠다. 고토코의 눈에서 눈물이 흘러내렸다.

"어서 찾아내. 아니면 네년도 저 꼴이 될 것이야."

고토코가 자신이 머물던 방 다락에서 봇짐 하나를 끌어냈다. 봇짐을 끌어내면서도 고토코의 눈은 자꾸 대문으로 향했다. 주루먹 속에서 문제의 조사서가 나왔다.

"아, 여기 있었군."

문서를 발견한 심의관이 펼쳐 확인하고는 그것을 북북 찢었다. 그리고는 허공으로 날려버린 뒤 부하들을 돌아보았다. 부하들이 칼을 들고 고토코에게 달려들었다. 피웅. 칼을 들고 달려들던 부하 하나가 비명을 지르며 쓰러졌다. 고토코의 시선이 대문께로 향했다. 활을 쏜 사람이 없었다. 고토코의 시선이 울타리 쪽으로 옮겨졌다. 담벼락 위로 올라선 노파가 보였다. 전동이 우스꽝스럽게 어깨 위로 쑥 올라와 있었다. 전동에서 살을 빼는 오른손이 보였다. 어떻게 저 위로 올라갔을까, 하고 생각하는데 살이 날아왔다. 순식간에 댓 명의 군사가 나가떨어지자 심의관이 칼을 들고 고토코를 향해 달려들었다. 그러자 또 하나의 화살이 소리를 내며 심의관의 왼편 어깨를 꿰뚫었다. 심의관이 뒤로 벌렁 넘어졌다. 그때 부하 하나가 들고 있던 칼을 노파를 향해 던졌다. 그것을 피하느라 노파가 담 아래로 떨어졌다. 심의관이 놓친 칼을 집으려고 일어났다. 이때를 놓쳐서는 안 된다는 생각에 고토코가 벌떡 일어나 칼을 먼저 잡았다. 심의관은 그대로 내빼기 시작했다.

고토코가 달려가 노파를 안았다. 부하가 던진 칼이 오른쪽 가슴에 꽂혀 있었다.

"어떻게 된 거요?"

"이년아, 보면 몰러?"

"안 되겠어요. 칼을 뽑아야지."

"안 된다. 칼을 뽑으면 피가 터져 죽고 말게다."

"그럼 어떡해요!"

"서와 씨는 어떻게 되었느냐."

"돌아가셨어요. 인가가 멀어서인지 오는 사람도 없고."

"가거라. 여기 있다가 너까지 죽어."

"저 혼자요?"

"그래."

고토코가 고개를 내저었다.

"가라니까!"

"못 가요."

"이년!"

"시끄러워요!"

고토코는 군사들이 타고 온 말을 끌어왔다. 헛간에서 달구지를 끌어내고 말에 멍에를 씌웠다. 달구지를 연결시키고 방에서 이불을 가져와 깔고는 노파를 그 위에 실었다. 말을 몰고 나서자 달빛이 검은 구름장을 벗어나 그들을 감싸 안았다.

"이년아, 어딜 가겠다는 거여."

"우선 의원을 찾아야지요."

"글렀다. 그냥 도망가."

"살 수 있으니까 걱정하지 말아요."

신작로 저쪽으로 공동묘지가 나타났다. 공동묘지 반대쪽으로 신작로를 사이에 두고 강이 흐르고 있었다. 한참을 나아가 노라니 노파의 축축한 음성이 들려왔다.

"내가 제자 하나 잘 두어 복이 터졌다. 니미럴."

"말하지 말아요. 힘 떨어져요."

"이년아, 그 정도는 아니여. 이렇게 되고 보니 옛날이 꿈결

같구나."

"말하지 말라니까요!"

노파는 아랑곳하지 않았다.

"내 나이 열두 살에 궁합을 배웠느니라. 아비에게. 이상한 양
반이었다. 네 아비처럼 말이다. 가르치겠다던 궁합은 가르치지
않고 활 쏘는 법을 가르쳤느니라."

그렇게 말하고 노파는 지긋이 하늘을 올려다보았다. 그 옛날
보았던 달이 흘러가고 있었다. 어이 잊을 수 있을까, 그날들을.
어이 잊을 수 있을까.

본시 활과 살은 함께 만들지 못하는 것이었다. 그래서 활을
만드는 조궁장이는 살을 만들지 못하고 살을 만드는 시궁장이
는 활을 만들지 못하였다.

신수목 서와 씨 조상은 활을 만드는 조궁장이었고 선칠목
백파선의 조상은 시궁장이였다. 백파선은 기억하고 있었다. 활
을 만드는 조궁장이와 살을 만드는 시궁장이, 그 두 사람이 활
과 살을 만들어 비로소 하나가 될 때의 광경을. 남녀가 합쳐지
듯 그렇게 둘은 하나가 되어 과녁을 꿰뚫었다.

7

달구지에 누운 노파를 흘끔거리며 말을 몰고 가던 고토코는
말을 멈추었다. 아무래도 노파가 이상하다는 생각이 들었기 때

문이다. 숨도 쉬지 않는 것 같았다. 달구지로 뛰어올라 노파를
안았다.

"괜찮아요?"

노파는 죽은 듯 말이 없었다.

고토코는 노파의 가슴에 귀를 대보았다. 심장 소리가 들리는
것 같기는 한데 뭔가 이상했다.

"괜찮냐니까요?"

그제야 노파에게서 반응이 왔다.

"어이 썩을 년, 왜 고함을 지르고 지랄이여! 시끄러워 못 살
것네."

고토코가 자신도 모르게 흐흐, 하고 웃었다.

"죽은 줄 알았잖아요."

"이년, 호들갑 좀 그만 떨어라."

달이 구름을 물었다. 구름이 퍼덕이다가 달을 삼키기 시작
했다.

"조금만 더 가면 되니 졸지 말아요. 정신 바짝 차려요."

"썩을 년. 이년아, 네년이나 정신 차리고 살아라. 나 걱정하지
말고."

"정말 졸지 말아요."

"이년아, 오는 잠을 어떡허냐. 근디 가슴이 왜 이리 아프다
냐."

"상처가 나서 그래요. 조금만 참아요."

"아이고, 꼭 우리 아베 내 젖살 발라낼 때 같네."

"뭔 소리요?"

검은 구름이 달을 삼켜버리자 세상이 다시 어두워졌다. 날이 궂으려는지 어디선가 샛바람이 불어왔다. 노파가 잠시 숨을 고른 후 말을 이었다.

"우리 아베, 나 열여섯에 약초로 기절시켜 상기둥에 묶고는 내 오른쪽 젖을 잘라내었제. 활을 쏘는데 그놈의 젖이 자꾸 부풀어 오르니까 시위에 걸리적거렸거든. 젖을 잘라내면 그 힘은 팔로 가게 되어 있어. 그것을 젖힘이라고 하지. 젖을 잘라낼 때 유선이 잘라지면서 그 힘이 팔로 쏠리기 때문이여."

"할메!"

"씨부랄년, 스승님 하다가 할메 하다가. 야 이년아, 스승이면 스승이고 할메면 할메지 왔다 갔다 지랄이여!"

"알았어요, 스승님. 졸지만 말아요."

흐흐흐호르릉…….

밤부엉이가 기분 나쁘게 울었다.

"…… 젖이 잘리고 나니까 이상하게 힘 조절이 되지 않았어. 그것이 가얏고를 다룰 때 힘을 주어야 할 때와 힘을 주지 않을 때의 강약 조절과 같더란 말이지. 아베가 사기그릇을 여러 개 가져다 놓고 쇠젓가락으로 때려 보래. 궁상각치우. 니미, 그때 알았간디, 그게 뭔지. 쇠젓가락으로 쳐대니까 제멋대로의 소리를 내다가 쨍그랑 깨어지기 일쑤였지. 그러니까 내 아베 하는 말이 가락의 음도를 모르기 때문이라고. 과녁을 향해 활시위를 당길 때 힘을 조절하는 이치와 같다고. 그래서 활을 모르고서는 가얏고를 안다고 할 수 없다고. 아이고, 왜 이리 아프냐, 가슴이."

"말 그만해요. 피가 더 배어 나오니까."

"야, 이 썩을 년아. 죽을 때 죽더라도 할 말은 하고 갈껴. 너손 말이다."

"손?" 하고 고토코가 자신도 모르게 되물었다. 노파가 그려, 하는 표정을 짓다가 살이 굳어가는 것인지 얼굴이 이지러졌다. 잘 열리지 않는 입술의 느낌을 어쩌지 못하며 입을 여는 것 같았다.

"내 말하지 않았다만 네 아베가 왜 네 손가락 마디를 잘라내었것냐. 내 아베가 내 젖가슴을 잘라낸 것과 같은 이치다. 가야국에 우륵이라는 음쟁이가 살았다고 하더라. 나라가 망해 부렀어. 그래 신라 놈들에게 잡혀갔는데 이 미련한 작자가 제 나라 구해보겠다고 제 새끼 손꾸락에 피를 내어 오동나무에 발랐다고 하지 않냐. 그리고는 이 세상을 조화롭게 할 금탄시살지법을 남겼다고 하더라."

"금탄시살지법?"

고토코는 자신도 모르게 되뇌었다. 그렇게 되물었지만 좀 전에 들었던 궁상각치우라는 말이 그녀의 뇌리에 진드기처럼 달라붙어 있었다. 궁상각치우. 무슨 말인가. 언젠가 아버지가 말한 적이 있다. 다섯 음계에 지나지 않지만 바로 그것이 이 세상의 모습이라고. 5는 천지의 조화를 상징하는 숫자라고 했다. 우주의 이치가 모두 그 속에 담겨 있다고 했다. 그래서 완전수라고 했다. 궁상각치우, 그 다섯 음이 바로 세상의 수레바퀴인 목화토금수 오행(五行)이라고 했다. 우주의 운행은 음양(陰陽)의 이치 위에 오행(五行)이 겹쳐 운행되기 때문이라고 했다. 그러므로 그것은 이 세상의 빛깔이 된다고 했다. 청적황백흑 오색(五色)이 그것이라고 했다. 바로 그것이 인예신의지 오상(五常)이라고 했다. 아설순치후 오성(五聲)이며, 간심비폐신 인체의 오장(五臟)이며, 산고감신함 오미(五味)이며, 풍열습조한 오기(五氣)이며, 춘하계하추동 오계(五界)이며, 동남중앙서북 오방(五方)이며……. 그렇게 이 세상의 모습 그 자체라고 했다. 지금 노파는 그 말을 하고 있었다. 그 생각을 증명하듯 노파가 다시 말을 이었다.

"궁상각치우. 그거이 별 것 아닌 거 같지만 궁합의 최고 높은 자리제. 제 손가락을 잘라 피를 내어 가야금에 바르면 무엇하간디. 그 현 위에서 뛰어놀아야 할 음이 있어야제. 한 치의 어긋남도 없는 소리 말이여. 세상을 죽이기도 하고 조화롭게도 하고 살리기도 하는 소리 말이여."

"할메!"

고토코의 눈물이 노파의 얼굴로 떨어졌다. 노파의 패인 주름살 속으로 고토코의 눈물이 스며들었다.

"이것이 또 힐메? 한 번 스승은 영원한 스승인 거여."

"맞소. 할메는 분명 내 스승이요."

노파의 얼굴에 희미한 미소가 번졌다.

"하지만 우륵인가 뭔가 하는 그 영감탱이. 그 곡을 지어만 놓고 결국 한 곡조도 타보지 못하고 뒈졌다고 하더라. 궁상각치우를 기가 막히게 섞어 놓고 말이다. 그 가락은 세월이 흐르면서 사라져버렸고 탄금법만 남았제. 니미, 그 기맥힌 조화를 나도 잘 모르겠다만 우좌수법이 그것이라고 하더라. 단단히 들어라이. 내 보건대 너의 신수가 신통치 않어야. 언젠가는 우륵인가 뭔가 하는 그 영감탱이가 남긴 탄금법이 필요할 것이다. 아마 네 아비도 그걸 알고 너의 손꾸락을 잘라 만든 가얏고를 지고 그것을 찾아다녔을 것이여."

"이제 말 그만하시오."

노파가 피식 웃었다. 그리고는 아랑곳 않고 말을 이었다.

"바로 우수법과 좌수법이제."

"할메!"

"날치지 말고 잘 들어, 이년아. 나니까 가르쳐주는 것이께. 우수법에서 좌수법으로 넘어가는 비법을 네년이 어디 가서 배우것냐."

"말 그만하라니까요!"

"이년아, 시방 그게 문제가 아니여. 어떻게 하면 오른손의 힘을 왼손으로 똑같이 전달할 수 있느냐, 그게 문제여. 힘이 분명히 다른디 말이여. 힘 조절하는 법을 활쏘기에서 배웠제? 힘이 똑같지 않고는 화살이 으떻게 날데? 그래서 우수법에는 정악과 산조의 법이 생겨난 것이여. 뜯는 수법이 다르다, 그 말이여. 정악에서는 줄을 미는 듯이 하여 뜯는 게 특징 아닌감?"

"할메, 정말 이제 그만해요. 계속 말하면 죽는단 말이오!"

노파가 숨이 찬지 휴, 하고 숨을 몰아쉬고는 말을 이었다.

"그런 뒤에 그 옆줄에 손가락 끝이 닿아서 정지되도록 하는 게 특징이다, 그 말이여. 하지만 산조에서 하듯 가얏고의 줄을 잡아당겨 뜯을 뿐 옆줄에 가서 닿지 않도록 해야 하는 거여. 무슨 말인지 알것제? 줄을 퉁길 때는 주로 식지를 사용하지만 한 번 뜯은 줄을 반복하면서 사용해야 한다, 그 말이여. 그런 뒤에 좌수법에서만 할 수 있는 식지와 장지를 모아야 하는 것이여. 그럼 어떻게 되것냐?"

"우수법과는 양상이 완전히 달라진다?"

고토코는 계속 말을 하는 할멈을 말려야 한다고 느끼면서도 자기도 모르게 묻고 말았다. 노파의 입가에 미소가 번졌다.

"그려, 그런 것이여. 그렇게 두 손을 모아서 그 끝으로 줄을 떨고 누르고 들고 하여 음을 꾸며 나가는 것이제. 그럼 농현이 훨씬 다양해지지 않것냐? 너도 모르게 온몸의 힘이 손목과 손끝에 응축될 테니 말이여. 그럼 점차 현에 가 있는 손가락이 곧추서기 시작할 거이다. 손끝이 칼날이 되는 것이여. 그때 잘라내야 하는 거여. 칼날이 되어버린 손끝으로 감정을 잘라내야 하는 것이여. 무슨 말인지 알것제? 그때 무서운 연주법이 완성

될 거이다. 하지만 명심할 것이 있다. 전신의 힘을 손목과 손끝에 응축시키기 때문에 자칫 잘못하면 탄금하는 네년이 죽을 수도 있으니께 말이여."

그러니까 감정을 절제하는 칼날에 의해 탄현하는 자의 심장이 터져버릴 수 있는 게 탄금법이라는 말이었다.

"알것소, 무슨 말인지. 이제 입을 다무시오, 제발."

"흐흐흐, 요게 제법이라니께."

그렇게 말하고 노파가 손을 들어 고토코의 얼굴을 더듬었다. 어디선가 올빼미가 기분 나쁘게 다시 울었다. 검은 구름장에 숨었던 달이 비로소 얼굴을 내밀었다.

"고토코. 네 아베가 왜 너의 손꾸락 마디를 잘라내었것냐. 탄금쟁이가 목적하는 음을 얻기 위해서는 그만한 한을 심어야 했기 때문이여."

고토코가 입술을 깨물었다.

"그만해요. 왜 내가 그걸 모르겠소."

그리하여 그 한이 그 한의 대상인 조막손을 통해 이 세상 어디에도 없는 음을 이루어낼 것을 아버지는 희망했을 것이었다. 그러나 그런 희망은 육화되지 않은 관념의 저쪽 세계가 아니었던가.

노파가 다시 고토코의 얼굴을 더듬었다.

"고토코야."

"말하지 마시오."

"너 홀로 우째 살래?"

"할메!"

"요것이 또! 하기야 할메지. 암, 내가 너의 할메지. 고토코야, 살아남아야 한다. 세상이 너를 속이면 속아라. 쥐어박으면 쥐어박혀라. 죽이겠다면 죽이소, 하고 목을 내밀어라. 그럼 살아남을 수 있을 거이다. 잘 있그라, 이 불쌍한 것아. 내 올해로 갈 것이라 알고 있었다만 이렇게 가는구나, 니미럴."

그렇게 말하고 노파는 눈을 감았다.

"할메!"

고토코가 급하게 흔들었으나 이미 온기는 노파의 몸속을 빠져나가고 있었다. 고토코의 울음소리만이 적막한 공간을 휘저었다.

3장
길 위의 해원

1

봄이 가고 있었다. 흐드러진 꽃잎이 속절없이 바람에 졌다. 매미 울음 속에 신록이 더욱 우거지고 여름맞이 꽃이 봉오리를 열었다. 고토코는 하카다 역에 내려 곧장 남악사로 향했다.

남악사. 후쿠오카에서 가장 오래된 절이라는 것을 기차간에서 비로소 알았다. 밀교 사찰이라고 했다. 한때 아버지가 있던 절이었다. 밀교의 진언종은 귀족에게는 물론 일반인에게도 널리 알려져 있었다. 그래서인지 깊은 산속이 아니었다. 도시 한복판에 있었다.

절 입구에 도착하자 엄청나게 큰 동상이 보였다. 옅은 미소를 머금은 채 사바세계를 내려다보고 있는 모습이 경외감을 불러일으켰다. 일본 명찰에서는 어디서나 볼 수 있는 구카이 스님의 동상이다. 이 절을 창건했다는 사람. 지팡이를 짚은 맨발의 모습이다.

아버지가 그에 대해 말하지 않았어도 고토코는 그가 어떤 인물인지 알고 있었다. 구카이는 전설적인 인물이었다. 일본 전역에 생생하게 살아 있어서 그를 모르는 이가 없었다. 그는 아픈 이의 동반자였다. 슬픈 사람의 벗이었다. 가난한 이를 도우는 이였고 억압자의 적이었다. 그렇기에 그는 가장 외진 곳에서조차 일상적으로 불리는 이름이었다. 누구나 그를 찾았다. 천황도 그를 찾았고 소를 잡는 천민도 그를 찾았다. 그는 밀교 교파인 진언종의 창시자였다. 일본인이 가장 추앙하는 고승이었다.

그가 출가할 당시도 불교는 국가의 통제를 받고 있었다. 그는 기존 불교 교단에 회의를 느끼고 자유롭게 수행하고자 유랑승이 되었다. 그러다 어느 사찰에서 《대일경》을 접하고 밀교의 세계에 이끌렸다. 그는 밀교가 널리 퍼져 있던 중국으로 건너가 밀법을 공부했다.

밀교는 주술적인 성향이 강한 종교였다. 입문 의식을 치른 신도들에게만 비밀스러운 의식을 통해 가르침을 전한다. 유교의 역과 비교하자면 이론을 중시하는 의리역보다는 실천을 중시하는 상수역에 가까웠다. 상수역이라고 하면 풍수지리, 점복, 궁합 등이다. 현실을 중시하여 주술적인 진언이 주를 이루었다. 이는 훗날 기복신앙적 성격을 지닌 신앙이 되면서 재난을 피하고 행복을 비는 세속적 민속 신앙으로 변질되었다.

밀법을 확실히 하고 돌아온 구카이가 본격적인 포교 활동을 펼친 곳이 이곳이었다. 대불 앞에서 합장을 하고 절을 올리는 사람들이 보였다. 고토코는 일주문을 들어서기가 무섭게 지나가는 스님에게 이토 사마 조실스님을 뵈러 왔다고 말했다. 스님이 고토코에게 누구냐고 물었다. 쿠와무라 타카시라고 하면 아실 것이라고 했다. 스님이 전각을 돌아나가더니 잠시 후 돌아왔다.

"이리 오시지요."

스님을 따라 조실스님을 만났다. 키가 홀쩍하니 컸다. 얼굴이 길고 민머리인데 수염이 성성했다. 눈이 크고 코가 우뚝해 퍽 강렬해 보이는 인상이었다. 쿠와무라 타카시의 딸이란 말에 적이 놀라는 표정이었다.

"딸이 있다는 말은 들었었네."

조실스님은 아버지가 잘못되었다는 말에 몹시 충격을 받은 듯 한동안 눈을 감았다. 돌아가시기 전에 스님을 찾아뵈라고 했다고 하자 다른 말은 없었느냐고 했다. 평소 아버지가 소중히 하던 그림을 주루먹 속에서 찾아 내놓았다.

"할아버지가 남긴 것이라고, 이것을 스님에게 드리라고 하더군요."

조실스님이 그림을 내려다보았다. 시선이 닿기가 무섭게 미로라는 생각이 들었다. 미로의 중앙에 불화로가 놓여 있었다. 붉게 표시되어 있어서일까? 자세히 보니 석방 같았다.

아, 그러고 보니 석굴이다. 자연적으로 생긴 석순굴. 헤아릴 수 없는 미로가 석순굴을 꽉 채우고 있었다. 한 길을 따라가 보니 이내 막혔다. 되돌아와 다른 길을 따라가 보니 역시 막힌다. 들어가는 입구는 하나인데 메두사의 뱀 머리 같은 입구가 이곳 저곳 무수히 나 있고 그 끝을 모르겠다. 뱀 몸뚱이처럼 구불거리다가 막혀버리고 막혀버린다. 분명히 중앙 석순굴에 다다르게 되어 있을 터인데 그 길을 모르겠다. 그리고 중앙 석순굴에서 되돌아 나오는 길도 모르겠다.

그림을 보던 스님이 알겠다는 표정을 지으며 시선을 들었다.

"아버님이 그렇게 되었다고 하니 하는 말이지만, 혹 일연스님(1589~1665)에 대해 들어본 적이 있소?"

고토코는 잠시 기억을 더듬다가 고개를 내저었다.

"아니, 없습니다."

"아버님이 얘기하지 않았군요. 지금으로부터 한 이백 년 전 사람인데 조선 사람이에요."

"조선 사람?"

"맞소이다. 조선에서 이곳으로 오신 분이지요. 이곳에 와 성인으로 추앙받으셨는데 시대의 비극을 온몸으로 끌어안고 살았던 인물이오. 조선의 임금 선조의 장남 임해군의 아들로 태어나 네 살 때 임진란을 겪었지요. 그때 함경도로 피난을 갔는데 도중 회령에서 아버지와 두 살 위의 누나와 함께 포로가 되어 이곳으로 끌려왔어요. 이곳으로 끌려와 누님은 강제로 결혼하였고 스님은 머리를 깎았다고 알고 있소. 그들은 그 후 영영 조선으로 돌아가지 못했다고 하오. 아버지 임해군이 광해군에게 살해되었기 때문이오. 그 후 스님은 수행을 열심히 하여 이곳 일련종을 대표하는 인물이 되어 교단을 이끌었소. 왜 내가 이런 말을 하는가 하면, 그분이 바로 댁의 9대조이기 때문이오."

"예?"

뜻밖의 말에 고토코는 놀란 표정으로 되물었다.

"쿠와무라 성은 이곳에서 얻은 성씨외다. 조선 성씨는 이씨이지요."

"알고 있지만 조선 성씨가 이씨라는 말은 금시초문입니다."

어쩐지 아버지의 행동이 이상했다고 생각하면서 고토코가 그렇게 물었다.

"아마 그럴 게요. 이곳에서 살아남으려면 이곳 사람 행세를 해야 했을 테니……. 할아버지가 어떻게 돌아가셨는지는 알고 있지요?"

"천황 문제에 앞장섰다가 변을 당하셨다고 알고 있습니다."

"그게 다 그 때문이오. 이전 천황을 제거하고 들어선 지금의 천황이 조선을 망치고 있기 때문이오. 그가 아니었다면 조선이 저리 되었겠소? 뒤바뀐 세상 때문에 아버지도 그렇게 변을 당하신 것이고……."

고토코는 시선을 내리깔고 입술을 지그시 씹었다.

"너무 멀어 어느 해인지 잘 생각나지도 않지만 눈 내리는 날 댁의 아버지가 이 산문으로 들어왔었소. 그때 나는 한눈에 알아보았다오. 스님으로 평생을 살기에는 역마살이 너무 강하다는 걸. 아니나 다를까, 몇 년 생활하더니 하산하겠다고 하지 않겠소. 산을 내려가 어떻게 살 거냐고 했더니 이곳에서 배운 역이나 보겠다고 하더군. 밀교의 의식 중 사도가행이라고 있소. 예비 수행의식인 18도가행을 말하는 것이오. 그는 천문, 풍수지리, 궁합, 인사 등의 술수학 중에서도 특히 천문, 궁합에 제일이었는데, 밀법의 정점인 천지조화를 통해 외밀에 있어서는 이나라의 누구도 따를 자가 없었다오. 지난한 수행을 통해 단전호흡, 육성취법 등 자신의 내면에 불을 피우는 내밀까지 말이오. 그때 이 미련한 소승이 어찌 알았겠소. 그의 천기가 피안에 닿았을 줄. 우주의 이치를 꿰뚫고 있다는 걸 말이외다. 나중에야 알았다오. 세상을 하나로 보는 그의 원대한 꿈을 말이오. 바로 궁합이었소. 궁합이 맞지 않으니 세상이 이렇게 돌아간다는 그 이치를 내 그때 깨달았으니 말이오. 우리가 다 알면서도 놓칠 수밖에 없는 그 평범한 진리를 그때 깨달았다는 말이오. 허허허……."

고토코는 허탈한 웃음소리를 들으며 눈을 감았다. 그래서? 그래서 뭔가 싶었다. 평생을 집 한 칸도 없이 딸 하나 있는 거 끌고 다니며 궁합만 보던 사람이었다. 그러다 아내마저 죽이고 본인도 그런 변을 당했다.

"그럼 이 그림도 밀법에 관계된 건가요?"

고토코의 물음에 조실이 머리를 내저었다.

"그건 아닌 것 같소."

"예에?"

그녀의 반문에 조실이 잠시 생각하다가 말을 이었다.

"댁의 할아버지가 그렇게 죽은 후 아버지는 한동안 제정신이 아니었다오."

"제가 태어나기 전이군요?"

조실이 기억을 더듬는 듯 허공을 쳐다보다가 고개를 끄덕였다.

"벌써 그렇게 되었나……."

"제정신이 아니었다니요?"

"아버지를 잃고 천황 친위대에 쫓겨 다녔으니 어떻게 제정신이었겠소."

"대충 알고는 있지만 제 할아버지가 도대체 얼마나 큰 죄를 지었기에……?"

"댁의 할아버지 쿠와무라 미치노는 통역관으로서 꽤 이지적이고 양심적인 사람이었소. 이 땅에 와 사는 사람들의 긍휼함을 목격하면서 이 땅이 결코 조선 백성의 주인일 수 없다는 사실을 밝혀내었으니 말이오."

"그게 무슨 말입니까?"

"이 땅의 모든 것이 조선에 의해 발달되었다는 것을 알고 있지요?"

"네. 어느 정도는."

그렇게 대답하면서 고토코는 이 스님도 조선 사람이 아닌가 하고 잠시 생각했다. 이내 그의 음성이 들려왔다.

"그렇소이다. 나는 조선인이 아니오만 고래로 내려오는 역사 서를 보면 이 나라가 조선의 영향을 받았다는 걸 알 수 있다오. 조선인들이 이 나라에 끼친 영향들……. 우열관계라기보다는 이해관계라고 보는 편이 맞을 거요. 그랬으니 백제라는 나라가 멸망할 때 백제를 놓칠 수가 없었던 것이오. 더욱이 이 나라의 천황이 백제왕의 여동생이었으니 말이오. 그렇다면 그때 당시 이 나라는 백제의 속국이었다는 말이 아니겠소"

고토코가 조실의 말을 듣다가 부르르 떨었다. 조실이 고토코 의 놀람을 놓치지 않고 이내 말을 이었다.

"댁의 할아버지는 바로 그 사실을 역사적으로 정확하게 알 고 있었소. 그래서 천황가의 비밀도 알 수 있었던 것이오. 외무 성에서 통역을 하면서 천황이 뒤바뀌는 바람에 조선이 망해가 고 있다는 사실도 알게 된 것이오. 그런데 누구 하나 그 사실을 인정하려 하지 않았소. 더욱이 천황가에서는……."

"그럼 그 사실을 입증할 문서를 저희 할아버지가 가지고 있 었단 말인가요?"

그랬으니 천황이 할아버지를 죽였을 것이 아니냐는 물음이 었다. 조실이 고개를 주억거렸다.

"그렇소이다. 댁의 할아버지는 지금의 천황이 가짜임을 증명하는 결정적 증거를 가지고 있었소. 그러니 어떻게 되었겠소. 천황은 그 사실이 드러날까 봐 댁의 할아버지를 죽일 수밖에 없었지요."

"그럼 그 글은 이제 볼 수 없겠군요?"

조실의 시선이 무릎 앞의 그림으로 옮겨갔다.

"그래서 댁의 할아버지는 이 그림을 아버지에게 남긴 것이 아닐까 하는 것이오."

"그럼 할아버지가 쓴 그 원본이 어디엔가 숨겨져 있다는 말인가요?"

"그렇소."

조실이 몸을 일으켜 벽장문을 열었다. 그리고는 상자 하나를 꺼냈다.

"어느 날 그가 오더니 놓고 간 것인데 이 그림을 한번 보시오. 뭐 같소? 지금까지 나도 몰랐는데 댁이 가져온 그림을 보니 이제 뭔가 좀 알겠구려."

고토코가 보니 화선지 중앙에 손바닥 만한 그림이 그려져 있었다. 흡사 뾰족한 창끝이 어딘가를 향하여 곡선을 그리며 나아가는 그림이었다. 자기도 모르게 스님에게 내민 미로굴 그림에 시선이 갔다. 창끝이 미로를 꿰뚫고 나아가고 있다는 생각이 들었다. 아니나 다를까, 스님이 바투어 앉더니 미로 그림을 바닥에 놓고 자신이 방금 꺼낸 그림을 그 아래 놓았다.

"자, 이렇게 해놓고 이 그림을 댁이 가져온 그림에 대비시켜 봅시다."

조실이 연필을 가져와 자신이 가지고 있던 그림을 고토코의 그림에 옮기기 시작했다.

"미로가 분명하오. 이 그림대로 선을 그어나가 봅시다."

선을 그어나가자 창날이 정확하게 중앙석실에 닿았다. 그가 시선을 들었다.

"이곳이 정점인 것 같은데, 문제는 댁의 할아버지가 왜 이런 지도를 남겼을까 하는 것이오."

"그럼 할아버지가 숨긴……?"

고토코가 문득 그런 생각이 들어 묻는데 그녀의 심중을 읽은 조실이 고개를 끄덕였다.

"맞소. 그것이 분명한 것 같소. 그러니까 천황을 찾아갈 때 댁의 할아버지는 이미 죽음을 각오하고 증거를 숨겼다는 말이오."

"그럴까요?"

"그렇지 않고서야 이런 지도를 남길 리 없지 않소."

그렇다는 생각이 들었다.

"그렇다면 거기가 어딘가요?"

고토코의 물음에 조실이 눈을 감았다. 내가 그걸 어떻게 알겠느냐는 표정이었다.

2

에이스는 손을 씻고 자리에 앉았다. 오전에 내린 비 때문인지 아직도 습기가 채 가시지 않은 대자리가 눅진거렸다. 비가 질금거릴 때마다 지붕을 고쳐야겠다고 생각하지만 대원들은 달랐다. 그들은 여유가 생기면 거처를 옮겨야 한다고 한목소리를 내고 있었다. 그때마다 에이스는 고개를 내저었다. 그들이 뭐라고 해도 이 숲속을 떠날 수는 없었다.

그동안 천황의 명으로 천지회를 조직하여 비밀조직으로서의 임무를 다해왔다. 이제 천지회는 에이스 혼자로는 통제할 수 없을 정도로 강성해져 있었다. 따르는 무리들이 많아질수록 에이스는 각별히 행동을 조심해야겠다고 생각했다.

그동안 경시청 일을 보면서 은밀하게 아직도 꺼지지 않고 천황을 위협하는 막부의 칼잡이들을 모조리 소탕했다 해도 과언이 아니었다. 그럼에도 여기저기 막부 시대의 다이묘들이 살아 있었다. 그들은 세상이 분명히 바뀌었다는 걸 알면서도 결코 그것을 인정하지 않으려 했다.

아무튼 이왕 빼든 칼이었다. 요즘 들어 막부의 잔재들은 정신적 지주였던 가와바타 야스이를 잃고 박해받던 불교도들을 부추겨 천황 헐뜯기에 혈안이 되어 있었다. 불교계 중에서도 현교 쪽 무리보다는 밀교의 무리들이 더 설쳐대고 있었다.

3

"사건이 어떻게 돼 가는가. 암호는 풀렸고?"

어상이 심드렁한 어조로 말했다. 에이스는 순간 전신이 찌르르 했다. 저 알 수 없는 눈빛. 머리카락이 서고 등줄기가 서늘하게 얼어붙었다.

"실체가 드러나고 있는가?"

"지금 열심히 풀고는 있사오나……."

어상이 눈을 감았다. 창틈으로 바람이 스며드는 것인지 커튼이 흔들렸다. 어상은 쿠와무라 미치노의 목을 벨 때 그가 내뱉은 말을 떠올렸다. 그들만큼의 매화비?

그래, 그놈 그때 분명히 그런 말을 했었다. 그랬다. 분명하다. 꽤 강단이 있던 놈이었다. 어상은 잠시 그를 처음 보던 날을 떠올렸다.

그놈을 어디서 처음 보았더라? 맞다. 그때다! 천황으로 옹립되고 얼마 되지 않아서였다. 그때도 천황교체설이 가라앉지 않고 정신을 어지럽혔었다. 준스케가 그 앞잡이를 잡았다 하기에 만나보니 그 자였다. 그 자가 말했다. 이 땅의 천황이 어떻게 뒤바뀌었으며 그로 인해 조선이 어떻게 변해갈지를. 그 사실을 모두 밝히겠다고 했다. 천황의 진짜 모습과 가짜 모습이 있다고 하였다. 조선이라는 나라가 왜 그렇게 변해 갈 수밖에 없는지 그 이유가 있다고 하였다.

그게 무슨 말인가. 천황이 뒤바뀜으로써 조선의 정세가 그렇게 탈바꿈했다는 말이었다. 그때 죽였어야 했다. 그때.

4

검은 구름이 북으로 달렸다. 하늘이 울었다. 어상은 저녁을
먹으며 소린주를 드는 바람에 술이 좀 취한 상태였다. 침전으
로 든 지 벌써 두어 시간이 넘어가고 있었다. 술은 더 마실 수
없고 차나 마셔야 되겠다며 고토코를 불러들인 마당이었다. 늙
은 탄금쟁이 파선이 다녀간 후로 어상은 이상하게 고토코가 떠
올라 그때마다 고개를 내젓다가 그녀를 불러들인 것이었다.

"그래, 그동안 어디에 있었더냐."

그녀가 들어서기 무섭게 어상은 그렇게 물었다.

"고토를 메고 천지를 돌았사옵니다."

여전히 음전하다. 그동안 여러 여자들과 관계를 맺어왔지만
그들과는 전혀 다른 느낌이었다.

"그랬구나. 그래, 오랜만에 너의 음을 들어보자."

그때까지만 해도 이길 수 있을 것 같았다. 일시적인 욕정이
야. 그렇게 생각하고 말아야 할 것 같았다.

그녀가 조용히 일어나 고토의 용두를 무릎에 놓고 현에 손가
락을 가져갔다. 어상은 눈을 감았다. 음이 흐르기 시작하자 어
상 앞에 놓인 가배다가 술로 변하기 시작했다. 찻상이 술상으로
변하였다. 어상은 술을 마시고 싶다는 강렬한 욕구를 느꼈다.

"여봐라, 술상을 들여라."

수라여관들에 의해 술상이 들여졌다.

"부어라. 마셔보자!"

여관이 술을 따랐다.

음이 점점 거세어졌다. 이제 어상의 눈은 사람의 눈이 아니었다. 욕정을 이기지 못한 어상이 여관을 내보냈다. 그리고는 고토코를 향해 다가가 그녀의 손목을 잡았다.

"내 오늘 너를 보내고 싶지 않구나."

"전하."

"왜, 내가 싫으냐?"

고토코는 대답하지 못하고 시선을 떨어뜨렸다. 그녀는 자신의 표정을 숨기려고 고개를 돌렸다. 어상은 고토코의 그런 행동이 수줍음 때문이라고 생각했다. 어상이 거칠게 그녀를 안고 넘어졌다.

"전하, 이, 이러시면……"

"고토코, 날 거부치 말라."

"전하, 이러시면 안 됩니다."

"짐 무안하게 왜 이러느냐."

어상의 몸이 불덩이처럼 달아올랐다. 고토코의 옷이 벗겨졌다. 어상의 손이 거칠었다. 그녀의 속살이 드러났다.

속곳이 벗겨졌다. 그 안에 살을 가린 속속곳이 드러났다. 무명의 속속곳이 벗겨졌다.

어상의 손이 위로 뻗쳤다. 그녀가 안 된다며 몸부림쳤으나 오히려 어상의 욕구만 자극한 꼴이었다. 희고 보드라운 왼편 젖이 어상의 손아귀에 잡혔다. 어상은 그 젖에다 입술을 묻었다. 그러다 맞은편 가슴을 헤치더니 헉, 하고 놀라며 일어났다. 한쪽 젖이 없었기 때문이다. 그녀가 손으로 재빨리 가슴을 가렸다.

"아니, 왜 가슴이 없느냐!"

어상이 물었다. 그녀는 고개를 숙였다.

"말하라. 왜 젖이 없는가!"

어상은 시시한 사내가 욕구를 못 이겨 호기를 부리듯 사납게 물었다. 누가 너의 아름다운 젖을 베어내었느냐. 내 그놈을 잡아 죽이리라. 아마 어상은 그렇게 생각하고 있는 것인지 몰랐다. 아니, 그렇게 생각하고 있었다.

고토코는 잠시 후에야 시선을 들어 어상을 똑바로 쳐다보았다.

"전하, 어릴 때부터 고토를 배웠나이다. 가슴이 커지자 오른쪽 젖이 팔에 걸려 멀리 나아갈 수 없었나이다. 그래 제게 고토를 가르치던 스승이 그 젖을 도려냈나이다."

어상의 눈이 점점 커졌다.

"오호라, 너의 이름을 들을 때 이미 알아보았다만."

술이 취한 어상은 어디까지나 자기 위주였다.

"부끄럽사옵니다."

그녀가 입술을 씹다가 대답했다.

"그리하여 음의 신선이 되었도다!"

어상이 갑자기 슬픈 표정을 지으며 뇌까렸다.

"……."

고개를 숙이는 고토코의 눈에서 눈물이 흘러내렸다.

"무섭구나. 여자의 몸으로……."

어상이 다시 그녀를 안았다. 손이 샅으로 내려가자 그녀가 가늘게 떨었다. 어상이 그녀의 입술을 덮쳤다. 그들의 입맞춤은 한동안 계속되었다. 어상의 혀가 그녀의 입속을 헤매었다. 단단한 살덩이가 숲을 헤치고 허둥거렸다. 사내의 살맛을 모르고 고이 지켜져온 동굴이 무너졌다. 단단한 살덩이가 무엄하게 그 속을 파고들었다. 그녀가 비명을 질렀다. 그 비명이 오히려 어상의 욕정을 부추겼다. 처음 사내를 접하는 것이라 생각하자 어상은 더 급해졌다.

피가 터져서 샅에서 흘러내렸다. 헐떡거리는 어상의 등을 으스러져라 안던 그녀의 손이 절정의 순간 곧추섰다. 그래, 내 언젠가 너를 죽이고 말리라. 반드시 죽이고 말리라.

5

"전하, 일어나셨사옵니까. 검진 시간이옵니다."

시종장의 음성이 들려왔다.

"들라."

시종장이 문을 조심스럽게 열자 시의가 들어와 부복하고 인사를 올렸다.

"안녕히 주무셨사옵니까."

"꿈자리가 좀 어지러웠던 같소."

"마음을 평안히 하시옵소서. 신경성이옵니다. 먼저 시맥부터 하겠사옵니다."

그렇게 아뢰고는 시의가 일어나 왼손으로 입을 가리고 다가왔다. 어상은 침상에 앉아 소매를 걷었다. 시의가 어상의 손목에 두 손가락을 얹고 맥을 짚었다. 손가락이 따뜻했다. 분명히 궁으로 들 때 어상이 찬기를 느끼지 않도록 손을 따뜻하게 했을 것이다.

예전에는 진맥을 할 때 소매 위로 했다. 감히 하늘의 몸을 일개 범인이 만질 수 없기에 그랬다고 하지만 실은 시의의 찬 손가락을 싫어했기 때문이다. 그것을 시의가 모를 리 없었다. 시강의에서 시의들에게 맨 먼저 가르치는 것이 그것이었다.

"전하, 맥은 정상이옵니다."

이번에 어상은 입을 벌리고 혀를 내보였다. 혀를 살피던 시의가 시선을 내리깔았다.

"밤에 또 갈증을 느꼈사옵니까."

어린아이처럼 어상은 머리를 끄덕였다.

"두어 번."

"짜게 드시지 마옵소서. 그럼 괜찮으실 것이옵니다."

그렇게 말하고 시의는 침전을 나갔다. 뒤이어 명부와 권명부가 따뜻한 물이 담긴 대야를 들고 들어섰다. 양치질과 수세가 끝나고 여관들이 머리를 빗어 말아 올렸다. 어상의 대소변 검사까지 마치고 나서야 시의가 수라여관을 불렀다.

"소갈증이 심해지고 있소. 음식을 짜지 않게 할 것이며 당분은 더 줄이시오."

"알겠습니다."

그들이 침전 밖에서 그런 말을 하는 사이 어상은 침전 서쪽의 문을 밀고 들어가 흰 비단 잠옷을 벗고 편안한 평상복으로 갈아입었다.

"아뢰옵니다. 아침식사가 준비되었사옵니다."

수라여관의 음성이 들려왔다. 어상은 한결 편안해진 기분으로 옷간을 나와 수라간 대선료로 들었다.

4장

살의 역습

1

석양이 구름 사이로 빛기둥을 이루었다. 서산마루가 온통 핏빛처럼 붉었다. 목이 베인 뒤 대창에 찔려 내장골에 걸린 타카시의 얼굴 아래 여인이 서 있었다. 고토코였다.

"아버지!"

그녀가 짧게 부르며 눈물을 흘렸다.

"언젠가는 조상님들의 원한을 꼭 갚겠습니다."

"이년, 그렇다고 이 아비를 죽인 그놈에게 몸을 바쳤단 말이냐?"

목이 잘린 아버지가 눈을 부라리고 고함쳤다.

"죽이려고 그랬던 거예요."

"그런데 왜 죽이지 못했느냐?"

"술에 취해 있었어요."

"이년, 술에 취해 있어서가 아니었다. 네 재주가 아직은 못 미치기 때문이다."

"지금처럼 후회될 때가 없었어요. 아버지에게 좀 더 열심히 배웠다면⋯⋯."

"그 경지를 얻어야 한다. 그리하여 죽여다오. 모두를 죽여다오."

"아버지!"

고토코가 목이 잘린 아비의 얼굴 앞에 무너졌다.

'아버지, 약속하겠습니다. 죽이겠습니다. 죽이고 말구요.'

2

고토코는 그 길로 궁으로 들었다. 여관이 기다리고 있다가 다가왔다.

"황후께서 기다리고 계십니다."

"왜 그러시오."

"가보면 아시겠지요."

황후의 내실로 들어서자 싸늘한 냉기가 그녀를 덮쳤다. 황후의 안색이 좋지 않았다. 들어설 때부터 고리눈을 하고 고토코를 쏘아보고 있었다. 고토코는 가슴이 뜨끔했다. 알고 있구나, 어젯밤 어상을 모셨다는 것을.

"고토코, 어디서 오는 길인가."

여느 때 같으면 '어디서 오는 길이신가' 하며 그래도 예를 잊지 않았을 터인데 황후는 노골적으로 적대감을 나타내었다.

"잠시 궁을 나가 돌아보았습니다."

"내 그대를 그리 보지 않았는데 이제 본색을 드러내는 게 아닌가."

"네?"

"어젯밤에 어상을 모셨다면서?"

고토코가 대답을 못하고 시선을 내리깔았다. 황후가 주먹을 쥐고 부르르 떨었다.

'이년이 속을 감추고 있구나. 내 일찍이 알아보았거늘.'

엊그제도 심의관을 불러 일렀었다. 고토를 켜는 계집을 살피라고. 그리 일렀는데…….

"더 이상 어상이 여자를 취하게 해서는 안 되네. 용종이라도 들어서면 어떡할 것인가. 이제는 근본도 모르는 것이 음으로 성총을 흐려서 대를 이어 이 나라를 삼키려는 수작을."

그런데도 한눈파는 사이 어상이 그를 취했다고 하였다. 황후는 고토코 주위를 맴돌다가 자리로 가 앉으며 탁자를 손바닥으로 소리나게 쳤다.

"내 궁으로 들어와 어상이 한눈팔 때마다 눈을 감았지만 네깟 년이 감히 어상을 모시다니…….'

"마마, 말씀이 지나치십니다."

"오호, 이년 보게. 네 이년!"

황후가 벌떡 일어나 고토코의 가슴을 발길로 내질렀다. 그 바람에 고토코가 뒤로 넘어졌다. 재빨리 일어나 엎드리자 황후는 씩씩거리며 자리로 가 앉았다. 그리고는 살쾡이 눈을 하고 소리쳤다.

"나가거라. 오늘 안으로 궁을 나가지 않는다면 네 너를 가만 놔두지 않으리라. 쥐도 새도 모르게 죽여 궁 밖에 네 목을 걸어버릴 것이다. 누구든 내 마음을 어지럽힌 자는 그렇게 된다는 것을 보여주리라."

그 길로 고토코는 거처에서 한 발자국도 나갈 수 없었다. 언제 황후에 의해 목숨을 잃을지 모르기 때문이었다.

3

'도대체 전설처럼 떠도는 금관의 금서는 어디 있는 것일까. 그것이 모든 의혹을 풀어줄 것이라고 하는데, 설마 그럴 리가……'

잠시 생각에 잠겨 있던 어상은 분신한 조선인 학생의 말을 떠올렸다.

"왜 천황이 막부의 세력을 밀어내고 권력을 잡으면서 불교를 핍박하는지 아는가. 그것은 스스로 신이 되고 싶기 때문이다. 인간이 신이 된다는 사실. 왜 우리들이 불법의 추종자가 되었는가. 너와 나의 진정한 합일을 원하기 때문이다. 그 큰 발심을 모르고 너는 너, 나는 나 하는 것이다. 이것은 천황과 조선, 그리고 불교의 싸움이다. 그래, 너는 천황의 개가 되어라. 나는 그런 인간을 신으로 섬길 수 없다. 이곳에 도래인으로 왔던 내 조상들. 불교는 그들이 전했고 이 나라는 그 기반 위에서 번영해왔다. 이제 그들이 내 할아버지를 죽였고 내 어머니를 죽였다. 단지 불교인이란 이유만으로. 그래서 천황은 우리의 아비가 되려는 것이다. 저 먼 세월의 역사들. 그 흔적마저 지우려 하는 것이다. 그렇기에 백제 편향의 정책을 고수할 수는 없었을 것이다. 그래서 천황은 손에 피를 묻히며 백제 역사서와 백제인들의 기록을 모두 없애고 있는 것이다. 스승의 나라이며 조상의 나라인 백제를 말이다. 백제인이 일본인의 머리에 남아 있는 한 그는 신이 될 수 없다. 그가 신이 아닌 이상 이 나라 사람들은 영원히 백제에 예속될 수밖에 없다. 그렇다면 이 나라를 망친 것이 누구냐. 바로 그들이다. 우리는 알고 있다. 그들을 호령하던 이들이 우리의 조상들이었다는 것을. 저 만주벌판을 말 달리던 이들이 누구냐. 우리는 정신을 바짝 차리고 이 나라를 천황으로부터 건져내야 한다."

어상은 입가에 웃음을 물었다. 양육의 고마움도 모르는 것들. 그래서 나는 신이 되고자 하는 것이다. 이 나라를 구하기 위해. 그래서 불교도들을 핍박하는 것이다. 이 나라를 구하기 위해.

꿈을 꾸면 그가 외쳤다.

"자신이 신이라는 천황의 근본이념이 무엇이냐. 적어도 이념이 되려면 인간관계 속에서 윤리 도덕을 기초로 한 철학이 되어야 한다. 그것이 사랑이다. 인(人)은 곧 사랑의 원리(愛之理)인 것이다. 그런데 자신의 권력 유지를 위해 백성을 억압하고 불교를 핍박하는 것이 사랑이다? 그런 신은 필요 없다. 존재와 존재와의 관계, 그 나아감. 바로 그것이 불교의 근본이념이다. 그래서 너희들의 유일신이 천황이다, 그 말이냐?"

"그는 인간의 신이다. 너희들에게 일용할 양식을 마련해주었다. 이미 그는 너희들의 신이다. 생각해보라. 신궁 안에서 왜 매년 조상신을 모시느냐. 정기적으로 제사를 지내온 이유가 무엇이냐."

"말 잘했다. 그렇다면 그 신은 천황이 아니라 우리들의 조상신이 되어야 하지 않겠느냐."

"무엇이?"

"생각해봐라. 그가 황가의 정통 적자가 아니라는 것은 세상이 다 아는 일이다. 이 나라가 어떻게 나아가고 있느냐. 천황과 황태자를 암살한 이토 히로부미가 그 중심에 있다. 메이지 유신의 흑막을 진정 모르는가. 그는 자신의 신분을 속이기 위해 스스로 신이 된 것이다. 이제 그는 남조계도 북조계도 아닌 신이 된 것이다."

"실망이구나. 그런 낭설에 놀아나다니."

"낭설이 아님을 네놈이 잘 알지 않느냐. 여기는 우리들의 땅이 아니다. 미친개들의 땅이다. 원숭이의 터무니없는 욕망에 놀아나는 오욕의 땅이다. 그의 욕망을 사랑이라고 한다. 사랑? 무슨 사랑? 사랑이란 부정의 협곡이 아니라 긍정의 협곡을 넘어오는 것이다. 나는 숙명적으로 이 땅의 종자가 될 소지를 타고나지 못했으니 이렇게 가는 것이다. 잘 있어라, 학우들이여!"

그렇게 자탄하며 조선인 학생이 불덩이가 되어 가버렸을 때 어상은 황당이란 단어를 떠올렸다. 못난 자식이라는 생각이 들었다. 조선인들이 그러면 그럴수록 더 단단히 그들을 다스려야 한다고 생각했다. 이제 천황은 너희들의 숙명이 될 것이다.

4

에이스는 경시청으로 들어가면서 방금 읽은 분신한 학생의 글을 생각해보았다. 이 나라의 진실이란 말이 잊힐 것 같지 않았다. 세상은 변화무쌍하지만 천황을 신으로 받든다고 해서 이 세상이 뒤바뀔 수는 없다고 그는 말하고 있었다. 그런데도 천황은 자신을 신이라 하고 있었다. 그가 신이라면 조선인은 누구인가.

경시청으로 들어가자 순사들이 모여앉아 고토코라는 여자에 대해 말을 나누고 있었다.

"고토코라는 여자 말입니다. 수사를 하다 보니 황후가 실신하던 날 궁에 들었다던데, 알고 계십니까?"

가토 순사가 카제이 기자에게 정중하게 물었다. 카제이 기자가 고개를 내저었다.

"모르십니까?"

"학사촌 어딘가에 있다는 소문은 있지만 누구도 그녀가 있는 곳을 모릅니다."

학사촌이란 말이 마음에 걸리는데 이상하게 카제이 기자는 더 말할 기세가 아니었다.

그 길로 에이스는 가토 순사를 데리고 경시청을 나왔다. 카제이 기자가 뭐가 있나, 하는 표정으로 따라 붙었다. 말은 익숙하게 나아갔다. 가끔 눈을 뜨기 힘들 정도로 내달리곤 하였다. 여간 빠른 속도가 아니었다.

"벌써 이십여 년 전에 외국에서는 가솔린 자동차가 등장했다는데 이제 우리도 슬슬 바꾸어야 되는 거 아닙니까?"

"자전거만 해도 과하더라. 마차 사라진 지가 언젠데……."

"하여튼 양코베기들 머리가 좋나 봐요. 기차가 붕붕 달리듯이 우마차 같은 차가 도로를 가솔린으로 붕붕 달린다고 하니……."

"아직은 꿈이지. 요시다 산타로란 사업가가 자전거 사업 때문에 양코베기 나라에 갔다가 가솔린엔진을 두어 개 가져왔다지만 신통찮다 하더라."

"왜요, 희망이 있다고 하던데."

"말은 그렇지만 아직은 꿈이라고 해."

햇살이 따가웠다. 가끔 마을이 있는 곳에서 검은 연기가 피어오르는 게 보였다.

"언제 출가하셨어요?"

가토 순사가 무료한지 앞서가는 카제이 기자에게 말을 걸었다. 작년 이맘때 수습기자로 뛰다가 이제 막 정식기자가 된 사람이었다. 알고 보니 경시청장의 아들이었다. 그럼 알게 모르게 경시청의 비밀이 신문사로 흘러나가고 있었다는 말인데, 알아보았더니 그것도 아니었다. 아버지는 그가 고등고시를 거쳐 법관이 되기를 희망했지만 고집을 부려 이제 막 생긴 신문사에 들어갔고 그 바람에 아버지와 의절하고 홀로 살고 있는 처지였다. 그러니 가토 순사로서는 그가 관심의 대상일 수밖에 없었다. 더욱이 대학을 졸업하고 한때 승려생활까지 했다고 하니 더욱 호기심이 일 수 밖에 없었다.

카제이 기자가 뒤를 돌아보며 희미하게 웃었다. 본시 있는 집안에서 자라 귀티가 흐르는 얼굴이지만 나름대로 세상 풍파 다 겪은 듯한 표정이었다.

"동경제대를 졸업하고 아버지의 성화에 못 이겨 잠시 지방을 떠돌았지요. 처음 들어간 곳이 어느 사원의 간경소였어요. 그러니까 경을 찍어내는 곳이었는데, 동경제대 나왔다니까 그곳의 원주가 날 판각원으로 보내지 않고 사보실로 데려가더라고요."

"사보실이라면?"

가토 순사가 물었다.

"그 절에서 사찰사보를 만들고 있었는데 사보기자를 해보라고 했던 겁니다. 그래서 스님이 되었다는 말이 돌았지요."

"사보기자로 계셨다니 그럴 만도 하네요. 얼마나 하셨어요?"

가토 순사의 물음에 카제이 기자가 고개를 끄덕였다.

"한 2년 했지요."

"살해된 주지스님도 그때 만난 건가요?"

"나를 사보실로 불러올린 분이 그분이었는데, 그땐 말사 사보를 책임지고 있었지요."

"그럼 주지를 모시던 시자 이쿠라 모미란 분과도 알겠군요?"

"물론입니다."

"어떤 분이셨나요? 저도 몇 번 보기는 했지만……."

"사보기자가 된 지 일 년쯤 되던 때였을 겁니다. 주지스님에 관한 사설을 부탁하고자 그분을 만났었는데 거기서 그분의 사심을 읽을 수가 있었습니다. 그때 알았습니다. 아하, 이분은 불교 사상에 빠져도 깊이 빠졌구나, 하고 말입니다."

"사설을 쓸 정도면 대단한 사람이라는 말인데……."

"그 정도는 아닌 것 같고, 암튼 뭐 글에는 재주가 있던 사람이었어요. 그의 신상은 잘 모르겠고……."

"혹시 천황의 패거리들을 이끈다는 노기 요로코란 자가 주지스님을 죽였다고 생각하세요?"

가토 순사의 직선적인 물음에 카제이 기자가 에이스를 돌아보았다. 그는 잠시 돌아보다가 다시 고개를 돌렸다. 노기 요로 코란 자의 성이 자신과 비슷해 그럴지도 모른다고 에이스는 생각했다. 아니면 눈치를 챘거나……. 아무튼 가토 순사의 물음은 천황이 불교를 박해하니까 친위대를 비밀리에 이끄는 노기 요로코가 천황 폐하의 핍박에 항거하던 주지를 죽인 것이 아니겠느냐는 말이었다.

"글쎄요?"

카제이 기자가 고개를 갸웃하며 대답했다.

별 시러베 같은……. 쩝.

에이스는 혀를 찼다. 참 눈치 없는 순사 놈이었다. 저걸 때내 버려야 하는데…….

"나도 처음엔 그 자의 짓이 아닐까 생각했어요. 근데 아무리 생각해도 이름 자가 여자 같기만 해서……. 설마 친위대 비밀 대장이 여자이기야 하겠어요?"

"그럼 이쿠라 모미 시자가 주지스님을 죽이고 그에게서 뭔가를 빼앗아 사라졌다는 추측은 어떻게 생각하세요? 주지스님에게서 나온 글을 보고 금관의 금서가 어딘가에 있다고 하셨잖아요. 그 이유가 있을 텐데요?"

"전부터 그런 정보가 있었어요. 외무성의 쿠와무라 미치노라는 통역관이 천황에 관한 모든 것을 밝혀 쇠붙이 속에 넣은 다음 어디다 숨기고 천황의 칼에 목숨을 내주었다고……. 그래서 우리는 그것을 금관의 금서라고 부르지요."

"그러니까 죽은 주지스님과 쿠와무라 통역관이 절친한 사이였고 그것을 안 시자가 금관의 금서를 찾기 위해 주지스님을 살해하고 행방을 감추었다, 그 말인가요?"

"우선 시자가 보이지 않고, 또 천황께 갖다 바치면 이익이 될 테니까 그런 추리가 나오는 것이 아닐까 싶네요."

"그럼 두 가지로 보고 있다는 말이 아닙니까. 시자의 짓이냐, 친위대장의 짓이냐."

"맞습니다."

"그러고 보면 천황의 친위를 맡고 있다는 노기 요로코란 사람, 정말 대단한 인물 같은데요."

가토 순사가 말했다.

"지옥의 순사라는 별명이 있을 정돕니다. 아주 악질 중의 악질이라고 소문이 자자해요. 그러면서도 모습을 드러낸 적이 없다고 하니……. 하긴 그렇지 않고서야 천황의 개 노릇을 하겠어요?"

'개?'

에이스는 그들의 눈치를 보고 있다가 어이가 없어 풀썩 웃었다. 이것들이 정말…….

대화는 더 이상 이어지지 않았다. 태연스러움을 가장하고 있었지만 에이스는 이러다 신분이 드러나는 것이 아닐까 하는 생각이 들었다. 신분을 속이기 위해 일부러 여자 이름을 쓴 것이 실수였나?

가토 순사는 말이 없었다. 도저히 믿기지 않는다는 표정을 짓고 있었다. 한참 후에야 에이스가 입을 열었다.

"어딘가에 있다는 금서. 매화비 어쩌고 하는데, 이게 영 이해가 안 되지 않아요?"

속을 숨기고 슬쩍 떠보듯 했는데 카제이 기자가 잠시 무엇인가를 생각하는 표정을 지으며 '글쎄, 그게 저도 무슨 말인지…….' 하고 말했다.

"항간에 이런 소문이 있어요. 천황이 불교도들을 너무 핍박하니까 스님 한 분이 천황에게 대거리를 했답니다. '야이 졸장부야, 넌 너무 못 생겨서 사진도 찍지 못한다는데 그러니 어찌 여자를 알겠냐. 넌 졸장부라서 여자의 자궁 속에 너의 근본을 밀어 넣고 일분도 참지 못할 게다.' 그랬답니다. 그러니까 천황이 얼마나 화가 났겠어요. '그럼 네놈은 어떻느냐?' 하고 물었지요. 그러자 스님이 자기는 본시 도를 닦은 금강승이라 사정이란 없다고 했다는 겁니다."

"그래서요?"

가토 순사가 재미있다는 듯 끼어들었다.

"그럼 그 경지를 보여 봐라, 그랬답니다. 만약 사정을 한다면 죽이겠다고 했지요. 스님은 결코 사정하지 않았다고 해요. 그래서 더더욱 천황의 불교 핍박이 심해졌다는 말도 있습니다. 나중에 알고 보았더니 그 스님, 불교의 최상승 법인 밀법의 고승이었다고 하더군요."

"그 경지가 어느 정도인데 여자를 안아도 안은 게 아니라는 것인지……."

가토 순사가 이해가 안 된다는 듯 중얼거렸다.

"그렇지요. 만약 그게 사실이라면 천황의 심복인 노기 요로코가 눈에 불을 켜고 불교도들을 핍박할 만도 하지요. 그런데 노기 요로코는 불교도라 그렇게 적극적이지 않다는 말도 있어요. 그 바람에 천황의 미움을 사고 있다는 말도 있고. 정말 노기 요로코가 불교도라면 그 자 쪽에서 생각하면 말이 안 되는 소리일 수도 있거든요."

"참 알 수 없는 게 종파라고 하더니 뭐가 그리 어려운가 그래. 그럼 노기 요로코는 누구인가. 요물인가, 악마인가."

"그게 바로 욕망의 함정이겠지요."

가토 순사의 넋두리를 듣고는 카제이 기자가 남의 말처럼 대답했다.

"아니, 인식의 함정 같아요."

따가운 햇살을 손으로 가리며 가토 순사가 말했다. 그리고 다음 말을 내뱉었다.

"노기 요로코란 사람, 그러고 보면 참 순진한 사람 같아요."

'뭐?'

에이스는 자신도 모르게 눈살을 찌푸렸다. 이것들이 정말 너무 한다는 생각이 들었다. 요물이라고 하지 않나, 악마라고 하지 않나.

5

고토코의 눈에서 눈물이 흘러내렸다. 궁을 떠나왔지만 아직
도 어상의 체취가 남아 있었다. 죽일 것이었다. 어떤 일이 있어
도 죽일 것이었다. 산다는 게 뭘까 싶었다. 자신이 태어나기도
전에 황후에게 목숨을 주었다던 언니. 심의관 무리의 칼에 죽
어가던 어머니.

어젯밤 무슨 꿈을 꾸었던 것일까. 그들이 떠나가고 있었다.
어릴 때 살던 고향, 그곳을 떠나가고 있었다. 때로 떠돌이 무사
들이 마을로 몰려와 온갖 못된 짓을 일삼았었다. 막부의 개들
이었다. 그런 세월을 살았다. 그렇다고 새로운 세상이 열린 것
은 아니었다. 오히려 그들에게 언니와 어머니를 잃었다. 얼굴
도 본 적 없는 언니의 목이 잘리고 있었다. 소의 목이 잘리듯
그렇게 목이 잘리고 있었다. 언제나 그 언니 생각에 눈이 멀었
던 어머니. 왜 어머니가 언니의 기일이 되면 그렇게 상차림에
신경을 썼는지 알 것 같았다. 그래서였는지 모른다. 한 세월을
아프게 살다간 어머니의 장례식을 정성을 다해 치렀던 아버지.

밤이었다. 밤을 이용해 칼에 맞아 죽은 어머니를 아버지가
업어왔다. 절에 어머니를 눕히고 붉은 비단으로 관을 덮었다.
그 위에다 흰 꽃으로 관을 장식하였다. 가장 좋은 돌을 골라
비문을 새겨 비를 새웠다. 그때 결심했었다. 그들을 죽이리라
고. 그리하여 한스럽게 죽어간 그들의 영혼을 구하리라고. 언
제나 언니와 어머니가 먼발치에서 바라보고 있었다. 지켜보고

있었다.

밤이 되면서 다시 비가 내렸다. 빗소리는 하루 종일 문을 두드렸다. 비가 점점 더 심해져 죽창에 빗물이 튀겨 들어오자 고토코는 걸레를 가져다 대었다. 문을 열어보니 하늘 전체가 짙고 낮은 구름으로 뒤덮여 있었다.

6

"탐문 좀 해봤어?"

에이스의 물음에 고바야시 순사가 다가왔다.

"탐문을 해봐도 뭐가 나와야 말이지요."

그때 가토 순사가 들어오더니 가까이 다가왔다. 그의 손에 종이 몇 장이 들려 있었다. 그 종이를 에이스에게 내밀었다.

"반장이 주더군요. 직접 드리겠다는 걸 제가 가지고 왔습니다."

"이게 뭐야?"

에이스가 물었다.

"복검안입니다."

주지스님의 복검안이 니온 모양이었다.

에이스는 기다렸다는 듯 고개를 끄덕였다. 희미하게 그의 입가에 미소가 물렸다. 황궁에서 천황이 특별히 보냈다니까 그들이 의식하고 있다는 사실.

"그렇잖아도 반장에게 부탁할 참이었는데, 잘 됐네."

사실 생각지도 않았는데 얼떨결에 그 말이 나왔다. 가토 순사가 눈을 크게 떴다.

"그럼 저는 다시 나가서 더 살펴보겠습니다."

"그래, 수고해."

가토 순사가 나간 뒤 에이스는 생각에 잠겼다.

'도대체 이놈의 문자가 뜻하는 것이 무엇이란 말인가.'

낮에 잠깐 뵌 천황의 눈빛이 예사롭지 않았다. 갑자기 천황이 이상한 질문을 한 것은 한순간이었다.

"그대는 어떻게 생각하는가."

"무슨 말씀이시온지."

당황스러워 에이스는 그렇게 대답했다.

"찾으려는 금서의 내용을 대충 알고 있을 터이지?"

"그렇긴 합니다만……."

"그래서 묻는 것이다. 과연 일본이 지금의 일본열도이고, 한국이 지금의 한반도라고 생각하는가?"

무슨 질문이 이런가 싶었다. 우리는 일본인인가, 한반도인인가, 뭐 그런 질문 같았다. 우리가 한반도의 문화를 받아들였냐고 물은 거라면 수긍할 수 있었다. 그러나 천황의 질문은 이제 한일동족설까지 묻고 있다는 생각이었다.

사실 처음 한일동족설을 제기한 사람은 조선 사람이 아니었다. 이곳의 정치 사상가였다. 바로 14세기에 나타난 기타바타

케 치카후사. 그 이후 에도 시대를 지나 메이지 시대까지 계속 그 설이 이어지고 있었다. 일본인에게 조선의 피가 섞여 있다는 사실. 천황가 제사 때 등장하는 축문 속의 신, 아지매. 그 신의 뿌리가 경상도 여자라면 조선의 여자가 우리들의 어머니가 아니냐, 그 말이었다.

"그거야 여기서 아지매, 아지매, 그러니까 조선인들이 제 나라로 돌아가 여자를 보고 아지매라고 부를 수도 있는 거 아닐까 하옵니다. 오히려 그쪽이 타당성이 있다고 보옵니다."

"그럴까? 그럴 수도 있겠지. 그럼 '가라쿠니다케' 산의 한자 표기를 왜 '韓國岳(한국악)'이라고 할까?"

또 왜 이러나, 하는 생각이 들었다.

"그야 한국에서 들어온 신일 수도 있습지요."

그런 대답이 나온 줄 알았다는 듯 천황이 고개를 끄덕였다.

"그럴 수도 있겠지. 나도 그렇게 생각했으니까."

무엇을 그렇게 생각했다는 것일까?

아직도 천황가에서 행해지는 제사의 풍습들. 그것을 보며 천황은 '어쩌면?' 하는 생각을 했을지도 모른다. 사실 지금도 황가에서는 신라신 소노카미와 백제신 카라카미의 제사를 지내고 있다. 고대부터 오늘에 이르기까지 천황들이 제사를 모신 최고의 신은 원신(園神)과 한신(韓神)이다. 그 사실이 고대 천황가 문서 《연희식》에 상세하게 밝혀져 있다. 《연희식》에는 신라신을 모신 원신사와 한신사가 등장한다는 사실. 이 사실을 어떻게 설명해야 하나.

그런 생각을 하고 있는데 천황의 음성이 들려왔다. 매우 회한에 찬 음성이었다.

"일본 국민들에게 미안해서가 아닐세. 내가 도대체 뭘 하고 있었던가 싶으니까. 우리에게 짐 지워진 그 모든 상황……. 유가에 보면 이런 말이 있지.《서전》홍범에 말하기를 '하늘이 민중을 내시니 법칙이 있다. 사람이 떳떳함을 아니 아름다운 덕을 좋아하니라.' 글쎄 그럴까? 그게 사실이라면 백성들의 절망은 무엇으로 다스려야 하나."

에이스는 눈을 감았다. 이 여우 같은 늙은이. 도대체 속을 알 수 없으니……. 이 늙은이는 영악하게도 그 대답을 알고 있다. 자신을 신으로 만들어버리고는, 그리하여 의착하고 있는 불법의 신을 자기화해버리고 있다. 그렇다고 상처 난 우리의 가슴이 치유될까? 그래서 눈에 불을 켜고 그 사실이 드러나지 않도록 왜곡을 하고 있을지도 모른다. 사실은 사실이다. 사실이 드러나면 그때 백성들이 가질 혼란, 그 상처. 그래서? 그래서 어쨌단 말인가. 인간의 떳떳한 분별력, 완전한 착함, 참됨. 아름다운 덕목만으로 그 세계를 열 수는 없다. 불교의 개조 석존은 '그대 자유롭고 싶다면 분별을 버리라.'고 했다. 그렇다면 분별을 버리면 될 것이 아닌가. 여자, 남자, 남과 북, 동과 서, 일본, 조선……. 그렇게 분류된 세계를 버리면 될 것이 아닌가. 천황은 불교를 핍박하면서 불법은 타락한 종자의 망발이요, 궤변이라고 한다. 그게 진리라면? 진리는 천황파들이 바라는 것처럼 그렇게 멀리 있지 않다면? 신께 드리는 백성의 예를 원하는가? 도덕을 원하는가? 도리를 원하는가? 부를 원하는가? 정말 천황은 신이 되어 그런 세계를 불러올 수 있을까? 그렇다 하더라도 그것은 개개의 문제지, 전체의 문제가 될 수 없다.

7

대황촉의 불빛 아래 앉은 여인은 분명 나루코 후궁이었다. 그 모습이 예사롭지 않았다. 본시 황원삼은 황후가 착용하는 옷이었다. 금색빛깔이 나는 옷으로 용 문양이 수놓아져 있다. 중국의 황후들이 입는 옷이다. 나루코가 그 옷을 입고 허리를 비스듬히 젖힌 채 상대를 쏘아보고 있었다. 정식으로 하자면 나루코는 봉황무늬가 수놓아진 홍원삼을 입고 있어야 한다.

그녀는 황원삼을 입고 자신이 황후나 된 양 시종장을 노려보았다. 그녀의 자태에서 뿜어나는 기세에 주위는 무섭도록 싸늘한 기운이 감돌았다. 읍한 내관과 궁인은 새파랗게 질린 상태였다. 황후가 제 아들을 후계자로 양육하고 있는 이상 걱정할 것이 없다고 생각하는 게 분명했다. 후궁 중에서 인물이 고운 소노 사치코가 공주를 둘이나 낳기는 하였으나 황후가 든든히 아들을 지켜주고 있으니 그리 걱정할 것이 없다는 행동거지였다.

나루코가 그러고 있는 사이 황후는 황태자가 소노 사치코의 딸들과 어울렸다는 소리에 대노하고 있었다.

"내 뭐라 하였느냐. 잘 지켜보라고 하지 않았느냐. 황태자와 어울리지 못하도록 그리 일렀거늘!"

"어찌나 황자마마를 따르시는지……."

시종장이 어쩔 바를 몰라 하며 말했다.

"그러니까 그년들이 여기까지 들어왔다?"

"그, 그게 아니옵고……."

"앞으로 한 번만 더 내 눈에 뜨인다면 용서치 않을 것이야."

"알겠사옵니다, 황후마마."

"물러들 가라."

황태자를 무난히 보위에 앉히려면 어상의 심중을 어지럽혀선 안 된다. 아들을 낳지 못해 후궁이 아들을 내준 상황이다. 그것이 오히려 빌미가 될 수 있다. 양어머니라고 하여 견제의 대상이 될 수 있기 때문이다. 방법은 하나다. 황태자의 어미를 죽이든지 딸들을 낳은 후궁들을 없애던지. 그렇기에 될 수 있으면 후궁들이 낳은 황녀들과 황태자가 어울리지 못하게 하였다. 언제 어느 때 어상의 심기가 뒤틀릴지 몰라서였다.

잠시 후 시위여관이 침전으로 들었다.

"어인 일이냐."

비스듬히 누워 있다가 황후는 일어나 앉았다.

"이상하옵니다."

시위여관이 앞에 앉으며 운을 떼었다.

'왜?' 하는 표정으로 황후는 그녀를 건너다보았다.

"고토를 켠다는 조막손 있지 않사옵니까."

"그래, 알고 있지. 왜?"

"지밀각에 들렸더니 지밀여관이 이상한 말을 했사옵니다."

"이상한 말?"

"어상께서 그년을 다시 원했다 하옵니다."

흐트러진 뒷머리를 쓸어 올리려고 하다가 황후는 눈을 크게 떴다.

"뭣이라?"

"침전으로 들이라 했다 하옵니다."

황후의 눈이 시퍼렇게 빛났다.

"아니 그년, 어디 있느냐?"

"지밀각에 있는 걸 보고 오는 길이옵니다."

"가자!"

얼굴이 새하얗게 질린 황후가 지밀각으로 향했다. 지밀각으로 들어서기가 무섭게 벽면에 장식으로 걸어놓은 장검을 빼들었다. 그리고는 칼을 들고 지밀여관의 방으로 들어섰다. 궁인들과 말을 나누고 있던 지밀여관이 놀라 일어났다.

"이년, 어디 있느냐? 내 분명히 경고했거늘!"

"마마!"

지밀여관이 황후의 서슬에 놀라 달려왔다.

"조막손, 조막손 어디 있느냐."

홍실에서 머리를 손질하고 있던 고토코가 놀라 돌아보는데 황후의 음성이 들려왔다.

"네 이년, 나오거라."

고토코가 겁에 질려 나가자 황후는 날카로운 눈에 독기를 담고 소리쳤다.

"정말 못 보아주겠구나. 이제는 손가락까지 문드러진 상것을 데려다 장난질이니. 이년, 어디라고 이 나라의 보위를 책임진 분과 장난질이냐."

그렇게 소리치고 황후는 마룻바닥에 칼을 꽂았다.

"내 너를 죽이리라."

"마마, 저의 뜻이 아니옵니다."

"이년, 네년이 꼬리를 쳤으니 그런 것이 아닌가."

"마마, 어상의 명이옵니다. 이러지 마시옵소서."

뒤에 와 서 있던 지밀여관이 황후를 말렸다.

"지밀여관, 지금 날더러 투기하고 있다고 말하는 것인가."

"마마, 전하를 생각하시옵소서."

"오냐. 그렇다면 저년이 어상을 만나지 못하게 밑을 잘라놓고 말리라. 저년의 옷을 벗기고 다리를 벌려라."

황후가 바닥에 꽂힌 칼을 뽑아들었다. 여관들이 달려들어 고토코의 옷을 벗겼다. 고토코가 미친 듯이 몸부림쳤으나 역부족이었다. 이내 아랫도리가 벗겨졌다. 밑을 살펴보던 황후가 필필 웃었다.

"아직 체모도 채 일어서질 않았구나. 그 몸으로 감히 어상을 받았다?"

고토코가 입술을 깨물며 황후를 노려보았다.

"마마, 진정하시옵소서. 어상께서 아시오면……."

지밀여관의 말에 황후가 잠시 눈을 감았다. 그녀가 생각하기에도 저 어린것에게 칼질은 가당찮아 보였다. 칼질한 것을 어상이 아는 날에는 이 나라의 황후가 어린것에게 투기를 했다 하여 어떤 조치가 내려질지 모를 일이었다.

"이년, 너의 뜻이 아니라 어상의 뜻이라고 하였느냐."

"그러하옵니다."

고토코가 침착하게 대답했다.

"그렇다면 다시 기회를 주마. 이 밤 안으로 궁을 떠나거라. 그렇지 않는다면 더는 참지 못한다. 내 너를 결코 살려두지 않으리라."

"아, 알겠사옵니다."

그제야 황후가 칼을 바닥으로 던져버렸다.

"고얀 것!"

8

사건 현장을 다시 둘러보았지만 단서가 될 만한 것은 더 이상 발견되지 않았다. 수사반장에게서 다시 복검안이 올라왔으나 역시 특별한 것은 없었다. 사건이 사건이라 마무리가 되지 않은 이상 제대로 작성되었을 리 없었다.

가토 순사와 함께 다니며 이곳저곳을 탐문해보았지만 결정적인 단서는 얻을 수 없었다. 뭔가 풀려나가는 것 같더니 별 성과도 없이 또 하루가 후딱 지나갔다. 카제이 기자도 그 문제의 암호를 풀기 위해 동분서주하고 있는 것 같았다. 그도 거기에 어떤 열쇠가 있다고 생각하고 있는 것이 분명했다.

시선을 들어보니 해는 중천에서 서쪽으로 고개를 모로 꼬고 있었다. 울창한 수목 저쪽으로 커다란 새들이 너울너울 날고 있는 게 보였다. 어디선가에서 쉬어 터져버린 듯한 소리로 짐승이 울었다. 퀴퀴한 버섯 썩는 냄새가 났다.

멀쩡하던 하늘이 갑자기 먹구름으로 뒤덮이더니 이내 비가 쏟아지기 시작했다. 하늘 전체가 온통 먹물을 쏟아 부은 것 같았다. 아지랑이로 이글대던 대지는 모닥불에 물을 쏟아 부은 것처럼 수증기로 가득하다가 장대처럼 쏟아지는 비에 이내 씻겨 버렸다. 어디선가 골을 차고 흐르는 물소리가 들려 왔다.

젖은 몸을 털며 카제이 기자가 들어왔다. 날씨 때문일까? 들어서는 카제이 기자의 모습을 보고 있으려니 에이스는 갑자기 모든 것이 어두운 심연 속으로 빠져드는 느낌이 들었다. 이상한 절망감이었다. 문득 자신이 왜 여기에 있는 것일까, 하는 생각이 들었다.

에이스는 문가로 다가갔다. 단조롭고 간헐적인 우기의 비답지 않게 지루하게 내리퍼붓고 있었다. 그래서인지 습기가 계속 몸으로 스며들었다. 더운 거리에 있다가 신선하고 서늘한 그늘로 온 것 같은 느낌이 싫지 않았지만 좀 전의 짜증은 그대로 남아 있었다.

"암호 풀이 말입니다. 마냥 기다리고 있을 수만은 없을 것 같은데요."

가토 순사가 일어서면서 말했다.

"그러니까 암호를 풀 만한 사람들을 알아보라고 했잖아!"

에이스는 한껏 짜증난 목소리로 말했다.

"지금 정보장 이시와라 고무로가 열심히 알아보고는 있습니다만……."

가토 순사가 위축된 목소리로 말했다.

"학사촌에 가면 암호 푸는데 일가견이 있는 사람이 있답니다. 한번 가보시죠."

셋이 사건 현장을 벗어나 북쪽 방향으로 말머리를 돌렸다. 날이 갈수록 의혹은 깊어지고 있었다.

"주미노라고 했나? 이름이 이상하군."

에이스가 묻자 가토 순사가 필필 웃었다.

"암호 풀이하는 사람의 이름 같지 않습니까?"

"무슨 뜻이래?"

"아름다운 밥그릇이랍니다."

하하하, 하고 카제이 기자가 웃었다.

에이스도 웃으며 햇살 속에 드러난 먼 산등성이를 바라보았다. 갈참나무의 꺼칠한 잎들에 둘러싸인 어두컴컴한 색채가 볕이 들지 않는 차양 밑의 그늘을 연상시켰다. 그 아래 언덕 사이로 군락을 이루었을 덤불 속에서 금방 꿩이라도 한 마리 날아오를 것 같았다.

에이스는 잠시 눈을 감았다. 알 것도 같고 모를 것도 같은 이 모든 것. 하늘을 보았다. 구름 한 점 보이지 않았다. 어디선가 갈까마귀의 울음소리가 들려 왔다.

주미노. 아름다운 밥그릇. 하하하, 참.

그를 찾아보았더니 동경제대 박사까지 지낸 사람이었다. 나이가 꽤 많을 줄 알았는데 아니었다. 젊은 사람이었다. 키가 크고 이름만큼이나 잘생긴 얼굴이었다. 얼굴이 희고 이목구비가 뚜렷했다. 기품이 있어 보였다.

암호를 풀 수 있겠느냐고 했더니 한참을 내려보다가 고개를 내저었다. 전문가치고는 의외로 포기가 빨랐다.

"척 보면 알지요. 이건 내가 풀 수 있는 성질의 것이 아닙니다. 이건 종교적 주술이에요. 전 그쪽과는 거리가 멀어서……. 그쪽 분들을 찾아가보시죠."

카제이 기자가 험, 하고 시선을 돌렸고 가토 순사는 고개를 숙였다. 에이스는 뭐 이런가 싶었다. 소위 암호 해독가란 사람이 전문분야가 아니라고 이렇게 밀어버리다니…….

9

황후가 돌아간 뒤 고토코는 흘러내리는 눈물을 소매로 닦고 일어났다. 그녀가 궁을 나가려 하자 생각에 잠겨 있던 지밀여관이 불렀다.

"거기 서거라."

고토코가 걸음을 멈추었다.

"나는 어상의 명을 받은 몸이다. 너를 침전으로 들이라는 명을 받았으니 황후의 명을 받들 수가 없구나."

고토코가 돌아섰다.

"저는 황후의 명을 받들겠습니다."

"이년! 이 나라 어상의 명이다."

고토코의 눈에 슬픔 같은 기운이 뻗쳤다.

"제가 어상의 총애를 노려 이곳에 든 줄 아십니까?"

그녀의 목소리에 서슬찬 안간힘이 베어났다.

"이년, 당돌하다. 오히려 황후의 투기가 잘되었다는 말이로다?"

"솔직히 그러하옵니다. 그러하오니 저를 보내주시옵소서."

"네년을 보내고 지밀각이 안녕할 것 같으냐."

"소녀 여기까지 어쩔 수 없이 왔으나 늙은 왕을 모실 수 없나이다."

"이년, 네년이 진정 죽고 싶은 게로구나."

"그럼 어째야 하겠습니까. 어상의 말을 듣지 않아도 죽고, 들어도 황후에게 죽을 것이니 말입니다."

지밀여관이 잠시 생각에 잠겨 고개를 숙였다. 그녀는 한참을 생각하다가 이윽고 입을 열었다.

"그렇다고 하여도 나는 지밀여관으로서 내 본분을 다할 수밖에 없다. 여봐라, 저 아이를 다시 홍실로 데려가 치장하도록 하라."

여관들이 고토코를 홍실로 데리고 갔다.

10

서쪽으로부터 검은 구름이 몰려오더니 잠시 개었던 하늘이 금세 까매졌다. 검은 구름은 산과 복선을 이루면서 동쪽 하늘을 검은 천으로 가리기 시작했다. 서쪽으로는 푸른 구름들이 끼여 있었지만 그 아래 드러난 호수의 원경과 산들은 짙은 안개 속에 잠겨 비를 기다리고 있었다. 그래서인지 멀리 하늘 끝자락에 뻗어 있는 것 같은 능선들은 검은 구름 속에 녹아내리는 것 같았고 그 전면의 반월형 산들은 고요한 정적 속에서 구름 위에 떠 있는 것 같았다. 그것은 부드러운 음악처럼 사람의 마음에 안정을 주는 그 어떤 힘이 있었다. 얼키설키 뒤엉켜있던 마음속 능선들이 햇살 속에 녹아내리는 듯한 느낌이었다.

에이스는 정보장 이시와라 고무로에게 암호 풀이를 맡겨놓고도 안심이 되지 않았다. 그는 한자의 뜻을 헤아려보기 위해 암호에 능통한 중국 학자들을 불러들였다.

"뭐 같소?"

이 자들도 깊이 생각해보지 않고 제 영역이 아니라며 밀어버리는 게 아닐까 싶어 에이스는 성질 급하게 물었다.

"메이메이링파이…… 뭐요, 이거?"

난감한 표정을 지으며 중국인들이 시선을 들었다.

"그러니까 당신 나라 글 아니요. 무슨 뜻이냐고."

"몰라. 이런 말 들은 적 없어."

"어째 보는 놈마다 고개를 내저어?"

제 나라 말로 읽던 대국인들이 하나같이 고개를 내저었다.

"글이 숨겨질 만한 곳을 염두에 두고 풀어보시지요."

가토 순사가 말했지만 중국 학자들은 제 나라말도 모르겠다며 고개를 내저었다. 모르겠다는 것이었다.

에이스는 중국인들을 보내고 생각해보았다. 전문가도 풀지 못하는 암호를 자신이 풀 수는 없겠지만 우선 한 자 한 자 그 의미를 짚어보기로 했다. 맨 처음 글자가 매(梅)다.

매? 매가 뭔가.

글자대로 풀자면 나무 매 자다.

"이 매 자의 다른 뜻을 알겠나?"

가토 순사에게 물었다.

"매실이 누렇게 익을 무렵의 장마철을 뜻하기도 한답니다."

중국 암호해독가가 하던 말을 그대로 했다.

"그래?"

"혹은 신맛을 뜻하기도 한다고 하더군요."

그 역시 암호전문가가 하던 말이었다. 에이스는 다음 한자를 물으려다가 그만두었다. 그렇게 해서 풀릴 글이 아니었다.

"참모장!"

그는 참모장을 찾았다. 참모장이 부하들을 훈련시키다가 달려왔다.

"차라리 군부 쪽으로 알아봐. 스파이를 양성하는 곳이 있을 거 아냐."

"알겠습니다."

그 길로 나간 참모장이 군사 암호전문가를 한 사람 데리고 한나절이 지나서야 나타났다. 그에게 암호문을 내밀었더니 고개만 갸웃댔다. 군사 암호전문가라고 해서 남다를 줄 알았는데 글자 몇 개에 매달려 끙끙거렸다.

에이스는 그와 두 자씩 세 자씩 짝을 지어 해석해보았지만 적당한 의미의 단어가 조합되지 않았다. 설령 그럴 듯한 단어가 조합됐다 하더라도 금서가 숨겨질 만한 곳이 아니었다. 에이스는 들고 있던 암호를 집어던졌다.

"어떡하지요?"

가토 순사가 눈치를 흘끔거리다가 물었다.

"어떡하긴. 증명해내야지."

"보통일이 아닙니다."

"그러니까 해내야지."

"정말 그 궤가 있기는 한 걸까요? 조선인 무리들이 그 궤를 찾으려고 불교계를 압박하고 있다는 말이 있습니다."

"그럴 테지. 그 궤 속에 진실이 있다면⋯⋯."

그렇게 말하고 에이스는 다시 '어떡한다?' 하고 생각했다.

11

특별히 마련된 침전이라고 해서 화려할 줄 알았다. 그 흔한 장롱 하나 없었다. 대황촉 다섯 개가 나란히 서서 빛을 열고 있을 뿐. 소반에 얹힌 자리끼 한 그릇. 가래를 뱉을 수 있는 타구. 여러 겹의 무명베. 아마도 일을 치른 후 밑을 닦으라 준비해 놓았으리라.

고토코는 이를 악물었다. 내가 이러려고 이곳으로 왔던가. 그 무엇도 이루어내지 못하고 이렇게 시들게 되었으니⋯⋯. 저절로 머리가 내저어졌다. 이렇게 무너질 수는 없었다.

"무엇하느냐. 어서 가자."

지밀여관이 뒤에서 밀었다.

침전으로 들자 어상이 술상을 앞에 두고 기다리고 있었다. 그의 앞에 부복하고 고토코는 입술을 깨물었다. 어상이 싱글싱글 웃었다. 참 싱겁고 못생긴 얼굴이었다. 넓적한 이마. 그래서 초년 복은 있겠다. 칼로 찢어놓은 것 같은 눈. 참 심술궂게도 생졌다. 눈과 눈 사이가 좁아 소가지가 생기다 말았겠다. 입술은 어떻게 저리 얇을까. 그러니 잔인하지. 정이라고는 없어 보인다. 어찌 저런 인물이 이 나라의 주인일까 싶다. 자신의 지위를 이용해 성욕이나 채우려는 노망난 늙은이.

"전하, 소저 잠자리에 들기 전에 원이 하나 있나이다."

"그래?"

어상이 잔을 기울이다가 시선을 들었다.

"말해보라."

"제 악기를 가져다주시옵소서."

"악기? 이 밤에 왜?"

"술을 드시는 모습을 보니 한 곡 타고 싶다는 생각이 들어서이옵니다. 그래야 저도 몸이 좀 풀릴 것 같사옵고……."

"허허허, 생각보다 제법일세. 그래, 나도 풍악이 있었으면 했는데 잘됐구나. 여봐라!"

이내 문 앞에 대기하고 있던 내전여관이 들어왔다.

"가서 이 아이의 악기를 가져오너라."

내전여관이 나가자 고토코는 다시 아뢰었다.

"전하, 이제 술은 그만 드시옵소서. 소녀가 악기로 전하의 기분을 올려드리오리다."

"오호, 그래?"

아직은 아니었다. 그러나 나중을 위해 음으로 그의 성정을 다스려놓아야 할 것이었다.

여관이·가야금을 가지고 들어섰다. 고토코는 가야금을 받아 현을 다스려나갔다. 우수법에서 좌수법으로 넘어가자 손끝이 칼날이 되어 곧추서기 시작했다. 그 음이 한량없이 부드럽고 아름다웠다. 그 음이 침전을 감싸고 돌았다. 고토코의 입가에 잔인한 미소가 떠올랐다.

12

삼일정 외곽 지대에서 사건이 터지는 바람에 수사관들이 그쪽에 신경을 쓰는 것 같았다. 사건은 여전히 지지부진이었다. 외곽 지대에서 터진 사건이 얼추 마무리되자 경시청 관헌들은 주지스님의 시자 이쿠라 모미에 대한 정보를 얻기 위해 처음부터 다시 뒤지고 다니는 눈치였다. 하지만 사건을 해결할 만한 결정적 단서를 여전히 찾아내지 못하고 있었다.

진전이 없자 에이스와 가토 순사는 일이 제대로 손에 잡히지 않았다. 그들이 그런 사이 카제이 기자가 들락거렸지만 뭐 던져줄 만한 것이 없었다.

오전에 국립과학수사연구소의 겐죠 박사가 다녀갔다. 그를 통해 법의학이 하루가 다르게 발전하고 있다는 것을 알 수 있었다. 피 하나를 검사하는데 예전과는 완전히 달랐다. 혈액형이 어떻고 저떻고의 수준이 아니었다. 피 한 방울로 유전자를 감별해낼 수 있는 경지까지 와 있었다.

그렇다고 발달된 과학이 인간의 삶 전체를 완전하게 규명할 수는 없겠지만 사망 경위를 살피는 것은 수사관이 평생을 지고 가야 할 일이다. 검시를 하다 보면 시체 스스로가 모든 걸 말하고 있다는 걸 알 수 있다. 사람들은 시체는 말이 없다고 생각하지만 막상 시체를 검시하다 보면 시체 스스로가 말하고 있다는 것을 알 수가 있다.

대단했다. 그가 선진국에서 배워 왔다는 기술은 지금까지와는 완전히 달랐다. 검시에 의한 사인 규명의 정확도는 법의학 수준에 달려 있다는 사실을 실감할 수 있었다. 이미 그들은 피에 이물질이 들어가든가 물이 들어갔다면 피는 피대로 물은 물대로 분리하는 방법을 개발해 법의에 적용하고 있었다.

특히 그들의 머리카락 감별법은 보고는 경악을 금치 못했다. 확대경 수준이 아니었다. 확대경의 수천만 배에 이르는 현미경이라는 것이 있어 그것으로 머리카락을 비교분석하는 것이었다. 더욱이 그들에게는 약물이 있었다. 그 물질이 법의학을 한 단계 높이고 있어 그저 놀랄 수밖에 없었다.

13

고토코는 눈을 떴다. 발걸음이 비칠거렸다. 약정과 심의관의 음흉한 눈이 잊힐 것 같지 않았다. 심의관은 고토코가 궁에 들어와 있다는 사실에 경악했다. 이것이 죽으려고 작정을 한 것이 아닌가.

고토코가 그들을 보니 황후의 덫에 걸린 이상 넌 이미 덫에 걸린 짐승이라 언제 어떻게 처리해줄까 하는 눈빛들이었다. 일단 궁을 나가 그들을 처리해야 될 것 같았다. 쪽지를 적었다. 쪽지를 그들의 시종에게 전하고 황궁을 나왔다.

궁을 나온 지 얼마나 되었을까. 어디선가 개가 짖었다. 저절로 어금니가 씹혔다. 이제 약정은 심의관과 함께 사냥개처럼 달려올 것이었다.

아버지를 잃고 떠돌던 세월들이 꿈결처럼 밀려왔다. 가야금 하나 메고 천지를 떠돌던 세월. 언제나 조막손을 보며 물었다.

'알 수 있을까? 아버지가 원하던 음을 얻을 수 있을까? 얻고 나면 알 수 있을까? 아버지의 사랑을 확인할 수 있을까? 도대체 아버지는 가야금에서 어떤 음을 원했던 것일까?'

고토코를 알아보고 몸을 떨던 심의관의 눈빛. 이제 그들이 올 것이었다. 분명히 이 밤 안으로 그들이 올 것이었다.

14

"너희들의 선입관 따위는 필요 없다!"

암호문이 계속해서 속을 썩이자 에이스는 조회 자리에서 소리쳤다. 정보장에게서는 여전히 연락이 없었다.

"이 자식은 왜 안 오는 거야?"

정보장 이시와라 고무로는 몇 차례 헤매고서야 조선인 이수연 교수 집을 찾아냈다. 대학 시절 몇 번 와본 적이 있었는데 기억이 틀렸다. 본시 부부간에 사이가 좋기로 유명했다. 부부가 사랑채 마루에 앉아 화기애애하게 이야기꽃을 피우다가 정보장을 맞았다.

"아니, 자네 어쩐 일인가."

오십 대의 교수가 환하게 웃었다. 머리에 새치가 많다는 건 알고 있었지만 세월이 꽤 지난 모양이었다. 남의 나라에 살면서도 옷 하나도 이곳의 것은 입지 않는 사람이었다. 남들은 이곳 사람이 되지 못해 안달인데 오히려 조선식 상투를 고집하고 있었다.

하기야 그가 일본식 상투인 촌마게를 하고 앉았다면 볼 만할 것이었다. 귀와 뒷머리를 제외하고 나머지가 대머리가 되는 모양이니 참으로 우스꽝스러울 것이었다. 조선에서 들여다 썼을 정자관 밖으로 보이는 머리가 하얗다. 여름이어서 정자관은 속이 보일 정도였다. 바람이 잘 통하게 짜져 한눈에도 고급스러워 보였다.

"죄송합니다. 자주 찾아뵙지 못해서……."

"이 사람, 입에 발린 소리는. 인편에 한 번씩 소식을 들었네만 멀쩡하구먼. 어서 들어오게."

사모님이 내오는 화채 한 그릇에 더위가 싹 가신 느낌이었다.

"변한 것이 없군요."

주위를 둘러보다가 이시와라 고무로는 말했다.

"우물가 앵두나무도 그대로고요."

"하하하, 올해 유난히 앵두꽃이 많이 피었더라니. 그대가 오려고 그랬나 보오."

"교수님도……."

"어쩐 일인가."

"점심이나 먹이시구 물을 줄 알았는데……."

정보장의 넉살에 교수가 다시 웃었다.

"으하하하, 여전하구만 그래."

"왜 교수님 생각을 못했는지 모르겠어요."

"이 사람, 갑자기 웬 너스렌가. 왜 보자 했는지 말이나 해보게."

정보장은 그제야 가져간 암호문을 펼쳐놓았다. 두 장의 암호문을 읽어보고 난 교수가 중얼거렸다.

"그들이 잠든 묘지 위로 그들만큼의 매화비가 내렸도다? 매매별패람반패람비묘?"

중얼거리던 교수가 팔짱을 꼈다.

"흐흠."

정보장이 번뜩이는 시선으로 지켜보고 있다는 걸 의식해서인지 그는 잠시 생각하다가 시선을 들었다.

"이 암호문, 어디서 난 건가?"

이시와라 고무로는 대답을 하려다가 입을 꾹 다물었다. 그런 그를 교수가 이상하다는 눈빛으로 건너다보았다.

"왜 그러나?"

"아, 아닙니다. 사건현장에서 나온 것이라서요."

"그렇지 않아도 자네 소식을 들었지. 경시청에 들어갔다고. 대단하다는 생각이었지. 조선인이 그곳에 들기가 쉽지 않았을 텐데 말이야."

"그렇지요, 뭐."

정보장은 신분을 속이고 사는 사람이 어디 한둘이냐는 말을 하려다가 도로 삼켰다.

"말하기 곤란하다면 듣지 않겠네. 연구를 좀 해야 할 것 같네만 심상치는 않아. 문제는 바로 이 문자들이야."

교수가 맨 아래쪽 문자를 짚었다.

"매매별패람반패람비묘."

정보장이 읽었다.

"막연해. 한자인 것 같은데 아니야."

"글은 한어이지 않습니까?"

"맞아."

"그런데요?"

"매? 매화? 그들만큼의 매화비? 아니야. 매화를 가리키는 말 같지만, 아니야. 뭔가 있어."

"그래서 풀어내기가 쉽지 않습니다."

"글쎄, 나도 연구해봐야 알겠네."

그렇게 말하고 교수는 눈을 감았다.

15

밤. 기다리기라도 하듯 대문은 열려 있었다. 섬돌 위에 신발 한 켤레가 외로이 놓여 있었다. 죽창으로 엷은 빛이 흘러나왔다. 두 개의 검은 그림자가 열린 사립으로 들어섰다. 검은 그림자는 마당을 가로질러 섬돌로 올라섰다.

이내 죽창이 열렸다. 방구석 벽에 등을 기대고 옹송그리고 앉아 그를 노려보고 있는 고토코의 모습이 드러났다. 검은 그림자가 성큼 방 안으로 들어섰다. 이내 문이 닫혔다.

"고토코, 여기 있었구나!"

검은 그림자 하나가 물었다.

"어서 오시오, 심의관 나리!"

고토코의 음성이 찬 쇳덩이 같았다. 두 사람의 몸에서 풍기는 밤바람 냄새가 살기를 뿜으며 사방을 에워쌌다.

"이럴 수가! 모질구나. 그동안 많이 변하긴 하였다만 예전 그대로니."

"심의관 나리, 모진 건 그대가 아니오. 불 맞은 살쾡이마냥 도망을 치더니."

고토코의 말끝에 조소가 물리자 심의관이 치를 떨었다.

"이년. 네년 독하다는 건 일찍이 알아보았다만 어떻게 궁으로 들어온 것이냐. 그러니까 네년이 바로 쿠와무라 타카시의 딸이라는 말이렷다?"

"소문은 들으셨구려."

"타카시의 딸년이 가얏고의 명인이다? 하하하. 설마가 사람 잡는다더니……."

"알아맞혀보시오. 그대는 이 나라 최고의 역술가가 아니오. 사람을 척 보기만 해도 그 상태를 아는……. 내가 어떻게 궁으로 들어갈 수 있었겠소?"

어이가 없다는 듯한 심의관의 웃음소리를 듣다가 고토코가 이죽거리듯 물었다.

"이년, 네년이 아비를 잃고 실성을 했구나. 하지만 그게 무슨 대수더냐. 네년의 눈엔 살성이 들었다. 엄동 혹한의 풍진을 무릅쓸 일진이다. 그 바람에 오장이 망가졌고 정수리로 기가 뻗쳐 터졌다. 왜 황후를 죽이려 했느냐."

"무섭구려."

고토코가 핑핑 웃다가 이죽거렸다.

"금탄시살지법!"

약정이 소리쳤다. 그의 음성이 꼭 송곳날 같았다. 그 말을 들은 고토코가 웃음기를 거두고 후르르 떨었다. 바람이 거세어지는지 문이 덜컹거렸다.

"어떻게 된 것이냐."

약정이 짚이는 게 있어 날카롭게 고토코에게 물었다. 고토코가 허공에 시선을 붙박은 채 고개를 내저었다.

"아니란 말이냐?"

그제야 고토코는 그들을 자세히 살폈다. 앞의 사내. 키가 작고 대머리였다. 뚱뚱한 몸집의 이제 사십 대 중반의 사내. 그가 약정이었다. 그리고 오십 대의 사내. 키가 훌쩍하고 코가 매부리이고 입술이 창날처럼 얇은 사내. 그가 심의관이었다.

"약정 나리, 재주도 좋소이다. 궁내청에서 심의관의 개가 되어 떠돌더니 황궁의 음사 약정이 되셨구려."

"개소리는 치워라. 그런 손으로 탄금할 수 없다는 것은 네가 더 잘 알 게다. 그래서 묻는 것이다. 말하라!"

분명히 약정은 음을 다루던 사람답게 무언가를 간파하고 있다는 생각이 들었다.

"그러니 알아맞혀보라는 게 아니오."

"음을 듣다가 귀가 터지고 심장이 터진다? 누가 믿을까만 너는 알게 아니냐."

"모르오."

고토코가 고개를 내저었다. 귀신의 호곡 같은 밤부엉이의 울음소리가 들려왔다. 섬뜩한 울음소리였다.

"그럼 아니란 말이냐? 황후를 죽이려고 하지 않았어?"

약정이 밤부엉이의 울음소리만큼이나 섬뜩한 어조로 물었다.

"모른다고 하지 않소!"

"이년, 나를 우습게 보는구나. 음을 우수법으로 다스리다가 좌수법으로 넘어갈 때 생기는 현상임을 네가 모른단 말이냐?"

약정이 기회를 주지 않고 다그치자 고토코가 눈을 감았다.

"정녕 모른단 말이냐? 생각해보아라. 감히 조막손으로 가야금의 현을 튕길 엄두나 낼 수 있는 것이더냐. 필시 내력이 있지 않고는 어려운 일이다."

고토코가 고개를 들고 약정을 똑바로 노려보았다.

"나는 이미 네년이 켜던 가야금을 자세히 살펴보았다. 면밀히 조사해본 결과 줄을 떠는 농현, 소리를 꺾고 흘러내리게 하는 퇴성, 그 모든 것이 왼손에 의해 이루어지고 있었다는 것을 알 수 있었다."

고토코가 어이가 없어 웃었다. 약정의 말이 이어졌다.

"그곳의 줄이 다른 곳보다 많이 가늘어져 있었기 때문이다. 그러면 이렇게 추정할 수가 있다. 오른손이 일단 음을 튕긴다. 그다음 소리는 왼손이 만들어나간다. 그 말은 곧 오른손으로 음을 튕기고는 그 음을 왼손으로 마지막 순간까지 물고 놓지 않는다는 말이 된다. 이것은 어디서도 볼 수 없는 주법이다. 소리의 여운을 철저하게 의식적으로 통제하는 수법이기 때문이다. 황후께서도 말씀하셨다. 너의 뭉그러진 오른손만 보고 있었다고. 왜 그랬겠느냐? 어떻게 뭉그러진 손가락으로 음을 낼 수 있을까 하여 그런 것이다. 그 양반이라고 가얏고를 모르겠는가. 줄은 오른손으로 튕기기 마련이니까 오른손의 기법이 우선한다고 생각했기 때문이다. 그래서 오른손에 시선을 모은 것이다. 하지만 너는 그때 조막손으로 황후를 속이고 있었다. 온갖 기법을 동원하여 왼손을 오른손보다 더 중요하게 활용하고 있었다는 말이다. 그 모든 것을 너는 왼손에 의해 이루어내고 있었다는 말이다. 그곳의 줄이 다른 곳보다 많이 가늘어져 있었다는 것이 그 증거다. 모를 것은 네가 조막손이라는 거다. 조막손으로는 피나는 연습을 했다고 해도 그 경지에 이를 수 없다."

"그렇소."

고토코가 침착하게 대답했다.

"그런데 분명히 음살이었다. 음살의 징후였어."

약정이 신음하듯 내뱉었다. 그때 심의관이 눈을 빛내며 물었다.

"이년, 가당찮다. 네년이 예사내기가 아니라는 건 알고 있었다만 맹랑하게 조선의 가야금을 메고 궁 안으로 숨어들다니. 정말 네년이 금탄시살지법을 배웠단 말이냐?"

고토코는 그의 눈빛에서 설마 하는 빛을 읽었다. '네깟 년이 설마 그랬을라구.' 그는 분명 그렇게 말하고 있었다.

고토코가 대답이 없자 심의관이 계속 말했다.

"그것은 궁합의 이상이다. 그래서 궁합을 모르고서는 음의 명인이 될 수 없다는 말이 나온 것이다. 네년이 그 경지를 이루었다? 하하하, 개가 들어도 웃을 소리다."

"내가 아니라고 해도 믿지 않으시니 그럼 들어보면 아시겠구려."

고토코가 웃으며 심의관을 향해 조막손을 들어 보였다.

"하하하, 웃기는구나. 조막손이 자랑이더냐."

"이 조막손으로 그대들을 죽일 수 있는지 없는지 보시겠소?"

"이년, 금탄시살지법은 가얏고의 신 우륵도 해내지 못한 탄금법이다. 어찌 조막손으로 그 음을 일궈낼 수 있단 말이냐."

심의관이 어림없다는 듯이 말했다.

"가야금의 시조라고 하는 우륵 어른은 조막손이 아니었으니 그랬을 테지요."

"그럼 네년이 그 조막손으로, 금탄시살지법으로 나를 죽일 수 있다는 말이냐?"

"그러니 들어보란 말이오. 살아생전에 한 번 듣기도 어려운 음 아니오? 그 음을 듣기 위해서라면 목숨이 뭐가 아깝겠소."

심의관과 약정이 약속이나 한 듯 웃었다.

"조막손 주제에 별소리를 다하는구나. 어떻게 해서 궁으로 들어와 마마를 그리 만들었는지 모르겠다만 예사롭지는 않으니 한번 들어는 보자꾸나."

그렇게 말하고 약정이 먼저 그 자리에 앉았다. 심의관은 잠시 천정으로 시선을 들었다. 그러다가 무섭게 고토코를 노려보았다.

"정녕 네년이 금탄시살지법을 증명할 수 있다면 내 목숨이 뭐가 대수겠느냐."

그렇게 말하고 어림없다는 표정을 지으며 고개를 홰홰 내저었다.

"그래, 어디 나를 죽여 보아라. 내 저승에서도 네년의 말을 하고 다니마."

먼저 자리를 잡고 앉은 약정이 가소롭다는 표정으로 말을 끝내고 웃었다.

그녀가 앉은 자세로 세워 놓은 가야금을 당겼다. 가야금이 다리 위에 놓이기가 무섭게 눈빛이 사납게 빛났다. 가야금의 현 위로 조막손이 놓였다. 그 손이 현 위에서 곧추섰다. 온몸의 힘이 손목과 손끝에 응축되었다. 그러자 손끝이 칼날이 되었다. 설마 하고 보고 있던 심의관이 믿지 못하겠다는 표정으로 웃었다. 그런 심의관을 고토코가 눈을 치떠 무섭게 노려보았다. 그리고는 눈을 감으며 입을 열었다.

"이 가얏고는 수변청석천년상오동이라오. 여무디여문 청석 사이에서 천년을 견뎌낸. 그러니 그 한이 오죽하겠소."

"이년, 쓸데없는 소리는 집어치워라!"

심의관이 소리쳤다.

"심의관 나리는 이 나라 최고의 관상쟁이요, 역술가가 아니오. 이 몸이야 궁합이나 보는 사람의 여식이고."

"그럼 네 아비에게 궁합이나 배울 일이지 어찌 가얏고를 배웠더냐."

고토코가 피식 웃었다.

"이게 바로 궁합이라오."

심의관의 얼굴이 사납게 일그러졌다.

"입만 살았구나!"

"내 아버지가 그러더이다. 이게 궁합이라고. 궁합이 뭐겠소. 세상만사의 조화 아니겠소. 자고로 진정한 궁합쟁이가 되려면 음의 명인이 되지 않고서는 안 되는 법이지요."

"흐흐흐, 네년이 자고병이 들어도 제대로 들었구나. 명인?"

고토코는 약정의 느물거림을 개의치 않았다.

"이제 그 조화로움이 이 가야금의 현 위에서 뛰어놀 거요. 그음이 살(殺)이 되면 죽을 것이오, 생(生)이 되면 살 것이며, 화(和)가 되면 나와 어울려 살 것이오."

"허허, 이년. 궁합을 배우기는 배운 모양이다. 주댕이가 야무진 것을 보니. 네년이 가소롭게 날 가지고 노시겠다? 물결을 희롱하는 잉어라도 된다더냐. 독사다. 포와지상(毒蛇 抱蛙之相)이야. 독기 서린 뱀이 개구리를 품으려 하지만 어림없다!"

심의관이 소리쳤다.

"정확히 금섬 농사지상(金蟾 弄蛇之相)이라오."

고토코가 소곤대듯 뇌까렸다. 약정이 가소롭다는 듯 웃었다.

"하하하, 금두꺼비가 뱀을 어떻게 갖고 노는지 두고 보라?"

"잘 가시오."

고토코가 눈을 내리깔며 차디차게 말했다. 심의관이 멸시하는 표정을 지었다. 그리고는 음이나 한번 음미해 보자는 듯 눈을 감았다.

드디어 음이 일기 시작했다. 부드러우면서도 강약이 뚜렷한 음이었다. 장단의 짜임새가 꿋꿋하다. 계면조 가락이 폐가의 을씨년스러운 낙수 소리 같다. 때로는 휘모리 가락이다가 갑자기 자진모리 가락으로 가닥을 잡는다. 종잡을 수가 없다. 낙수 소리가 지우산에 떨어지는 빗소리로 변하고 천둥과 번개가 쳐 대는가 하는데 어둠살이 내리는 초저녁 개구리 울음소리 같은 세산조시 가락으로 변한다. 파도가 친다. 장강을 거스르며 희롱하는 잉어의 자태가 그려진다. 넘실넘실 흘러간다. 그러다가 갑자기 싸늘한 살기가 감돈다.

이윽고 그녀의 가야금에서 일어나는 음이 칼날이 되어 닥치는 대로 모든 것을 베었다. 버티고 서 있던 심의관이 소리에 이끌린 듯 그 자리에 무너졌다. 점차 그의 눈에 하나의 환상이 일어났다. 자신의 모습이 앞에서 탄금하고 있는 고토코의 모습으로 뒤바뀌었다. 고토코가 자신이요, 자신이 고토코였다. 이게 어떻게 된 것인가. 완전히 입장이 뒤바뀌었다.

"이놈들아, 이것이 장강 대리지상(長江 大鯉之相)이다."

고토코가 피를 토하듯 소리쳤다.

"무엇이?"

심의관이 그제야 놀라 중얼거렸다.

"장강을 희롱하는 잉어의 눈물이란 말이다. 그 눈물이 느껴지느냐? 그 눈물 속에 내 아버지의 원이 졌느니라. 실토해보아

라. 천황의 명이 있기 전 옥으로 들어 내 아버지의 명을 거둔 이가 있다고 들었다. 내 아버지를 터무니없이 모함한 너희들의 비행이 탄로 날까 그랬겠지. 누구냐. 누가 죽였느냐!"

약정이 고개를 내저었다. 좀 전의 약정이 아니었다. 당당하고 사납던 약정은 어느새 병든 병아리처럼 나약해져 있었다.

"난 아니다!"

약정이 근근이 발악하듯 소리쳤다.

"그럼 누구냐."

"심의관."

심의관이 갑자기 발악하기 시작했다. 그 역시 좀 전의 심의관이 아니었다.

"이놈, 어디라고 내게 죄를 덮어씌우는 게냐!"

"그대가 죽이지 않았소!"

약정이 심의관을 향해 소리쳤다.

"심의관? 그럴 줄 알았다만, 네놈은?"

"난 모른다."

"이놈, 내가 심의관 놈의 칼과 네놈이 품고 다니던 단도도 분간 못할 어린아이로 보이느냐. 그 칼은 휜고무래들의 살발이 신팽이였다. 그래서 딱 손에 들어오지. 심장을 찔러 죽이기에 적당하고. 내 아버지의 가슴에 난 칼자국은 신팽이 자국이었다. 심의관과 네놈이 함께 모살했던 것이야. 그랬으니 날 보고 놀랐던 게 아니냐. 그래서 날 은밀히 죽이러 이렇게 온 것이 아니냐는 말이다. 내가 네놈들의 죄상을 어상께 알릴까 두려워서. 아니냐?"

"모른다."

"네놈들이 뜨거운 맛을 봐야 실토를 할 모양이구나"

고토코의 손이 칼날이 되어 현을 더욱 사납게 갈랐다. 부드럽고 날쌘 음이 그들의 의식을 끈질기게 감았다. 그녀의 옆 이마에 핏줄이 섰다. 금방이라도 터져버릴 것처럼 부풀어 올랐다. 머리카락이 쏟아져 이마를 덮었다. 그녀의 조막손이 신들린 듯 현 위에서 뛰어놀았다.

내부의 신열에 의해 이윽고 그녀의 입에서 피가 터져 나왔다. 가야금 위로 피가 떨어졌다. 곤추선 조막손이 그대로 현 위를 달렸다.

"이게 어떻게 된 것이야!"

어떻게든 정신을 차려보려고 안간힘을 쓰며 심의관이 눈을 뒤집고 소리쳤다. 자신의 모습을 한 고토코가 아랫사람을 불렀다.

"여봐라. 이놈들을 데려가 달아매어라."

심의관의 부하들이 우르르 들어와 자신의 몸을 끌고 나갔다. 아무리 정신을 차리려고 해도 그럴 수가 없다. 발아래를 내려다보니 어느새 대롱대롱 매달려 있었다.

자신의 모습을 한 고토코가 시뻘겋게 타오르는 불화로를 내려다보면서 고함을 내질렀다.

"네놈들이 정녕코 피를 볼 모양이다!"

"사람 살려! 사람 살려!"

아무리 소리쳐도 누구 하나 거들떠보지 않는다.

"불을 들여라."

자신의 모습을 한 고토코가 소리쳤다. 이글이글 타오르는 불화로가 그들의 발밑으로 밀려들어갔다. 극악한 비명소리가 그들의 입에서 터져 흘렀다.

"으아아……."

보는 이들이 하나같이 눈을 감았다. 그래도 고신은 멈추지 않았다.

"저놈들의 옷을 벗겨라."

자신의 모습을 한 고토코가 소리치자 부하들이 달려들어 옷을 벗겼다.

"살을 지져라."

부하들이 시뻘겋게 단 인두를 들고 달려들었다. 발아래에서는 불화로가 타오르고 시뻘겋게 단 인두가 가슴을 지졌다. 그들이 혀를 빼물자 물을 덮어 씌웠다. 인두가 다른 곳으로 옮겨갈 때쯤 그들은 완전히 넋을 놓고 하나같이 혀를 빼물었다.

16

땅을 파는 소리가 주위의 적막을 깼다. 지켜보고 있던 올빼미가 소나무 위에서 울었다. 그들의 시신을 끌어내는 데 반각이나 걸렸다. 죽는 순간까지 음살을 믿지 못하던 생명체들.

고토코는 그들을 묻고 그 자리에 퍼질러 앉아 소매 끝으로 땀을 닦았다. 시선을 들자 지는 달이 산마루에 걸려 있었다. 다시 올빼미가 등을 떠밀듯 울었다. 얼마나 옹송그리고 앉아 있었을까. 눈물이 계속해서 흘러내렸다.

황후를 죽이려면 이제 다시 궁으로 들어가야 했다. 이들을 죽였다는 걸 아는 사람은 없을 것이었다. 그리고 황후를 음으로 살해할 것이라 생각할 사람도 없을 것이었다.

고토코는 일어났다. 다시 몸을 추스르고 궁으로 들기 위해서였다.

17

"오늘은 결과를 가지고 와야 할 겁니다."

아침에 나갈 때 가토 순사가 말했었다.

"부장님의 심사가 그리 편치 않아요."

말리는 시어미가 더 밉다더니, 하는 표정으로 정보장은 가토 순사를 쳐다보았었다. 부장 옆에 바짝 붙어 다니더니 은근히 간섭질이었다. 어디서 온 종자인지는 모르겠으나 보면 볼수록 소름 끼치는 놈이었다. 아니나 다를까, 돌아오기가 무섭게 에이스가 잡았다.

"어떻게 되었어? 한참 된 것 같은데. 진만 빼는 것 아니야? 대답이 나올 때도 됐잖아."

"한어를 전공한 전문가와 직접 문자를 조합해 찾고 있습니다. 몇 가지 적당한 근거를 찾아내었는데 엉뚱한 것들이었습니다."

"엉뚱한 것들?"

"한어인 것만은 사실인데 한시의 음가가 아니었습니다."

"무슨 소린가."

에이스가 미간을 찌푸리며 물었다.

"전혀 엉뚱한 결론이 나왔거든요."

"무슨 소리야?"

정보장이 우선 문제의 암호를 내놓았다.

"먼저 이 이상한 한시의 뜻부터 말하겠습니다. 우리들이 생각했던 것처럼 이 한시의 뜻은 전혀 달랐습니다."

"다르다?"

"우리들이 해독할 수 없었던 것은 한어이긴 하지만 중국이나 참국 같은 나라에서 쓰는 글자와는 양상이 다르다는 것입니다."

"그게 무슨 말이야?"

"중국 근방에 참파족(캄보디아. 그 당시 크메르)이 사는 나라가 있었답니다."

"그래서?"

"그 나라 말이라는 겁니다. 그런데 그 나라가 얼마 전 사라져 버렸답니다."

"나라가 사라져?"

"그래서 말이 많았답니다. 원래 문둥이 나라인데, 뱀 천국이 었답니다. 뱀이 나라를 집어삼켰다고도 하고."

"뭐, 뱀? 그러니까 뱀이 사람들을 다 잡아먹었단 말이야?"

"모르겠습니다, 어떻게 된 것인지. 강성한 나라였는데 지금 은 밀림 속으로 사라져버렸답니다. 뱀 천국이 되었다는 거지 요."

"그것 참."

"그러니까 없어진 말이고 글이라고 해야 옳겠지요. 나라가 없어지면서 모든 자료가 사라졌으니까요."

"그래서 풀었다는 거야, 못 풀었다는 거야?"

에이스가 신경질적으로 물었다.

"바로 그것이었습니다."

"그것이라니? 뭐가?"

"정확한 연대는 측정할 순 없지만, 참파족이라는 나라가 번 성할 당시 중국이나 참국(베트남), 시암국(태국), 서장(티베트) 사 람들과는 통용되지 않는 그들만의 언어가 있었답니다."

"그러니까 다른 나라의 언어와는 달리 그들만의 언어가 있 었다?"

"그렇습니다. 참파국이 사라지면서 모든 것이 동시에 사라졌다는 것이지요."

"그런데?"

"그 암호는 그때 당시의 언어를 알지 않고는 풀 수 없다는 말이지요."

그제야 말귀를 알아들은 에이스가 "그러니까 그때 당시 이 한어의 음가가 지금과는 다르다?" 하고 물었다.

"그렇습니다."

"그럼 그때는 어떻게 읽었다는 말인가?"

"바로 그것입니다."

"그것이라니?"

"그걸 모르겠다는 것입니다."

"이런."

에이스가 미간을 찌푸렸다.

"그래서 그쪽 방면의 고고학전문가들을 내일 만나기로 했습니다. 뭐가 나와도 나오겠지요."

"그래? 가망은 있는 거야?"

"교수님은 풀릴 거라고 하는데, 모르겠습니다. 사라져버린 언어를 복원해내어 그 뜻을 간파해내기가 그렇게 쉬울지…….."

"풀어야지. 풀어야 해."

"알겠습니다."

에이스가 주위를 둘러보았다.

"가토 순사는 왜 보이지 않는 거야?"

"글쎄요."

곁에 있는 순사보가 당황해하며 대답했다.

"찾아와. 또 무슨 짓을 하고 있을지 모르니."

"알겠습니다."

순사보를 내보내고 잠시 앉아 있는데 순사들이 들어왔다. 그들은 에이스의 눈치를 살피다가 슬며시 다가왔다.

"부장님!"

젊은 순사 하나가 말을 걸어왔다.

"왜?"

"저번에 말입니다. 어상에 대해서 말하다 말지 않았습니까."

"무슨 말?"

"대체설 말입니다. 그거 사실이 아니겠지요?"

에이스는 눈을 감았다. 이것들을 어떡해야 하나. 문득 천황의 모습이 뇌리를 스치고 지나갔다.

그러고 보면 예전의 황태자의 모습은 아니라는 생각이 들었다. 어느 봄날 보았던 사진첩 속의 황태자의 모습. 그때 보았던 황태자의 모습은 아니라는 생각이었다. 그는 멀거니 순사들의 얼굴을 쳐다보았다. 그러다가 다시 눈을 감아버리고 말았다.

18

"이년, 네가 네 죄를 모르겠단 말이냐!"

칼을 쥔 황후가 바들바들 떨었다.

"네년이 짐승이 아니라면 어찌 그럴 수 있단 말이냐."

"그것은 소녀가 할 말이옵니다."

"이년, 어디서 말대답이냐! 분명히 경고했었다. 황궁을 나가라고. 그런데 다시 기어들어 와? 네년이 죽으려고 작정을 하지 않았는가."

"마마, 어상의 명이었습니다."

"바로 그것이다. 네년이 날 능멸한 죄를 물으리라. 여봐라, 이년의 다리를 더 벌려라. 무엇들 하느냐!"

그때 친위여관장이 나섰다.

"마마, 이럴 일이 아니옵니다. 고정하시옵소서……."

"여관장, 이년의 말을 못 들었소? 어상의 명을 받으면 또 궁에 들 기세가 아닌가."

"그러하오나, 마마!"

다음 순간 황후의 칼날이 고토코의 밑을 스쳤다. 밑이 두 조각으로 잘려 떨어지자 고토코는 혼절해버리고 말았다. 고토코는 들것에 실려 궁 밖으로 쫓겨나면서 여관들이 하는 말을 어슴푸레 들었다.

"지독하긴 지독하네. 밑을 자르다니."

"입 조심하는 게 좋을 것이야. 여관 준코는 어상과 자보지도 못하고 저보다 더했으니까. 그날도 그랬지. 칼을 들고 가서는 준코 여관에게 칼 받으라고. 준코 여관이 엎드려 목숨만 살려

달라고 애걸하자 황후는 그녀가 가여운 생각이 들었는지 칼을
던져버리고 역사를 불러 다리 양쪽의 살을 도려냈지. 그리고는
저렇게 낭가에 실어 내쫓아버렸어. 죽었는지 살았는지, 원."

"독한 사람이야. 한두 명도 아니고. 어상도 그래. 눈에만 들면
잠자리로 끌어들이니. 정식으로 끌어들인 여자만 몇 명이야.
그녀들만 해도 열두 명이나 되는데 그것도 모자라 또 끌어들여
밑을 갈라놓았으니. 아이고……."

19

"풀렸습니다!"

정보장이 뛰어들면서 소리쳤다. 가토 순사가 칼로 고구마를
깎아 먹고 있다가 고개를 들었다. 생고구마를 우적우적 씹고
있던 에이스가 보고 있던 서책을 집어던지고 일어났다.

"풀렸다고?"

"얼추."

에이스의 물음에 정보장이 대답했다. 에이스는 정보장을 덥
석 안았다.

"장하다 장해. 들어가자, 들어가."

에이스는 정보장을 끌고 부장실로 들어가 쾅 하고 문을 닫
아걸었다. 순사들이 문 뒤로 우르르 몰려드는 소리가 났다. 가
토 순사는 고구마를 한 입 베어 물며 그들을 바라보았다.

마주앉은 정보장을 보며 에이스가 살갑게 소곤대었다.

"어떻게 풀었는가."

정보장이 암호문을 내놓았다. 그리고는 암호문을 가리켰다. 에이스는 그가 가리키는 글 위로 시선을 붙박았다. 정보장의 검지가 매 자를 가리켰다.

"매?"

에이스가 뇌까렸다.

"우리는 이 글자를 매로 읽지?"

주위에 사람이 없다는 걸 안 정보장이 갑자기 에이스를 향해 친밀하게 말했다.

"그래."

에이스가 이해한다는 듯 대꾸했다.

"매화를 뜻한다고 알고 있고."

"그렇지."

"그런데 아니었어."

"아니다? 아니라니?"

"하나를 뜻하는 말이라는 거야."

"뭐? 하나?"

"그래. 그 나라, 그러니까 참파족은 1을 매라고 읽는다는 거야."

"1을 그들은 매라고 불렀다?"

"무려 여섯 명의 교수가 모여앉아 내린 결론이야."

"근거는?"

"물론 있지. 매라는 글자는 분명히 중국어이고 매화를 가리키는 말이지만 장마라는 뜻도 있다는 거야."

"장마? 그거 중국 암호해독가가 이미 말했잖아."

에이스가 김샌다는 표정을 지었다.

"그야 중국에서 그렇다는 말이고. 그 비를 매화꽃이 필 때 오는 비라고 해서 매우(梅雨)라고 했다는 거야."

"그러니까 매 자가 그 나라로 흘러 들어가 그렇게 쓰였다?"

"그 나라의 기후가 그랬던 모양이야. 비가 오락가락하면서 오래가니까 그 장마 일을 하루 이틀 사흘 그렇게 계산하다 보니 숫자 개념이 되었을지도 모른다는 거야."

"그렇다면 이 암호의 한어는 숫자를 가리키는 말이다?"

"그렇지."

"으흠. 그러니까 참파족들은 매 자를 하루, 즉 1로 표시했다?"

"공식적인 기록은 없지만 일부 지방에서 사투리처럼 쓰다 없어진 것이라고 하더군."

"아무튼 그때 당시 그들이 쓰던 음가였다?"

"그렇지."

"그럼 11은 매매가 되겠군?"

"맞아."

역시 빠르다는 듯 정보장이 소리쳤다.

"그럼 2는?"

"별이라고 읽었다고 하더군."

"그럼 3은?"

"비."

"4는?"

"반. 5는 패람."

"그럼 6은?"

"6에서 9까지는 5에 각각 1234를 더하여 부른다고 해. 6은 패람매, 7은 패람별, 8은 패람비, 9는 패람반……."

그제야 에이스가 조금은 이해가 된다는 표정을 지으며 팔짱을 꼈다.

"으흠, 그러니까 숫자를 뜻하는 참파식 표기법이다?"

"그렇지."

"그렇다면 그 암호는? 그러니까 보자…… 일만천이백구십 팔(11298)?"

"맞아."

"그럼 그 숫자가 뜻하는 건?"

"바로 그거야."

"뭐?"

"그걸 모르겠다는 거야."

"이런!"

에이스는 크게 낙담했다. 그러자 정보장이 말했다.

"그러나 걱정하지 말게. 내일 다시 그쪽의 전문가들을 모시기로 교수님과 약속해놓았으니까. 그것만 풀리면 사라진 문자의 수수께끼는 드디어 끝난다고 하더군."

"좋아, 친구."

에이스가 정보장에게 쓱 악수를 청했다. 두 사람은 힘차게 손을 마주잡고 흔들었다.

어린아이로 돌아간 듯한 두 사람의 말을 엿듣다가 가토 순사는 시퍼렇게 눈을 빛내며 들고 있던 칼을 던졌다. 칼이 날아가 맞은편 판자벽에 소리를 내며 꼽혔다. 기어가던 풍뎅이 한 마리가 정통으로 칼을 맞고 버지럭거렸다.

20

결 좋은 바람이 불어와 꽃잎을 흔들었다. 꽃잎에 떨어진 피가 엉겨 말라가고 있었다. 그 위로 봉두난발의 사내가 목이 잘린 채 대창에 끼워져 눈을 부릅뜨고 있었다. 고토코가 눈을 떠 보니 꿈이었다. 여기가 어딘가.

작년에 왔던 각설이

죽지도 않고 또 왔네……

"야 이놈아, 더 길게 뽑아. 그렇게 불러서야 밥 한 술 누가 주것냐!"

고토코가 소리 나는 곳을 돌아보았더니 각설이패들임 직한 거지들이 보였다. 그제야 고토코는 황후에 의해 각설이패가 모여 사는 사시골에 버려졌다는 생각이 들었다.

"아이고, 이제야 정신을 차렸네 그랴."

머리가 하얗고 걸레쪽 같은 옷을 걸친 할머니가 다가오며 말했다. 고토코가 보니 각설이패의 노인네 같았다. 냄새가 지독했다.

"젊은 사람이 어쩌다가…… 꼭 사흘을 누워 있었다오."

"고맙구먼요."

각설이패에 묻혀 꼭 한 달을 살았다. 밑을 치료하는 기간이 그렇게 걸렸다고 해야 옳다. 치료가 끝난 뒤 계속 각설이패에 묻혀 있을 수가 없어 고토코는 깊은 산속으로 들어갔다. 이마를 맞댄 바위 밑에 거처를 정하고 풀을 베어 앞을 막았다. 눈비나 피할 정도였다. 솔가지를 주워 바닥에 깔고 배가 고프면 열매를 따먹거나 뿌리를 캐 먹었다. 그러면서 수변청석천년상오동을 찾아다녔다. 칼날같이 시퍼런 빛이 도는 단단한 돌 틈에 끼여 천년을 자란 오동을 찾기 시작한 것이다. 주로 계곡을 뒤졌다. 물가에서 자라는 나무가 오동나무였다.

어느 날 계곡을 뒤지다가 이끼 낀 바위를 잘못 밟아 그만 계곡물에 처박히고 말았다. 떡 본 김에 제사 지낸다고 물속에 한동안 들어앉아 있었다. 더위를 좀 죽이고 나서는데 물총새 한

마리가 '나 여기 있소.' 하고 말하듯 가옥가옥 울었다. 시선을 들고 물총새를 바라보다가 새가 앉은 나무가 오동나무이지 싶었다. 잎이 넓은 것이, 분명했다. 자신도 모르게 시선이 아래로 내려왔는데 수변청석상오동이었다. 청석 사이에 오동이 끼어 자라고 있었다. 엎어지다시피 다가갔다. 맞았다. 오동이 맞았다.

산에서 캔 약초를 팔아 도끼를 장만해 나무를 잘랐다. 거처로 옮기는데 반나절이 걸렸다. 그때부터 오동으로 가야금을 만들기 시작했다. 언젠가 아버지가 오동나무를 구해 가야금을 만드는 걸 곁에서 본 적이 있었다. 오동나무 바탕의 공명반을 먼저 만들었다. 그 위에다 명주실로 된 열두 줄을 세로로 매었다. 그런 다음 안족을 버티 세우고 첫째 줄을 가장 굵게 맨 다음 차차 가늘게 매었다.

21

"낭패로군. 도대체 뭐야? 왜 정보장에게서는 소식이 없는 거야?"

정보장을 믿고 암호문이 완전히 풀리기를 기다리고 있던 에이스는 계속해서 투덜대었다.

"조금만 더 참아보십시오."

가토 순사의 말에 에이스의 얼굴이 벌겋게 달아올랐다. 미간도 일그러졌다. 그 모습을 보고 있자니 가토 순사는 가소롭다는 생각이 들었다.

정보장 이시와라 고무로가 들어선 것은 대낮의 태양이 머리 위에서 이글이글 타오를 무렵이었다. 에이스가 기다리고 있으리라고 생각한 정보장은 땀을 뻘뻘 흘리고 있었다.

"어떻게 되었소?"

주위 사람들을 의식한 에이스가 정보장을 향해 성질을 누르고 공손하게 물었다.

"그보다, 오다가 이상한 말을 들었습니다."

"무슨 소리요?"

"우리가 찾으려는 금관의 금서 말입니다. 그걸 쓴 자가 미치노가 아니라 조선인 안주우곤이라는 말이 있어요."

"안중근? 그 자, 하얼빈에서 이토 히로부미 상을 죽인 자가 아닌가."

"맞습니다. 그가 쓴 글이라는 말도 있고, 외무성 그 자가 직접 보고 들은 것을 기록해 남긴 거라는 말도 있습니다."

문득 이토 히로부미가 죽었을 때 신문사마다 게재했던 안중근의 이유서가 떠올랐다. 거기 이토 히로부미가 고메이 천황을 죽인 죄의 항목이 있었다. 천황이 바뀜으로써 조선 천지가 뒤바뀌었다는 말인 듯했는데, 그럴까 싶었다. '그래서?' 하는 생각이 들었다. 에이스는 고개를 갸웃하다가 암호 생각이 나 정보장을 쳐다보았다.

"그건 그렇고, 어떻게 됐소?"

"알아내었습니다."

정보장 역시 둘만 있을 때와는 달리 예를 차렸다.

"빨리 말해보시오."

"우리가 고민하던 것이 암호문의 숫자 아닙니까."

"그랬지."

"바로 그것이 문제였는데, 그 숫자는 예전에 이곳 사람들이 조선 사람을 도륙했던 숫자랍니다."

"뭐? 사람을 도륙해?"

에이스가 눈을 크게 뜨며 물었다.

"그렇습니다. 사람을 죽여서 쓸개를 채집해오는 일이 있었답니다."

"누가? 이 나라 사람들이?"

"네. 지금은 사라졌다는 참파족 말입니다. 그 나라가 그때는 대단했답니다. 대국 청나라가 그 나라를 상대로 무역을 했다고 하니까요. 그런데 그 나라 사람 대부분이 문둥이들이라 사람의 쓸개를 약으로 썼답니다. 그래 그 나라 국왕이 사람 쓸개를 원했다는 거지요."

"그래서 조선 사람의 쓸개를 일인들이 가져갔다?"

"그랬답니다. 왜 우리나라에서도 나병 치료를 위해 쓸개를 채집해서 술을 담아 마시지 않습니까."

"그러니까 그 나라 사람들도?"

좀처럼 놀라지 않는 에이스가 입을 크게 벌렸다.

"그렇답니다. 상상도 할 수 없는 악습이지요. 그 바람에 인간 사냥꾼들이 밤이나 낮이나 조선인들을 사냥했답니다. 밧줄로 묶고 오른쪽 옆구리에서 쓸개만 꺼내 와 말려서는 참파 왕에게 보내곤 하였답니다."

"믿지 못하겠군."

"참파족이 사라지면서 그런 일이 없어졌는데, 스님들이 담낭을 빼앗기고 죽어간 시체들을 거둬 묻고는 영령들을 위로했다는 겁니다."

에이스는 자신도 모르게 푼 팔짱을 다시 꼈다.

"그래서 한어에 능통한 해독가들도 전혀 감을 잡지 못했던 겁니다."

"그러니까 그 암호는 옛날 쓸개를 빼앗긴 시신의 숫자다?"

에이스가 확인하듯 물었다.

"맞습니다. 다행스럽게도 그는 옛날의 악습을 연구하던 역사학자였습니다."

"그래서?"

"우리나라에 들어온 밀법이 그 나라의 영향을 받았다고 하더군요."

"응?"

"그 나라가 문둥이국이 된 것은 뱀이 좋아하는 이상한 풀이 많이 자생해서라고 합니다. 뱀은 정력의 상징 아닙니까. 그 풀이 정력에는 그만이라는데 습한 곳에서 아주 잘 자란답니다.

그래서 그 나라는 뱀의 천국이 되었고 그러다 보니 성을 통해 대자유를 얻으려는 밀법이 크게 성했다는 것입니다."

"재밌네."

"함정은 '묘'라는 글자였습니다. 우리는 그 글자가 사람이 묻힌 묘지라고 생각했는데 사실은 그렇지 않답니다."

"않다니?"

"사(寺)의 의미도 있다는 것입니다."

"사?"

"네."

"그렇다면 일만천이백구십팔 개의 사원?"

"이 나라는 불교국이면서 대처승이 주를 이루고 있고 거의 가 밀교의 영향을 받지 않았습니까."

에이스가 눈을 크게 떴다.

"하지만 말이 안 되잖아. 그 수만큼의 사원이라는 말인데, 그렇게 많은 사원이 이 나라에 어디에 있다고."

에이스의 말에 정보장이 웃었다.

"그게 아니었습니다."

"아니라니?"

"사실은 그 숫자만큼 시신이 묻힌 절을 뜻하는 것이었습니다. 그때 당시의 원어대로 한다면 매매별패람반패람비의 영령이 모셔진 절이라는 말이지요."

"아하!"

"그런데 세월이 세월이라 이제 그곳도 사라져버렸답니다. 소실되었다는 거지요."

에이스가 고개를 갸웃했다.

"이런 말해서 어떨지 모르지만, 들어보니 기가 막히더군요."

"왜?"

에이스가 물었다. 한순간 정보장의 눈가가 서늘하게 빛났다.

"그동안 이 나라에 몸을 부린 도래인이 어디 한둘입니까?"

에이스의 뇌리 속으로 조선에서 끌려와 살고 있는 사람들의 모습이 스치고 지나갔다. 그들이 어디 사람이던가. 이 나라에서 그들은 사람이 아니었다. 개돼지였다. 그들이 일하는 곳에는 언제나 이곳 사람들의 총칼과 회초리와 몽둥이가 있었다. 잠시라도 허리를 펴면 몽둥이와 회초리가 그들의 몸으로 날아들었다.

"교수님이 말하더군요. 옆 동네에 호리시들이 살았답니다."

"호리시? 문신사들?"

"그들은 주로 짐승 껍데기에 문신 연습을 하지 않습니까. 그런데 그곳 호리시들은 예전부터 짐승 껍데기에 문신 연습을 하지 않았다고 하더군요."

"그럼?"

"펄펄 살아 숨 쉬는 조선인들의 살에다 해왔다는 겁니다. 오랜 세월을 말입니다. 얼마 전에도 자갈이 물려서 대바늘이 살에 꼽히는데도 비명조차 지르지 못하는 조선인들을 보았다고 하더군요. 이 나라의 인심이 그와 같으니 오늘날까지 조선인들이 어떻게 살아남을 수 있었겠느냐고. 그렇게 조선인들은 목숨을 지탱하다가 하나둘 절로 들어갔을 거라는 겁니다.

"절?"

"네. 그랬을 거리고 하더군요. 그나마 부처의 자비정신이 그들을 구했을지 모른다고. 그러나 그곳도 낙원은 아니었다는 겁니다. 불교 탄압이 있을 때마다 죽어갔다고 하니까요. 게다가 쓸개 사냥꾼도 있었고요. 이곳의 늙은 밀승들이 그나마 그들을 불쌍히 여겨 그때마다 시신을 거두어 묻었다고 하더군요."

"설마⋯⋯."

"임진란과 정유재란 때의 이총을 생각해 보십시오."

"이총? 귀 무덤?"

그렇게 물으면서 에이스는 조선에 대해 제법 박식하다는 듯 정보장을 쳐다보았다.

"코 무덤이라고도 하지요. 전국에 그 무덤이 어디 한두 곳입니까? 교토에 있는 이총만 해도 사람 다섯의 높이 아닙니까. 그 무덤 가득 조선인의 코와 귀로 채워졌으니 말입니다. 아무리 내 나라지만 조선인의 코와 귀로 전쟁의 공을 인정하다는 것이⋯⋯."

말끝을 흐리며 정보장이 에이스의 눈치를 흘끔 살폈다. 그의 눈에 어느새 신열이 뻗쳐 있었다.

"흠⋯⋯."

에이스는 말을 잃었다. 전쟁이 계속될수록 도요토미 히데요시가 이 나라를 위해 혼신을 다했다는 것을 역사시간에 배웠었다. 그리고 실재로 그 무덤에 가본 적도 있었다. 별다른 성과 없이 전쟁이 계속 이어지자 도요토미 히데요시는 부하 장수들을 독려했다고 하였다.

"조선인의 목과 귀를 베어 오라!"

조선인의 목과 귀를 전리품으로 바치라는 명령이었다. 장수일 경우는 수급, 즉 목을, 장수 이하는 귀를 베어 바치라고 했다. 영수증이 발급되었다. 영수증에 조선인을 몇 명 죽였는지 적어 그 공을 인정해주었다. 그 바람에 장수와 병사들은 신이 나 서로 더 많은 공을 세우기 위해 조선인들을 죽였다. 어디 그뿐인가. 귀는 두 개이므로 수를 부풀린다며 코를 베어 오라고 명령했다. 그래서 생겨난 것이 귀 무덤, 코 무덤이었다. 소금이나 술에 절여 들여와 세운 무덤. 그 무덤이 전국에 한두 곳이 아니었다.

"그에 비하면 암호문의 숫자는 새 발의 피지요."

정보장이 에이스의 심정을 들여다보듯 말했다.

에이스가 사나워지려는 마음을 다잡듯 시선을 들었다.

"그래, 거기가 어디라고 해?"

"글쎄요."

"뭐?"

또 말이 분질러져버리자 에이스는 기분이 상해 손으로 턱을 쓱 문질렀다. 그리고는 정보장을 향해 말했다.

"그럼 아직도 안 풀린 것이 아닌가."

"맞습니다. 또 여기서 막혀버렸으니 말입니다. 교수님이 엄청 아쉬워하더군요. 다 되었는데 그 절 이름을 유추할 수 없다는 것입니다."

"미치고 팔짝 뛰겠군. 그럼 뭐야. 이게 끝이야? 절로 도망가 숨어 살던 조선인들은 밀승이 되었다가 하나같이 죽었다, 그 말인데……."

"맞습니다. 오랜 세월 그렇게 엄청난 밀승들이 죽어갔을 거라고 하더군요. 이곳의 늙은 밀행승들이 그들의 죽음을 거두다 보면 하나같이 쓸개가 없었다고 하니 말입니다. 쓸개를 빼간 구멍이 귀신의 입속 같았다고 하더군요.

"그렇다면 그 숫자는 바로 죽은 밀승들의 수가 맞다?"

에이스가 어이없다는 표정을 지으며 뜨악한 어조로 물었다.

정보장이 고개를 끄덕였다.

"그렇다고 하더군요. 그래서 죽은 시신들을 묻거나 화장했던 장소를 알아보기로 했습니다. 어딘가에 묻힌 영령 등을 위로할 수 있는 장소를 찾아보기로 한 것입니다."

"잘될 것 같아?"

"다시 만나기로 했습니다만, 절망적입니다."

"안 돼. 안 된다구. 알아내야 해. 어떤 일이 있어도 알아내야 해."

에이스가 피를 내뱉듯 소리쳤다.

"그렇잖아도 내일 다른 역사학자도 찾아볼 참입니다."

"그래? 그래야지. 풀어내야 해. 풀어내야 한다고. 이봐, 정보
장. 풀어내. 풀어내라고."

"알겠습니다."

"말로만 알겠다고 하지 말고 이번에는 끝장을 봐."

"목숨 바쳐 풀어내겠습니다."

에이스가 정보장의 손을 덥석 잡았다.

"풀어내어야 한다. 풀어내야 해."

에이스의 눈이 어느새 젖어 있었다.

5장

생의 미로

1

　악기통을 어깨에 멘 여자와 민머리의 늙은이가 언덕을 올라챘다. 허물어져가는 암자 한 채가 나타났다. 그 뒤로는 황백색의 거대한 나무가 우거진 녹지대였다. 울참나무 숲이 나타나면서 어째 으슬으슬 한기가 들고 을씨년스러웠다. 고토코는 풀숲에 걸리는 옷자락을 여며 쥐고 걸었다. 벌레 먹은 관목 숲에서 개미들이 금세라도 머리 위로 떨어져 내릴 것 같았다. 어디선가 뱀이 입을 벌리고 달려들 것만 같아 발걸음이 편치 않았다.

　한참을 나아가자 헤이안 신궁이 그 모습을 드러냈다. 헤이안 신궁은 메이지 천황 28년(1895년)에 교토 천도 1100년을 기념해서 간무 천황을 모신 신궁이다. 정문이 보였다. 이상하게 경비들이 보이지 않았다. 경내에서 참배객이 소란이라도 피워 몰려간 것인지도 몰랐다. 2층 누각 지붕을 가진 응천문의 자태를 바

라보았다. 그 너머로 정전인 대극전이 보였다. 예전에 천황이
정무를 보고 신하들의 인사를 받던 곳이다. 남악사를 나선 지
벌써 반나절이었다.

"스님, 괜히 저와 나선 거 아닌지 모르겠습니다."

조실스님이 고개를 내저었다.

"괘념 마오. 그렇지 않아도 정부의 시선이 곱지 않은 마당이
라오. 이참에 그거라도 찾아 세상에 내놔야 하지 않겠소. 왜 내
가 진작 귀담아 듣지 않았는지 모르겠소. 평소에 그 기록을 어
디에 두는 게 좋겠느냐는 쿠와무라 미치로의 말을 말이오. 그는
그때 분명히 말했었소. 이 나라의 거짓이 묻힌 묘지가 아니겠
느냐고. 그곳이 어디겠소. 바로 천황의 영이 모셔진 신궁 아니
겠소. 천황의 본뜻이 무엇이겠소. 하늘의 뜻을 받아 하늘을 대
신해 천하를 다스리는 사람이라는 뜻일 게요. 그러나 이 나라
의 천황들은 어떻소. 군주 국가의 최고 통치자이기 전에 자신을
신이라 자처하고 있소. 그래서 생겨난 것이 신사가 아니겠소.
귀신을 모신다는 뜻만 있는 게 아닐게요. 백성을 다스리기 위
해 거짓의 무덤이 필요했던 것이외다. 그렇다 하더라도 이 나라
의 탄생신들을 생각해보오. 이자나기, 이자나미라는 탄생신 부
부는 신이 아니라 인간이었소. 2세기에 백제에서 건너간 사람
들. 그 사실을 이곳 신사 기록들을 들쳐보면 금방 알 수가 있소.
그런데도 그들은 아니라고 하오. 지금도 거짓을 꾸며대고 있
는 것이오. 그렇기에 천황을 만세일계라 주장하오. 과거 1대 진

무 천황부터 지금까지, 앞으로도 쭈욱. 만세일계? 천황제의 이
념인 현인신, 살아 있는 최고 유일신. 그럼 그들이 정녕 신이겠
소? 인간이 아니고? 인간을 다스리기 위해 신적인 자격이 필요
했다 하더라도 그럼 거짓 아니오. 왜 그대의 할아버지가 이곳
에다 그것을 숨겼는지 이제야 좀 이해가 가니 말이오. 거짓의
땅에다 진실을 묻고 싶었을 게요."

"무슨 말씀인지 알 것 같아요."

가만히 듣고 있다가 고토코가 그렇게 말하자 조실스님이 말
을 이었다.

"본시 이 신궁은 묘지였다오. 밀승들이 이곳 묘지 위에서 수
행하다 죽으면 져다 버리는……. 밀법이 무엇이겠소. 부정과
부정을 거쳐 긍정으로 가는 세계요. 신이 되려는 게 아니라 완
전한 인간이 되기 위한 금강의 세계요. 여기는 신의 세계가 아
니오. 귀신마저도 없는 영원한 인간의 세계지. 이곳에 모셔진
천황은 지금의 천황처럼 유독 밀승을 박해하던 분이었다오. 그
대의 할아버지는 만세일계가 아니라 하찮은 가짜 인간의 진실
을 묻어 우리들에게 참인간의 실상을 묻고 싶었을 게요."

고토코가 고개를 주억거렸다.

대극전 앞에 서 있는 두 개의 누각이 보였다. 창룡루와 백호
루였다. 경내는 한산했다. 참배객들이 보이지 않았다. 신사의
문으로, 신성한 공간과 세속적인 공간을 나누는 도리이가 나타
났다. 신사 어디에서나 볼 수 있는 문이다. 도리이를 지날 때는

한가운데로 걷지 않아야 한다. 양 가로 걸어야 한다. 가운뎃길은 신이 다니는 길이다.

데미즈야가 이내 나타났다. 참배객들이 물로 자신의 몸과 마음을 깨끗하게 하는 곳이었다. 참배객은 혼덴에 다가가기 전이곳에서 나무 국자로 손과 입을 씻어야 한다. 산도에 늘어서있는 석등이 보였다. 그들은 그곳을 그냥 지나쳐 갔다.

2

"가토 순사는 어딜 갔나?"

에이스가 당직 순사에게 물었다.

"점심때부터 보이지 않습니다."

"그놈 요즘 왜 그러는지 모르겠군. 젠장할. 정보장은 아직도 오지 않았나?"

"금방 들어오겠지요."

한식경이 지나서야 나타난 정보장은 귀가 솔깃할 만한 정보를 가지고 왔다. 암호는 엉뚱한 곳에서 풀렸다. 정보장이 교수와 함께 한 암자를 찾았는데 그곳의 조실스님이 백세를 넘긴이였다. 그 노승에게 암호를 보였더니 다른 것은 모르겠고 그런 절이 예전에 있었다고 했다.

에이스는 암호문을 풀어 돌아온 정보장을 앞에 하고 완전히 넋이 나갔다.

"정말 풀었단 말이오?"

"그렇다니까요."

"그래 어디요, 거기가."

"예전에 공포심을 없애기 위해 공동묘지에서 수행을 하던 무리들이 있었답니다."

"스님들이?"

"맞습니다."

"그래서?"

"불교수행법에 보면 최상승의 법을 얻으려면 공동묘지에서 해골을 벗할 정도가 되어야 한다는 말이 있답니다. 그래야 금강승의 경지에 도달할 수가 있다는 것이지요."

"스님들이 공포심을 없애기 위해 그렇게 한다는 말은 들어본 적이 있긴 한데……."

"맞습니다. 그런 스님들이 많았답니다. 그렇게 해서 해탈을 하면 결코 무너지지 않는 금강반야의 경지에 든다는 것이지요."

"그러니까 요점만 말해보오, 그곳이 어딘지."

에이스가 성질 급하게 물었다. 의외로 정보장은 느긋했다.

"밀교를 통해 금강반야의 경지를 얻은 한 불교의 고승이 있었답니다. 그분은 죽은 밀승들의 넋을 기려주었고 처음에는 매매, 뭐라고 하는 절이었답니다. 그러다가 사람들이 절 이름이 이상하다며 금강반야사라고 했다더군요."

선불 맞은 사람처럼 그제야 에이스의 눈이 사나운 짐승처럼 빛났다.

"그럼 금강반야사?"

"아닙니다."

정보장이 고개를 내저었다.

"넋을 기려주고 나자 그때부터 매화비가 내렸답니다. 앞에서 매라는 글자에는 매화라는 뜻도 있지만 매우라는 뜻도 있다고 했지요? 이상한 것은 하늘에서 쏟아지는 것이 비가 아니라 매화꽃잎이었다는 겁니다."

"매화꽃잎?"

되뇌는 에이스를 보며 정보장이 자신도 어이가 없다는 듯 웃었다.

"물론 전설이겠지?"

에이스가 동의를 구하는 듯한 표정을 지었다.

"그래서?"

정보장이 '부장님은 너무 감정이 메말라 탈'이라는 듯한 표정을 짓자 에이스가 눈치를 채고 못마땅한 말투로 물었다.

"그래서 그 절 이름을 매화사라 했답니다."

"매화사? 그런 절이 있어?"

에이스가 어리둥절해 하며 물었다.

"저도 처음 듣는 절 이름이었습니다. 그래서 수소문을 해봤는데 그런 절은 찾을 수 없었습니다."

"없었다?"

에이스는 막연하게 그의 말을 되뇌었다. 그러다가 문득 이번 사건으로 신경 쓰지 못했던 비밀조직의 행동대장 다나카 이가토를 떠올렸다. 정보장을 경시청으로 끌어들일 때 왜 자기는 빼놓느냐고 했던 자였다. 일을 맡겨 놓으면 개 뱃속에다 투구꽃을 넣어 놓거나 제거할 자의 첩을 건드리는 종잡을 수 없는 망나니였다. 그는 정보장에게 일렀다.

"이 길로 천지회로 가서 행동대장 다나카 이가토를 불러와."

"그는 왜요?"

"그 자가 언젠가 하던 말이 생각나서 말이야."

"무슨 말이요?"

"아무튼 불러와."

정보장이 말을 타고 경시청 정문을 빠져나갔다. 잠시 후 행동대장이 에이스 앞에 섰다. 에이스가 그에게 물었다.

"너 절에 좀 있었다고 했지? 도망 다닐 때 숨을 곳이 없어 큰절 공양간에 숨어들었다가 조실스님 눈에 띄어 한동안 지냈다고 했잖아. 그때 좀 들어 아는 것 같던데, 매화사가 어디냐?"

"그, 글쎄요."

행동대장이 얼떨떨한 표정을 지었다. 갑자기 불러 왜 그런 걸 묻느냐는 표정이었다.

"몰라? 너 저번에 매화비 어쩌고 했잖아."

행동대장이 고개를 모로 꼬다가 대답했다.

"글쎄요. 그런 절은 없는 것 같은데요. 왜 그러십니까? 그곳에 찾던 물건이라도 숨겨져 있는 겁니까?"

"언젠가 내게 매화꽃비 얘기를 한 적이 있었잖아. 증조할아버지에게 들었다고 했던 것 같은데……."

"아, 예!"

비로소 기억이 나는지 행동대장이 갑자기 화들짝했다.

"그 이야기를 다시 해봐."

"?"

"다시 해보라니까."

"음, 그러니까 증조할아버지 말은 아주 옛날 매화꽃비가 쏟아진 적이 있었다고 하더군요."

"그래서?"

"열하루를 왔답니다. 그때부터 그곳 사람들은 날짜를 계산할 때 매화 잎으로 하루를 계산했다고……. 뭐 그런 이야기였지요."

"그 고장이 어디야?"

"고장이요?"

"너 고향이 어디냔 말이다."

"학사촌입니다."

"그럼 이 근처잖아."

"맞습니다."

"네 증조할아버지 조선 사람이라고 했지?"

"왜 또 이러십니까? 그러지 않기로 했으면서……."

"그래서가 아니야. 조선에선 학사촌을 반촌이라고 부른다면서?"

"그렇습니다."

예로부터 천자의 나라에 세운 교육기관을 벽옹(辟雍)이라 불렀다. 제후의 나라에 세운 교육기관은 반궁(泮宮)이었다. 벽옹과 반궁은 물로 둘러싸여 있기 마련인데 그 양태가 완전히 달랐다. 벽옹은 물로 둘러싸서 거의 섬처럼 만들었고, 반궁은 반만 둘러쌌다. 그래서 반궁을 두른 물을 반수라고도 부른다.

조선은 제후의 나라였다. 형식상 명나라와 청나라의 제후국이었다. 그렇기에 벽옹이 될 수 없었다. 성균관은 조선의 최고 교육기관이었지만 반궁이라 불렸다. 반궁에는 그 반궁 주위를 둘러싼 마을이 있었는데, 반촌이라 불렸다. 그리고 반촌에 사는 사람은 반민 또는 반인이라 불렸다.

그러나 여기는 일본이다. 일본은 하늘에서 온 사람이라고 스스로 자처하면서 학사촌을 구성했다. 반궁이 아니었다. 그래서 물로 둘러싸기 위해 물길을 잡았다.

"뭐야, 등잔 밑이 어둡다더니. 그럼 이곳 어딘가에 매화사란 절이 있다?"

에이스의 뇌까림에 행동대장이 고개를 내저었다. 에이스가 잘 생각해보라고 했지만 그는 여전히 머리를 내저었다. 다시 절망이었다. 제기랄.

그때 가만히 듣고 있던 정보장이 엉뚱한 말을 했다.

"꼭 사원이 아닐 수도 있지 않겠습니까?"

"뭐?"

에이스가 튕기듯 일어났다.

"다른 곳일 수도 있지 않겠느냔 말입니다."

에이스와 정보장의 시선이 뒤엉켰다.

"다른 곳?"

"네."

에이스의 시선이 행동대장에게 돌아갔다.

"왜요?"

에이스가 쳐다보자 행동대장이 물었다.

"혹시 증조할아버지가 그 말을 하면서 매화꽃비가 내리던 곳을 가리킨 적은 없었어?"

무슨 생각에서인지 에이스가 그렇게 물었다.

행동대장이 잠시 생각에 잠겼다가, "그러고 보니 그때 증조할아버지가 매화꽃비가 내리던 곳을 가리킨 것 같기도 합니다." 하고 말했다.

"그래?"

"하지만 그곳은 절이 아니었어요."

"절이 아니다?"

"굴이었거든요."

"굴?"

"예전에 밀교승들이 모여 수행을 하던 곳이라 금강반야굴이라고 하고, 한 번 들어가면 다시는 돌아올 수 없는 곳이라 하여 미로굴이라고도 했지요."

"거기가 어디야?"

"동경제대와 학사촌 사이입니다."

"그럼 그곳이다!"

에이스가 소리쳤다.

"길이 엄청 험한 곳입니다. 그리고 이상한 전설이 서린 곳이기도 하고요."

"전설?"

"이 나라를 지키던 뱀신이 산다는 말도 있고, 또 그곳으로 가서 살아 돌아온 사람이 없다는 말도 있습니다."

"그래서?"

"그래서 사람들도 그곳을 매우 꺼려 접근하지 않았습니다. 우리도 범접을 못했더랬습니다."

"상관없어. 그곳이 정확히 어디야?"

"지금 신사가 있는 곳이요."

"헤이안 신궁?"

"네. 그때 그곳은 벌판이었어요. 신궁이 들어서면서 좋아졌지만요. 참배객들도 오고……. 하지만 지금도 온통 물길에 휩싸여 있지요."

"맞아! 그곳이야. 미로굴. 그러고 보니 나도 생각이 나. 어릴 때 부모님이 그곳에는 못 가게 했었어. 뱀의 조상신이 살고 있다고. 그래서 죽거나 돌아오지 못한다고. 옛날 수도승들이 그곳에서 수도를 하고 그 수행력을 시험하기도 했던 곳. 수도승들의 시신을 먹으려고 산짐승들이 들끓던 곳이었지. 맞아 미…… 뭐라고 하던 굴이었어. 그런데 그곳은 섬이라고 알고 있는데? 아들아, 저 굴에는 들어가지 말거라. 널 잡아먹는 뱀신이 살고 있단다. 널 나오지 못하게 하는 뱀신이 살고 있단다……. 그래! 맞아! 지금 생각해보니 거기가 헤이안 신궁이 있는 자리야. 그곳이 공동묘지였다니……. 옛날에 그곳에는 숨겨진 경전들이 있다는 말을 들은 적이 있어. 왜 내가 진작 그 생각을 못했을까."

그렇게 소리치고 에이스가 몸을 일으켰다.

"하지만 그곳이 매화사는 아니지 않습니까?"

정보장이 잡았지만 이미 에이스는 밖으로 나서고 있었다.

"그까짓 이름이 무슨 문제야. 세월이 흐르다 보면 매화가 금강반야가 될 수도 있고 미로가 될 수도 있는 것을. 그것이 역사 아니던가!"

"그럼 그 아래 숫자는요?"

이번에는 가토 순사가 물었다.

"지금 그게 문제야?"

3

"어! 막혔는데요."

앞서 걷던 고토코가 걸음을 멈추며 말했다. 조실이 앞을 바라보니 길이 막혔다. 신궁이 딱 끝나는 지점이었다. 사방이 막혀 있었다. 앞으로 나아갈 수 있을 것 같았는데 꼭 계획적으로 벽을 친 것 같았다. 조실이 고개를 갸웃했다. '이게 다야?' 하는 표정이었다.

잘못 짚었나, 하고 생각하는데 벽쪽으로 걸어가던 고토코가 어떤 진동을 느꼈는지 발로 바닥을 두어 번 굴렀다.

"이상한데요."

'뭐가?' 하는 표정을 지으며 조실스님이 다가갔다. 고토코는 벽에 붙어 서서 발을 굴렀다. 그러다가 고개를 갸웃하고 두어 발짝 걸어가 다시 굴렀다. 그녀는 또 고개를 갸웃했다. 다시 본래의 자리로 와 굴러보다가 조실스님을 돌아보았다.

"아무래도 이상해요."

"왜 그러시오."

"이리 와서 여기를 한번 굴러보세요. 소리가 달라요. 저곳은 아래가 비지 않은 것 같은데 이곳은 빈 것 같아요."

"그럴 리가."

조실이 고토코가 발을 구르는 곳으로 가 발을 굴러보았다. 그리고는 고토코를 따라 몇 발짝 떨어진 담 밑으로 가 발을 굴러보았다. 소리가 달랐다. 그는 다시 본래의 자리로 돌아와 발을 굴러보다가 고개를 끄덕였다.

"이곳 아래가 빈 것 같은데……."

"그렇죠? 분명히 빈 것 같아요."

조실스님이 주위를 유심히 살폈다. 벽 주위를 살피다가 구석자리의 이음새 부분으로 다가갔다. 별 이상한 점이 발견되지 않았다. 위쪽을 유심히 살폈다. 천장까지 벽이 이어져 있었다. 노송의 석가래들이 보였다. 석가래 사이마다 단청이 그려져 그렇게 아름다울 수가 없었다. 그 석가래 어디쯤 풍경 하나가 달려 있었다. 그 풍경 끝에 긴 쇠줄이 달렸고 그 끝에 어린아이 주먹 만한 쇠방울이 달려 있었다. 조실스님은 다시 고개를 갸웃했다.

"이리 좀."

조실이 고토코를 불렀다. 고토코가 다가가자 손가락으로 풍경을 가리켰다.

"저 풍경이 보이오?"

"네."

"쇠줄이 보이시오?"

풍경을 올려다보며 고토코가 고개를 끄덕였다.

"내가 엎드릴 테니 그 줄을 한번 당겨 봐요."

"왜요?"

"풍경에 쇠줄과 쇠방울을 달 이유가 없다오. 풍경이란 바람의 종인데 울지 못하게 쇠방울을 달았다? 그럼 울지 말라는 것 아니오."

이번에는 고토코가 고개를 갸웃했다.

"그러니까 이곳은 풍경마저 숨을 죽여야 한다, 그런 말인가
요? 정숙하라?"

조실이 끄덕였다.

"뭔가 있어 보이오. 사실 풍경은 밀교에서 풍어(風漁), 풍모(風
母)의 의미를 가지고 있소. 바람의 어미라는 뜻이오. 바람의 어
미를 묶어버렸다? 이는 밀교의식에 달통한 자의 호마행위요.
일종의 부적 같은 것이오. 여기 바람길이 있다는 말이오. 그 바
람길을 막은 것이오."

본시 밀교의 호마의식은 불에 있었다. 불은 에너지의 상징
이다. 그래서 불을 피우며 그 불속에 공양물을 던져 넣는 호마
의식이 생겨났다. 불을 하늘의 입이라 생각했던 것이다. 그렇
기에 불에 공양물을 던지면 하늘이 먹고 사람에게 복을 준다
는 의식이 생겨났다. 직접 공양물을 태우는 것을 외호마, 생각
으로 행하는 것을 내호마라 하는데 불을 일으키는 것은 바람
이다. 그러므로 바람길을 관장하는 의식이 생겨났다. 바람길을
트든가 막는 호마의식이 생겨난 것이다.

"그럼 다른 세계가 어디 있다는 말인가요?"

조실스님을 향해 고토코가 물었다.

"분명하오. 그 세계를 막은 것이오. 아니, 이렇게 해야 정확할
거 같소. 호마의식 중 이 공간과 저 공간의 단절을 원할 때 풍

경에 쇠를 다는 경우가 있소. 울지 못하게. 그럼으로 소통을 막
아버리는 것이오. 세계의 단절이오. 이것이 밀교의 소통 단절
호마의식이오. 주로 사람을 저주하여 죽일 때 쓰지요. 기를 막
아 죽여버리는 것이오. 여기서는 이 신궁과 완전히 다른 세계
를 의식적으로 막아버린 것이오. 그 세계의 소멸을 의식한 거
같소. 자, 등을 밟고 올라가 풍경 줄 끝의 쇠방울을 당겨보시오.
내 예측이 맞다면 그 저주가 풀릴 것이오."

고토코가 어리둥절한 표정을 짓자 조실이 말을 이었다.

"그게 불법이라오. 부처님의 대답은 하나라오. 긍정과 부정
이 하나이기에 원인과 결과를 하나로 모아 놓았어요. 조화. 원
인이 있다면 결과가 거기 있는 법이오. 내 말대로 한번 당겨나
보시오. 그냥 당겨서는 안 되오. 부처님 깨달음의 말씀을 그대
로 옮겨야 하오."

"그게 뭔가요?"

"아뇩다라삼막삼보리(阿耨多羅三邈三菩提)요. 아-뇩-다-라-삼-
막-삼-보-리. 꼭 글자 수대로 아홉 번을 당겨야 하오."

'그럴까요?' 하는 표정을 고토코가 짓자 조실스님이 서슴없
이 풍경 밑에 등을 굽히고 무릎을 꿇었다.

"자, 등을 밟고 올라가 쇠방울을 당겨보시오."

고토코는 납득이 가지 않았지만 등으로 올라가기 위해 신발
을 벗었다.

"밟아도 되오. 그냥 올라가시오."

그래도 고토코는 신발을 벗고 등을 밟았다.

쇠방울이 손에 잡혔다. 쇠방울의 차가운 기운. 녹이 슬대로 슬었다는 생각이 들었다. 고토코는 조실스님의 말대로 아뇩다라삼막삼보리를 입으로 외우며 아홉 번을 힘을 다해 당겼다.

순간 그들은 보았다. 흙이 엄청난 소리를 내며 순식간에 밑으로 쏟아지는 모습을. 지옥의 입구가 나타나듯 지하 세계가 나타났다. 아래가 빈 것 같았던 그 바닥이 양옆으로 갈라져 있었다. 흙은 아래로 쏟아져 지하로 향하는 계단 위에 쌓였다. 조실스님과 고토코는 그 광경을 보고 놀라 입을 벌렸다.

4

"아뇩다라삼막삼보리가 뭐죠?"

지하로 향하는 계단을 밟으면서 고토코가 물었다.

"상주하는 것이 없다는 뜻이라오. 나고 죽고 흥하고 망하는 것만큼 덧없는 것이 어디 있겠소."

"그렇기에 더 값진 거 아닐까요?"

허허허, 하고 조실스님이 웃었다.

"부처가 부처다운 까닭은 위없이 크고 완전한 지혜를 깨달았기 때문이라오. 그 세계가 바로 아뇩다라삼막삼보리지. 덧없기에 더 값지다? 그래, 부처님도 바로 그것을 깨달았을 것이오."

그들이 밟고 내려가는 것은 돌계단이었다. 언제 만들어진 것인지는 모르겠으나 본래 있던 것을 이용한 거 같았다. 계단을 내려서자 별천지가 펼쳐졌다. 거대한 공간이 나타나면서 어마어마하게 큰 건물이 눈앞을 가로막자 고토고가 눈이 부신 듯 바라보고 섰다가 뒤늦게 탄성을 내질렀다.

"와, 여기가 어디지요?"

멍하니 바라보고 섰던 조실스님이 신음처럼 내뱉었다.

"왜 이곳을 막았는지 비로소 알겠네."

"엄청나네요."

"메이지 천황의 뜻을 알 만하이. 여기가 사라진 도호쿠의 절터다, 그 말이구나."

"무슨 소리에요?"

고토코가 눈을 반짝이며 물었다.

"도래인들이 이 땅에 들어와 지은 절이오. 백성의 신이 되려 했던 메이지 천황의 눈에는 가시였겠지. 이 신궁을 짓기 전에 그가 지진을 이용했다는 말이 있다오. 하루아침에 지진에 의해 흔적도 없이 사라져버렸다고 했으니까. 그리고는 이곳을 둘러치고 신궁을 지었소."

"그 절이 이 안에 존재하고 있었다, 그 말이군요?"

"신궁 안의 절이라……. 그렇다면 메이지 천황은 자신이 신이 아님을 알고 있었다는 말 아닌가."

"예?"

"생각해보시오. 그는 백성의 신이 되고 싶었지 부모들의 신이 될 수는 없다는 걸 알고 있었다는 말이 아니오. 자신의 부모들이 섬기던 부처들. 그 부처들마저 없애지는 못했다는 말이 아니오. 그래서 이 절에다 부모들의 영혼을 이중으로 안치한 것이겠지. 저 신주들을 보오. 부모들의 극락왕생을 빌고 있잖소."

"역시 메이지 천황도 인간에 지나지 않는다는 말인가요?"

"그도 귀신이 되어 이 신궁으로 오겠지만 어쩔 수 없이 부처를 통해 극락왕생할 수밖에 없는 존재라는 말이지요."

"재밌네요."

지하가 아닌데도 찬기가 느껴졌다. 조금 걷자니 눈앞에 금당이라고 팻말이 붙은 전각이 보였다.

"아, 이곳이구나."

갑자기 조실이 탄성을 내뱉었다.

"예부터 금당에서 밀교 수행을 하면 한밤에 갑자기 새가 되어 동쪽 하늘을 날아갔다는 전설이 있었다오."

"도가 통했다는 말인가요?"

"최상승의 법에 이르렀다는 말이지요. 그래서 금당은 밀법의 온상이 되었다오. 밀행자라면 누구나 여기에 와보고 싶어 했으니까. 내게도 이곳은 꿈이었지."

좀 더 나아가자 가람을 수호하는 신들의 즐비한 입상이 나왔다. 쥐상을 한 입상들이었다. 천의를 입고 창을 두 팔에 끼고 있었다.

"이 쥐 나한들이 밀법을 호위한다고 하오. 밀법을 지키는 팔만사천의 쥐가 히에이산으로 몰려들어 성불을 방해하는 악귀의 당탑을 부수었다는 전설이 있다오."

전각을 돌아나가자 구름다리가 나왔다.

"저곳이 천곳천인가 보네. 지금은 저렇게 말랐지만 이슬보다 맑은 물이 흘렀다고 하니까."

그들은 구름다리로 나아가지 않고 다리 밑으로 다가갔다.

"꽃의 계곡이 분명하구먼. 어느 해 삼월 이곳에서 수행하는 밀승들의 꿈속에 쓸쓸한 모습의 노승이 나타나 '나는 꽃의 계곡에 사는데 이 꽃으로 인해 수도가 방해가 되니 어이 하면 좋겠는가?' 하고 물었다오. 그 길로 수도승들은 계곡의 꽃을 모두 없애버렸소. 그러자 그날 원초불이 나타나 이제 꽃이 없어졌으니 그대의 금강심을 어떻게 증명할 것이냐고 했다오. 그 후로 꽃은 피지 않았는데 정말 견성을 하고도 자신이 깨달은 도의 깊이를 헤아리거나 증명해 보일 길이 없었다고 하오. 그때 깨달았지. 자신의 도를 막았던 것은 꽃이 아니라 자신의 분별심이라는 것을. 그러자 계곡의 꽃들이 다시 피어나기 시작했고 그 꽃들은 하나같이 아름다운 여인으로 변해 승려들의 품에 안겼다는 것이오. 승려들은 비로소 도의 깊이를 가늠할 수 있었지. 도가 얕은 자는 여자와 하나가 되기 무섭게 파정의 길을 걸었고 금강심이 돈독한 자는 여자의 자궁 속에 자신의 근본을 밀어 넣고도 흔들림이 없었다고 하오. 그래서 이곳을 쇠금 자를 써서 금당이라고 한 것이오."

"그렇군요."

정면의 돌계단 좌협에 정자형으로 짠 반석이 있었다.

"이 돌은 성스러운 반좌인 것 같소이다. 깨침의 신이 왕림할 때 반드시 온다는 곳. 그래서 이곳을 금미 골짜기라고 부르기도 했다고 들었소. 깨침에 이르면 거문고와 피리를 연주하는 무희들이 청류에 내려와 남녀가 하나 된 원초불을 위로했다고 하니까 말이오."

계곡을 올라가 비로소 금당 안으로 들어섰다.

"이곳은 도요토미 히데요시의 정실 키타노만도코로에 의해 재건되었다는 법당이 분명한 것 같은데……."

"엄청난데요. 저 본존의 광배하며……."

바닥이 모두 마루였다. 본존을 모신 곳은 토방 같았다.

"전통적인 천태종계 본당의 형식 그대로군. 뚜렷한 장식을 도입하지 않고 간소함 속에 품위가 갖추어져 있는 걸 보면."

금당의 법당 안에서 밖을 내다보자 성곽을 연상시키는 호쾌한 돌담이 보였다. 맞은편에 화려한 장벽화가 그려진 전각이 보였다. 지붕이 노송나무 껍질로 덮여 둥근 곡선을 그리고 있었다. 그 옆에 수각이 있고 거대한 범종각이 붙어 서 있었다. 수각과 범종각. 썩 어울리지 않은 배치였다. 수각은 말라붙은 것 같았고 종각은 낡을 대로 낡아 금방이라도 폭삭 내려앉을 것 같았다.

"이곳은 방치된 곳일까요?"

"누군가에 의해 지켜지고 있겠지요."

"그렇다면 이 사찰을 보존한 천황이 아닐까요?"

"그럴지도 모르지."

"그런데 여전히 사람 그림자가 없군요."

"비웠을 수도 있소. 요사채가 있을 것 같은데 보이지 않는군요."

"그럼 지키는 사람이 없을 수도 있지 않겠습니까."

"그럴 수도 있고."

금당 구석으로 시선을 돌리니 혀를 빼문 이상한 상이 보였다.

"부처의 입상 같지는 않은데요?"

"고호신이오. 귀자모신. 귀자모신은 인간의 아이를 빼앗아 먹는 악귀였다고 하오. 석존이 그를 불쌍히 여겨 그의 아이를 사발로 감추고 제도했지. 그 결과 불교에 귀의하게 되었고 밀법의 완성자가 되어 선녀 신이 되었다고 하오."

귀자모 입상 맞은편에 칼을 든 관음상이 보였다. 팔이 수없이 많은 것으로 보아 천수관음상 같았다. 손마다 칼을 들었다.

"뜻밖이네요. 관세음보살은 소원의 화신 아닌가요? 칼이라니요?"

"때로는 잘라내는 것이 사랑일 수도 있지. 옳지 않은 소원을 이루어줄 보살이 이 세상에 어디 있겠소."

"그런 면에서 천황도 백성의 소원을 들어주는……. 오해할 만하지요?"

"관세음보살이 되고 싶은 천황? 내가 관세음보살이 되어 너희들의 소원을 들어주리니 나를 믿으라. 나를 부르라. 내가 어디에나 있을 것이다. 하하하, 재미있군."

금당을 나오려다가 이상한 불상 앞에서 고토코는 걸음을 멈추었다. 불상인가? 사람인가? 두 남녀가 결가부좌하고 열락에 겨워 껴안고 있었다.

"원초불일세."

"예?"

"존재의 본래 모습."

"꼭 부처가 사랑을 나누는 것 같군요."

"부처님이 존재의 실상을 보이기 위해 사랑을 하는 행위이지."

"아아, 너무 멋진 거 같아요."

"나갑시다."

그들은 금당을 나와 우물과 종루를 돌아 대성전이란 간판이 붙은 곳으로 들어갔다.

5

"이거, 과거의 기억을 따라온 게 잘한 일인지 모르겠네."

에이스가 주변을 둘러보며 중얼거렸다.

"그러게요. 헤이안 신궁이 두 개도 아니고."

"암튼 가보자고."

에이스가 그렇게 말하고 앞서 달리자 말을 받던 카제이 기자가 뒤따랐다. 물줄기를 따라가다가 돌다리를 건너는데 하얀 팻말이 눈에 띄었다. 공사 중이라 들어가지 말라는 경고 표시였다. 신궁을 돌아내리는 큰 내를 공사하는 모양이었다.

"신궁을 둘러쌀 모양이군."

"맞습니다. 고메이 천황을 모시고 물길을 돌려 수로를 만든다는 말이 있습니다."

"이세 신궁 짝이 아닌가."

"맞아요. 이세 신궁은 완전히 섬이더군요."

행동대장이 말했다.

"그곳은 우리의 시조 중 한 분이 모셔져 있는 곳이야."

에이스의 말에 행동대장이 고개를 끄덕였다.

"저도 한 번 가봤습니다. 이상한 신궁이더군요."

"시시한 소리는 하지 마라."

무슨 말인지 알고 행동대장이 웃었다. 에이스는 괜한 속내를 내보인 것 같아 혀를 츱, 찼다.

섬에 묻혔다는 스진 천황은 일본인들이 고대 일본의 천황 중에서 유일하게 생존했던 천황으로 꼽는 인물이었다. 가야계의 인물로 짐작되는 인물이었다. 일본인들은 그 사실을 알면서도 언제나 고개를 내젓는다. 불편한 진실이라는 생각 때문이었다. 그래서 자신이 방금 행동대장에게 한 말처럼 행동한다. 그가 가야인이라는 말 같은 건 하지 말라는 것이다.

그렇다고 해서 스진 천황이 한반도 가야의 인물이라는 주장이 부정되는 것은 아니었다. 아직도 사라지지 않았기 때문이다. 과거부터 한일 양국의 첨예한 문제였다.

역사학계는 이 문제만 나오면 몸서리를 친다. 이 문제는 일본 역사의 정통성을 맞바로 흔드는 일이기 때문이다. 살펴보면 볼수록 가야, 백제의 문화가 일본 역사 발전에 크나큰 영향을 미쳤다는 것을 알 수가 있으니 그럴 만도 했다.

스진 천황의 무덤은 오사카에 있다. 한눈에 다 들어오지 않을 정도로 큰 무덤이다. 호수 한가운데 있다. 그러니까 물속에 봉분이 솟아 있는 것이다. 왜 천황을 그런 곳에다 묻은 것일까? 대답은 간단하다. 이 나라 사람들은 첫 대부터 9대까지는 실존 인물이 아니라고 생각한다. 신화 속의 인물이라는 것이다. 그러나 스진 천황은 실존한 인물이라고 믿는다. 일본이 가야와 교류가 가장 왕성했던 시기에 실존했던 천황이라고 《고사기》에 기록되어 있기 때문이다. 그리고 그의 무덤이 실존하고 있기 때문이다.

그런데 왜 하필 물속에 묻어버린 것일까? 그가 가야인이기에? 아니다. 그를 호수 속에 묻어버린 것은 인간과의 괴리였다. 격리시켜버림으로써 그가 인간이 아님을 증명할 수 있기 때문이었다.

지금 가고 있는 헤이안 신궁도 아버지 고메이 천황을 신격화하기 위해 현 천황이 지은 신궁이었다. 그전에는 그저 물속의 섬, 승들의 묘지일 뿐이었다. 그곳에다 선왕을 신격화해 모심으로서 잡귀의 악성을 눌러버린 것이다. 그리고 모든 우상을 몰아내고 이제 그도 신이 되어버린 것이다.

인부들이 돌을 옮기느라 힘쓰는 모습이 안쓰러웠다. 언제 둑을 쌓아 수로를 만드나 싶었다. 수로 공사를 끝내려면 수년은 족히 걸릴 거라는 말을 들으며 에이스는 입술을 꾹 씹었다.

"저 물줄기를 한번 보세요. 수로를 내는 것이 그렇게 쉬운 게 아니라오. 이제 시작이지. 수년은 족히 걸릴 거외다."

인부 하나가 카제이 기자에게 그렇게 말하고 가토 순사와 에이스를 흘끗 올려다보았다.

좀 더 지나가자 인부 몇이 그늘에 앉아 쉬고 있었다. 행동대장이 호수 중앙에 둥실 떠 있는 것 같은 섬 하나를 가리켰다.

"저곳입니다."

"퇴적물이 쌓여 섬처럼 보이는군."

'정말 이세 신궁을 닮았구나. 그래서 수로를 낸다? 말 되네. 사방을 틔워 육지와 연결되게 하겠다?'

에이스가 그런 생각을 하는데, 몰려든 아낙네들을 뒤로하고 촌로가 다가왔다.

"어디들 가려고 그러시오?"

낯선 사람들의 등장이 아무래도 이상했던 모양이었다.

"저곳으로 가려고 합니다."

에이스가 헤이안 신궁을 가리키며 말했다. 그러자 촌로가 고개를 내저었다.

"그곳에는 왜요?"

"참배하려고요."

"왜 하필 물길로 가려고 하시오? 육지길을 놔두고."

"오다 보니 그렇게 되었네요."

"무슨 일인지는 모르겠으나 육지길로 들어가는 게 좋을 게요. 조금 전에도 육지길을 놔두고 군이 물을 건너가더니. 왜, 육지길이 막혔소?"

"글쎄요? 오다 보니……."

"그들도 배를 빌려갔어. 저 섬으로 간다고."

그는 심히 걱정스럽다는 듯 말하였다.

"그게 언젭니까?"

"얼마 되지 않았다오. 남녀 둘이었지. 참 이상하네. 참배객들은 이 길을 이용하지 않는데……."

그렇게 말하고 촌로는 에이스를 흘끗거렸다. 행동대장이 그들이 나오는 모습을 보았느냐고 묻자 촌로는 손을 홰홰 내저었다.

"육지길로 나갔겠지."

"누구일까요? 남녀라고 하는데."

정보장이 에이스를 보며 물었다.

"참배객이겠지. 가보자."

에이스는 그렇게 말하고 촌로를 향해 돌아섰다.

"배가 있을까요?"

"배는 있어."

촌로가 돌아서더니 낚시를 할 때 쓰던 똑딱선을 가리켰다. 에이스는 주루먹에서 몇 푼의 돈을 꺼내 촌로에게 내밀었다.

"이거면 되겠소?"

"고맙구려."

촌로는 돈을 받으면서도 내내 걱정스러운 표정이었다. 이내 똑딱선 한 척이 그들 앞에 밀려왔다.

"다행이군. 이제 와 돌아갈 수도 없고······."

에이스가 말하고 먼저 배에 올랐다. 뒤이어 대원들이 오르자 촌로는 얼른 배의 고삐를 행동대장에게 쥐버리고 물러섰다. 행동대장이 쳐다보자 그는 가지 않겠다는 얼굴로 손을 홰홰 내저었다.

"이상하게 겁먹었는데요."

행동대장이 뱃전에 앉으며 말했다.

"그러네. 겁에 질렸잖아." 하고 말하며 에이스가 웃었다.

배가 신궁을 향해 나아갔다. 매 한 마리가 날갯짓도 없이 그들 위를 비행하고 있었다. 물결은 촌로가 걱정했던 것과는 달리 잔잔했다.

금세 신궁의 문턱에 닿았다. 이상하게 배를 댈 수 있는 갑판이 만들어져 있지 않았다. 물길을 완전히 폐쇄시켜버린 것 같았다. 신궁 뒤편이 맞았다. 에이스는 담벽을 따라가며 안으로 들어갈 수 있는 문을 찾았다.

궁의 정문 뒷모습이 보였다. 2층 누각 지붕을 가진 응천문이었다. 정전인 대극전은 그 너머에 있을 것이었다. 대극전 앞에 있는 동쪽의 창룡루와 서쪽의 백호루 뒷머리가 보였다. 기와색은 파랗고 건물색깔은 주황색이라 그런지 그 색의 배합이 신비로웠다. 도대체 이곳에 무엇이 있단 말인가?

지금까지의 모든 의문을 종합해보면 일본의 26대 게이타이 천황으로부터 오늘의 의문이 출발하고 있다. 게이타이 천황이 백제 무령왕의 동생이라는 사실. 그 증거가 되는 것이 있다. 현재 와카야마현 스다하치만 신사의 인물화상경. 서기 503년에 백제 25대 무령왕이 만들었다는 그 청동거울. 왜국의 동생 오호도 왕자에게 보내었다는 그 청동거울.

그래서 에이스는 일부러 신사를 찾아가 청동거울을 보았다. 바깥쪽 테두리를 따라 48개의 한자가 각인되어 있었다. 수백향이 무령왕의 딸이라는 사실이 기록되어 있었다. 게이타이와 결혼하였으며 그 소생이 불교를 처음으로 받아들인 29대 긴메이 천황이라고 되어 있었다. 그런데 문제는 그게 사실이냐는 것이다. 역사학계의 말처럼 조작될 수도 있지 않은가.

비로소 뒷문이 나왔다. 엄청나게 큰 문이었다. 성벽이 높았으므로 그들은 문 앞에서 서성였다. 철문은 잠겨 있었다. 오랫동안 사용하지 않아 물바람에 녹이 슬대로 슬었다.

"안으로 잠긴 것 같은데……. 어쩌지요?"

정보장이 주위를 둘러보며 물었다.

"벽을 타고 안으로 들어가 문을 열 수밖에 없잖아. 행동대장!"

날래다고 소문난 행동대장이 나섰다. 그가 신발을 벗었다. 그리고는 겉옷을 찢더니 발을 쌌다. 미끄럼을 방지하기 위해서인 것 같았다.

"잠시 기다리세요."

"조심해. 십 미터는 족히 되어 보이는데……."

"제 어릴 적 별명이 원숭이었습니다."

매사 긍정적으로 생각하는 사람이었다.

"조심해."

"걱정 말라니까요."

그가 돌박 이음새를 밟으며 벽을 타오르기 시작했다. 돌 머리를 맞추어 쌓아올린 성벽이었다. 한참을 올라가는 것 같더니 그의 모습이 순식간에 사라졌다. 잠시 후 문이 열렸다. 시큼한 냄새가 문을 열기 무섭게 확 끼쳤다.

사방을 둘러보다가 에이스는 고개를 갸웃했다. 신궁이 이렇게 생겨 먹었나 싶었다. 분명히 다른 공간 같았다. 하지만 보았다. 신궁의 장엄한 모습을.

정신을 바짝 차리고 안을 살펴보았다. 그제야 신궁의 내부가 눈에 익었다. 눈앞의 건물이 금당이었다.

금당에 들어서자 회랑 바닥을 살펴보던 가토 순사의 말이 들려왔다.

"가만요. 좀 전부터 느낀 건데, 좀 이상하지 않아요?"

'뭐가?' 하는 표정으로 카제이 기자가 돌아보았다.

"이 마룻바닥을 내려다보세요. 사람 발자국 맞죠?"

선명한 사람 발자국을 내려다보다가 에이스는 고개를 갸웃했다.

"얼마 되지 않은 거 같은데? 참배객이겠지."

그들은 발자국을 따라 금당을 나와서는 우물과 종루를 돌아 대성전이란 간판이 붙은 곳으로 들어갔다. 역시 사람의 발자국이 보였다.

"분명하지요?"

"참배객이라니까!"

"참배객이 들어오기에는 좀 그렇지 않아요?"

"발 달린 짐승이 어디는 못 올까."

"그래도 이곳까지는……."

가토 순사의 말에 카제이 기자가 발자국을 내려다보며 고개를 끄덕였다.

"이상하긴 이상하네요. 발자국이 일정해요. 두 사람 발자국인데……. 앞서 들어갔다는 사람이 둘이라고 하지 않았습니까?

그들도 육지길을 놔두고 우리처럼 배를 타고 이곳까지 왔다는
게……."

이상하지 않느냐는 듯이 카제이 기자가 말했다. 에이스는
'정말 그러고 보니……' 하는 표정을 짓다가 고개를 갸웃했다.

"이상하네요. 살펴보면 볼수록 건물을 지은 기술이 일정치가
않아요."

제법 건축에 소양이 있는 사람처럼 가토 순사가 말하자 카
제이 기자가 고개를 끄덕였다.

"저도 들은 소립니다만 이곳을 지을 때 대목장이 중국의 영
향을 많이 받았다고 해요. 대목장이 중국의 건축물들은 어떻게
지어졌나 하고 건너갔다 와서는 이곳 건물에 반영했다는 말이
있거든요."

"그래요?"

카제이 기자의 말에 이번에는 에이스가 물었다.

"내가 보기에는 별로 달라 보이지 않는데……."

역시 에이스가 말했다.

잠시 후 그들은 그곳을 빠져 나와 또 다른 회랑으로 나아갔
다. 그제야 에이스는 카제이 기자의 말을 이해할 수 있을 것 같
았다. 달랐다. 뭔가 달라보였다. 이십 자 모양의 길에서 가장 먼
저 나타나는 것이 돌로 만들어진 둥근 천장이었다. 그 천장은
네 개의 석조에 의해 지탱되고 있었다. 십자 모양의 구조물에
의해 그 내부는 다시 네 부분으로 나뉘어져 계단을 통해 아래

로 이어졌다.

갑자기 1층에서 2층으로 올라가는 기로에서 기하학적인 구조가 나타났다. 열두 개의 가파른 계단이 지하로 이어져 있었다. 지층은 하나의 회랑으로 둘러싸여 있었다. 그리고 그 회랑은 안과 밖으로 열려 있었다.

6

고토코는 잠시 그림을 쳐다보았다. 탑과 연못과 수로가 한눈에 들어왔다. 그것은 놀랄 만치 아름다운 색깔로 물들어 있었다. 이 신궁이 물길에 둘러싸여 있다는 건 알고 있었다. 분명히 물길이 흘러가다가 하나의 호를 만들고 있었다. 연못은 햇살 때문인지 오렌지 빛이었다. 하늘은 석양빛을 먹은 것처럼 적자색으로 물들어 있었다.

탑신들은 선홍빛으로 빛난다. 현세적인 관점에서 천상의 우주가 정확히 재현되어 있었다. 저 멀리 내려다보이는 들어오는 길. 그 길에 세워져 있는 그림 부조나 장식들. 그것들은 그대로 천상의 무지개 같았다. 그 무지개를 통해 이곳을 지은 대목장은 이 세상으로부터 천상의 세계로 올라갈 수 있다고 믿었을지 모른다.

그림에서 시선을 떼고 잠시 걸어 들어가자 석실이 나타났다. 그들은 석실로 들어섰다. 들어서기가 무섭게 썰렁한 기운이 그들을 사로잡았다. 입구부터 좀 이상했다. 석실은 사각형으로 지어졌는데 돌로 짓다보니 그런 것이 아닐까 싶었다.

낡은 문이 보였다. 잠시 망설이던 스님이 문을 열었다. 금방이라도 바스라져버릴 것 같은 문이 잘 열리지 않았다. 삐이걱. 문을 열어보던 조실스님이 멈칫했다. 고토코는 눈을 크게 뜨고 앞을 바라보았다. 석벽으로 된 회랑이 나 있었는데 제법 길었다. 밖에서 보던 모습과는 딴판이었다. 석실이 자그마해 보이더니 아니었다.

회랑을 걸어가면서 석벽을 자세히 보았더니 자연동굴이라는 생각이 들었다. 회랑 중간 중간에 횃불을 꽂을 수 있는 횃대 꽂이가 있었다. 그제야 지하가 그리 어둡지 않다는 생각이 들었다.

"분명 여기는 지하가 맞지요?"

고토코가 조실스님에게 물었다. 질문의 의미를 알아챈 조실스님이 고개를 주억거렸다.

"그럼 어디선가 빛이 들어오고 있다는 말인데……."

"그럴 리가요."

"우리가 들어온 그곳으로부터 빛이 들어오고 있다? 그러고 보니 딱 요만큼이군. 여기서부터 더 어두워지고 있으니……."

"그래서 횃대가 준비되어 있다면 누군가 이곳을 관리하고 있다는 말 아닙니까?"

"그럴지도. 정부에서 이곳을 신궁으로 만들 때 격리를 시켰

376

을지 모르지만 이곳을 수도의 성지로 생각하고 있는 밀승들이 있었을지도 모르니까."

"그럼 정부군 몰래 드나들었다?"

"그럴지도 모르고."

조실스님이 횃대가 꽂혀 있는 벽으로 다가갔다. 횃대 끝을 만져보고는 고토코를 돌아보았다.

"송진에다 기름을 먹였군. 그럼 세월이 흘러도 마르지는 않지."

그러면서 주루먹을 벗어 그 안에서 성냥을 꺼냈다. 횃대에 불을 붙여나갔다. 매캐한 연기냄새와 송진 타는 냄새가 코를 찔렀다. 회랑이 밝아졌다. 그러자 그냥 동굴벽인 줄 알았는데 그곳에서 이상한 조각들이 살아나기 시작했다.

미로가 점점 더 깊어졌다. 조실스님은 여전히 말이 없었다. 고토코는 다시 본래의 자리로 돌아가 시작해야 되는 게 아닐까, 하는 생각을 했다. 여전히 목적지는 그 모습을 보이지 않았다. 금방 손에 잡힐 것 같으면서도 잡히지 않는 그 무엇. 그녀는 눈을 감았다. 가득한 절망감이 철벽처럼 눈앞을 가로막았다. 그녀는 더 나아갈 생각을 잊고 멍하니 앞을 바라보았다. 잡다한 기억이 기억의 골방 속에서 선불 맞은 것처럼 뛰쳐나왔다.

7

"지하가 분명한데 밝다 했더니 이 횃불들 때문이었네요."

횃불을 발견한 가토 순사가 말했다.

"이곳에 누가 살고 있는 거 아닙니까? 그렇지 않고서야 횃불이 켜져 있을 리 없잖습니까."

카제이 기자의 말에 에이스는 다시 주위를 둘러보았다. 이 상하기는 했다. 사람 그림자라고는 보이지 않는데 벽에 횃불이 걸렸다?

"가보자고."

행동대장과 정보장이 횃불을 하나씩 들었다. 가토 순사도 뒤따르며 횃불 하나를 들었다.

에이스 일행은 계속해서 앞으로 나아갔다. 그러다가 어느 한 순간 걸음을 멈추었다. 눈앞에 어마어마하게 큰 대불이 버티고 서 있었다. 꼭 앞을 가로막은 수문장 같은 모습이었다. 얼마나 큰지 그들은 고개를 들고 올려다보지 않을 수 없었다. 역시 신궁을 지으면서 폐기해버린 잔재가 아닌가 싶었다.

석상을 돌아나가자 커다란 공터가 나왔다. 그리고 보니 석상은 공터 중간에 서 있었던 게 아니었다. 공터 앞에 선 자세였다. 아마도 대중들이 모여 예불이나 법회를 열던 곳이었던 것 같았다.

공터를 가로지르자 엄청나게 많은 부처상들이 가부좌를 틀고 앉아 있었다. 모두가 좌상이었다. 수백 개 아니 수천 개는 될 것 같았다. 에이스는 누군가 이 석굴 속에 있는 것을 모아놓지 않았나 하는 생각이 들었다. 이리저리 굴러다니는 걸 한 곳으로 모았지 싶었다. 보통사람 정도 크기의 석상들은 둥그렇게 모아져 있었지만 비스듬히 옆 석상에 기댄 것도 있었다.

그들은 그곳을 지나갔다. 주먹만 한 쥐 한 마리가 소리를 내며 어디선가 튀어나와 길을 가로질렀다. 쥐가 가는 곳을 보았더니 작은 미로가 하나 있었다. 앞으로 나아갈 수 있는 길은 그곳뿐이었다.

그들은 그 길로 나아갔다. 길은 두 사람이 비켜설 만큼 좁았고, 그 길 양옆으로 석방이 뚫려 있었다. 딱 사람 하나가 거주할 수 있는 공간이었다.

그들은 계속해서 길을 따라 나갔다. 끝이 보이지 않았다. 가끔 길은 횡으로 구부러지곤 했는데 가도 가도 끝이 없었다. 아무리 나아가도 길은 계속되고 있어서 카제이 기자는 불안한지 입을 열었다.

"끝이 보이질 않는데요?"

"가보자고요. 어디 끝이 있겠지요."

이 길 끝에 무엇이 있을까 생각하며 에이스가 카제이 기자의 말에 그렇게 말했다. 잠시 걸어가자 길이 옆으로 꼬부라졌다. 카제이 기자가 그 길로 돌아들었다. 몇 발짝 들여놓지 않아서 길은 다시 꼬부라졌다. 계속해서 카제이 기자는 앞으로 나아갔다. 길은 또 꼬부라졌다. 그러기를 몇 번이나 반복했는지 몰랐다. 아무튼 길은 끝이 없었다.

카제이 기자가 다시 불안한지 입을 열었다.

"내 우스갯소리 하나 할까요? 옆집에 처자가 하나 있었는데, 한마디로 육체파였어요. 젖도 크고 엉덩이도 크고 얼굴도 빠지진 않고……."

"그런데요?"

가토 순사가 듣던 중 반가운 소리라는 듯 맞장구를 쳤다.

"어느 달 밝은 밤 나는 그녀를 갖고 싶었어요."

이번에는 행동대장이 '어?' 하는 표정으로 카제이 기자를 쳐다보았다. 카제이 기자가 그런 말도 할 줄 아느냐는 표정이었다. 그제야 카제이 기자가 제정신이 든 사람처럼 멀거니 행동대장을 쳐다보았다.

"괜찮아요. 해보세요."

에이스가 웃으며 말했다. 카제이 기자는 멋쩍게 웃으며 "그랬다는 말이지요 뭐." 하고 말했다.

"그게 처음이었습니까?"

에이스의 말에 카제이 기자가 석방 하나를 기웃거리다가 고개를 끄덕였다. 불빛에 드러나는 그의 옆얼굴이 꼭 석양을 받은 조각상 같았다.

"정말 숨넘어가더라고요. 어떻게 둘이 붙었는데 옷이 왜 그렇게 벗겨지질 않던지……. 난 급하기만 했죠."

"그래서는요?"

가토 순사가 침을 꼴깍 삼키며 물었다.

"단박에 실패하고 말았지요. 그제야 여자를 멀리해야 한다는 말이 실감나더라고요. 종교는 그래야 하는 게 아닐까, 하는 생각이 그때 들더란 말이지요."

"종교? 갑자기 웬 종교? 이제야 철든 사람처럼 말하네."

가토 순사가 그것 보라는 듯이 말했다.

"내가 아는 사람 중에 이런 사람이 있었습니다. 자살한 학우였어요. 동경제대 다닐 때 부모의 강권에 못 이겨 결혼을 했죠. 하루는 집에 들렀더니 아내가 애를 낳고 있더랍니다. 그래 도망을 갔답니다. 하필 도망간 곳이 방앗간 안이었다고 해요. 그곳에서 여자를 만난 겁니다. 그 여잔 그 방앗간 집 딸이었어요. 둘이 그만 그 짓을 하게 되었는데 옷을 다 벗기고 마지막으로 속옷을 벗기려는데 확 나더라는 겁니다."

석방을 기웃거리며 말하던 카제이 기자가 에이스를 돌아보았다. 불빛에 그의 눈이 이글이글 타고 있는 것 같았다. 카제이 기자는 갑자기 그도 인간이라는 생각이 들었다.

"뭐가 나요?"

에이스가 물었다.

"뭐긴 뭐겠어요. 여자의 암내지요. 그 길로 아내에게 돌아왔는데 계집아일 낳았더랍니다. 그 사람은 그때부터 여자를 멀리했다는데 나중에 불교의 사이비 스님들이 여자 문제로 나라 망신을 시키니까 청정운동이니 뭐니에 미쳐 사이비는 물러가라며 자살해버리고 말았지요."

"야, 정말 지독하네. 그렇다고 자살까지."

가토 순사가 너무했다는 듯이 말했다.

"자신의 이념이 그만큼 투철하다 보니 그랬겠지요."

카제이 기자가 말했다.

"하기야 그때부터 불교회 학생들은 여자 얼굴만 쳐다보아도 고개를 돌려버리곤 했으니까요. 철저히 청정 불가의 가풍을 끌어안았다는 말이지요. 그게 그때 우리들에겐 멋져 보였고 또 낭만이었는지도 모릅니다. 적어도 수행하는 자라면 그래야 한다고 생각했으니까요. 그것이 수도자다움이요, 도리라고 생각했던 게지요. 그리고 진정한 불도(佛徒)라면 여자를 멀리해야만 하고 청정해야 한다고 생각했습니다. 나도 나중에 그 운동에 가담했고 여자를 보면 도망가기 일쑤였지요. 그런데 그러다가도 아랫도리에 정액이 고이면 생각이 나는 겁니다. 너무 어이가 없었지만 부끄러움도 없이 말입니다. 그저 기만 막혔지요. 그 기막힘 속에서 점차 정상적인 사고나 논리를 가지고는 성을 이해할 수 없을 것이라는 생각이 들기 시작하더군요. 자살한 그 도반이나 여타 사람들이 그런 나를 향해 뭐라 할까 싶었지만 말입니다. 인간적인 가치 기준을 초월한 성스러움을 구원적인 것에 국한해 바라보려 한다면 그 뜻을 결코 헤아릴 수 없을 거라는 생각을 나는 그때 하고 있었는지 모르겠습니다. 말하자면 그제야 본질을 보았다고나 할까요."

"본질?"

가토 순사가 뇌까렸다. 카제이 기자가 고개를 끄덕였다.

"미쳤지요. 지금 이곳의 스님들이 몰려와 나를 지탄한다고 하더라도 말입니다. 그러고 보면 지금 이 순간이 가장 기쁜 순간인지도 모르겠군요."

카제이 기자가 문득 말했다.

"나상들의 저 관능적인 곡선미 좀 보십시오. 유연한 전체의 선과 선, 생의 적나라한 모습들, 때로는 둘이다가 때로는 셋이 한 몸이 되어 넘나드는 일다원융의 일사불란한 몸놀림들. 그래 순수가 어디 있겠습니까. 저것이 바로 삶의 본질이 아닐까 싶네요."

"왜 이렇게 끝이 보이지 않는지 모르겠네."

앞서가던 행동대장이 갑자기 신경질적으로 중얼거렸다.

"제법 긴데요. 더욱이 앞이 잘 보이지 않으니."

정보장이 말했다.

"길 잃은 거 아닙니까? 어떻게 그 자리가 그 자리 같아요."

가토 순사가 말했다

"아무튼 더 들어가보자."

에이스가 말했다. 그리고는 "정말 그 처자 건드리기나 한 겁니까?" 하고 카제이 기자에게 물었다.

"그럼 내가 거짓말을 하고 있단 말입니까?"

"하기야……."

"신을 보기를 열망하던 광신자가 고통 끝에 신을 보았다면 어떻게 되겠어요?"

"에이."

잘 나가다가 무슨 소리냐는 듯 가토 순사가 짜증을 냈다.

"문자 안 쓰면 말이 되지 않는 건지 원."

에이스가 하하, 하고 웃었다. 카제이 기자가 덩달아 웃었다.

"신이 따로 있나. 여자가 신이지. 하물며 본질을 찾아 헤매던 남자가 천신만고 끝에 그 본질을 보았을 때 어찌 진실을 보았다고 외치지 않겠는가."

에이스가 말했다.

"정말 무슨 말들을 하고 있는지 모르겠네."

가토 순사가 노골적으로 거북살스러워 하자 에이스가 큭큭, 하고 웃었다.

길은 끝이 없었다. 앞서 걷던 카제이 기자가 한순간 또 옆으로 꼬부라들었다. 그때부터 밋밋하던 벽에 그림들이 나타났다. 남녀의 합환상들이었다. 카제이 기자가 불빛에 드러난 그림을 멀거니 쳐다보며 걸음을 멈추었다.

"왜 그래요? 더 들어가 보자고요."

에이스의 말에 카제이 기자가 그를 돌아보았다.

"누가 그렸는지 기가 막히네요."

그가 가리키는 곳을 보았더니 원초불이 그려져 있었다. 붓다가 여자를 안고 열락을 헤매는 그림이었다. 그 주위에는 수천

명의 나한들이 즐비하게 늘어서 있었다. 원초불 뒤에서 불꽃이 시뻘겋게 일렁거리고 있었다. 몰래 여자의 나체 그림을 훔쳐보는 치한처럼 카제이 기자가 키들키들 웃었다.

"왜 그래요? 불손하게……."

가토 순사가 더는 못 참겠다는 듯 이맛살을 찌푸리며 소리쳤다. 카제이 기자가 머리를 내저었다.

"생각이 나서요."

"무슨 생각이요?"

가토 순사가 토를 달았다.

"그런 거지요, 인간이란 존재가. 말이 나와서 하는 말이지만 어느 날 조교가 화장실에서 자위를 했는데 학장에게 딱 걸렸지요. 그게 인간이란 종잡니다."

"자위행위를……. 거 치한이구만."

에이스의 말에 "젊었을 땐 그럴 수도 있죠, 뭐." 하고 가토 순사가 카제이 기자를 의식해서인지 담담한 어조로 말했다.

"그래서요?"

에이스가 물었다.

"난리가 났죠. 사실 그 짓을 했으면 좀 치워놓았으면 될 텐데 갈기고는 그냥 변소에서 나와버린 겁니다. 그걸 뒤이어 들어간 학장이 본 거지요. 어떻게 보면 코 같고 어떻게 보면 풀 같고 그렇잖아요. 그날로 소문이 났지요. 조교가 그 짓을 했다고. 그러니 어떻게 됐겠어요. 난리가 났죠. 갈아 치워야 한다느니, 자격이 없다느니."

"에이, 불쌍하다."

가토 순사의 말에 카제이 기자가 허허허, 하고 웃었다. 그는 한참을 웃다가 말을 이었다.

"전 그 모습을 봤어요. 결국 목을 맸는데 혀를 빼문 모습을 보니 기가 막히더라고요."

"그게 인간이란 동물이다?"

에이스의 말에 카제이 기자가 고개를 끄덕였다. 벽에 비친 그림자를 보니 에이스가 웃는 것 같았다.

"또 길이 꼬부라져 있는데요."

앞서가던 행동대장이 말했다.

"어?"

앞을 살피던 정보장도 발걸음을 멈추었다. 에이스가 정보장의 시선을 따라가 보니 이게 어딘가 싶었다. 큰 광장 안에 좌상의 부처들이 모여 앉았고, 그 앞에 서 있는 것은 그들이 들어왔을 때 보았던 거대한 불상이었다.

"제자리 아닙니까?"

카제이 기자가 중얼거렸다.

"어떻게 된 거야?"

행동대장이 소리쳤다.

"이거 이상한데요."

가토 순사가 고개를 갸웃대며 말했다.

그들은 광장 한 쪽에 서서 이리저리 살피다가 방금 그들이 나온 길옆에 뚫려 있는 길을 바라보았다.

"저 길로 한번 가볼까?"

에이스가 그렇게 말하면서 나아갔다. 횃불을 들긴 했으나 역시 앞이 잘 보이지 않았으므로 무작정 들어갔다. 스쳐 지나가는 석벽에는 역시 벽화가 그려져 있었다. 원초불을 그려놓은 것들이었다. 길은 얼마 가지 않아 꼬부라지고 있었다. 에이스는 이러다 갑자기 길을 잃는 게 아닐까 하는 생각이 들었다. 그렇다고 돌아갈 수도 없었다.

길은 계속되다가 얼마쯤 가면 다시 꼬부라졌다. 나아가다가 꼬부라지고 그렇게 얼마를 반복해 걸었는지 몰랐다.

잠시 후 행동대장이 "어?" 하며 또 멈추어 섰다. 다시 제자리였다. 거대한 불상이 있는 그 광장으로 나와 있었다.

"이거 어떻게 된 거야?"

에이스가 멍하니 중얼거렸다.

"그러게 말입니다."

카제이 기자가 어이없다는 어투로 중얼거렸다.

그들은 조금 전에 들어갔던 입구를 지나쳐 앞으로 나가보았다. 길은 일직선이었다. 그런데 계속해서 길 입구들이 나타났다. 입구가 막힌 곳도 있었으나 어쩌다 들어가 보면 다음 입구가 나오고는 하였다.

한참을 나아가자 길은 꼬부라졌고 입구는 계속해서 나타났다. 지나온 입구를 세어보니 뚫린 입구가 서른 개는 넘는 것 같았다. 그래도 입구는 계속해서 있는 것 같았고 이러다가는 주위만 빙빙 돌다가 말 것 같았다.

"저 많은 입구를 어떻게 다 들어갔다 나옵니까?"

카제이 기자가 앞장서 가면서 그렇게 말했다. 이후에도 그들은 수많은 입구를 지나쳤다. 결국은 원점이었다.

"이 미로는 끝이 없어요. 찾는 것은 포기해야 될 것 같습니다. 계속 헤맬 수는 없는 것 아닙니까. 생각해보세요. 우리가 지금까지 둘러본 길 양옆으로는 석방밖에 없었어요. 그러니까 그 옛날 스님들이 수도하던 방이었죠. 그렇다면 그들이 법회를 하고 공양하던 곳도 있었을 거란 말이에요. 음식을 만들던 곳도 있었을 거구요."

"그곳이 바로 여기가 아닐까?"

정보장의 말에 에이스가 말했다.

"여긴 아닌 것 같아요. 부엌처럼 지어진 곳도 없고, 법회를 했던 장소였다면 모르지만 공양하던 곳도 아닌 것 같고. 분명히 누군가가 여기저기 흩어져 있던 불상들을 이곳으로 모으고 그 속에 들어앉았을 것 같단 말이지요."

에이스는 모여 앉은 불상들을 둘러보았다.

"왜 여긴 좌상들뿐일까?"

"그래서 하는 말이에요. 석방의 넓이와 높이를 생각해보세요. 시립한 불상을 모시기에는 적절치 않거든요."

정보장이 말했다.

"그렇다고 하자고. 그럼 누군가가 왜 여기에다 불상들을 옮겨다 놓은 것일까. 군이 옮길 필요성을 왜 느꼈을까."

"글쎄요. 제 생각엔 옮길 만한 이유가 있었을 것 같은데……. 그래서 이런 추리를 해보는 겁니다. 만약 궤가 이 어딘가에 있다면 미로의 중앙에 이 불상들을 모셨던 공간이 있었다는 추리가 가능하거든요. 그가 그 불상들을 이리로 옮기고 그 공간을 차지했다, 이렇게 볼 수 있지 않을까요?"

에이스는 머리를 내저었다.

"군이 그럴 필요가 있을까?"

이번에는 정보장이 머리를 내저었다.

"여기는 입구입니다. 성물을 숨기려고 온 사람이 입구에 숨겼겠어요? 아마 중앙일 거예요. 그 중앙을 찾기가 힘들다는 말이지요."

"중앙이라……. 횃불! 분명히 누군가 앞서갔는데, 그럼 앞서간 그들은 중앙을 찾았을까?"

"글쎄요……."

에이스의 말에 정보장이 고개를 갸우뚱했다.

"그럼 그들이 누구고, 거기가 어디란 말인가."

"어쨌든 중앙으로 갈 수 있는 길을 찾아야 하는데 난감하군요."

정보장이 그렇게 말하고 난감한 얼굴로 사방을 살폈다. 참으로 막연한 얼굴이었다.

"일단 가보자고. 어디든 가다 보면 나오겠지."

"아니, 그럼 수십 개의 입구를 다 들어가 보자, 그겁니까?"

에이스의 말에 행동대장이 질린 얼굴로 물었다.

"그럼 어째. 방법이 없잖아. 어딘가에 중앙으로 나아갈 수 있는 길이 열려 있을지도 몰라."

에이스가 말하고는 잠시 생각에 잠겼다.

"마지막 입구가 몇 번째였지?"

"센다고 세었는데 헷갈리네요. 53번째인가? 54번째인가?"

"그럼 그리로 가 거꾸로 찾아보자고. 일단 54번째 마지막 입구로 들어가 보자고."

에라, 하는 심정으로 그들은 세 번째 입구를 버리고 마지막 54번째 입구를 찾아 그리로 들어섰다. 마찬가지였다. 길 양옆의 석방들은 텅 비어 있었다. 되돌아 나오게 되어 있었다. 54번째 입구에서 광장으로 나서는데 바로 옆 입구에 숫자가 새겨져 있었다. 첫 번째 입구라고 생각했는데 아니었다. 마지막 입구를 들어갔으니 첫 번째 입구가 나와야 했다.

8

"뭡니까?"

에이스가 물었다.

"54라는 숫자인데요."

카제이 기자가 대답했다.

"54? 그럼 방금 들어갔다 나온 입구가 53번째였다는 말이잖아요. 하나가 더 있었다는 말인가?"

"그보다 지금까지는 입구에 숫자가 없었어요."

가토 순사가 의아한 표정으로 말했다.

"그랬지요."

카제이 기자가 대답했다.

"그렇다면 이상하네요. 마지막 입구에 왜 숫자가 박혀 있을까요?"

가토 순사가 물었다.

"54?"

뇌까리던 에이스는 문득 어디선가 들어보았다는 생각이 들었다.

"54?"

가토 순사도 그 숫자를 되뇌었다.

에이스는 설마 하면서도 먼저 54번이라고 적힌 방의 길로 들어섰다. 카제이 기자가 영문도 모르고 뒤따랐다. 가토 순사도 같은 생각을 하고 있었는지 바짝 따라붙었다.

"단단히 살펴. 분명히 108이라는 숫자가 어딘가에 있을 거야."

"108이라니? 그건 또 무슨 말이래요?"

가토 순사가 말하기 무섭게 108이라는 숫자가 눈앞에 나타났다.

"그렇군!"

에이스가 고함을 질렀다. 가토 순사는 어안이 벙벙해 멍하니 108이란 숫자 앞에 섰다.

"이제야 알 것 같아."

에이스가 고함칠 때와는 달리 한껏 낮은 목소리로 말했다. 에이스는 안주머니에서 암호문을 꺼냈다. 암호문 밑의 숫자들. 맨 앞의 수 54.

"뭡니까?"

카제이 기자와 가토 순사가 다가왔다. 암호문을 내려다보던 카제이 기자의 입이 벌어졌다.

"그렇군요!"

에이스가 고개를 끄덕였다. 카제이 기자가 말을 이었다.

"그렇군요. 이제 생각이 나네요. 어디선가 본 54라는 수. 그 수는 우주의 순환과정을 나타내는 것이라고 했어요."

"이 지하는 우주의 순환과정을 그대로 재현한 것이다? 그럼 54란 숫자는 우주가 숨기고 있는 수수께끼를 푸는 열쇠다, 그 말인가요?"

"그렇지요."

그렇게 말하고 카제이 기자가 무슨 생각에서인지 54라고 써진 벽면에 그려진 신들의 수를 헤아려보기 시작했다. 이게 어떻게 된 일인가.

"54명이군요!"

다 세고 난 카제이 기자가 놀랍다는 듯 뇌까렸다. 이번에는 그 신들 앞에 엎드린 아수라를 에이스가 세기 시작했다. 역시 54명.

"그럼 도합 108명. 108?"

에이스가 뇌까리며 암호문의 숫자를 보자 카제이 기자가 소리쳤다.

"108염주!"

"108염주?"

"왜 불교에서는 108염주를 불교의 상징으로 삼고 있지 않습니까."

에이스가 대답하지 못하자 카제이 기자가 그대로 말을 이었다.

"절에 있을 때 《목환자경》을 읽은 기억이 있습니다. 번뇌를 없애려면 목환자 108개를 굴리면서 불법승의 명칭을 외우면 업장이 소멸하고 큰 과보를 얻는다고 하였습니다. 그리고 우주와 일체가 될 수 있다고 읽었습니다."

"그렇군요."

"그렇다면 그들은 그 신화를 지상에 표현하기 위해 천문학과 점성학을 대입한 건축 단위를 쓴 게 분명하다는 결론이 나옵니다. 그렇다면 이제 432란 숫자가 나와야 할 텐데요."

432란 말에 에이스가 암호문에 적힌 숫자를 내려다보았다.

"그렇군요!"

에이스는 자기도 모르게 탄성을 지르며 카제이 기자를 쳐다보았다.

"뒤에 432가 온 것은 천축이나 여타 나라에서 썼던 단위와 관련이 있습니다."

카제이 기자가 기다린 듯이 말했다.

"단위?"

에이스가 되뇌었다.

"페암이나 큐빗이란 단위 말입니다. 그것은 사람의 반팔 길이거든요."

동경제대를 졸업했다더니 카제이 기자는 모를 말만 하고 있었다.

"팔꿈치에서 손가락 끝까지를 1큐빗으로 삼는 것이 정설입니다. 페암은 어른의 키에 해당하는 거리고요."

"무슨 소리요?"

에이스는 여전히 이해가 되지 않아 물었다.

"그럼 우리나라 환산법으로 본다면 1큐빗은 45센치 정도 되겠군요. 가봅시다."

카제이 기자가 말을 마치고 앞장을 섰다. 햇불을 들고 우르르 뒤를 따랐다. 하나같이 영문을 모르겠다는 표정들이었다.

여러 미로를 방황한 끝에 432란 숫자가 나타났다. 뒤이어 또 다시 여러 미로를 돌고 돌자 1728이 나타났다. 1728이 나타나자 에이스가 다시 암호문을 보았다. 마지막 숫자였다. 다시 조금 나아가자 어떻게 된 일인지 이번에는 길은 사라져버리고 벽이 앞을 가로막았다.

"어떻게 된 거야?"

에이스가 중얼거렸다.

"아, 알겠군요."

카제이 기자가 소리쳤다.

"종합을 해보자고요. 그러니까 108에서 다음 108까지의 거리를 전통적인 건축 단위로 환산하면 431.07큐빗. 보폭으로 짚어본 것이지만 그렇게 432가 나오더군요."

"그럼 1728은요?"

가토 순사가 고개를 갸웃대며 물었다.

"지하가 시작되는 입구로부터 제1회랑까지의 거리를 말하는 게 아닐까 싶은데요?"

"그 거리가 1728큐빗이다?"

비로소 정신을 차린 에이스가 물었다.

"그럴지도 모르지요. 그 길이는 이상적인 우주의 생성기를 나타내니까요. 유가 시간으로 계산하면 172만 8천 년."

"유가? 유가가 뭐래?"

가토 순사가 중얼거렸다. 종이를 내려다보던 에이스가 잠시 후에야 소리쳤다.

"아, 유가 정법의 시기? 모든 영화가 윤회세계가 지배하는 동안 영원하기를 기원하는 단위. 학교 때 배운 거 같네."

"뭐가 이리 어렵데."

가토 순사가 이죽거렸고 정보장과 행동대장은 도저히 모르겠다는 듯 고개를 홰홰 내저었다.

카제이 기자가 에이스가 든 종이를 내려다보다가 중얼거렸다.

"그러니까 중심축에서 제3출입구까지의 거리가 큐빗으로 계산해보면 864큐빗이 되거든요. 이는 우주의 이상적인 주기입니다. 그럼 유가로 계산할 때 천 배니까 86만 4천 년을 상징한다고 볼 수 있죠. 그 시간 동안 이 세계가 영원하기를 그들은 기원했다? 그럼 이 지점에서 끝나는 지점까지의 거리가 432큐빗? 이는 유가 시간상으로 계산하면 43만 2천 년이 되니까 이 미로는 그때 윗대 조상들의 우주적 영생관을 말해주고 있었던 거라고 볼 수 있죠. 우주순환 구조를 그대로 본뜬 것이 분명하다는 말인데, 그럼 바로 이곳에 그 무엇이 있다는 말이 된다?"

에이스가 듣고 있다가 탄성을 내질렀다.

"그러네요!"

"한번 보폭으로라도 재어 볼까요?"

카제이 기자가 그렇게 말하고 보폭으로 432큐빗의 거리를 걸었다. 그리고는 두리번거리다가 벽을 두드렸다. 벽면에 문양이 보였다.

"뭐야, 이거?"

카제이 기자가 주루먹을 벗어 필기도구와 종이를 꺼냈다. 그는 벽에 각인된 문양을 그대로 그렸다. 그 문양 옆에 방향 표시(→)가 있었다. 그 화살표를 따라 돌아섰다. 그가 돌아선 곳을 에이스가 보았더니 거대한 불상 쪽이었다.

카제이 기자가 고개를 갸웃하며 그쪽으로 걸음을 옮겼다. 에이스가 그 뒤를 따랐다. 불상 뒷면 연화좌대가 눈앞에 다가왔다. 연화좌대 밑을 카제이 기자가 살폈다. 그는 연화좌대를 돌아가며 손으로 쓸어보기도 하고 두드려보기도 했다. 그러다 좌대 앞면이 갑자기 꿈틀하는 느낌이 들었다. 카제이 기자가 뒤로 물러섰다.

"분명히 흔들렸지요?"

카제이 기자가 눈을 크게 뜨고 에이스를 쳐다보며 물었다,

"그런 것 같은데……."

카제이 기자가 좀 망설이다가 다시 다가갔다. 연화좌대는 이끼가 많이 끼어 돌인지 연꽃인지 분간이 되지 않았다. 일렁거리는 불빛에 가끔씩 드러나 더욱 그러했다. 카제이 기자가 이끼를 닦아내듯 쓸다가 그것을 힘껏 밀었다. 다시 좌대가 꿈틀거리는 것 같았다. 카제이 기자가 확실히 감을 잡은 듯 세 사람을 돌아보았다.

"틀림없는 것 같은데요."

"그래요?"

"같이 좀 밀어 봐요. 안으로 밀릴 것 같아요."

세 사람은 카제이 기자가 밀고 있는 좌대 끝으로 다가갔다. 에이스는 돌에다 손을 갖다 댔는데 어째 느낌이 좋지 않았다. 아무튼 힘을 합쳐 밀어 보았다. 분명히 안으로 밀린다는 생각이 들었다.

그런데 그게 아니었다. 계속 밀자 돌이 몇 번 흔들리더니 안으로 밀리는 게 아니라 옆으로 열렸다. 돌문이 양옆으로 밀리면서 벌어지자 공간이 나타났다.

네 사람은 놀라 공간 안을 살피다가 멈칫멈칫 들어갔다. 앞은 가로막혔는데 두 개의 길이 나왔다. 벽화 같은 건 보이지 않았다.

분명히 두 길이 있었다. 어느 길로 들어서야 할지 그들은 잠시 망설였다. 어느 길로 가나 영원히 갇혀버릴 것 같은 느낌이 그들을 사로잡았다. 미지에 대한 막막한 어둠이 불길한 그림자를 드리우고 있는 것 같았다.

"입구가 이렇게 있다면 나가는 길도 있다는 말이 되겠지요?"

가토 순사가 가만히 생각하다가 불안한지 물었다. 이럴 땐 계산이 빠른 놈이었다.

"그렇겠지?"

에이스가 대답했다.

"그렇다면 밖으로 나갈 수 있다는 말인데, 우리가 찾던 또 하나의 광장은 광장 중앙에 있다는 말일까요?"

카제이 기자가 말했다.

"글쎄요."

"내 생각인데 이 불상은 그저 입구에 불과해요. 그렇다면 두 길 중 어느 한 길로 가면 될 것 아니겠어요."

"그렇죠."

"일단 오른쪽으로 길을 잡아 보지요. 아니면 돌아 나오면 되니까."

말을 하고 카제이 기자가 앞장을 섰다.

네 사람은 오른쪽 길로 접어들었다. 길은 사람 하나 지나가기에 딱 좋게 나 있었고 역시 석벽이었다. 분명 거대한 암산을 깎아 만든 게 틀림없었다. 석벽은 정으로 쪼아낸 것이었는데 벽화 같은 건 보이지 않았다. 그래서인지 더 으스스했다. 그들은 끝이 보이지 않는 길을 빙빙 돌다가 어느 순간 걸음을 멈추었다. 다시 원점에 돌아와 있었기 때문이다. 이번에는 입구에서 왼쪽 편으로 들어갔다.

허사였다. 꼭 그 길이 그 길 같았는데 다시 돌아와 보니 그들은 입구에 서 있었다.

"거 참 이상하네."

카제이 기자가 중얼거렸다.

"그러게요. 왜 이렇게 만들어 놓았는지 점점 더 이상하네요."

에이스가 허탈하게 말했다.

"정말 뭐가 있기는 있는 모양이네."

지켜보고만 있던 행동대장이 말했다.

"어떻게 된 걸까요?"

카제이 기자가 에이스를 보며 물었다.

"분명히 삼면이 붙어 있는데⋯⋯."

"두 길 다 우리는 돌아 나왔잖습니까. 그렇다고 광장 저쪽 길처럼 석방이 있는 것도 아니고. 아무 이유 없이 이런 미로를 만들어놓지는 않았을 텐데요. 그렇다고 스님들이 주거하던 공간이 있는 것도 아니고⋯⋯. 다시 들어간다 해도 이 입구 말고 나가는 출구를 찾지 못한다면 통로와 연결된 부분이 없는 막힌 길이므로 다시 돌아 나올 수밖에 없다는 말이 되지요."

"그럼 좀 전의 54개 통로와 똑같다는 말이로군."

에이스가 혼잣말처럼 중얼거렸다.

"그렇지요."

그렇게 말하고 카제이 기자가 쪼그리고 앉아 땅바닥에 그림을 그리기 시작했다. 뭔 그림이 이런가, 하며 에이스가 내려다보았다.

"정리를 한번 해보자고요. 우리가 지금까지 헤맨 미로를 대충 그린 그림입니다. 입구와 출구를 찾지 않는 한 영원히 갇힐 수밖에 없는 복잡한 미로예요."

그가 그림의 중앙에서 좀 떨어진 길 한쪽을 쿡쿡 찔렀다.

"여기가 우리가 방금 돌아 나온 길이거든요. 그럼 어떻게 되는 걸까요? 내 생각엔 여기쯤에 어떤 광장이나 석실이 있을 것 같은데……."

카제이 기자가 원이 그려진 그림의 아랫부분을 쿡쿡 찌르며 말했다.

"그럼 우린 그 석실의 벽면을 돌았다는 말이 되잖아요."

가토 순사가 말했다.

"안 되겠어요. 안과 안, 밖과 밖의 점을 이으려면 곡선과 만나지 않거나, 안과 밖의 점을 이으려면 곡선과 홀수 번을 만나야 해요."

"무슨 소립니까?"

카제이 기자의 말에 에이스가 물었다.

"자, 그려진 문양을 자세히 보자고요. 그동안 별생각 없이 보았는데 마지막 석방이 중앙에 있을 겁니다. 그럼 여기서 어떻게 가야 할까요?"

카제이 기자가 머리를 싸안고 있다가 다시 그림을 그리기 시작했다. 바닥에 지금까지 거쳐온 미로가 그려지는가 했더니 선 하나가 미로의 중앙을 향해 나아갔다. 횃불을 들고 발을 더듬으며 나아가듯 그 선을 따라갔다. 이리 돌아나가고 저리 돌아나가고 한참을 돌아나가자 앞이 트이면서 중앙석실이 타나났다.

"보세요. 틀림이 없죠. 방금 우리가 발견했던 석벽의 문양이 그 방향을 가르쳐주고 있잖아요."

"그럴까요?"

에이스가 고개를 갸웃했다.

"여기도 우리보다 먼저 누군가 앞서간 것이 분명해요."

카제이 기자가 말했다.

"예?"

에이스가 먼저 반응을 보였다.

"보았거든요. 좀 전에 화살표가 그려졌던 석방벽 말입니다. 거기 횃불을 가져다댄 자국이 있었거든요. 마치 불 냄새가 날 것처럼 얼마 되지 않았었어요. 화살표를 확인했다는 증거지요. 그리고 무엇보다 거미줄 같은 것이 없었던 것도 그렇고."

"그러고 보니 정말 그러네."

가토 순사가 기억을 더듬다가 말했다.

"벽에 오른손을 대고 걸어야 할 것 같아요. 길을 잃어버릴지 몰라요. 만약 길을 잃는다면 영원히 밖으로 나가지 못할 테니까."

카제이 기자가 말했다.

"그런데 우린 지금 정확하게 가고 있는 건가?"

한참을 나아가다가 가토 순사가 중얼거렸다.

"글쎄요. 전들 아나요. 아무튼 오른쪽 벽에 손을 대 벽의 느낌을 손끝으로 감지해놓아야 할 것 같은데요. 우리가 개라면 오줌이라도 질금거려 놓을 텐데……."

카제이 기자의 말을 들으며 에이스는 오른쪽 위로 쭉 올라가다가 길이 꼬부라지자 석벽에다 횃불을 대어 그을려 놓았다.

이번 길은 처음 들어왔을 때보다 더 긴 것 같았다. 분명 그 길이 아니었다. 좀 전에는 입구에서 오른쪽으로 들어가서 바로 꼬부라진 것 같았는데 한 계단 더 지나와 꼬부라진 것 같았다.

에이스는 왼쪽으로 꼬부라져 한참 나아가다가 오른쪽으로 꼬부라져 올랐다. 그 길은 길지 않았다. 이내 길이 막혔고 돌아 나와야 했다. 돌아서기가 무섭게 바로 왼쪽으로 꼬부라진 길이 나왔다. 그 길로 들어섰다. 그 길은 엄청 길었다. 한참을 나아가다가 오른쪽 아래로 꼬부라져 내렸다. 좀 걷다가 왼쪽으로 살짝 꼬부라져 들었는데 갑자기 빛이 확 비쳤다. 바깥에서 들어오는 빛이었다.

그 빛을 따라 에이스가 먼저 밖으로 나왔다. 카제이 기자가 따라 나가 보니 벼랑이었다. 앞엔 불상도 없었고 이름 모를 나무만 무성했는데 벼랑의 중턱쯤 되는 것 같았다. 깎아지른 듯 서 있는 맞은편 벼랑을 보다가 돌아섰다.

"이제 알겠네요."

에이스가 감을 잡고 고개를 끄덕이며 말했다. 무슨 소리냐는 듯한 얼굴로 카제이 기자가 그를 쳐다보았다.

"내 예측이 맞았습니다."

"네?"

에이스는 돌아서서 다시 석굴로 들어갔다. 이번에는 왼쪽 길을 택했다. 불상이 있던 입구에서 들어설 때와는 전혀 반대 방향이었다. 에이스는 왼쪽으로 꼬부라들어 한참을 내려갔다. 여전히 오른손은 벽에 댄 채로였다. 그는 왼쪽으로 한참을 내려가다가 오른쪽으로 꼬부라져 올라가다가 왼편으로 살짝 돌아서기가 무섭게 또 오른쪽으로 꼬부라들어 올라갔다. 그렇게 한참을 올라가다가 왼쪽으로 꼬부라졌다. 그는 조금 더 나아가다가 밑으로 꺾었다. 밑으로 한참을 내려가다가 오른쪽으로 살짝 꼬부라들어 밑으로 내려갔다.

에이스가 갑자기 "아!" 하고 신음을 터트렸다. 엄청난 광장이 눈앞에 펼쳐져 있었다. 광장은 처음 입구에 있었던 그 둥근 광장과 별반 다르지 않았다. 석벽 자체도 광장처럼 잘 꾸며져 있었다. 거기엔 수많은 경전이 시커멓게 먼지를 뒤집어쓰고 썩은 모습으로 들어차 있었다. 보자기에 싸여 있는 것도 있었고 그냥 바닥에 쌓여 있는 것도 있었다. 이상한 것은 불상이나 뭐 그런 것이 보이지 않았다. 그냥 맨 돌바닥이었고 장식이라곤 일체 없었다. 그런데 한쪽 벽에 거대한 벽화가 하나 보였다. 석벽 전체가 그림으로 되어 있었다. 원초불이 여자를 안고 있는 벽화였다. 얼마나 생생한지 에이스는 자신이 꼭 그 안에 들어앉은 것 같았다.

9

조실이 멈칫하더니 걸음을 멈추었다. 그가 어딘가를 가리켰다.

"저, 저기……."

"왜요?"

고토코는 조실이 가리키는 곳을 바라보았다. 목 없는 부처상이 있는 구석 자리에 직조된 면을 깐 대자리 위에서 두 사람이 얼싸안고 있는 모습이 보였다.

"사람 맞죠?"

고토코가 물었다.

"그런 것 같소."

그들은 멈칫거리며 가까이 다가갔다. 인기척이 나도 그들은 꼼짝하지 않았다. 그들 주위에는 등잔이나 음식을 담았을 그릇들이 놓였고 그 곁에 종이들이 이리저리 널려 있었다. 다가가는 그들의 발길에 흩어져 있는 종이들이 밟혔다. 구겨진 것으로 보아 파지인 것 같았다. 앞서가던 조실이 흠칫 그 자리에 섰다.

백골이 다된 사람의 시신이 분명했다. 두 사람은 원초불의 자세로 서로를 안고 있었다. 백골이었지만 서로 안고 있는 게 틀림없었다. 머리카락이 없는 시신이 머리카락이 긴 시신을 꽉 안고 있었다.

"머리털이 없는 걸 보니 스님이 분명한데요. 엉긴 백골은 머리가 긴 걸 보니 여자 같고요."

"여기가 맞구나. 밀승들의 수도처가."

"네?"

"밀승들이 자신의 도를 증명하기 위해 공동묘지에서 수행하기도 했으니까요. 그렇다면 메이지 천황이 승들의 무덤에 이 신궁을 세웠다는 소문이 맞지 않겠소."

민머리의 백골이 머리가 긴 백골을 꼭 껴안은 모습이 아름 다우면서도 기괴했다. 그 주변으로 그들이 벗어놓은 옷이 보였 다. 남자가 벗어놓았을 옷 위로 먼지가 켜켜이 내려앉아 있었 다. 누덕누덕 기운 황색 법의가 얼마나 오래되었는지 바람만 불어도 흩어져버릴 것처럼 삭았다. 그 곁에 가지런히 놓여 있 는 것은 여자의 옷이 분명했다. 여자의 옷 위로도 먼지가 켜켜 이 쌓여 있었다.

"누군지 모르겠지요?"

고토코의 물음에 조실스님은 대답하지 않았다. 고토코는 주 위를 살펴보다가 종이쪽지 하나를 주웠다. 쓰다가 만 글이었 다. 종이는 색이 바래 툭 치면 처르륵, 하고 떨어져나갈 것만 같았다.

이곳에 온 지 벌써 세 달째다. 오늘은 구루와 돌아다니며 불 상들을 한 곳에 모았다. 승방에 있는 시체들도 치웠다.
....
내가 추구하는 세계. 그 세계만이 진실일까? 나는 여기 신이 되고자 왔는가? 신은 세상을 통제하는 천황이 아니라 내 세 계를 통제하는 바로 나이다. 나를 세우지 않고서는 결코 신이 될 수 없다.

천황의 저 오만한 자태. 그에 비해 나의 수행은 눈물겹다. 금
강신. 금강신이 아니다. 천황은 금강신을 자처하지만 그렇기
에 그는 악한 종자에 지나지 않는다. 그는 자신의 육체조차
도 통제하지 못하는 미물에 지나지 않는다. 자기 자신도 믿
지 못하고 있다. 바람보다도 자주 흔들리는 신념. 그의 어디
에 신이 존재한단 말인가? 여자의 자궁 속에 근본을 밀어 넣
고 자신의 성적 감정 하나 통제하지 못하는 못난 사내일 뿐
이다.

그런 미물에게 쫓겨 여기까지 왔다. 그는 오늘도 우리를 비
웃고 있다. 금강견고신? 웃기는구나. 진정한 신은 그 위에 존
재한다. 너희들에게 일용한 양식을 줄 수 있고 너희들의 배
를 불려주는 자가 신인 것이다.

자신도 통제하지 못하면서 백성을 통제할 수 있을까? 위악스
럽게도 그는 보살정신을 곡해한다. 비록 나는 지옥에 있지만
이 지옥 속에서 너희들을 구하기 위해 왔노라고.

……

참된 신이 된다는 것은 결코 이치나 사고가 아니라 느낌으로
얻어지는 것임을 오늘 깨달았다. 사고란 한낱 지식에 지나지
않을 뿐. 오로지 대상의 본질을 꿰뚫어볼 수 있는 참 지혜는
이해가 아닌 느낌일 뿐. 느낌이란 직관을 말하는 것일 터이
고, 직관은 곧 감각의 집이리라. 감각의 집은 바로 우리의 육
체일 것이다. 육체는 곧 성(性)이며, 그래서 불교는 성을 타파

하는 철학이라고 해도 틀린 말은 아닐 것이다. 우리는 그 성의 타파를 위해 여지까지 온 것이다. 오로지 그것만이 우주를 자작할 수 있다. 진정한 신이 되어 우주를 자작할 수 있다. 오늘도 전 우주가 흔들리고 있다. 우주의 모든 것이 아우성치며 일어나고 있다.

......

초월. 무엇의 초월? 성을 통해 득도하겠다? 이 사상이 보리심을 일으키는 내부 우주의 본질을 잡는 데 그 목적이 있다면 그것은 꿈속의 저쪽 세계일 뿐 현실의 이쪽 세계는 아닌 것. 완전한 사랑이 이루어지지 않는 이상 그 역시 생의 헛그림자에 지나지 않는 것. 이 세계에 유희되지 않았다면 문제는 역시 사랑뿐이라는 것을 알겠다. 사랑을 더 배워오고 가져와야만 한다는 것을 알겠다. 메마른 가슴만 가지고는 바람처럼 스쳐가는 거리의 여자 한 명도 제대로 사랑할 수는 없으리라는 것을 알겠다.

못나게도 초월을 꿈꾸다니.

나는 그녀를 안은 채 눈물을 씹고 있었다. 눈물을 씹으면서 질금질금 그녀의 몸속에 파정하고 있었다.

고토코는 종이를 쥐고 멀거니 엉겨 붙은 사체를 바라보았다. 백골의 모습은 참으로 기괴해 보였지만 별로 상스럽지 않았고 거부감이 일지도 않았다.

고토코는 자꾸만 가슴이 어떤 설렘으로 울렁거리기 시작했다. 백골 바로 뒤에 등잔이 하나 놓여 있었다. 아마도 백골은 그 불빛을 의지하고 이 글을 썼으리라. 그가 그 세계를 보았는지 모르지만 삼매(三昧)라는 말이 떠올랐다. 영원히 그 경지로 가버린 사람들이 바로 저들이 아닐까 하는 생각이 들었다.

저리도 생생한 모습. 저 뼈마디들. 저 은밀한 부분의 음영들. 뼈만 남은 손끝에 흐르는 사랑의 감정들. 두 사람이 서로를 안았을 땐 오로지 사랑만이 그 눈동자에 가득했으리라. 사랑이 그윽이 깃든 눈동자로 서로를 인식했으리라. 다리 하나의 벌림과 조임에서도 느낄 수 있었으리라. 그리하여 그 사랑의 포만감 속에서 삼매를 경험했으리라.

조실스님은 이리저리 동방(洞房)을 둘러보고 있었다. 아마도 어딘가에 있을 심물(尋物)을 찾는지 모를 일이었다.

10

얼마나 시간이 흘렀는지 몰랐다. 횃불만이 자우룩이 사방을 비추고 있었다. 카제이 기자와 에이스는 입구에 앉아 있었다. 가토 순사가 곁에서 꾸벅꾸벅 졸다가 풀썩 옆으로 쓰러져 그대로 코를 골았다. 이미 사지를 늘어뜨린 행동대장도 코를 골고 있었다. 한참 벽화에 눈을 주고 있던 카제이 기자가 먼저 입을 열었다.

"분명히 누군가 이곳을 지나간 것이 분명합니다. 이 발자국들. 그리고 땀을 닦은 헝겊조각. 아직 땀이 마르지도 않았어요."

"그럼 여기서 잠시 머물다가 흘렸다는 말인데……."

카제이 기자의 말에 에이스가 대꾸했다. 다시 침묵이 찾아들었다. 한참이 지나 카제이 기자가 에이스를 돌아보았다.

"정말 생생한데요. 그린 지 얼마 되지 않는 것 같죠?"

"그러게요."

"누가 그린 걸까요?"

"글쎄요."

"어디 있을까요, 지금. 분명 이 근처에 있을 것 같은데……."

"그러게 말입니다."

계속 그림을 올려다보고 있자니 에이스는 현기증이 일었다. 자신도 모르게 두 손으로 이마를 짚었다.

카제이 기자가 천천히 일어나 벽화가 그려진 석벽으로 더 가까이 다가갔다. 에이스가 왜 그러냐는 얼굴로 카제이 기자의 행동을 주시했다. 카제이 기자는 아랑곳없이 석벽으로 다가가 그림을 올려다보다가 손으로 그것을 짚었다. 그 순간 이상한 감정이 들었다. 차갑고 눅눅하기만 할 줄 알았던 벽이 의외로 따뜻했다. 느낌 때문인지 따뜻한 열기가 손끝으로 흘러드는 것 같았다. 꼭 어머니의 품속이나 여인의 따뜻한 품속 같다는 생각이 들었다. 카제이 기자는 향기에 취한 사람처럼 석벽에 몸을 기대며 몸서리를 쳤다. 그 순간 어느새 가까이 다가온 에이스의 음성이 들렸다.

"왜 그러십니까?"

카제이 기자는 눈을 떠 그를 멀거니 쳐다보았다.

"따뜻해서요."

"따뜻해요?"

그렇게 물으며 에이스도 카제이 기자 곁으로 가 벽에다 등을 기댔다.

"따뜻하지요?"

카제이 기자가 물었다.

"그런 것 같은데요."

에이스는 음미하듯 눈을 감으며 대답했다. 여자의 가슴에 얼굴을 묻은 듯한 느낌이 들기 시작했다. 그만큼 생생해서 그런가, 하고 생각하는데 카제이 기자의 음성이 들려 왔다.

"옛날 생각이 나네요. 할머니를 따라 절에 가던 때 말입니다. 왜 그렇게 부처님의 미소가 인자해 보이던지."

에이스는 고개를 끄덕였다.

"그래요. 우리는 너무 감정이 메말라 버렸는지 모릅니다. 문명의 노예가 되어, 위선의 병에 걸려서 말이지요. 때로는 눈물을 흘릴 만큼의 환희도 필요한 법이겠지요."

"정말 예사롭지 않다는 생각이 드는 건 왜인지 모르겠습니다. 이곳에 들어설 때부터 나는 성은 우주의 근본적인 힘일지도 모른다는 생각을 하고 있었거든요. 그 힘으로 인해 세상이 존재한다고 생각되니 말입니다. 그 힘으로 인해 역사는 계속되는 것이란 생각이 들거든요. 그렇다면 인생은 예술이지요. 인생 그 자체가 그대로 예술이라면 성은 사랑으로 전환되고 사랑은 때로 우리들에게 눈물을 흘릴 수 있는 힘이 되기도 할 테니까요."

"예술이 곧 종교라는 말로 들리는군요."

에이스가 입가에 웃음을 띠고 말했다. 그 말을 듣자 카제이 기자는 자기도 모르게 짜증 같은 것이 일었다.

"성과 성 사이. 거기에 무엇이 있을까요?"

좀 신경질적인 카제이 기자의 물음에 에이스가 막연히 되뇌었다.

"성과 성 사이라……."

"하긴."

"뭐가요?"

"성과 성 사이 말입니다. 거기에 우리가 감당할 수 없는 본능적인 당김이 있다는 걸 어떻게 알겠습니까. 이것은 자신을 천자로 내세워 역사를 바꾸려는 자들도 거부하지 못할 하나의 힘이라는 생각이 듭니다. 그 강한 인력을 무엇으로 막을 수 있을까요? 이 세상에 그걸 막을 자는 아무도 없다는 생각입니다. 그게 곧 신이라 할지라도 말입니다."

"하지만 그것 자체가 본질은 아니지 않습니까?"

에이스가 말했다. 에이스가 엉뚱한 반응을 보이자 카제이 기자는 그를 쳐다보다가 궁색하게 이런 말을 했다.

"바로 거기에 밀행자들의 소명이 있는 게 아닐까 하는 생각이 갑자기 드네요. 그것을 진실로 전환시키려는 노력, 그 노력의 끝이 바로 불법이 추구하는 세계일지도 모른다는 생각이 드니 말입니다. 우리의 역사 말입니다. 우리의 삶 말입니다. 그까짓 왕위가 무엇이라고 살이 찢기고 피가 튀고 뼈가 부러지고, 죽고 죽이고……."

"결국은 신이 되어버렸지요."

카제이 기자가 에이스를 물끄러미 쳐다보았다. 자신도 정작 그렇게 말하고 있었지만 천황의 녹을 먹는 사람이라 조심스러웠는데 이해가 되지 않는다는 표정이었다. 에이스가 입꼬리에 웃음을 물고 시선을 내리깔았다.

저만큼 졸고 있던 가토 순사가 일어나 다가왔다. 두 사람의 대화가 심각해 보였던지 딴전을 피우듯 조는 척한 것일지도 몰랐다.

"이제 중앙 석실에 닿으려면 방법은 한 가지밖에 없는 것 같아요."

"방법?"

가토 순사가 다가오면서 카제이 기자의 말을 되받았다.

"이 문제를 해결하려면 지금까지 우리가 지나왔던 길을 자세히 분석해볼 필요가 있다는 생각이 들거든요. 곰곰이 생각해보면 사면이 선으로 둘러싸여 있어요."

"그러니까 지금 이 길은 막힌 길이므로 다시 돌아나가야 한다는 등식이 성립된다는 말이네요. 그렇다면 삼면이 막혀 있는 곳을 지워버리면 갈 필요가 없어지지 않겠어요?"

에이스는 새삼스럽게 가토 순사를 쳐다보았다. 비록 지금은 상관 뒤나 따라다니는 순사지만 그래도 지방에서 글깨나 읽었다는 놈이었다. 때로 무식해 보여도 어떤 땐 당황스러울 정도로 기지를 발휘해 일을 해결할 때가 있었다.

"맞아!"

에이스는 기특하다는 표정을 지으며 대답했다.

카제이 기자가 지도를 다시 그렸다. 그리고는 갈 필요가 없는 길을 모두 지워나갔다. 그러자 꼭 거쳐야 할 길만 남았다.

"이거야!"

에이스가 무릎을 쳤다.

"그럴까요?"

카제이 기자가 고개를 갸웃하며 말했다. 자신이 해놓고도 믿지 못하겠다는 표정이었다.

"가보자고요."

가토 순사의 말에 카제이 기자가 앞서 걸어나갔다. 확인해보면 알겠지, 하는 표정을 짓고 있었다.

11

"저 길이다!"

잠시 나아가다가 행동대장이 맨 오른쪽 길을 손가락으로 가리키며 소리쳤다.

"역시 벽을 더듬어 들어가야 할 거 같은데요."

가토 순사가 말을 받았다.

"이 길이 맞는 걸까?"

에이스가 자신에게 묻듯 물었다.

"마지막 묘가 남은 거 같습니다. 그곳에 숨겼을지도 모르지요."

카제이 기자가 말했다.

그들은 계속해서 벽을 더듬으며 들어갔다. 꺾어지고 다시 꺾어지고 되돌아 나오고 전진하고 옆으로 비켜서고…….

그러다 넷은 어느 순간 걸음을 멈추었다. 이상한 냄새에 갑자기 눈앞이 어칠거렸다. 민머리의 중늙은이와 여자 하나가 동방 한쪽 구석에 앉아 벽을 향해 쓰러져 있는 모습이 보였다. 두 사람은 목이 잘리고 손발이 잘린 불상에 어깨를 기대고 있었는데 이쪽을 전혀 의식하지 못하고 있었다.

"스님 같은데요. 이쪽은 처녀 같고……."

"참배객은 아닌 거 같은데……."

가토 순사의 말에 카제이 기자가 중얼거렸다.

에이스는 코를 막고 늙은이의 목에 손가락을 얹어 맥을 확인했다. 그리고는 여자의 어깨에 메어진 것을 보고 손을 가져 갔다.

"이게 뭐지?"

여자가 어깨에 메고 있는 것을 에이스가 벗겨냈다.

"고토 아닌가?"

천을 벗겨내자 나타난 악기를 보며 에이스는 짧게 중얼거렸다.

가만. 고토? 그럼 쿠와무라 타카시의 딸? 촌로가 배를 내어 주며 말하던 사람들이 이들인가?

비로소 알 것 같다는 생각이 들었다. 그런데 왜 여기서?

그런 생각을 하며 여자가 기대고 있는 불상을 올려다보았다. 불상을 보다가 에이스는 눈을 크게 떴다. 불상을 받치고 있는 단 위에서 다음과 같은 글을 보았기 때문이다.

매매별패람반패람비. 여기 일만의 영령이 잠들었노라.

카제이 기자가 눈치를 채고 단의 문을 열어젖혔다. 그러다가 "으악!" 하고 뒤로 넘어졌다. 에이스가 놀라 그를 쳐다보았다. 순간 지독한 냄새가 콧속을 파고들었다.

"이거 무슨 냄새야!"

가토 순사와 정보장이 소매로 코를 막고 물러섰다.

에이스는 그제야 중늙은이와 고토를 멘 여자가 앞서 들어섰다가 냄새에 질식해 넘어졌다는 생각이 들었다. 에이스가 코를 막으며 단 안을 살펴보니 자물쇠 하나가 나동그라져 있었다. 단문이 열리면 통이 열리면서 독가스가 나오게 되어 있었던 모양이었다.

어느새 옷을 찢어 코를 막은 카제이 기자가 단 앞으로 다가 갔다. 그들은 보았다. 단 중앙에 놓여 있는 항아리 하나. 아니 항아리가 아니었다. 엄청나게 큰 백자였다. 카제이 기자가 백자를 들어내었다. 그때였다. 그가 백자를 놓다가 "으악!" 하고 뒤로 넘어졌다. 그와 함께 가토 순사도 비명을 지르며 엉덩방 아를 찧었다. 뒤이어 정보장이 뒤로 물러섰다. 행동대장이 보고 있다가 "뭐야, 이건." 하면서 긴 물체를 걷어찼다. 행동대장의 발길에 채여 저만치 꾸물거리는 물체를 바라보다가 에이스는 크크, 하고 웃었다.

"뱀이잖아."

어이없다는 표정을 지으며 카제이 기자가 엉덩이를 털며 일어났다. 그들은 백자 앞으로 몰려와 조심스럽게 속을 들여다보았다. 거기 상자 하나가 보였다. 평범한 상자 같아 보이지 않았다. 뱀 때문인지 카제이 기자가 멈칫거리는 사이 행동대장이 백자 속으로 손을 집어넣었다. 에이스가 소매로 코를 막고 말했다.

"들어내 봐."

말은 호기 있게 했지만 에이스는 가슴이 떨렸다. 상자에 다가가는 행동대장의 손끝도 떨렸다. 행동대장이 손에 힘을 주고 상자를 집었다.

"어럽쇼!"

상자가 꼼짝하지 않았다.

"뭐야, 이거?"

다시 힘을 주었다. 마찬가지였다.

"왜 그래요?"

가토 순사가 물었다. 아무래도 이상했기 때문이다. 행동대장은 다시 손에 힘을 주었다. 역시 마찬가지였다.

"왜, 들리지 않아요?"

가토 순사가 또다시 물었다.

"이상하네. 꼼짝을 않네."

"그럴 리가요. 뭐가 들었기에……."

그때였다. 상자가 움직였다. 바닥과 딱 붙어 있었는데 순간 떨어지는 느낌이었다. 다시 손에 힘을 주자 그제야 상자가 들어 올려졌다.

"습기로 인해 녹이 슬어 백자 바닥에 달라붙어 있었네."

상자가 떨어진 자국을 보니 녹투성이었다.

일단 상자를 들고 밖으로 나왔다. 동방머리에 놓고 푸른곰팡이를 손으로 쓸어냈다. 습기 때문인지 곰팡이가 시퍼렇게 번졌다. 쇠 상자였다. 그렇게 잘 만들어졌다고는 생각되지 않았다. 문양은 어딘가 낯선 감이 있었고 그렇다고 장식이 화려한 것도 아니었다.

앞면에 주먹 만한 자물쇠가 달려 있었다. 자물쇠에 비해 상자가 너무 작아 보일 정도의 크기였다. 카제이 기자가 자물쇠를 보았는지 벌써 돌멩이를 주워오고 있었다. 돌로 두어 번 때려서야 자물쇠가 입을 벌렸다.

자물쇠를 벗겨내고 뚜껑을 열었다. 냄새가 고약했는데 다행히 속은 멀쩡했다. 화선지를 곱게 잘라 노끈으로 묶어 놓은 공책이 나왔다. 그것을 들어내었다. 습기 때문인지 종이가 눅눅했다. 기름종이로 덮인 표지를 넘기자 이런 글이 먼저 보였다.

이 진실이 헛되지 않기를. 외무성 쿠와무라 미치노가 합장하고 그대로 사실을 기록한다.

지금으로부터 약 680년 전 서기 1330년경. 그때 일본은 남북조 시대였다. 당시의 천황은 고다이고 천황이었다. 어디에나 대립은 있기 마련이다. 생존의 민낯 뒤에는 암투가 있기 마련이다. 그때도 고다이고 천황의 계열이 있었고 그에 대립하는 계열이 있었다. 쇼군 아시카가 다카우지가 세운 천황 계열이었다. 사람들은 고다이고 조정을 남조라 하였고, 아시카가 다카우지가 세운 조정을 북조라 하였다.

남조와 북조의 대립은 격렬했다. 결국 남조가 북조의 무력에 굴복하고 말았다. 북조의 권력은 고메이 천황에 이르기까지 오백 년 동안 이어졌다. 역사는 강자의 것이다. 강자의 기록이 역사가 된다. 남조계는 언젠가 자기들의 세상이 올 것이라 굳게 믿고 적자로 대를 이으며 기회를 노렸다. 하지만 기회는 쉽게 오지 않았다. 도쿠가와 막부 시대는 거의 삼백 년이나 계속되었다. 그래도 남조계는 희망을 버리지 않았다. 언젠가는 기회가 올 것이라 믿었다. 이미 적자도 끊어진 마당이었지만 비밀리에 혈통을 찾아내어 때를 노렸다.

드디어 권력을 갖고 있던 막부의 존속이 어렵게 되었다. 국권을 황실에 넘겨줘야 할 처지에 이르렀다. 막부는 어떻게 해야 희생을 최소화할 것인가, 하고 고민했다. 그때의 천황이 북조계 고메이 천황이었다. 그의 적자는 무쓰히토 황태자였다. 고메이 천황에게는 이와쿠라 토모미라는 시종이 있었다. 그의 나이 23세에 궁으로 들어온 사람이었다. 그는 천황보다 여섯 살이 많았는데 천황에게 없어서는 안 될 인물이었다. 머리가 비상해 어려운 일이 있을 때마다 천황을 곤경에서 구해주었기 때문이다.

그 당시 천황이 직면한 정치 상황은 악화일로였다. 미국은 거의 강압적으로 미일수호통상조약을 진행했고 그 때문에 국가 통치 실권자였던 에도 막부 무사정권도 흔들리고 있었다. 이 난관을 어떻게 돌파해야겠느냐고 고메이 천황이 묻자 시종 이와쿠라 토모미는 이렇게 말했다.

"서양 오랑캐를 몰아내자고 하시옵소서. 그럼 자연히 에도 막부의 무능이 드러나게 될 것이옵니다."

그의 말은 맞았다. 백성들은 에도 막부의 무능을 나무랐다. 막부의 열다섯 살짜리 쇼군 도쿠가와 이에모치(1846~1866)가 무엇을 알겠느냐는 것이었다.

그렇게 되자 이와쿠라 토모미는 고메이 천황에게 악마처럼 속삭였다.

"전하, 서양 오랑캐를 실제로 몰아내기 위해서는 에도 막부와 손을 잡으셔야 할 것이옵니다."

뜬금없는 말에 고메이 천황은 깜짝 놀랐다.

"무슨 말인가? 막부와 손을 잡으라니? 지금까지 그들을 공격하라던 사람이 누군가?"

"호랑이를 잡으려면 칼보다는 총이 필요할 상황이 되었사옵니다."

무슨 말인지 알 것 같아 고메이 천황은 귀를 열었다.

"그럼 어떻게 손을 잡아야 하겠는가? 지금까지 막부를 공격해왔는데……."

"피는 물보다 진한 법입니다. 누이동생을 에도 막부 쇼군에게 시집보내면 어떻겠사옵니까?"

"무엇이? 카즈노미야 공주를?"

그가 고개를 끄덕였다.

"인간관계에 있어 식구가 된다는 것만큼 소중한 일은 없사옵니다. 그렇게 인간관계가 맺어진다면 이제 남이 아닌 것입니

다. 서양 오랑캐를 물리치려면 그 정도 관계는 유지되어야 할
것이옵니다."

그때 고메이 천황은 모르고 있었다. 수세에 몰린 막부에서 이
와쿠라 토모미에게 큰돈을 내밀며 고메이의 누이동생을 정
략적으로 원하고 있었다는 것을.

"전하, 그렇게만 결심하신다면 막부 측에서도 거금 오천이라
는 돈을 내놓겠다고 제게 은밀히 귀띔하였나이다."

"그래?"

"꿩 잡고 알까지 먹는 격이옵니다. 오히려 저쪽에서 원하고
있으니 이보다 좋은 기회가 어디 있겠사옵니까."

"좋다."

역시 고메이 천황은 모르고 있었다. 막부가 돈으로 천황을 매
수할 정도로 공주를 원했던 이유를. 그것은 인질이었다. 에도
막부는 실추된 권위 회복을 위해 천황의 친누이동생 카즈노
미야를 선택한 것이다.

고집 센 고메이 천황이 이와쿠라 토모미의 건의를 받아들였
다고 하자 에도 막부 최고관리 사카이는 천황가에 금은보화
를 쏟아냈다. 천황에게는 금화 20매, 황후에게는 은화 200매
를 보냈고, 이와쿠라 토모미 등 공경들에게도 금화와 은화가
들어왔다. 고메이 천황은 기분이 좋아져 1860년 10월 18일
카즈노미야 공주와 제14대 쇼군 도쿠가와 이에모치의 결혼
을 허락했다.

"이 결혼의 총괄 담당자로 이와쿠라 토모미를 임명하노라. 모든 교섭과 결정 사항은 책임관 이와쿠라 토모미에게 있다."

그렇게 결혼을 진행시키고 고메이 천황은 이와쿠라 토모미를 불러 속삭였다.

"너와 나만의 비밀임을 알지? 이 일이 세상에 알려져서는 안 된다."

고메이 천황도 인간이었다. 자신의 누이동생을 정치적으로 희생시키고 돈까지 받아 챙긴 사실이 자신이 생각해도 부끄러웠던 것이다. 그때도 그는 모르고 있었다. 이와쿠라 토모미의 뒤에 웅크리고 있는 젊은 야심가를. 바로 이토 히로부미였다. 이와쿠라 토모미를 모시고 있는 젊은 야심가. 천황의 뒤에 이와쿠라 토모미가 있었다면 이와쿠라 토모미 뒤에 이토 히로부미가 있었다.

이토 히로부미의 어머니는 그 이름도 거룩한 금자(琴子, 고토코)라는 게이샤였다. 별명이 불모미인이었다. 털 없는 게이샤. 조선에서는 삼 년 재수 없다며 침을 뱉던 기생이었다. 조슈번(지금의 야마구치현)의 스오국 구마게군 쓰카리무라의 농민 하야시 주조. 그의 아버지 이름이었다. 조선 이름 임십장. 혹은 임중장이라 불리기도 하고 임세장이라고도 불리던 사람이었다. 그들은 아들을 낳아 임춘모라 지었다. 바로 이토 히로부미였다.

임춘모의 이름이 임이조로 뒤바뀔 때쯤 그의 아버지는 새로운 세상을 얻기 위해 가족을 데리고 하기 지역의 번화가로 이사했다. 생활은 여전히 가난했다. 어린 임이조는 1854년 조슈번의 하급 사무라이 이토 나오에몬의 양자로 들어갔다. 그의 성이 이토로 바뀌었다. 반면 생활은 안정되었다. 글도 배우게 되었고 학교 공부도 할 수 있게 되었다.

그렇게 공부해 일본인 아내 우메코(1848~1924)를 얻었다. 그녀는 조슈번에서 태어난 여자로 게이샤였다. 몰락한 하급 사무라이의 딸. 끼리끼리 만난 것이다. 그녀를 기방에 판 사람은 아버지였다. 가난한 집의 여식들이 식구를 위해 유곽으로 팔려나가던 시절이었다. 그녀의 아버지는 시모노세키의 이로하루라는 색주가였다. 그녀 이름 고우메. 운명이란 묘한 것이었다. 그녀 역시 불모미인이었다. 아니, 터럭을 제 손으로 밀어버린 불모였다. 조선에서는 쳐다보지도 않는 불모의 여인이 일본 권세가들에게는 인기가 있었다. 그러면서 조선인들을 미개인이라 손가락질했다. 터럭 자체를 숭상하는 것이 아직 원시성을 벗어나지 못했기 때문이라 했다.

그때만 해도 그 누구도 알지 못했다. 이토 히로부미가 새로운 천황을 옹립해 조선을 농탕치고 왜국 제일의 권력가로 부상하리라는 것을. 그는 자신의 한을 숨기고 이와쿠라 토모미에게 악마처럼 다가갔다.

"이제 때가 된 것 같습니다. 천황의 시종 생활을 접으시지요.

새로운 천황을 들어앉히고 이와쿠라 토모미의 세상을 만들어야 하지 않겠습니까."

이와쿠라 토모미의 입가에 잔인한 미소가 떠올랐다. 그때 그 역시 모르고 있었다. 젊은 이토 히로부미의 속셈을.

스오국 구마게군 타부세 마을에 미나모토 가문이 있었다. 그 가문에서 파생된 가문 중에 오무로 가문이 있었다. 그 가문에 오무로 토라노스케라는 소년이 자라고 있었다. 곰보에다 뼈드렁니에 원숭이 상이었다.

미나모토 가문은 본시 밝달민족의 자손이었다. 으뜸민족이란 뜻이 있었다. 백제황실 부여 씨의 후예로서 선비족의 으뜸이었다.

히데요시의 조선정벌 때 사쓰마번주인 시마즈 요시히로는 조선으로 출정했다가 다수의 조선인 포로를 데리고 사쓰마로 귀국한다. 그중에 도예기술을 가진 이들이 있었다. 히데요시는 그들을 끌고 와 나에시로가와라는 마을에 정착시키고 도자기를 굽게 했다. 그들이 만든 도자기는 그 가치를 인정받아 귀중한 생산품이 되었다. 그랬으므로 번에서 괄시를 받지 않았다.

반면 도자기 기술이 없는 조선인들은 사람 취급을 받지 못하였다. 농사를 지으려 해도 용이하지 않았다. 본토의 일인들이 농지를 거의 장악하고 있었기 때문이다. 조선인들은 그들의 농사를 대신 지어주고 병작료로 겨우 목숨을 부지했다.

어느 해에 이웃 마을 처녀가 타부세 마을로 시집을 왔다. 결혼하고 이듬해 임신을 했고 낳고 보니 사내아이였는데 어린 아이답지 않았다. 그들은 아이의 이름을 오무로 토라노스케라 지었다.

그가 열다섯 살이 되었을 때 타부세 인근 출신의 이토 히로부미란 자가 아랫사람들을 모아놓고 심각한 고민에 빠졌다. 그는 막부의 신임을 받지 못한 사람이었다. 개화 운동의 선각자였던 스승 요시다 쇼인의 영향 때문이기도 했다. 그는 이곳저곳 떠돌며 세상을 바꿀 꿈을 꾸었다.

신문물을 접하기 위해 영국으로 들어간 그는 존왕양이 이론을 연구하고 개국론자가 되어 돌아왔다. 그는 자신의 꿈을 실현시키기 위해 황실의 실세 이와쿠라 토모미를 등에 업고 황실로 들어갔다. 그는 그곳의 녹을 먹으며 새로운 천황을 옹립할 기회를 엿보았다.

일본 타부세 본부.

검은 장막이 드리워진 방 안에 세 명의 사내가 앉아 이마를 맞대고 있었다.

"때가 되었다."

먼저 운을 뗀 자는 이토 히로부미였다.

이노우에 고와시, 이토 미요지, 가네코 겐타로 등의 심복들이 고개를 끄덕였다.

"먼저 천황과 황태자를 제거한다. 천황은 두창이라는 피부병을 앓고 있다. 황태자 역시 폐렴을 앓는 중이다."

"알겠습니다."

이마를 맞댄 가네코 겐타로가 눈을 붉히며 대답했다.

"지금 고메이 천황은 측실의 집에 누워 있다. 측실과는 약속이 되어 있다. 이틀 전 집을 비웠을 때 내가 대원을 시켜 회랑 중간쯤에 구멍을 내어놓았다. 그 회랑 밑으로 숨어들어가 뚫어 놓은 구멍을 통해 천황을 제거하면 된다."

"어떻게요?"

맞은편의 이토 미요지가 물었다.

"그렇게 머리가 돌아가지 않는가! 가장 날카로운 창으로 밑에서 항문을 겨누어 찌르면 된다."

"그럼 황태자는요?"

이노우에 고와시가 물었다.

"황태자도 그렇게 죽이면 된다. 그를 마저 죽인 다음 몰래 빼내 묻어버리고 아비 장례만 치른다. 그것은 내 책임이므로 내가 알아서 처리하겠다."

"알겠습니다."

심복들은 그가 정계 거물 오쿠보 도시미치, 그리고 이와쿠라 토모미와 연고가 깊다는 것을 알고 있었으므로 조금도 의심하지 않았다.

대화를 마치고 그들이 떠나려고 하자 이토가 그들을 잡았다.

"내가 가겠다."

"예?"

"내가 제거하겠다. 만약 실수가 있다면 결코 살아남지 못할 것이야."

이토는 황태자를 실어낼 마차를 준비한 다음 측실의 집으로 숨어들었다. 달빛이 회랑를 비추었다. 이토는 천황이 지나갈 회랑 밑에서 구멍에 창을 겨누고 숨을 죽인 채 끈질기게 기다렸다. 측실이 드디어 신호를 보냈다. 천황이 침전에 들기 위해 모습을 나타냈다.

"이때다."

이토는 구멍을 통해 천황의 항문을 찔렀다. 창이 배를 뚫고 나왔다. 천황은 "윽!" 하고 비명을 질렀고 항문에 꽂힌 창이 빠져나가는 것을 보았다. 마침 천황을 뵈러 와 있던 황태자가 달려오자 이토는 그마저 항문을 찔렀다.

심복들이 대원들과 함께 황태자를 마차로 실어내었다. 그들은 야산 기슭 고양이 발톱 같은 곳에 황태자를 묻었다.

"천황의 시체를 깨끗이 씻어라."

이토가 대원들에게 명했다.

다음 날 이토는 천황이 두창으로 졸했다고 발표하였다. 말들이 많았다. 많을 수밖에 없었다. 천황이 두창에 걸린 것은 사실이지만 두창을 앓다 그렇게 갑자기 죽을 이유가 없다고 시의들이 이의를 제기했다.

"두창을 앓던 사람이 피를 토했다는 것은 이해하기 어렵다. 누군가의 손에 의해 독약을 마신 것이 분명하다."

측근에서도 그런 말이 흘러나왔다, 이와쿠라 토모미가 그의 친조카딸을 시켜 고메이 천황을 독살했다는 것이었다.

"고메이 천황의 증세는 12월 22~23일께도 순조로웠다. 이와쿠라 토모미는 천황궁에 여관으로 나가 있던 조카딸을 시켜 천황에게 독약을 먹인 것이다. 천황이 두창에 걸린 것을 기회로 평소 자신을 학대한 주인을 죽인 것이다."

하기야 사건이 나기 전 고메이 천황은 존왕양이파 신하들에게 둘러싸여 있었다. 존왕양이파 간에 분쟁이 일어났다. 천황은 이와쿠라 토모미를 시기하는 무리들의 감언이설에 속아 이와쿠라 토모미를 파직시켜 천황궁에서 내쫓아버렸다. 이와쿠라 토모미는 막부와 손잡았지만 막부의 무사정권을 물리치고 천황의 왕정복고를 꾀하고 있었는데 그 충심을 몰랐던 결과였다. 고메이 천황을 죽여 자신의 세상을 만들어 보려 했던 것도 알고 보면 그 때문이었다. 그날의 냉대가 반란으로 이어진 것이다.

계속해서 독살설이 떠돌았다. 이와쿠라 토모미가 짐새의 맹독으로 천황을 독살했다는 소문이 파다했다. 그러자 이와쿠라 토모미를 죽이겠다는 협박이 끊이지 않았다. 교토를 떠나지 않으면 목을 잘라 교토 시내를 흐르는 시조가와라에 내걸고, 가족도 모두 죽이겠다고 했다.

협박이 계속되었지만 예정대로 1868년 9월 12일 새로운 천황이 등극했다. 그가 곧 오무로 토라노스케, 남조계의 메이지 천황이었다.

오무로 가문의 사람들이 속속 권력의 자리에 올랐다. 도쿄의 황족들은 오무로 가문에 속한 사람들로 채워졌다. 하나같이 남조 계통의 자손들이었다.

상징적이기만 했던 왕정은 그렇게 복고되었다. 사무라이들의 힘을 무력화하기 위해 힘의 상징인 칼을 빼앗아버렸다. 무사들만이 할 수 있던 촌마게를 잘랐다. 부국강병이라는 기치 아래 민족국가를 만들고자 징병제도를 실시했다. 그렇게 입헌군주국의 발판을 마련했다. 그리하여 서구 열강과 어깨를 나란히 했다. 불교를 멀리하고 천황을 받들도록 했다. 모든 지방의 관리를 천황이 임명하도록 하고 신분 철폐를 꾀했다. 막강 권력을 가졌던 사무라이들과 지방계급들의 반발이 없을 수 없었다. 신무기로 무장한 군대를 앞세웠다. 성과가 필요했다. 외교적 술수가 필요했다. 영일동맹을 체결했다. 군사적·경제적 성장을 도모했다. 그렇게 나라다운 나라를 만들어나갔다.

하지만 협박은 계속되었다. 여러 방면의 인사들이 대거 참여했다. 정치가들, 문화계 인사들, 천황의 주치의들까지……. 천황이 무쓰히토 황태자가 아님을 증언했다.

메이지 천황에 반하는 대역설의 확실한 증거.

첫째, 무쓰히토 황태자는 예방접종을 받았으므로 두창에 걸리지 않았다. 그러므로 당연히 얼굴에 곰보 자국이 없었다. 즉위 후에 메이지 천황의 입 주위에는 곰보 자국이 있었다. 메이지 천황은 평생 사진 찍기를 꺼려했으며, 곰보 자국을 숨기기 위해 수염을 길렀다.

둘째, 음성은 인체의 지문이다. 겐지 원년(1864년)에 금문의 변이 일어났다. 무쓰히토 황태자는 포성과 궁녀들의 비명소리에 놀라 실신할 정도로 심약하고 병약한 사람이었다. 즉위 후 그는 대단히 건강하고 위풍당당한 성격의 소유자가 되어 있었다. 음성 자체가 황태자의 음성이 아니었다. 음성의 울림이 창창했으며 언제나 큰소리로 말했다. 무쓰히토 황태자는 천성적으로 큰소리로 말할 수 있는 신체의 소유자가 아니었다.

셋째. 무쓰히토 황태자는 육십 킬로그램도 채 나가지 않는 신체의 소유자였다. 키도 그리 크지 않았다. 그러나 즉위 후 그는 구십 킬로그램의 거구였으며 측근들과 스모를 하면 던져버릴 정도로 그 힘을 당할 자가 없었다.

넷째, 무쓰히토 황태자는 서예에 서툴렀다. 즉위 후 그는 달필의 서예를 선보였다. 일이 년 사이에 습득한 솜씨가 아니었다. 무엇보다 무쓰히토 황태자는 학문에 별로 뜻이 없었다. 그런데 즉위 후 학문을 좋아해 교양 수준이 놀라울 정도였다.

다섯째, 무쓰히토 황태자는 말을 탈 줄 몰랐으므로 말을 탔다는 기록이 전혀 없다. 즉위 후 그는 말을 타고 근위병을 사열하는가 하면 토바 후시미 전투에서 말을 타고 싸웠다.

여섯째, 무쓰히토 황태자는 오른손잡이였다. 즉위 후 그는 왼손잡이였다. 일본 황실의 예법상 왼손잡이는 있을 수 없다.

일곱째, 무쓰히토 황태자가 황통을 이어받았다면 어떻게 제 아비를 시해한 이와쿠라 토모미와 이토 히로부미의 무리들과 어울려 정권을 이어갈 수 있겠는가.

여덟째, 반란을 일으킨 무리 중에서 이토 히로부미가 막부 타도의 걸림돌이라는 이유로 고메이 천황과 무쓰히토 황태자를 시해했다는 오무로 가의 증언이 있다. 오무로 소우키치와 그 손자 오무로 킨스케의 증언이 그것이다.

온갖 소문을 뒤로 하고 신정부의 주역 이토 히로부미는 자신과 함께 혁명을 주도했던 이와쿠라 토모미 우대신과 신정부를 이끌었다. 자신을 도와주던 오쿠보 도시미치(1830~1878)가 1878년 암살되자 그의 뒤를 계승해 내무상으로 승진, 1881년(메이지 14년)에는 실권자로 부상했다.

을미사변 이후 조선으로 나온 이토는 조선의 여인들을 데리고 들어가 자신이 옹립한 천황에게 바쳤다. 그들이 이토에게 물었다.

"이토 히로부미, 그대도 조선 사람이지 않은가. 그런데 어떻게 조선을 농탕칠 수 있는가.”

그때 이토는 그녀들을 안고 이렇게 말했다.

“어린 시절 먹을 것이 없어 조선 촌장의 집닭을 한 마리 훔쳐 먹었다. 그 바람에 형이 맞아 죽었지. 그런 세월이었다. 남의 땅에서 살아남기 위해 서로 쌀 한 톨도 갈라먹지 못하는 모진 세월이었다. 오히려 불을 질러 모두를 죽이겠다는 조선 촌장을 말려준 사람은 일본인 지주였다. 아버지는 일본인 지주 밑에서 평생을 일만 하고 살다가 이토 가에 나를 양자로 보냈다. 나는 조선 촌장의 손에 죽어가던 형을 한시도 잊어본 적이 없다.”

에이스는 글에서 눈을 떼었다. 아직도 글은 많이 남아 있었지만 속이 뒤집어져 더 읽을 수가 없었다.

예전부터 끊임없이 제기되어온 음모론이었다. 메이지 유신은 단순한 일본 근대화가 아니라 북조가 남조로 바뀌는 왕조 교체임이 분명하다? 지금의 일본 천황가는 남조의 후예들이다?

이게 뭔가 싶었다. 어이가 없었다. 이 사실을 어떻게 천황에게 보고해야 하나, 하고 난감해 하고 있는데 갑자기 이상한 음악 소리가 어디선가 들려왔다.

“저게 뭐죠?”

카제이 기자가 손끝으로 어딘가를 가리키며 중얼거렸다. 시선을 들자 여자였다. 불상에 어깨를 기대고 쓰러져 있던 여자.

그 여자가 어느새 깨어나 고토를 무릎에 앉히고 현을 퉁기고
있었다.

"저 여자 미쳐버린 거 아닙니까?"

가토 순사는 말이 끝나기가 무섭게 귓속이 먹먹하면서 정신
이 아뜩했다. 음은 점점 거칠어져 갔다. 갑자기 가토 순사가 귀
를 두 손으로 감싸 쥐고 구토를 하기 시작했다. 뒤이어 구토를
해대던 카제이 기자가 처박히듯 엎어졌다. 귀와 입에서 피를
쏟고 있었다. 그 모습을 멍하니 내려다보던 에이스도 종이를
손에서 떨어뜨리고 비칠거리다가 엎어졌다.

그는 엎어지면서 언뜻 보았다. 음을 일으키고 있는 여자의
어깨 너머로 민머리의 중늙은이 하나가 눈을 감고 앉아 있는
모습을. 중늙은이는 분명 깊은 정적 속으로 들어가 있는 것 같
았다. 절의 선방에서 저런 모습을 보았던가. 중늙은이는 깊디
깊은 삼매의 경지에 들어가 있는 것이 분명했다.

에이스는 그 모습을 바라보다가 눈을 감았다. 그 위로 고토
소리가 흘러 다녔다.

3부

수변청석상오동

1장
물속의 불

1

　고토코는 부채질을 하며 몸을 뒤치락거렸다. 담배 생각이 간절했으나 현해탄을 건너오고부터는 끊었다.

　조선에서의 칠 년 생활. 비로소 가야금의 세계를 보았다. 가야금의 나라. 그 나라를 제대로 모르고 가야금을 탄주하던 세월. 그 부끄러움을 안고 다시 가야금을 배웠다. 가야금의 장인들을 찾아다니며 음에 미쳤다. 아직도 미숙하다는 사실을 비로소 깨달을 수 있었다. 그동안 천기로 음을 더럽히고 있었다는 사실을 철저히 깨달았다.

　가끔 조실스님과 헤매던 미로굴이 생각나곤 하였다. 그곳에서 나와 서둘러 조선으로 온 것은 이제 더 이상 미적거려서는 안 된다는 생각 때문이었다. 조선을 위해서라도 먼저 해야 할 일이 있었다. 그러기 위해서는 음의 완성이 시급했다. 저들의 만행에 의해 이제 조선은 망가질 대로 망가져가고 있었다.

더는 두고 볼 수 없었다. 국모를 죽인 원흉이 국부와 그 뒤를 이을 자식마저 독살하려 했다는 소문이 나도는 마당이었다. 그 전에도 가배다를 이용해 암살을 시도했다더니 다시 암살을 하려 했던 모양이었다.

고토코는 도저히 믿기지 않았다. 어떻게 국모를 시해하고 국부와 세자마저 죽이려 할 수 있단 말인가. 상상이 아니었다. 엄연한 현실이었다.

눈을 감으면 일본 황실이 보였다. 명성황후 시해의 주모자 이토 히로부미가 어전으로 뛰어들고 있었다.

"무슨 일이오?"

간밤의 술로 인해 어상의 음성은 쉬어 있었다.

"조선으로 나간 고와바다 야스이에게서 연락이 왔나이다."

"그래?"

"유감스럽게도 일이 틀어진 모양이옵니다."

"틀어지다니?"

"조선의 국왕이 망명하기 전에 제거해야겠기에 서두르다 그만 일이 잘못되어……."

어상의 이맛살이 점점 찌푸려졌다.

"지금 무슨 말을 하고 있는 것인가?"

"조선의 벼슬아치 민영달이란 자가 국왕의 망명 비용으로 거금 오만 원을 내어놓았다는 말에……."

"어허!"

어상의 탄식에 이토 히로부미의 허리가 더욱 굽어졌다.

"전하, 생각해보시옵소서. 조선 국왕의 망명이 성공한다면 국제사회가 이 나라를 다시 어떻게 보겠나이까. 왕후의 시해 사건도 우리들의 짓이라고 떠들어대는 상황이옵니다. 거기다 국왕마저 독살하려 했다고 해보시옵소서. 분명 국제사회가 야만적 행위 어쩌고저쩌고 떠들어댈 것이옵니다. 그럼 영국이나 독일, 스페인 같은 나라들이 망명정부를 인정하지 않을 수 없을 것이옵니다. 더욱이 조선의 백성들이 가만있지 않을 것이옵니다. 그렇지 않아도 어떤 계기만 생긴다면 백성들은 들고일어날 준비가 되어 있사옵니다. 조선 국왕이 망명에 성공해 개전 조칙을 내린다면 봉기가 일어날 것이 분명하옵니다."

조선 왕후의 시해 사건도 깔끔하게 끝내지 못하더니 이제 뒤를 이을 그녀의 아들조차 제대로 처리하지 못한 모양이었다.

"자세히 말해보라."

이토 히로부미가 말을 이었다.

"그 돈으로 북경에 조선 왕이 거처할 행궁을 마련하는 한편 프랑스 파리에서 시작된 만국강화회의에 밀사를 파견한다고 하기에……."

"그래서?"

"더 두고 보다가는 제2의 헤이그 밀사……."

"으흠, 그래서 서둘렀다?"

"전하, 그들의 정보를 입수하고 국왕의 전의인 안상호란 자를 포섭했나이다. 그는 서양 의술을 익혀 명의로 소문난 자이고, 그의 뒤에 우리를 돕고 있는 이완용, 송병준, 윤덕영, 한상학이 있어 틀림없다고 생각했나이다."

"그런데?"

어상의 음성이 쇳덩이처럼 무겁고 차가웠다.

"그들의 비호 아래 수라 당번인 여관이 홍차에다 아편을 타 먹였나이다. 민중전이 죽고 난 후 고종이 가배다를 찾지 않았음으로 홍차에다 아편을 탄 것이옵니다."

"전에 짐에게 뭐라고 했던가? 조선 국왕이 가배다를 멀리한 것은 꼭 왕후 때문만은 아니라고 하지 않았던가. 국왕의 아비되는 대원군이 죽던 그 해에 가배다를 이용해 국왕을 제거하려 하다가 실패하고 큰 낭패를 보지 않았던가. 그런데 이번에는 홍차야? 왜? 제거하는 데 꼭 차라야 하는가. 민중전을 제거할 때처럼 칼도 있다. 총도 있지 않은가. 그런다고 그놈들이 어떡할 것이야. 이미 이 빠진 호랑이가 아니더냐!"

"그러하옵니다."

"그런데 왜?"

"민중전이 그렇게 죽고 나자 국왕은 병적으로 홀로 있기를 거부했나이다. 항상 호위무사를 곁에 두어……."

그랬다. 조선 국왕은 왕후를 죽였던 무리들이 언제 들이닥칠지 몰라 호위무사들에게 둘러싸여 있었다. 그리고 가배다를 마시지 않았다. 자신을 독살하려던 무리들을 가차 없이 처단했다. 역관 김홍륙, 김홍록에게 아편을 받아 음식에 탄 어전주사 공홍식, 공홍식에게 은 천 원에 매수된 김종화. 김종화는 서양 요리를 맡아서 어상에게 올리던 자였다. 그는 만수절에 소맷자락에 아편을 숨기고 들어가 끓고 있는 홍차에 탔다. 그것을 모르고 국왕은 태자와 함께 가배다를 마시고는 사경을 헤매다 겨우 살아났다.

"그럼 지금 상황은 어떠한가."

어상이 다시 물었다.

"보고에 의하면 조선 왕은 곧바로 침소로 옮겨졌다고 하나이다. 문제는 조선의 백성들이나이다. 국왕의 침소를 자작 이완용과 이기용이 지키고 있사오나 일본이 다시 국왕을 독살하려 했다며 국제사회에 호소하고 있기 때문이옵니다."

어상은 눈을 감았다. 어떡한다? 민중전을 시해했을 때도 국제사회의 비난이 빗발 같았다. 조선에서는 곧바로 국청이 설치되어 주모자들의 목이 베였다. 장안의 백성들은 김홍륙의 시신을 파내어 살점을 베어내기까지 했다.

잠시 눈을 감고 있던 어상은 눈을 뜨며 입을 열었다.

"소식이 전해지는 대로 지체 없이 올리라."

"그러하겠나이다. 전하."

이토 히로부미가 허리를 굽히며 대답했다.

그날의 상황를 전해 들으면서 고토코는 주먹을 쥐었다. 당장

441

이라도 도쿄로 돌아가야 된다는 생각이었지만 아직도 음의 완성을 보지 못한 상태였다.

제 나라의 천황과 황태자를 시해하고 조선의 국모마저 시해해 조선 반도의 병탄을 주도했던 이토가 1909년 10월 23일 의사 안중근에 의해 하얼빈 역에서 저격당했다. 그러자 안중근이 밝힌 이토를 처단할 수밖에 없는 이유 15개조가 문제가 되었다.

열다섯 개 조항 중에서 문제가 된 것은 1조와 14조였다. 1조는 십여 년 전 조선의 국모를 시해했다는 것이었고, 14조는 고메이 천황이 부스럼으로 죽은 것이 아니라 이토 히로부미에 의해 살해당한 것을 조선인이 다 알고 있다는 것이었다. 이토 히로부미는 메이지 정부의 핵심 관료였다. 천황의 절대적 신임 속에 총리대신까지 지낸 사람이었다. 메이지 천황이 아비 고메이 천황을 죽인 원수를 절대 신임하고 있었다는 것은 말이 안 되는 소리였다. 그 바람에 설로만 떠돌던 천황교체설이 다시 고개를 들기 시작했다. 천황의 진짜 아들을 죽이고 가짜 아들을 옹립해 자기들의 세상을 만들었다는 것이었다.

1910년 한일 병탄 이후 고종임금이 이태왕(李太王)으로 강등되어 경운궁에 유폐되었다.

1911년.

음의 몸을 보던 날 고토코는 이제 때가 왔음을 알았다. 현해탄을 건넜다. 그녀는 마음이 급할수록 오히려 느긋하게 행동해야 한다고 생각했다. 황궁으로 들어가 천황을 시해하기로 결심할 때부터 생에 대한 미련은 버린 지 오래였다.

고토코는 다시 현해탄을 건너온 날 멍하니 황궁을 바라보았다. 아련하게 가슴이 아파 왔다. 앞서간 이들의 모습 너머로 천황의 모습이 떠오르자 가슴이 불을 맞은 것 같았다.

이제 이곳으로 돌아온 지도 벌써 수개월이 지났다. 국모를 시해하고 어상을 독살하려 했다는 사실이 아무리 생각해보아도 믿기지 않았다. 조선으로 나가 가야금을 다시 배우면서도 앞서간 이들을 한 번도 잊어본 적이 없었다. 그들을 생각할 때마다 눈물이 흘러내렸다. 울음이 터져 참을 수가 없었다.

고토코는 잠시 밖을 거닐다가 방으로 돌아와 누웠다. 잠이 올 것 같지 않았다. 내일이면 황궁에 들어가 천황 앞에 설 것이었다. 아직 마음을 고쳐먹을 시간은 남아 있었지만 모든 것은 결정된 것이나 다름없었다.

그녀는 잠시 눈을 감았다. 감은 눈 사이로 지나온 세월이 물살처럼 흘러갔다. 한동안 쓸쓸한 애상이 그녀를 사로잡았다. 하기야 생각해보면 내가 무엇이던가.

파선이 생각났다. 파선이 눈을 치뜨고 자신을 노려보고 있었다. 고함치고 있었다.

"이년, 죽음을 재촉하는구나!"

2장
수변청석상오동

1

얼마나 시간이 흘렀는지 몰랐다. 가야금을 매고 집을 나선
지 꽤 되었다. 길옆으로 늘어선 나무에서 꽃잎들이 간간이 떨어
져 내렸다. 그녀는 가까워져 오는 황궁을 바라보았다. 입이 마
르고 가슴이 뛰었다. 한참을 가다보니 마주 걸어오는 사람이 보
였다. 가만히 보아하니 그녀를 마중 나온 총리실 사람들이었다.

총리실 경무과장이 웃으며 다가왔다.

"어서 오십시오. 기다리고 있었습니다."

"늦지 않았는지 모르겠군요."

총리실로 들어서자 총리가 자리에서 일어났다.

"영광스런 손님이 오셨구먼. 곧바로 출발하지."

밖엔 황궁으로 갈 차들이 준비되어 있었다. 모두 석 대였다.
첫 번째 차에는 부총리와 그 밖의 직원들이 타고 두 번째 차에

총리와 고토코가 올랐다. 총리는 지팡이를 짚고 앉은 채 근엄한 표정으로 앞을 쳐다보고 있었다. 그는 가끔 스쳐 지나가는 풍경을 감상하다가 고토코를 향해 말을 걸곤 했다.

"황궁 출입은 처음이지요?"

"그렇습니다."

고토코는 속을 숨기고 거짓말을 했다.

멀거니 밖을 내다보았다. 황거만큼 일본인들에게 귀중한 공간이 어디 있을까 싶었다. 옛 에도 성과 고쿄 히비야코엔을 잇는 사적과 푸른 산책길. 고쿄는 고쿄가이엔 너머에 전설의 성처럼 앉아 있었다. 그녀가 처음 황거를 찾아왔을 땐 봄이었다. 봄의 매화가 눈이 부실 정도였다. 5월의 창포, 가을의 단풍이 유난히 아름답다고 들었는데 사실이었다. 히비야코엔은 그야말로 꽃동산이었다. 사계절 꽃이 지는 법이 없다고 했다. 특히 녹나무의 아름다움은 그저 바라만 보기에도 아까울 정도였다.

차는 어느 새 일본 최초의 서양식 공원인 고쿄 히가시코엔을 지나갔다. 공원을 지나쳐 고쿄 앞 광장에 이르렀다. 차가 멈추자 그들은 차에서 내렸다. 고쿄가이엔 앞의 다리가 보였다. 니주바시였다. 돌다리 밑에 있는 나무다리가 고풍스럽다. 해자가 깊은 탓에 다리 밑에 또 하나의 다리를 가설한 것인데 그 다리를 걸어서 건너갈 모양이었다. 천황이 기거하는 고쿄까지는 얼마 멀지 않은 거리일 것이다. 그 다리 건너에 있는 고쿄의 정문인 니주바시몬이 보였다.

천천히 다리를 건넜다. 니주바시를 지나자 에도의 성문 형태가 그대로 남아 있었다. 고토코가 듣기로는 그 옛날 눈이 펑펑 쏟아지는데 도쿠가와 바쿠후의 마지막 다이로, 그러니까 재상인 대노(大老) 나오스케가 천황을 옹립하다 무사들의 습격을 받아 목숨을 잃었다는 곳이 바로 이곳이었다.

정문 앞에 서자 마침 근위병 교대식이 행해지고 있었다. 절도 있게 행동하는 그들 앞에 어전 수위와 관리들이 마중 나와 있었다. 그들의 인솔을 받으며 고쿄 안으로 들어섰다.

문 안으로 들어서자 창 너머로 근위병들의 처소임 직한 건물이 보였다. 시대하쿠닌 바쇼로서 한때는 무사 백 명이 교대로 보초를 서며 살았던 곳이었다는 말을 들은 적이 있었다. 그 뒤쪽에 보이는 성이 본체인 혼마루일 것이었다.

인솔자들을 따라 고쿄 안으로 들어갔다. 화려하고 긴 회랑이 보였다. 그 복도를 따라가자 정전이 나왔다. 서쪽 출입구 쪽에 마련된 휴게실을 거쳐 치구 노사마 치도리노마로 안내되었다. 미닫이문으로 나뉘는 두 개의 방이었다. 하나는 꽃의 방이었고 하나는 새의 방이었다. 문과 벽에 새겨진 꽃과 새, 시가 어우러져 매우 운치가 좋았다.

10시에 시작하리라던 축하연은 천황의 사정으로 인해 30분쯤 늦어진다고 하였다. 천황이 즉위한 것은 260여 년 동안 권력을 쥐고 있던 도쿠가와 막부가 막을 내리던 1868년 9월 12일이었다. 지금이 1911년이고 보면 그가 즉위한 지도 꼭 43년이었다. 즉위 43년의 축하연이 즉위하던 해의 월일에 맞추어져 있었다.

일행은 정찬 식사를 할 수 있는 곳으로 안내되었다. 소규모의 정찬 식사방이었다. 가운데 벽을 자동으로 조종하여 하나의 방으로 사용할 수 있게 해놓았는데 이내 차가 나왔다. 차는 향기로웠다. 차를 다 마시고 나자 안내원이 왔다. 축하연이 거행되고 있는 정전으로 들라는 전갈이었다.

안내자를 따라 정전으로 갔다. 육중한 문은 열려 있었다. 입구에 기모노를 입은 아름다운 여인네들이 허리를 굽히고 있었다. 수많은 사람들이 정전 안을 꽉 메우고 있었다.

조금 있자 기모노를 입은 안내원이 다가왔다. 그들은 이미 전갈을 받았는지 고토코를 화장실로 모셨다. 옷을 갈아입고 화장은 그들이 고쳤다. 준비가 끝나자 안내원이 친절하게 말했다.

"총리님의 소개가 있을 것입니다. 그때 정전에 나가서서 신단에 앉아 연주하시면 됩니다."

"알겠어요."

잠시 후 천황께서 납신다는 소리가 들려왔다. 황후를 거느린 천황이 예복을 입고 들어서는 모습이 그림처럼 눈앞에 그려졌다. 그는 부드럽게 미소 지으며 식단으로 올라와 손을 들어 보이리라. 황후는 허리를 굽히고 공손하게 하객들에게 인사할 것이었다.

고토코는 다리가 후들후들 떨렸다. 속으로 떨지 말자고 다짐

했지만 몸을 가눌 수 없을 만큼 떨렸다. 그녀는 발끝에 힘을 주고 눈을 감았다. 심호흡을 크게 한 번 하고 눈을 크게 떴다.

이내 식이 거행되었다. 식을 알리는 선서가 낭독되고 뒤이어 천황의 축사 겸 오늘 훈장을 받는 이들을 치하한다는 말이 있었다.

천황은 축사를 끝내고 이내 도열하듯 늘어선 사람들에게 다가가 악수를 청하는 것 같았다. 갑자기 호흡이 가빠져왔다. 눈앞이 캄캄했다. 잠시 후 자신을 소개하는 총리의 목소리가 들려왔다.

"지금 고토의 신 파선이 기다리고 있습니다. 오늘 자리를 특별히 빛내기 위해 연주를 준비했다고 합니다."

박수소리가 들려왔다.

"소개합니다. 파선입니다!"

어금니를 지그시 씹은 채 가야금을 들고 식장으로 나갔다.

2

아!

맨 앞에 천황과 황후의 모습이 보였다. 그들은 박수를 치고 있다가 고토코를 알아보고 깜짝 놀라는 표정을 지었다. 고토코는 시침을 딱 떼고 눈길도 주지 않았다. 총감을 위시해 그날 조선의 국모를 시해하고 훈장을 받은 이들이 보였다. 잠시 가량

비 오던 날의 을씨년스러운 냉기가 몸속으로 흘러들었다. 고토코는 문득 거센 바람에 눕는 풀잎들을 보았다. 저 멀리 보이는 것은 그들의 일장기인가 아니면 과녁인가.

고토코는 깊숙이 목례를 보내고 단 중앙으로 올랐다. 무대 한복판에 황금색의 방석이 놓여 있었다. 고토코는 그리로 갔다. 거센 바람이 막아서는 듯했다. 그것은 분명 보이지 않는 어떤 기운이었다. 전신에 소름이 돋았다. 고토코는 어금니를 지그시 물었다.

자리를 잡고 앉아서야 박수가 그쳤다. 실내가 조용해지자 아스라한 순간이 왔다. 분명 현실인데 어쩌면 꿈을 꾸고 있을지도 모른다는 생각이 들었다.

쯔메도 끼지 않고 용머리를 무릎에 놓는 그녀를 보며 객석의 사람들이 웅성거렸다.

"고토가 아닌가?"

그녀의 손은 희고 투명했다. 푸른 핏줄이 드러날 정도였다. 맑은 물속에 비친 손을 보는 듯했다. 그 손이 눕힌 가야금 위로 내려앉았다.

잠시 눈을 감았다 뜨자 눈앞에 스승 파선이 다가와 있었다. 한기가 들고 몸이 떨렸다. 비가 오려는 것일까. 자꾸만 거칠어져 가는 바람 소리가 의식의 한 곳을 물고 길길거렸다. 눈앞이 흔들리며 어질했다.

"두 손을 현 위로 얹어라!"

스승 파선이 명령했다.

고토코는 멍하니 현을 내려다보았다.

오너라!

현이 기다렸다는 듯 말했다. 고토코는 두 손을 현 위로 가져갔다.

"손을 세워라!"

손목이 그대로 곧추섰다. 우수법에서 볼 수 없는 좌수법이다. 식지와 장지가 모아졌다. 온몸의 힘이 목과 손끝에 응축되었다. 이내 현에 가 있는 손가락이 더 꼿꼿이 곧추섰다. 손끝이 칼날이 되었다.

가야금에서 음이 흐르기 시작했다. 한 번 튕긴 소리는 사라지지 않고 그대로 허공을 흘러 다녔다.

"한순간도 음을 허공에 버려두지 마라!"

스승 파선이 다시 명령했다. 고토코의 뭉그러진 왼손가락이 여운이 다할 때까지 그 소리를 물고 늘어졌다. 황후의 시선이 고토코의 오른손에 멎었다. 가야금 줄은 오른손으로 튕기기 마련이니까 자신도 모르게 시선이 그리 쏠린 것이다.

그 누구도 모르고 있었다. 고토코가 온갖 기법을 동원하여 왼손을 오른손보다 더 중요하게 활용하고 있다는 것을. 줄을 떠는 농현, 소리를 꺾고 흘러내리게 하는 퇴성, 그 모든 것이 왼손에 의해 이루어지고 있었다. 오른손이 일단 음을 튕겼다. 그 다음 소리는 왼손이 만들어나갔다. 고토코는 오른손으로 음을 팅기고는 그 음을 왼손으로 마지막 순간까지 움켜쥐고 놓지 않았다. 소리의 여운은 철저하게 고토코의 통제 아래 머물며 흘러다녔다. 현마다 내는 소리가 달랐다.

청, 홍, 둥, 청, 홍, 둥, 청, 홍, 둥……

그렇게 흐르다가 갑자기 당, 동, 징, 당, 지, 그렇게 흘러 다니다가 한소리로 청홍둥청홍둥청홍둥…… 이지러지다가 순식간에 높은 음으로 몸을 바꾸었다.

찡, 칭, 쫑, 째……

찡, 칭, 쫑, 째……

그렇게 발악을 했다. 그러다가 더 감당할 수 없는 소리로 이어졌다,

땅, 똥, 쫑, 쩽……

땅, 똥, 쫑, 쩽……

그러다가 또 급격히 내려선다.

당 동 징 땅……

이내 중간 음역으로 돌아선다.

청, 홍, 둥……

청, 홍, 둥……

땅, 똥, 쩽……

고토코는 보았다. 여기저기서 일어나 춤을 추는 혼령의 무리들을. 한이 지고 원이 진 혼령의 무리들을.

그녀의 조막손이 음을 따라 명금의 현 위에서 계속 바람처

럼 노닐었다. 어머니가 보였다. 어머니가 대지에 무릎을 꿇고 엎드려 너울너울 우주를 안았다. 눈물이 솟구쳤다.

고토코는 무서운 기세로 현을 퉁겼다. 소름끼치는 소리가 현 위에서 일어났다. 천지를 휘감고도 남을 소리가 공명을 이루며 터져나갔다. 아름답지도 그렇다고 슬프지도 않은 음이 계속해서 터져나갔다. 그녀로서는 한 번도 들은 적이 없는 소리가 천지의 기운이 되어 천지를 안고 돌았다.

한이 지고 옹이진 가슴들이 어둠을 밝히며 그 모습을 드러내었다. 고토코는 보았다. 존재, 생명의 시원 속으로 굽이쳐 들어오는 소리의 모습을. 손가락이 미친 군마처럼 현 위를 내달렸다. 진양조에서 중모리로, 중중모리로, 잦은모리로…….

손가락이 술대처럼 현을 쳤다. 현이 진저리를 쳤다. 매를 든 어미가 자식의 종아리를 후려치듯 진저리치는 현을 다잡았다. 무서운 기세였다. 소름끼치는 소리가 천지를 감아 돌았다.

황후의 미간이 꿈틀거렸다. 목에 힘줄이 서고 눈에서 독기가 터져 나왔다.

"왜 이러느냐? 왜 이러느냐?"

그녀가 부르짖었다.

"으악!"

어상의 눈앞으로 혼령들이 다가와 시퍼렇게 웃더니 캭, 하고 얼굴에 침을 내뱉었다. 황후의 눈에도 혼령들이 보였다. 그들이 피를 흘리며 저주하기 시작했다.

"왜 이러느냐? 왜 이러느냐?"

아무리 소리쳐도 공허한 울림에 지나지 않았다.

부드러우면서 장중한 음이 불갈퀴가 되어 그들의 전신을 조였다. 혼령들이 모여들어 그들의 목을 졸랐다. 종음(終音)을 앞두고 휘몰아쳤다. 그 속으로 어느 한순간 칼끝보다도 날카로운 음이 처럭, 하고 일어났다.

이윽고 고토코가 울컥 자오금 위로 피를 쏟았다. 그녀는 피를 내뱉으며 현을 집어 뜯듯이 쳐올렸다. 그녀가 쳐올린 소리는 결코 사라지지 않았다. 듣는 이의 귓가로 흘러들기가 무섭게 고막을 뚫고 심장까지 흘러갔다. 고토코의 곤추세워진 손가락이 결코 그 음을 놓지 않았다 그녀는 자신의 손가락이 듣는 이의 심장까지 이어져 있는 환상을 보았다.

쿨럭 쿨럭 쿨럭……

여기저기서 기침소리가 들려왔다. 심장이 터져나가고 있었다. 핏줄이 터지고 자수정 같은 피가 팽팽한 혈관을 따라 흐르다가 목으로 치받쳐 올랐다. 꽃망울이 터지듯 목에서 피가 터져 흘렀다.

그 순간을 놓치지 않고 그녀의 오른손가락이 한꺼번에 오현(五絃)을 장악했다. 칼날이 되어 오현이 떨었다. 치받쳐 올라오는 열기에 못 이겨 누군가 실내를 뛰쳐나갔다. 그러나 음을 장악한 그녀의 희디흰 손은 그대로 현 위에 있었다.

"으아악!"

듣고 있던 여인이 화려한 꽃무늬가 가득한 기모노에 피를 토했다. 여인의 비명 소리는 흡사 생살을 도려내는 듯했다. 이미 잠든 것처럼 머리를 뒤로 젖히고 절명한 사람도 있었다. 그들은 음에 취해 사지를 늘어뜨리고 있었다.

고토코는 보았다. 천황의 안경이 바닥으로 떨어지고 흰 목장갑을 낀 손이 입으로 옮겨지는 모습을. 각혈이 시작되리라.

이내 쿨럭, 쿨럭, 하고 자수정 같은 피가 흰 목장갑 사이로 흘러나왔다. 고토코는 어림없다는 듯 현을 튕겨 올렸다. 그녀의 표정은 이미 사람의 것이 아니었다. 헝클어진 머리, 백발의 파선. 천황은 피를 내뱉으며 백발의 파선이 악귀의 모습을 하고 거기 앉아 있는 모습을 보았다. 그 순간 황후가 의식을 잃고 천황의 품으로 무너졌다.

"음살이다. 천황님의 귀를 막아라!"

누군가 소리쳤다. 이른 가을 석양 무렵 허공을 나는 고추잠자리를 그물로 낚아채듯 현이 계속 몸을 떨었다. 고토코는 거대한 운명의 수레바퀴가 자신을 데려가고 있다는 생각을 했다. 꽃향기를 맡으려고 코를 갖다 대던 아이. 자신의 치아에 낀 이똥을 긁어내주던 개똥이. 참꽃을 따먹던 어린 날. 아아, 그날이 언제이던가.

여우가 울었다. 구름에 가렸던 달이 잠깐 얼굴을 내밀었다가 검은 구름 속으로 사라져버렸다. 비가 쏟아졌다. 피가 길을 내며 뱀처럼 흘렀다. 그 피바닥 위에서 어린아이가 뒹굴며 울고 있었다. 어미의 젖꼭지를 물고 죽은 핏덩이가 울고 있었다.

무사들이 종이를 찢어 귀를 막고 천황을 향해 달려갔다. 이미 황후는 눈을 뒤집은 상태였다. 호위장들이 천황을 향해 달려가자 비로소 고토코가 그들을 노려보았다. 그들을 노려보는 고토코의 눈은 사람의 것이 아니었다. 붉은 악귀의 눈. 그 눈에서 살기가 쏟아졌다.

무사들이 천황의 귀를 틀어막고 밖으로 이끌었다. 뒤이어 세 명의 무사가 바람처럼 고토코를 향해 몸을 날렸다. 칼을 들어 현을 뜯고 있는 손목부터 잘랐다. 그제야 음이 멈추었다.

쿨럭…….

고토코의 입에서 피가 터져 나왔다. 그와 함께 사내의 발길에 고토코의 가야금이 깨어지며 비명을 질렀다. 그녀의 손목을 벤 사내가 허리를 굽혔다. 노기 에이스였다. 고토코는 그를 멍하니 바라보았다.

'이 사내를 어디서 보았더라?'

사내가 미친 듯이 소리쳤다.

"네년을 찾아 무려 칠 년을 헤맸다. 네년이 모든 해답을 가지고 있었어!"

고토코는 피를 흘리다가 그의 얼굴에 침을 내뱉었다. 피가 에이스의 얼굴에 찰싹 달라붙었다. 에이스가 고토코의 뒷머리를 움켜쥐고 소리쳤다.

"죽기 전에 대답하라. 이게 무엇이냐? 이게 무엇이야!"

고토코가 눈을 떠보니 어룽지는 망막 속으로 글이 그림처럼
보였다.

"아, 이 글자(㐧). 태초의 진동. 세상의 첫소리. 우주의 첫 음.
내 존재의 첫소리. 내가 저 소리의 몸과 하나가 된 적이 있었던
가."

에이스가 무슨 엉뚱한 소리냐는 표정으로 다시 다그쳤다.

"이 글 그림의 임자가 누구냐?"

고토코가 그를 쏘아보다가 근근이 입술을 달싹여 물었다.

"그 글 어디서 났느냐?"

"장원사 주지의 시체에서 나온 것이다. 아직도 나는 이것을
풀지 못했다."

고토코가 희미하게 웃었다.

"내 할아버지가 남긴 글 그림이야. 세상의 모습이지"

"그런데 왜 주지가 가지고 있었던 것이냐?"

"사실은 그 그림을 원했던 것이 아니었지. 바로 금관의 금서
가 있는 지도였어. 주지는 천황의 끄나풀이었거든. 내 아버지
의 주루먹을 노렸는데 지도인 줄 알고 가져간 거지."

"그럼 네 아비가 주지를 죽였다는 말이냐?"

고토코의 입가에 조소가 물렸다.

"그게 그렇게 중요한 것이냐?"

"그렇다."

"누구면 어떻겠느냐. 알고 싶다면 말해주마. 나를 칠 년이나

456

찾았다고 하니."

자비를 베풀듯 고토의 입가에 웃음이 물렸다.

"너도 어지간히 멍청한 놈이다. 그걸 묻기 위해 칠 년을 돌아쳤다니……."

"말하라. 넋두리는 그만두고!"

"…… 내가 갔을 때 그 자는 이미 죽어 있었다."

"그럼 정말 네 아비가!"

"인간이란 그렇게 미욱한 동물이지. 더 큰 세계가 저기 있는데……. 바로 그 세계. 그 그림의 세계. 바로 우리들이 가 안주해야 할 언덕!"

"언덕이라고?"

"우리들의 언덕이지."

"그게 무슨 소리냐?"

"이곳에 그 언덕은 없다. 너희들에게는 너희들의 신이 있으니까."

그렇게 말하고 고토코는 눈을 감았다. 그녀의 눈에 에이스의 손에 들린 그림 같은 글이 불타기 시작했다. 누리누리 엉킨 분노. 우레와 번개가 어우러졌다. 눈부시게 흰 옷을 입은 아이들이 불을 뿜어대었다. 달처럼 밝은 흰 빛깔의 불이었다. 불길은 길게 지어진 궁으로 옮겨 붙었다. 바람이 불었다. 불길은 더욱 거세게 푸른빛의 궁을 태웠다. 모든 것이 그 속에서 타고 있었다. 전 우주가 그 속에서 타고 있었다. 휘황한 푸른 달빛. 한순간 가늠할 수 없는 정적이 그 불길을 덮었다. 깊디깊은 골짜기에 가득한 정적…….

에이스가 고토코의 머리를 놓아버렸다.

"무슨 개소리를 하는 거야!"

고토코의 얼굴이 가야금 현 위로 처박혔다.

고토코는 현 위에 얼굴을 놓은 채 보았다. 천지를 싸고도는 빛줄기. 형용할 수 없는 광채. 저것이 소리의 몸일까? 세상의 가슴을 적시는 희원(希願)의 눈물들. 그 눈물들이 모여 일어나는 저 광채. 저것이 조화의 몸일까?

누군가 춤을 추고 있었다. 그의 손끝이 허공을 휘저으며 발끝이 살포시 허공을 찼다. 뒤이어 내려앉은 손이 곡선을 그리면서 흰 면포를 펼쳤다. 휘르르……. 그가 대지에 무릎을 꿇고 엎드려 너울너울 우주를 안았다. 꼭 대지를 애무하는 것 같았다. 한이 지고 옹이진 가슴을 다스리는 그의 손길이 이 세상 사람 같지 않았다. 감히 범치 못할 천지의 기운이 안개처럼 밀려와 그를 감아 안았다.

어둠이 물러갔다. 천지가 밝아왔다. 저 우주를 흔드는 바람소리. 결국은 조화로워져야 할 공간.

모든 것이 일어서고, 죽어가던 모든 것들이 살아나고 있었다.

에필로그

메이지 천황은 시름시름 앓다가 다음 해 죽었다. 1912년 7월 30일이었다.

장례식이 끝나고 역사 왜곡에 앞장섰던 에이스의 부모가 죽었다. 아들 에이스에게 후일을 부탁하고 자결한 것이다. 에이스의 아버지는 벽에 걸린 메이지 천황의 사진 밑에서 일본 군도로 자신의 배를 십자로 긋고 할복했고, 부인은 호신용 칼을 심장에 대고 앞으로 엎어져 자결했다. 그들을 이끌어준 메이지 천황에게 죽음으로 보답한 것이다.

에이스는 부모의 장래를 치른 뒤 출가했다.

쇼켄 황후는 남편 메이지 천황이 죽고 2년 뒤 죽었다. 1914년 4월 9일이었다.

고토코는 메이지 천황이 죽고 3년 후 죽음 같은 옥살이를 끝냈다. 일본 정부는 그녀의 죄명을 끈질기게 찾았으나 그 증거를 찾지 못하였다. 그녀의 재판은 조선인이라는 이유만으로 무려 3년 동안 진행됐으며 그녀는 출옥 후 32년을 더 살았다.

후기

1

역사란 참으로 알 수 없는 것이다. 강한 자의 기록이 역사가 되면 사실이 은폐되기 쉽고, 약한 자의 사실은 야사가 되고 만다. 그러므로 역사는 사실과 야사의 집합체라고 할 수 있다.

《조선왕조실록》을 자세히 살펴보면 이 씨 왕조는 김 씨 왕조가 아니었을까 하는 의혹을 지울 길이 없다. 그것에 관한 소설을 쓰고 있었는데 《한국독립운동사》 안중근 편을 읽어나가다가 새삼스런 기억 하나를 떠올렸다. 그것은 언젠가 읽어본 안중근 의사의 〈이토 히로부미 처단 이유서〉였다. 하얼빈역에서 이토 히로부미를 저격한 안중근 의사의 처단 이유 15개조.

일본의 천황가 역시 조선 왕조와 다를 바 없다는 생각이 들자 묘한 우연성 같은 것이 느껴졌다. 당시의 모든 것이 거기 있다는 생각이 잇따랐다. 왜 그동안 그것을 놓치고 있었을까.

〈이토를 처단할 수밖에 없는 이유 15개조〉 안중근

1. 명성황후를 시해한 죄

2. 1905년 11월 한국을 일본의 보호국으로 만든 죄

3. 1907년 정미7조약을 강제로 맺게 한 죄

4. 고종황제를 강제로 폐위한 죄

5. 군대를 해산시킨 죄

6. 무고한 한국인들을 학살한 죄

7. 한국인의 권리를 박탈한 죄

8. 한국의 교과서를 불태운 죄

9. 한국인들을 신문에 기여하지 못하게 한 죄

10. 은행지폐를 강제로 사용한 죄

11. 한국이 300만 파운드의 빚을 지게 한 죄

12. 동양(아시아)의 평화를 깨트린 죄

13. 한국에 대한 일본의 보호정책을 호도한 죄

14. 메이지 천황의 아버지 고메이 천황을 죽인 죄

15. 일본과 세계를 속인 죄

낡은 책장의 서랍을 뒤져 찾아낸 자료는 내가 예전에 읽었
던 내용과 조금 달라보였다. 그러고 보니 가장 최근에 이 자료
를 입수한 것이 아닐까 싶었다. 나중에야 알았다. 기존의 15개
조항이 그 순서가 뒤바뀌어 그렇게 느껴졌다는 것을.

위 15개 조는 1909년 12월 2일 싱가포르회 영자신문 〈더 스트레이츠 타임스(The Straits Times)〉에 보도된 것이다. 15개 조항 중에서 14조가 유독 내 눈길을 끌었다. 이토 히로부미가 고메이 천황을 죽였다면 고메이 천황의 아들 메이지 천황은 아버지를 죽인 원수들과 어깨동무를 하고 있었다는 말인데, 동북아 문제와 직결되면서 예사롭지 않게 느껴졌다.

2

고메이 천황의 독살설이나 메이지 천황의 교체 등극설을 후기에까지 넣어 횡설수설하고 싶은 마음은 사실 없다. 조금만 주의를 기울이면 알 수 있는 사실들이 우리 주위에는 산재해 있다. 일본의 저명한 사학자 다카야나기 미쓰토시 교수가 저술한 《일본사 사전》(1976)에 실린 증언만 봐도 알 수 있고, 일본의 사학(醫史學) 학자 사에키 스지이치로가 저술한 《일본 대표적 인물사전》(1978)에서도 구체적인 증언을 만날 수 있다. 그는 오사카학사회 클럽에서 개최된 일본의사학회 간사이 지부 학술대회에서 고메이 천황의 전의 이라코 코존의 병증일기를 검토한 결과를 밝히기도 했는데, 고메이 천황 독설설은 이미 사실로 굳어진 마당이다.

문제는 고메이 천황의 독살설에 이은 또 하나의 의혹이다. 그러니까 고메이 천황의 독살이 그 자체로 끝나지 않고 이토 히로부미에 의해 새로운 천황(메이지 천황)이 교체 등극됨으로써 그렇지 않아도 어지럽던 한일 역사 문제가 돌이킬 수 없는 지경에 이르게 되었다는 것이다.

그 와중에 도래인의 몸으로 조화의 본질을 얻고자 하던 사람들이 있었다. 그들은 조화의 몸이 음(音)이라는 것을 알고 있었고 음의 파동만이 상대의 마음을 움직일 수 있다는 것을 알고 있었다.

3

오늘도 그들은 그곳에서 살아가고 있다. 그곳의 주인이라고 자처하는 자들은 명명백백한 역사적 사실 앞에서 지금도 뻔뻔하게 고개를 쳐들고 외눈을 치뜨고 있다. 자신들의 야욕을 채우기 위해 제 나라의 왕을 교체 등극시키고, 이 나라를 노략질하고, 역사를 조작하고, 한 나라의 국모를 시해하고, 한 나라의 국부를 독살하고, 강제 병탄을 자행하고……. 징용자로, 총알받이로……. 그들에 의해 끌려가 죽어간 이 땅의 영혼들. 아직도 마르지 않는 저 누이의 눈물…….

그런데도 그들은 속죄를 모른다. 이 나라가 아무리 고함쳐도 그들은 고개를 내저으며 눈을 붉힌다. 본문에서 누누이 밝혔지만 천황이 어디 있는가. 우리의 선조들이 그곳으로 건너가 그곳을 일으켰다는 것은 이미 밝혀진 사실이고, 그들이 저질러온

온갖 만행들이 그것의 증명 아닌가. 역사의 조작도 그래서가
아닌가.

하기야 어디 그들만이 그렇겠는가. 고조선 문명이 중국 황하
문명보다 앞섰다는 것은 부인 못할 사실임에도 그들 역시 고개
를 내젖고 있으니.

역(易)에서는 이런 현상을 살(煞)이라고 한다. 이해관계가 상
충되었다는 말이다. 상충이 무엇인가. 바로 조화가 결여되었다
는 말이다. 조화는 소통에서 이루어진다. 소통이 되지 않을 때
다툼이 일어난다. 이 다툼, 즉 살이 국가 간이나 인간관계에 그
물망처럼 얽혀 있다. 그러므로 세상은 그 살로 이루어져 있다.
아무리 눈 닦고 살펴보아도 살 없는 관계는 없다.

음은 본질적으로 살을 중화시키는 힘이 있다. 살은 신음이
다. 신음은 소리다. 소리는 파동이다. 파동이 상대의 가슴 속에
또 하나의 살을 만든다. 신음이 상대적일 때 상충이 조화롭다.
상대의 살 속으로 파고들어가 때로 이해의 살을 만들기도 하기
때문이다.

본 소설은 편협하고 극단적인 국수주의적 관점에서 쓴 글이
아니다. 그 땅에서 조화의 몸을 얻기 위해 어떤 억압과 핍박에
도 굴하지 않고 일어선 예인들의 삶, 바로 조화의 문제를 예인
의 세계 속에서 다루어 보고자 한 것이다. 음의 파동을 통해 부
정의 세계를 거쳐 긍정의 세계에 어떻게 이를 수 있는지, 어떻
게 서로의 관계를 조율할 수 있는지, 우주만물의 조화를 지향

하는 예인들이 음을 통해 어떻게 궁극에 이를 수 있는지 한일
양국의 역사적 기반 위에서 살펴보고자 한 것이다.

4

　혹시 본 소설의 역사적 문제가 과장되게 표현되었다고 생각
하는가? 타 민족 타 국가에 대해 배타적으로 기술했다고 생각
하는가? 등장인물들의 성격 창조에 있어 터무니없다고 생각하
는가?

　대답은 내게 있는 것이 아니라 이제 그대들에게 있다.

　그런 면에서 확실히 해둘 것이 있다. 본 고가 국수주의적 글
쓰기가 아닌 예인의 삶을 한일 양국의 역사적 기반 위에서 살
펴본 것이라고 했으나 행여 오해의 소지가 있지 않을까 하여
짚어둔다.

　사실과 야사의 집합체가 곧 역사라면 작가가 사실과 야사를
어떻게 볼 것이냐 하는 문제는 소설의 본령이다. 역사가 소설
이 될 때 실록적 근거만이 소중한 것은 아니다. 야사까지도 역
사적 산물로 인식해 소설화할 때 역사는 재창작되는 것이며,
모든 세계는 작가의 상상력에 의해 새로운 사실이 되므로 소설
로 일어선다. 그러므로 정론화된 사실이 아니라 하더라도 야사
까지도 역사적 산물로 인식하고 소설화했다.

　본 원고를 소설화함에 있어 소설적 본령에서 한 치의 어긋

남도 없었으며 국가 간의 이해관계나 어떠한 역학적 관계도 없었다. 국내외를 막론하고 실명으로 등장하는 이들의 명예를 실추시키기 위한 작업이 아니었음을 거듭 밝혀둔다.

백금남

천황살해사건

2018년 10월 1일 초판 1쇄 발행

지은이 · 백금남

펴낸이 · 김상현, 최세현
편집인 · 정법안
책임편집 · 송은심 | 디자인 · 최우영

마케팅 · 권금숙, 김명래, 심규완, 양봉호, 임지윤, 최의범, 조히라
경영지원 · 김현우, 강신우 | 해외기획 · 우정민
펴낸곳 · 마음서재 | 출판신고 · 2006년 9월 25일 제406-2006-000210호
주소 · 경기도 파주시 회동길 174 파주출판도시
전화 · 031-960-4800 | 팩스 · 031-960-4806 | 이메일 · info@smpk.kr

ⓒ 백금남(저작권자와 맺은 특약에 따라 검인을 생략합니다)
ISBN 978-89-6570-692-2 (03810)

쌤앤파커스(Sam&Parkers)는 독자 여러분의 책에 관한 아이디어와 원고 투고를 설레는 마음으로 기다리고 있습니다. 책으로 엮기를 원하는 아이디어가 있으신 분은 이메일 book@smpk.kr로 간단한 개요와 취지, 연락처 등을 보내주세요. 머뭇거리지 말고 문을 두드리세요. 길이 열립니다.